U0450893

狐妖小红娘 月红篇

庹小新 原著
韩佩贞 编剧
麦苗 改编

·上册·

江苏凤凰文艺出版社

图书在版编目（CIP）数据

狐妖小红娘. 月红篇：全二册 / 庹小新原著；韩佩贞编剧；麦苗改编. -- 南京：江苏凤凰文艺出版社，2024.5

ISBN 978-7-5594-8552-6

Ⅰ.①狐… Ⅱ.①庹…②韩…③麦… Ⅲ.①长篇小说–中国–当代 Ⅳ.①I247.5

中国国家版本馆CIP数据核字(2024)第063870号

狐妖小红娘. 月红篇：全二册

庹小新 原著；韩佩贞 编剧；麦苗 改编

责任编辑	周颖若
项目策划	王传先　无话
出版监制	刘皇甫　陆乐
策划编辑	zexin　苏智芯
特约策划	韩建蕊　张婷婷　高一丹
装帧 / 版式 / 周边设计	@Recns
出版发行	江苏凤凰文艺出版社
	南京市中央路165号，邮编：210009
网　　址	http://www.jswenyi.com
印　　刷	北京盛通印刷股份有限公司
开　　本	700mm×980mm 1/16
印　　张	32.25
字　　数	597千字
版　　次	2024年5月第1版
印　　次	2024年5月第1次印刷
书　　号	ISBN 978-7-5594-8552-6
定　　价	82.00元

江苏凤凰文艺版图书凡印刷、装订错误，可向出版社调换，联系电话 025-83280757

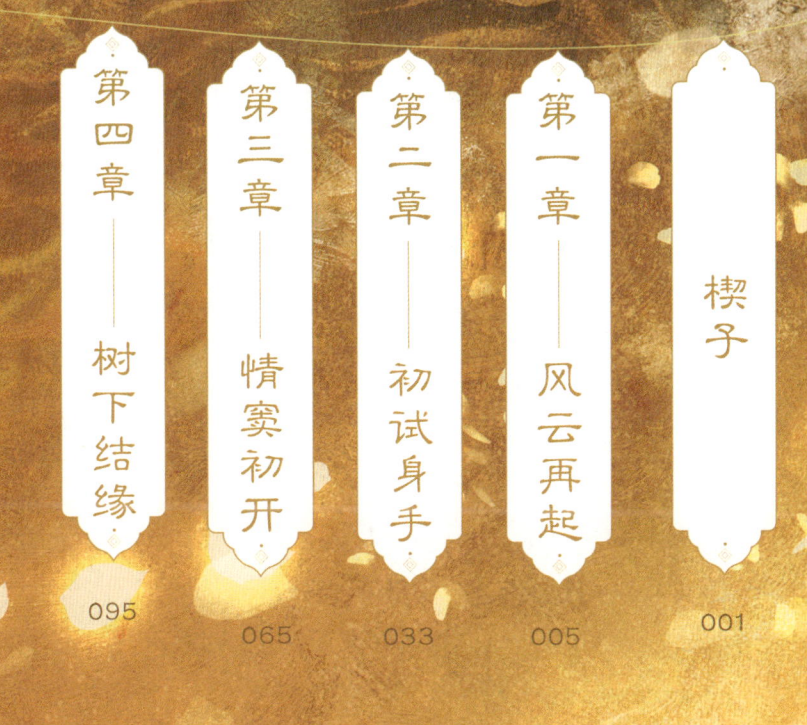

- 楔子　001
- 第一章　风云再起　005
- 第二章　初试身手　033
- 第三章　情窦初开　065
- 第四章　树下结缘　095
- 第五章　永不背叛　127
- 第六章　公主之死　159
- 第七章　确认心意　191
- 第八章　突破三重　219

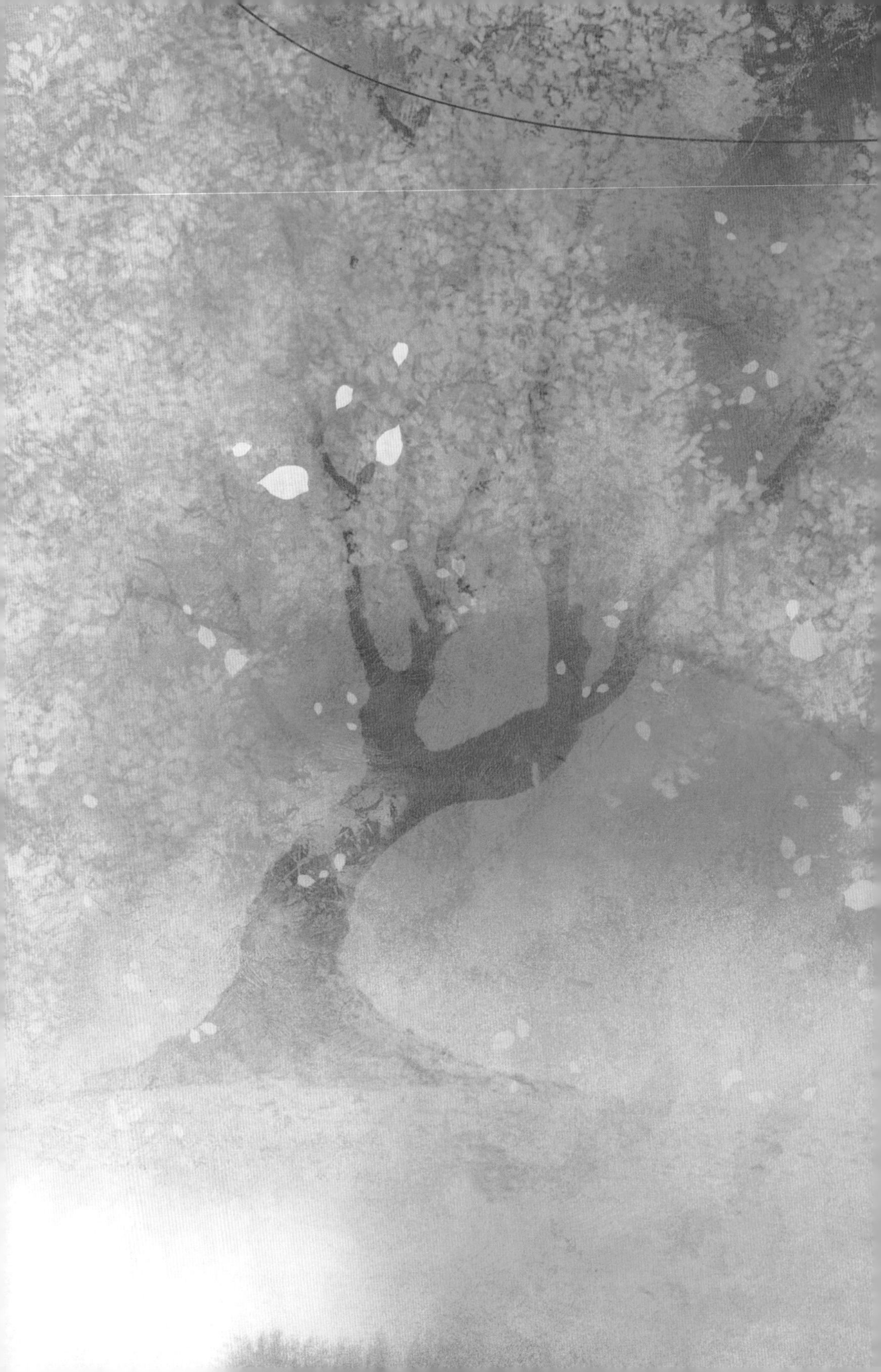

不论你走到哪里，我都能随时找到你。

狐妖小红娘 月红篇 ·上册·

楔 子

一名容颜娇媚的女子一步一步、风情万种地走进喧嚣、喜庆，正在举行婚宴的驸马府。

原本喧嚣的正厅因为这名女子的出现变得鸦雀无声。

所有的目光都集中在她的身上，都是她所熟悉的目光，有男人的，女人的，有带着欲望的，嫉妒的。大殿中央的男人一如既往的迷人，他有着英俊的面容，脸型轮廓分明，肤色细白，一双薄唇却显得极为刚毅，而且他的身上有一种令人窒息的魅惑。这种魅惑，只来自狐妖，这说明……他与狐妖交缠过。

"相公，你还记得我吗？你为何要娶她？你在涂山明明答应我……"

"小媚，你不明白凡间的世界，这个世界，男人可以三妻四妾。"

"可是……在狐族……"

"小媚，这是人间！"

"我与相公相识之时，相公被人追杀，身受重伤，我用千年道行换取相公的性命，相公许我一生一世一双人。相公觉得，我会轻易放弃吗？"女子看向站在一边着一身火红婚服的公主。

公主松开驸马的手，抬起精致的下巴，鄙夷地看向女子："不要以为曾经救过他的命，便可以赖在他的身边。你们的事情，驸马早已跟我说过，区区乡间野妇，也敢与我相争？我，才是他唯一的妻子。"

"谁告诉你，我只是区区乡间野妇？"狐小媚缓缓说着，抬起头来，"千年修成人身，一朝情动，功亏一篑，他是我所有的执念，凝聚了我的千年修行。你觉得，我会放心将夫君交到你的手中？"

狐小媚直直看向公主，她身后突然长出三条白晃晃、蓬松的九尺长尾在地上扫动，引得众宾客惊吓连连，嘈杂声四起，而狐小媚却毫不在意，只步步逼问道："相公，你说过，会带着大红花轿和凤冠霞帔娶我，为何，这个女人……"

"驸马，我没有说错吧，妖永远是妖，非我族类，其心必异。看，你只是想要娥皇女英，她便露出了真面目。护国寺的大和尚也说了，狐狸精最是淫贱恶毒，专门找上你这样血气方刚的男子，吸食你们的精气血肉，以助自身修炼。什么为了你而失去千年道行，不过是为了博得你怜爱的手段罢了！"不等狐小媚说完，公主就冷笑着开口，对驸马说道。

"休要胡说八道！跟我抢男人，看我不扒了你的皮！"狐小媚听了颜如山的话，怒目圆睁，张开五指就要朝她抓去。

"阿弥陀佛。"一声苍老浑厚的佛号将厅内妖气尽数驱散，门外不知何时已站了一位白须老僧，神情淡定自若，举手投足间尽显仙风道骨，他手中转动着的佛珠上金光浮动，肉眼可见地层层扩散开来。

霎时间，狐小媚花容失色，浑身僵硬，下意识向后退了一步，嘴唇哆嗦起来。若不是为了救驸马舍了千年道行，她又怎么会被区区一介老僧压到动弹不得……

"狐妖，还不快快束手就擒！"老和尚朝狐小媚喝道。

"你们设套害我！"狐小媚终于反应过来，这秃驴怕是早已等在门外，只待瓮中捉鳖。

老和尚不再答话，手中佛珠越转越快，两眼微合，口中念念有词，他能感觉到此妖魔乃上千年白狐幻化而成，此刻只留有百年道行，正是降妖除魔的好机会。

狐小媚看着驸马不敢看她，眼睛四处躲闪，看着法师双唇翕动念着咒语。事到如今，惧怕、懊恼都没用了。她狞笑一声，全身化作一团碧焰，冲出了屋外。她瞪向众人，双目冒火，恨得几乎欲将坚牙颗颗咬碎。

"负心汉——受死吧！"狐小媚说着作势便扑。

"妖孽还敢伤人！"说时迟，那时快，冷不防一道金光击出，正中小媚，只听半空中一声惨呼，那团火重重跌落下来。小媚被打回原形，痛苦地伏在地上。

"孽障，你作恶多端，天理不容，老衲这便收了你，不再让你为祸人间！"老僧从屋中迈了出来，同时跟出的还有驸马，他手中已多了一把寒光烁烁的利剑。

"嗯——"一声闷哼，随之是宝剑插入肉体的声音。狐小媚看着插入自己腹中的利剑，再不能维持原形，她娇媚俊俏的脸庞上开始浮现细细白毛。瞬间人声鼎沸，宾客们高声嚷着："杀了她！杀了这个妖妇！杀了这个狐狸精！"

"小媚，你别怪我！当年我一家五口在涂山脚下安居，是你们妖族突然翻脸挑起大战，对手无寸铁的人族大肆屠戮，我父母弟妹均在那场祸事中惨死。妖族恶毒，人人得而诛之！若是杀了你能让妖族元气大伤，我义无反顾！"驸马攥紧手中剑柄，神色满是愤恨。

"人族与妖族早已到了不死不休的时候，涂山妖族窥伺人间沃土，杀我族人无数。现如今，我人族一气盟、神火山庄等除妖世家均已做好迎战准备，此时正好拿她祭旗，壮我军威！"老僧此时哪里还有一分慈眉善目的模样，如怒目金刚般厉声喝道。

"好个人人得而诛之，我涂山族长石姬说得没错，人族果真该死。我只恨杀的人族太少，不解我心头之恨！"狐小媚恨意澎湃，眼中迸射出怨毒之意，"我的好驸马，也许你父母当年就是我亲手杀死的呢！"

驸马被狐小媚的话激得双眼通红，他握紧了手中的剑，拔出后狠狠地朝狐小媚的心口刺去。

"啊——"狐小媚胸中满是愤懑与怨恨，临死前的凄厉尖叫声划破天际。

以涂山为中心，向外辐射的地面上烟雾四起，苦情树下，双目微合的族长石姬嘴角上扬，露出一抹肆意狡诈的笑。不枉她近几年一直暗中挑唆人、妖两族的矛盾，终于二者再不可调和。她抬起头，仰天长啸，一股可怕的力量笼罩了方圆数千丈，数千妖族怒目圆睁。市井村落中，扮作人族模样的半妖也显出了兽态，成百上千根植物的根茎枝条从地底伸出，如有生命般卷向云端。

一瞬间黄沙漫天，大地上浓烟蔽日。

"啊——妖、妖怪！"凄厉的惊叫声从众多人口中爆出，人们或被惊得神志不清、瘫软在地，或被吓得惊慌失措、四散奔逃。

大地深处，一个大妖卷着滚滚烟尘化为利箭，射向为首的大和尚。本体为树木的妖君率先发动了进攻，它带刺的荆棘将兵将的血肉卷进绿色波涛之中。一道人影从半山腰冲天而起，东方家族的法师燃起掌中的火焰飞来，其所到之处一波炸开，化为一片片火海。大片树妖的身体被炸成血雨，数千里的战线上，一道又一道人影与妖族对上。

眼见着树妖们凄厉惨叫，虚空震荡，一条近乎透明的巨蟒幻化而来，在此地降下瓢泼大雨，又有人族大军赶来架起火油准备烧山，蜘蛛妖娇笑一声，樱唇一张，无数毒丝顺着风缠向大军。

无数狐妖从涂山跃出，旷日持久的战争一刻不停，直打到地如荒漠，大妖、小妖与除妖师们无一幸免，均被卷入了这场惨绝人寰的厮杀之中。

满目疮痍，只有手掌大小的雪狐幼崽被人族毫不犹豫地钉死在地上，甚至还没来得及叫一声"妈妈"，远处狼妖的嘴里叼着个将死的女人……

第一章 风云再起

（一）风云再起

苦情树华盖如伞，繁盛羽花如落霞纷纷而下。在离苦情树最近的一座精致阁楼上，有用描金小篆挥洒出的"斛光阁"三字。阁内，罗汉榻上一名女子双眉紧蹙，梦境中的战争愈加惨烈，她猛地睁开眼睛，一双眼珠呆愣愣地看着房中雕梁。

倒流烟的博山炉烟雾袅袅，片刻后，女子缓缓起身。许是梦中情景让她心境不稳，她白皙的脸庞上隐隐浮现出图腾般的纹路，现出了一个媚骨天成的山中女精怪。她的气息很快平复下来，脸蛋上的纹路渐渐淡去。

这名女子缓缓起身，发髻松垮欲坠，她身披一层薄薄的鲜红丝绸睡袍，丝缎般的袍子在肩膀处滑向一边，露出了一截白皙莹润的肩膀。她身姿曼妙地走到对面的露台旁坐下，一条腿抬起搭在窗框上，另一条腿在半空中吊着晃动，脚踝上挂着的妖铃叮当作响。

像是知道这斛光阁的主人醒了，外面一阵娇笑声由远及近，帘子被掀开，一名身着紫衣的娇俏女子走进来。来者正是涂山二当家雅雅姑娘，只见她脸带红晕，晃了晃手中拿着的酒壶："姐姐可算醒了，要不都没人与我一醉方休。"

涂山红红看了眼雅雅，又扭过头去，那梦中出现过战火纷飞、哀鸿遍野的地方，早已逐渐恢复了勃勃生机。她的露台正对着涂山正中的那棵孕育她成长的苦情树。三百年前那株青苗已长成了参天巨树，华盖如伞，羽花似霞，强劲的灵力自树根如圆心状散发出去，染得整个山苍翠欲滴，繁花似锦。而在这棵大树的庇佑之下，无忧无虑的小狐们正撒着欢追逐打闹，一对对妖侣牵手祈愿，好一幅生机勃勃的美景。

涂山红红盈润细长的五指在膝盖上轻轻点动着，她眉目间不见轻松，似叹息般低语道："二十年前苦情树隐现颓势，须得东方灵火方能起死回生，希望东方家那个小丫头能够遵守承诺。风雨欲来……不知这繁盛景象又能持续多久。"

"姐姐是天赐涂山的救星，是妖界最厉害的妖王，只要有姐姐在，就没有谁能掀起风浪来。"雅雅才不理这些话，她快步走到涂山红红身侧，娇笑着贴近对方的脖颈，口鼻中喷出淡淡酒香，黑发轻蹭着对方，眼中满是崇拜与信任。

"就知道你又在这里黏着姐姐，难道姐姐是你一个人的不成？"涂山三当家，身着葱绿及地长裙的狐妖容容也掀帘走了进来，"那东方家的小丫头已经被姐姐所标记，就算她想要违背承诺，也得有这个胆量和本事。"

涂山红红听了这话，抬起下巴，弯了嘴角，她寸长的鲜红指甲钩起身边雅雅的下巴挠了挠，眼中是可见的冷艳、自信与霸道，就在此时，她脚踝上所系妖铃突然狂乱地躁动起来。

涂山红红面色一变，一双厉目陡然朝远处看去，随后冷冽一笑："果然有不怕死的想要窥伺我的猎物，几年不出涂山，看来有人忘了我涂山红红的手段。"

雅雅本倚在涂山红红身上的身子站直了，她收敛起娇哆的声调，毫不客气地道："人族竟敢闯入涂山境内，想死也不挑个好日子！"

一边容容笑眯眯的眼中闪过一丝精明："死之前，最好先搜刮一番，看看他身上可有留下抵现之物。"

"我倒要看看到底是哪个不怕死的上赶着找死！你们两个守好涂山。"涂山红红一双长腿翻出露台，足尖一点树藤，红衣急掠而出，瞬间消失无踪。

涂山脚下。受涂山所庇护的葫芦村中，一个简陋的木屋院里炊烟袅袅，这一方院落虽然看起来清贫，却充满了生活气息，通过摆放整齐的柴火、浆洗干净晾挂着的衣裳、屋檐下轻轻转动的风铃与盛放着的白色知春花，便能看得出这是一户勤劳幸福的人家。

院中，一个七八岁的小男孩掌心泛红，正用尽全力，朝一个竹竿所挑起的人像上打去，微弱的火花离开他的手掌便消散开，任凭这孩子已经累得满脸通红、汗流浃背，也再没什么变化。

"火劲儿不足！月初加油！"男孩身边的柴火垛上，坐着个笑眯眯的村妇。这名村妇衣着朴素，一头秀发被蓝染粗布包裹着，露出她略显娇憨的脸庞，她挥舞着手中的地瓜，正朝着小男孩呐喊助威："这点火，别说烤鸡了，连红薯都烤不熟！今天若是能烧到这幅画，晚上让你爹给你宰只鸡来开开荤！"

"烤鸡？"名叫月初的男孩顿时来了精神，他再次凝聚起掌心火，咬牙朝那人像打去："金人凤！受死吧！"

这次火焰脱手而出，却仍然在离画像有段距离时慢慢熄灭。

"啊——娘，您是不是骗我啊！东方家族的纯质阳炎根本就没那么厉害，连个红薯都烤不熟。"月初失望地撇了撇嘴，沮丧地走到自己娘亲身边蹲下。

原来这名看似普通的农妇便是三百年前降妖师第一家族"东方家"唯一的嫡系后代秦兰。

"谁说的？"秦兰挑眉反驳，随后将手中的红薯放在地上，表情严肃地抬起手来，她的掌中燃起一簇火苗，在红薯上烘烤着，"看为娘给你做个示范。"

月初忍着馋意，紧盯着在火中翻滚的红薯，他咽了口唾沫，小声问道："娘，好了没呀？"

秦兰看自己儿子馋猫儿似的表情，笑着收起火苗，将红薯抛向他："好了，接住！"

月初伸手去接地瓜，结果被滚烫的地瓜烫得龇牙咧嘴，左右手不停倒换着："烫、烫烫烫——"

"真是个小馋猫！"秦兰咯咯笑道，"瞧你这猴急的样儿，今儿是你生日，这神火地瓜啊，你要多少有多少，晚上的烤鸡也少不了你的！"

月初捧着地瓜，嘿嘿笑着抬起头来："娘，咱们东方家，还有那个纯质阳炎真有你说的那样厉害吗？"

"那是当然了！"一提到东方家，秦兰的目光中满是骄傲自豪，"纯质阳炎威震四方，神火一出，群妖退避。人妖大战那些年，世间唯有东方灵血才能炼成纯质阳炎，那时候咱们老祖宗所到之处，大妖无不夹着尾巴四散逃命，只要提起东方家来，人族艳慕不已，妖族闻风丧胆。"

月初一边听着娘亲细数家族往事，一边张嘴咬了一大口地瓜，随后面色一变，"呸呸呸"地全部吐掉，咧着嘴嚷道："娘，你骗人！什么天下第一纯质阳炎嘛！连个地瓜都烤不熟！你吹牛！"

"啊？！"秦兰面色尴尬，连忙挽尊，试图再次召唤出神火，却发现怎么都施展不出来了，"等着！我这就回温一下，保准让你大饱口福！"

月初看娘亲手忙脚乱的样子，翻个白眼道："又想骗我！"

秦兰十指结印，急催内力，却怎么也施展不出，偏嘴硬道："你懂什么，召唤纯质阳炎要有耐心——"

月初斜眼看了半天，忍不住揶揄道："天下第一，哼哼哼！"说罢，朝着自己娘亲做了个鬼脸转身就跑，下一刻便没头没脑地撞进了刚从屋里出来的父亲怀里。

"哎哟！"月初鼻子被撞得发酸，拔脚就要溜走，却不想被父亲一把揪住他的后脖颈。身材高大的男人弯腰贴近他的脸，危险笑道："小兔崽子，咱们家的家规是什么？"

月初缩了缩脖子，讨好地叫道："爹——"

"说啊，家规是什么？"高大男人丝毫没有松手的迹象，咧开嘴阴森森继续问道。

月初无法，只得垂头丧气地小声道："不许私自出去玩，不许和陌生人说话，不许吃外面的东西……"

"记得还挺熟。"男人挑眉，打断月初的话，"最后一条是什么？"

月初心虚地道："不许惹娘亲生气……"

"记得就好。"男人看儿子那怂样，终于忍不住笑出声，他松开儿子的后脖颈子，直起身子帮他整理了下衣裳，"东方家族，女子毕生灵力随血脉传承，你娘的灵力都传给你了，这才神火不稳，所以你更要努力修炼，不能浪费了你娘的心血和东方家族的传承才是。"

"好啦，这次地瓜保准熟了。"秦兰捧着地瓜笑盈盈地走上前，将手中的地瓜递给儿子。月初捧着烤地瓜，扑到秦兰的怀里撒娇道："娘，我错啦，等我将来学会了纯质阳炎，一定给娘和爹烤好多好吃的地瓜！"

"臭小子。"男人笑着揉了揉月初的脑袋，一只手拿出一盏精致的河灯，"爹做的这个生辰礼物，月初喜欢吗？"

"哇！爹你终于做好啦！"月初惊喜地接过河灯，左右端详着，"好漂亮啊！嗯……里面还少了一点东西……"看着河灯空空的内芯，月初想了想，从怀中掏出三个小人偶，将它们放入河灯中，接着朝父母笑道，"这就好了，咱们一家三口！"

夕阳西下，秦兰与月初父亲含笑对视一眼，笑道："走吧，该去祈福了。"

"祈福去喽！祈福去喽！"月初一手捧着灯，另一手拿着地瓜，兴高采烈地跑出门去。

月初父亲揽着秦兰的肩膀，跟着月初往院外走去。秦兰带着笑意扭过头来，正好看到迎风飘展着的、挂在竹竿上的画像，那画像上的男人须发皆白，在猎猎晚风中，他阴鸷的眉眼好似死死盯着秦兰，惹得秦兰不由自主地一个激灵。秦兰脑海中再次想起了自己在神火山庄中所看到的那恐怖一幕——神火山庄中，病重的父亲卧病在床，而父亲好心从街头领养回来的徒弟却恩将仇报，连续不断地吸走父亲满身灵血。

"别怕，咱们总有一天会替父亲报仇的。"月初父亲轻轻捏了捏妻子的手，安慰道。

"嗯，这笔血债一定要让金人凤这个小人偿还。"秦兰眼中闪过一丝恨意，点头应道，随后看向丈夫温柔道，"走吧，月初已经跑了呢。"

"这个小捣蛋鬼。"月初父亲笑着摇摇头，揽着秦兰，踏着月色，往村边林中的一棵大树下走去。此时村中众人大多都已到来，彼此含笑寒暄着，看着孩子们手捧河灯嬉笑打闹，一派其乐融融的景象。

时辰一到，众人皆围绕着这棵大树虔诚地跪下，口中念念有词，说着祈祷的话语。

像月初一样皮猴子般的小朋友们也受到了大人们的感染，带着些严肃的表情双手合十。

秦兰跪在儿子身边，用肩膀轻轻碰了碰儿子，朝他眨眨眼小声道："臭小子，你可想好了再许愿啊，别许个为难树神的。"

月初气鼓鼓的，不服气道："我已经不是小孩子啦！我就想一家人平平安安，您和父亲长命百岁，而我也能像爹那样守护家人！"

月初父亲看着儿子欣慰地笑道："这个容易实现，咱们赶紧虔诚祈祷，让树神保佑咱们一家。"

秦兰看着可爱的儿子和体贴的丈夫，眼波中染上一层哀伤："爹，您看到了吗？兰儿现在过得很好，您放心吧。"

月初看母亲哀伤的模样，悄声抬头问道："是外祖父吗？"

秦兰拍了拍月初的头，点了点头。

月初坚定地挺起了小小的胸膛，道："外祖父放心，我长大以后一定会将那些歹人都抓起来，让他们在您灵前磕头认罪！"

原本还在思念父亲的秦兰看着被河灯光影所笼罩着的家人，忍不住露出温情，一家三口低头祈祷着平安幸福。

祈祷仪式很快就结束了，村民们揪着自己玩不够的孩子，与熟人们道别，纷纷往自家走去，月初也开开心心地和朋友们挥着手，大声说着"再见"，随后捧起河灯，一手仍拿着地瓜，追着父母的背影往家跑去。

月初兴高采烈地推开院门，正要朝爹娘撒娇，陡然停住脚步。只见父亲正被一黑衣人用剑抵住脖颈，一步步往后退。

"爹——"月初瞪大眼睛，抬脚就要冲上前去，还没等他迈开脚步，就见一团赤炎从屋内冲出，直冲那黑衣人面门，赤炎后，秦兰飞身上前，拉着月初来到丈夫身边。

"哈哈哈哈哈哈哈，小师妹！好久不见，别来无恙啊！"熟悉的声音从四面八方传来，好似扩音术一般回音不断，秦兰握住月初的手不由自主地攥紧了，她的脸上显出恨意。随着这声音扩散而去，数十名黑衣弟子手持长剑，包围住这个小院。

一位须发皆白的老者阴恻恻地从院门进入，带着几分戏谑之意打量着这聚在一起的一家三口，像是冰凉的毒蛇盯上了猎物一般："孩子都这么大了，看来这二十多年，我放你在外面逍遥快活，也是功德一件。"

（二）父仇母恨

月初第一次见到真正的金人凤，他连忙以小小的身子挡在秦兰身前，想要保护自己的娘亲。

"金人凤！不，应该叫你金人猪！你这个忘恩负义、阴险狡诈的小人！"秦兰怒视着杀父仇人，双目中的恨意好似能喷出火来，"当年你流落街头，是我爹好心救你，你竟然恩将仇报，为夺取纯质阳炎，欺师灭祖吸取我爹满身灵血，篡夺庄主之位！你这种狼心狗肺之人也配谈功德？！"

金人凤对秦兰的叱骂不以为意，反而面带讥讽道："吃了这么多苦，小师妹的脾气还是一如当年啊，只是可惜了，本事配不上脾气，再怎么骂，你与你怀里的小畜生都要乖乖随我回神火山庄，这一身东方灵血，也要为我所用。"

说罢，金人凤就要动手，月初父亲却突然伸手袭向金人凤，朝妻儿喝道："快走！"

"走？一个也走不了！"金人凤冷笑着一掌劈开月初父亲，随后双手猛击，神火呼呼作响，院中瞬间焦土一片。秦兰护着儿子快速后退，月初手中的河灯滚落在地，灯内两个大一点的人偶立即被火舌所吞没，只余一个小小的人偶远远地、孤零零地躺在地上。

金人凤挥剑指向三人，凛冽剑气划破空气，烟尘带着杀气直冲三人面门。

就在这危险时刻，一声诡异的铃音自幽远的林中传来，一道细长的红纱如灵蛇般，以极快的速度冲入战场。巨大的妖力与神火对上，"嘭"的一声巨响后，神火碎如残花。在漫天破碎的火花中，一妖娆女子着红衣携劲风倨傲而来，如林间山鬼一般立于对峙的两方中间。

"涂山红红？！"金人凤惊讶地看向这名女子，失声叫道。

月初也呆滞地看着红红，这女子容颜妖娆，表情却冷如冰雪，白皙赤裸的双足踩踏在红色的淡淡薄雾之上，犹如落花女仙，又像山中精怪，让人移不开眼睛。

"无耻鼠辈，闯我涂山结界就罢了，连我涂山红红的东西也敢抢？你这老东西是嫌自己命太长了吗？"涂山红红环视着一众黑衣人惶恐畏缩的表情，面上浮现出轻蔑嘲讽之意。

秦兰咬着下唇，神情复杂地看了一眼涂山红红，一手拽着儿子，另一手拽着夫君，低喝道："走！"

见猎物要跑，金人凤带着弟子就要抬脚去追，却被一道疾风划过脸庞，留下一道血印。

"我说过，敢抢我的猎物，先掂量掂量自己有没有这个本事。"

金人凤见事情不能善了，给身边的大弟子付魁使了个眼色，站直了身体，正色道："区区狐妖也妄图霸占东方灵血，今日我便要你尝尝我金面火神的厉害！"话罢，他挥出手掌，一道神火裹挟着烈焰，直袭涂山红红面门，而他身边的付魁则趁机带着几名黑衣人扭头就跑。

滚烫的热风席卷了这农家小院的每一处物品，花树、衣裳、柴火遇风即焚，红红行动与步态显出几分兽性，与金人凤厮杀在一起。眼见神火要舔上红红面庞，红红却冷笑着用妖力包裹住了神火，淡金色的妖力一圈圈缠绕着神火，巨大的火光一层层冲破天际，爆发出巨大的声响，气浪排山倒海般翻滚开来。

滚滚金红色的烟火缓缓散尽，那娇艳的红色身影好似随着烟火一同消失，而金人凤却面色发白地踉跄两步，手捂溢出鲜血的腹部，死死盯着众人消失的林中，咬牙恨道："就差一步……"

而那月初一家三口一路直奔河滩，被金人凤的徒弟付魁带人追上了。

付魁冷笑着招手，示意东方家的子弟将人围住，猫捉耗子似的笑道："二小姐，识时务者为俊杰，还是乖乖跟属下回去吧。"

秦兰冷哼一声，眸中是身为东方家嫡系的骄傲："就凭你们几个？休想！"

话音落下，秦兰与丈夫便上、下两路袭向付魁，月初心慌担忧地看着混战中的双亲，而不远处，螳螂捕蝉，黄雀在后，身着除妖师联盟一气盟袍服的两位当家"虎鹤双仙"互相交换了个眼神。这两位人老成精，一个凶蛮丑陋，另一个瘦长狡诈，也打着自己的主意。

只见鹤仙按住蠢蠢欲动的虎仙，阴恻恻道："先让他们斗上一会儿再说。"

一盏茶的工夫，那付魁所带的弟子已经躺倒了一片，秦兰夫妇虽然挂彩，但二打一对付付魁仍占上风，不一会儿便将这忘恩负义的小人打倒在地。秦兰不欲斩草除根，见那付魁已经没有一战之力，转头拉上月初就要继续逃命。

这一家三口还没跑出几步，就见清凌凌的河面上倒映出两个人影，月初父亲刹住脚步抬头看去，就见虎鹤双仙正不怀好意地落在他们面前挡住去路。

秦兰见到这两位，面色也忍不住微微发白："堂堂虎鹤双仙，竟然也与金人凤同流合污。"

虎仙鼻翼翕动，朝空气中嗅了嗅，随即嘿嘿一笑："要怪就只能怪你们东方家的血太香了。"

话还未说完，就见两团泥巴砸在了虎鹤双仙的脸上，原来这两人只顾着盯住秦兰夫妇二人，没注意到月初这个小小孩童竟然这么大的胆子，敢用泥巴丢他俩。待他们将脸上的泥巴抹净，只能看到那一家三口逃跑的背影了。

鹤仙牙齿咬得咯咯作响："追！"

这两人本就在与付魁混战时受了伤，再加上带着月初这个小孩子，根本不是虎鹤双仙的对手。在一个河道拐弯处，月初父亲拽着妻儿躲在了河岸一块大石头后面。

不一会儿，三人便听到虎鹤双仙的声音传了过来："他们受伤了，跑不了多远，等我抓到了那小兔崽子，非得扒了他的皮！"

月初父亲听了这两人的叫嚣，面色沉静地揉了揉月初的脑袋，和秦兰交换了个眼神，随后笑着小声对月初道："月初，还没见过爹大展神威吧？今儿让你瞧瞧。"

话音落下，月初父亲便猛地跃上远处另一块大石，朝着虎鹤双仙挑衅道："今儿咱们看看到底是谁能扒了谁的皮！"

虎鹤双仙见到月初父亲，神情狠厉，当即挥手释放出一道道发光的灵力，朝月初父亲打去。

月初看着远处承受重击的父亲，急得泪珠在眼眶里打转，他抓着娘亲的手急切道："娘，怎么办啊？爹会被打死的！"

秦兰回握了握月初的手，面色庄重道："别担心。"

这虎鹤双仙打了半晌，却见自己的攻击好像伤不到敌人半分，不由得收敛力道，凝神细看："灵力转移术？！"

秦兰从大石头后面缓缓站起，一字一句道："没错，你们打在他身上的每一分灵力，我都会分毫不差地还给你们！"

话音落下，她的掌心便冒出一簇旺盛的纯质阳炎。月初见父母都如此淡定，又想到刚才鹤仙的话，立刻聪慧地明白了什么："爹硬扛着这两个丑八怪的攻击不还手，是为了将他们的灵力转换给你啊娘！"

秦兰微微一笑，掩去面上转瞬即逝的悲怆，看着月初道："总算聪明了一回，你保护好自己。"

月初懵懂地点点头，仍然抓着那个秦兰下午给他烤好的地瓜，秦兰的视线在儿子和地瓜之间打了个转，问道："这次的地瓜烤得好不好吃？"

"好吃！"月初毫不犹豫地点头。

"好，你要永远记住这甜味儿，不管发生什么，悲伤只能持续一天，太阳再次升起时，就要开心大笑，这才不枉来世间一趟。"说罢，秦兰留恋地摸了摸月初的脸蛋，转身就朝虎鹤双仙走去。

月初好似明白了什么，伸手拽住娘亲的衣袖："娘——"

这次秦兰没有再依着他，一把推开了月初，厉声道："快走！找个地方藏起来，待为娘和爹解决了这两个杂毛就去找你！"

"不、不要——"月初摇头,只觉得自己若是走了,便再也见不到爹娘了。

秦兰见月初倔强,抬手化出一道结界将他挡住,月初还想冲上去,却只能被挡在结界一侧,只得不停地捶打着这透明的屏障,连喊叫爹娘的声音都传不出去。

秦兰眼角带泪,朝着儿子微微一笑,用嘴型说了个"走"字,便头也不回地冲向虎鹤双仙,打出一道又一道凌厉的纯质阳炎。虎鹤双仙畏惧这阳炎,步步后退,可随着秦兰不断输出,她的心力已经耗竭,鬓角的黑发竟开始变得斑白。

"她快不行了!"鹤仙看出秦兰已是强弩之末,朝虎仙喊道。虎仙听了这话,凝神聚力,手掌猛地击向月初父亲的天灵盖,鲜血瞬间顺着月初父亲的头发流下来,遮住了他的视线。

月初父亲受到重创,秦兰掌中的神火也跟着瞬间变小,趁着这个时机,虎鹤双仙的法器直奔秦兰而来,月初父亲濒死前下意识地将秦兰死死护在身下。下一瞬,双仙的法器贯穿了这夫妻二人的身体。

眼见着父母身亡,月初无声地哭喊着,他再次朝结界挥拳砸去,这一次结界应声而碎:"爹!娘!"

月初顾不得其他,泪流满面地冲相拥的夫妻二人跑去,虎鹤双仙则嗜嗜怪笑着走向月初:"大的死了,小的还在,也不算亏。"

就在虎鹤双仙举起手来时,清脆的铃音自远处传来,这双仙还没反应过来,就被打飞出去,口吐鲜血,刚才还嚣张不已的二人惊恐地看着远处踏空而来的红衣女子,失声叫道:"是涂山红红!快撤——"

"想跑?"涂山红红见这两人掏出遁地符,身形转瞬即近,祭出一道妖力跟随虎鹤双仙一同消失在虚空中。她看了一眼虎鹤双仙消失的方向,冷笑一声,落在地上:"我的东西都敢抢,给你们点教训尝尝。"

说罢,涂山红红转身去看秦兰一家,只见月初趴在爹娘身上正号啕大哭,而秦兰已经是强弩之末,她带血的手死死捏住儿子,眼中是无限的不舍,虚弱叮嘱道:"记住,好好活着,不要、不要报仇……"

"娘,娘!不要!不要丢下月初!"月初哽咽着,他浑身颤抖,不停地摇着头,而秦兰看着月初身后缓缓朝他们走来的涂山红红,打了一个寒战,突然吼道:"快、快跑!"

月初懵懂地看着焦急的秦兰与面色清冷的涂山红红,不明白自己的母亲怎么会这么畏惧刚刚救了他的漂亮女子。

红红冷漠地看着将死的秦兰,冷冷道:"东方秦兰,你莫不是忘了你我之间的约定?"

秦兰听到"约定"二字,眼神中的希望陡然熄灭,她徒然看着才七八岁的儿子,眼中满是懊悔和痛楚,她只能紧紧地握住月初的手,带着不舍咽下了最后一口气。

"娘,娘!你醒醒!娘,娘!"月初眼见着母亲身亡,伏在父母的尸身上悲痛欲绝地呜咽起来。

(三)天地一线

春寒料峭,寒风呼啸着吹散了空气中的哭泣声。涂山红红眼中一片淡漠,好似理解不了月初为什么要如此悲恸。夜色慢慢淡去,初升的阳光洒在波光粼粼的水面上,月初终于接受了父母已经不在的现实,抽噎着擦掉眼泪站起身来。还没等他有别的动作,就见一道细细的红线突然从秦兰胸口而出,化入涂山红红的掌中。月初面露畏惧,后退两步,随即看了看爹娘的尸体,又强撑着倔强地问道:"你、你对我娘做了什么?!"

"二十年前,我从金人凤手中救下了你娘,护她不被窥伺灵血之人所伤,所以她与我有个约定。"涂山红红清冷的声音传入月初耳中。月初看着这个如妖媚山鬼一样的女子赤裸着雪足,一步步朝他走来,然后伸手拭去他脸庞上的血迹。那一抹鲜血在红红的指尖燃起一簇火焰,月初吓得忍不住又后退一步:"什、什么约定?"

"这东方灵血果然厉害。"红红忍着烫意捏灭了火焰,她的指尖已经被烫得通红一片,凭她的修为,已经很久没有什么能伤到她了。

月初心下一凛,知道这又是一个窥伺他们东方灵血的贪心之徒,扭头拔腿就跑。

"跑?想跑到哪儿去?"红红嗤笑一声,手指勾了勾,月初便再也迈不动腿,像是被什么拽着一般被拖回了红红身前。

"你这个小孩怎么这么没良心?听说人族故去后,需要落葬为安。你身为人族,连这点道理都不懂?"红红伸手点了点月初的脑袋,蹙眉说道。

虽然提点了月初要安葬父母,红红却什么也没做,只靠着树站在一边,看着这个男孩独自捡拾柴火,将父母围在中间,点燃熊熊烈焰。赤色的火焰在空气中跳动着,隐约能看到那夫妻俩的尸身。

火焰慢慢模糊了月初的视野,他泪流满面地紧握住双拳,努力压抑着滔天的恨意,直到夫妻俩的尸身彻底化为灰烬,月初才缓缓呼出一口气来,边顺着河道走边抽噎着,而红红则不远不近地跟在他的身后。

此刻的月初恨极了所有想要占有他们东方灵血的人,他猛地回过头来,愤怒地朝红红喊道:"你既然不杀我,为什么一直跟着我?你到底有什么阴谋诡计?!"

话音刚落,就见一道红线自红红心口射出,缠绕在她葱白的指尖上,随即红线的一端直刺进月初心口,月初惊骇地捂住那红线进入的位置,却什么也感受不到。

月初:"你对我做了什么?"

"这是天地一线,既然你不愿随我走,我便留下这一线,今后无论你到哪,我都可以随时找到你。

"我与你母亲曾有契约,若是她有不测,此契约将延续至她的后人,契约既成,绝不反悔。现在,与我结契的人变成了你,有了这'天地一线',不论你走到哪里,我都能随时找到你。"

月初面露惊恐,使劲儿扒着自己的衣服,想要将那红线找出来:"什么天地一线,我才不要!给我取出来,听到没有!"

徒然地扒了一会儿,月初再次抬起头来,发现红红已经消失不见了,他茫然四顾,只看见寂静山岗空无一人,月初气得跺着脚大声骂道:"你这么大一个妖怪,说不见就不见了!仗着妖力高强就欺负小孩子!你的良心不会痛吗!"

停了半晌,月初忍不住再次掉下泪来,他掏出怀里的烤地瓜,吸了吸鼻子,举起来看了看,强颜欢笑道:"爹!娘!月初一定好好听话,只难过这一天,往后再也不会让人看到我的悲伤了!我会好好活着,虽然眼下一无所有,但是以后我一定可以靠自己讨回属于我的东西,给你们报仇!"

说罢,月初哽咽着咬了一口烤地瓜,泪水顺着他的脸颊滑落。

青黛起伏的山岭神秘莫测,偶尔几只山妖掠过林间,引起飞鸟振翅。红红站在高大显眼的苦情树下,看着繁盛的羽花缤纷如雪,而她的身后,容容轻踏着羽花而来。她笑意盈盈地走到红红身边,迎着暖阳道:"秦兰夫妻已死,姐姐此行为何不将东方家的那个小崽子带回涂山呢?"

红红脑海中闪过月初倔强悲伤的脸庞,神情略冷道:"他内心抗拒,强行带回来只会徒增麻烦罢了。"

"可是……"容容精致的眉目精明地皱了皱,道,"自打二十年前,苦情树遭不明力量侵蚀,降下神谕,只有灵力至阳的东方灵血祭树才能解祸。姐姐不愿伤害无辜,这才护了秦兰这么多年。如今那小子可是世间唯一拥有灵血之人了,容不得半点马虎啊。"

红红侧过头,看了眼容容:"你想说,金人凤既然已经盯上了他,势必不会善罢甘休?"

容容凝眉点头:"正是,得想个法子,彻底打消金人凤之流的窥伺才是。"

想到金人凤那猥琐至极的模样,红红美丽至极的面庞上露出势在必得的表情,她冷冽傲然道:"他是我的猎物。这世上,还无人能从我手中夺走什么东西。"

容容还要再说什么,就见眼前虚影一晃,族长已经没了踪影。她气得跺脚道："哎，哎！人呢？！怎么来无影去无踪的！"

容容气完，手指搓着自己的下巴喃喃道："得想个法子。虽然那金人凤是只臭虫，但被他黏上也总是恶心。有了！打打杀杀的事，还是让雅雅去做吧！我去把雅雅找来！"

这边繁花似锦、说说笑笑，那神火山庄中却一片低压。金人凤阴着一张脸坐在大殿主位上，让付魁和医女为他包扎伤口，突然忍不住骂道："一群废物！这么多年费尽心思东寻西找，好不容易寻到了人，竟然无功而返！"

站在下方的虎鹤双仙对视一眼，鹤仙略显忐忑地上前一步道："庄主息怒，那东方秦兰虽然死了，但她儿子还在。据我兄弟二人暗中观察，那涂山红红并没有将那小崽子带回涂山，只要庄主加派人手，我俩再好生谋划一番，定能将这兔崽子带回来。"

金人凤听了鹤仙的话，收敛起怒火，耷拉的眼皮抬起来，语调清淡却包含威胁道："本庄主的耐心可是有限的，这次最好别让我失望，否则……"

"是，是！这次一定不会空手而归的！"虎鹤双仙立刻保证道。

离开了苦情树，涂山红红不知怎的，再次顺着天地一线来到了小月初的身边。晨露微凉，小月初并不搭理红红，只一直朝前走着，两人的影子一前一后，在阳光下，红红的影子如守护者覆盖在月初的影子上。

走了一段距离，月初越想越气。这大妖走的时候无声无息，现下想出现就又凭空冒了出来，真是烦得要死。他忍不住回头道："你这大妖又来做什么？平日这时候我爹都已经烧好水、做好饭了，我娘肯定在厨房偷偷吃消夜……"

"你说的这些，以后都不会发生了。"红红打断他的话，不知他为什么要说这些以后都不会存在的东西。

"你，你！哪有你这样的，不安慰人就算了，还总往别人心口戳刀子！"月初被红红哽了一下，气得骂道。

"我本就不是人族，没有那么多七情六欲，安慰是最无用的，又不能让你爹娘起死回生。"红红只冷静地与他分析，她并不能体会到月初的悲伤与不舍。

月初自嘲地扯了扯嘴角："我还以为你是个好妖呢，没想到又冷又硬。"

红红斜睨了月初一眼："好？在人族看来，哪里有什么好妖？随我走吧，随我回涂山。"

月初想了想，疑惑道："涂山？那个传说中住了许多狐妖的涂山？狐妖会吃小孩吗？"

红红噎了一下，不耐烦地看着不停甩出问题的月初："好似你这样啰唆的小孩，自然是有一个吃一个。"

月初想到之前红红露出的一嘴獠牙，打了个寒战："我……你长得这么好看，我当然愿意跟你走啦，可是我们刚认识……我爹娘肯定不想让我跟个陌生人……不不，陌生妖怪……"

说着说着，月初终于意识到自己又啰唆了，下意识地闭紧了嘴巴。

红红修行百年，自然看出月初并不想随她走，便也不再劝说，只继续跟在他的身后，有些好奇，想看这么小的孩子要如何在山林中生存。

月初生怕红红将他抓回涂山，也不敢再搭理她，只在太阳落山前找到了个小山洞住了进去，顺便打了只野鸡串在树枝上烘烤。他的手艺遗传了父亲，单单用火来烤，便让这山洞中满是烤肉的香味。

待鸡肉开始变得金黄，月初将烤鸡架在木架上，转头挑拣了几个路上捡拾的野果擦了擦，想要来配着烤鸡做晚餐，待他再一回头，那烤鸡却已经不见了踪影，只剩下一堆鸡骨头。月初气得霍地站起身来："哪个小偷偷了我的烤鸡！有本事吃鸡肉，没本事出来见人吗？！别以为藏起来我就找不到你了！"

正骂着，一根鸡骨头就砸在了他的脑门上，他怒气冲冲地抬头一看，红红正惬意地坐在一根树枝上，扔掉了手里的鸡骨头，并表扬道："做得不错，好吃。"

"你！"月初知道自己不是她的对手，只得赌气重新坐回火堆旁边，抬头看着她道，"你跟着我，也是图我的东方灵血？"

红红的神情似邪非邪，带着几分玩味从树上跳下来，她伸出舌头舔了舔嘴唇，逼近了月初。不知是不是因为被跟了一路，月初并没有被吓到，心里有些笃定这个好看又不近人情的大妖不会真的伤害他，只思量着说道："不对，你若是也图谋我的灵血，早就动手了，何苦要一路跟着我呢……"

说到这，月初故作思量，突然想到了什么似的防备地盯着红红道："哦！你之前一直离我那么远，结果我的烤鸡烤好了，你就出现了，该不会……肯定是你吃了我的烤鸡！"

涂山红红本故作狠厉地靠近月初，听到月初痛斥她偷吃烤鸡，陡然有些心虚，她后退一步，清了清嗓子道："你做的烤鸡确实是我吃过最好的。"

红红的话还没说完，月初便警惕地后退两步，大声嚷嚷起来："果然、果然是这样！我娘当初就是因为我爹做饭的手艺好，这才看上了他！你现在夸我的烤鸡好吃，又追着我不放。"

红红听了月初的话，只觉尾巴上的毛都要炸起来，她慢慢靠近月初："伶牙俐齿，当真讨厌，是该带回涂山，好好调教。"而月初则双臂抱在胸前，瑟瑟发抖，猛地扭头往山洞外跑去："难不成你真的看上我了？"

红红："你当真不随我回涂山？"

（四）护你周全

月初警惕地摇头："我穷得叮当响，就算你看上我的手艺了，我也没东西给你。难不成你想让我加入涂山，那我不成了你的小跟班？"

红红冷哼一声，手中的鸡骨头砸在月初的脑袋上："你身怀灵血，又与金人凤打过照面，他们决计不会放过你，是死守人族还是去涂山接受庇护，你自己决定吧。"

月初望着红红，还没说话，她的身影便消失在眼前。

确定红红真的走了，月初那一派天真无邪的模样隐隐消失，他神情复杂地自言自语道："娘说过了，长得漂亮的女人多半有毒。这女狐妖力高强，性格乖戾，行事深沉莫测，一定要好好提防才是。"

一晚过去，月初再次醒来，他沿着树林继续前行。没了涂山红红在附近跟随，虎鹤双仙慑于她的淫威，一时也不敢妄动，只阴恻恻地跟在月初的身后。

月初自然察觉到身后那两个鬼鬼祟祟的身影，想着脱身之计。这二人虽然看上去没那么聪明，不过身手并不一般。自己身有灵血，怀璧其罪，以后追杀自己的人恐怕只多不少，躲得了一两次，却哪有日日防贼的道理。爹娘也与他说过，大丈夫能伸能屈，与其被人抓住吸了灵血，倒不如先去涂山……

想到这，月初假装打猎追逐野鸡，实际却哄着那只野鸡往涂山的方向跑去。

那虎鹤双仙又跟了一程，鹤仙突然察觉到不对："这小子想跑！前面是涂山境地了！"

虎仙一听，立刻抬脚追赶，手中祭出一道灵力炸向月初。

月初被灵力炸伤，一个跟头被掀翻在地，他顾不上疼痛，手脚并用地朝着涂山的方向爬去。

虎仙气喘吁吁，骂道："臭小子，都站不起来了还想跑！"

"坏了，他进涂山境地了！"鹤仙猛地刹住脚步，恶狠狠地跺脚。

月初此时正拼着最后一股力气爬过涂山界碑，他转身靠在界碑上，一边忍痛咧嘴，一边挑衅道："想要抓我？有胆过来啊！"

虎鹤双仙虽气得跳脚，但这涂山境内他们还真不敢就此闯入，就像火中取栗般扎手扎脚，舍不得离开又不敢下手。

月初看出了这两人的顾忌，对着杀害双亲的凶手只管继续挑衅道："你们商量好了没，究竟还抓不抓我？还是说你们怕了，不敢入内？"

"你这臭小子！"虎仙经不得激，当即喝道："咱们一起上，趁着涂山的人还没发现,先把这小王八蛋给解决了!"

说罢,这两人直冲入涂山界内,朝着月初袭去。

月初见他二人竟然真豁得出去,惊讶之下,想要躲闪却已经来不及了。千钧一发之际,妖铃的声响由远传来,一道强劲的妖气把虎鹤双仙震出界外,紧接着一个红色身影落在月初身前,涂山红红睥睨,霸气十足道:"涂山,我罩的,懂?"

鹤仙狼狈地从地上爬起来,装模作样地拱手道:"原来是涂山大当家,失敬失敬,我兄弟二人方才只是跃起,并未踏足涂山境地,所以……"

"哼。"红红傲气地嗤笑一声,"真不巧,此地领空,也是我罩的。"

鹤仙还想说什么,那虎仙被这看起来还不如他晚辈年龄大的女子此般逼迫,却忍不住了,喝道:"死狐狸!咱们跟她拼了!"

他话说出口,人还没跃起,就被从天而降的一只酒葫芦砸在了头上。

"哎哟!"两人死死捂住脑袋,被不知从何而来的酒葫芦砸蒙了。随着一声娇笑,着一身紫衣的雅雅从涂山红红身后显出身形,她招招手,收回酒壶,将酒壶一下一下地往空中抛,丝毫没有将这两人放在眼里:"这么弱,还值得我们大当家动手?"

"自然是不值得姐姐动手了,姐姐这么高的身份亲自教训他们,咱们太吃亏了。"随着话音,容容也从树林里走了出来,只见她手中拿着一个小小的金算盘,眼中满是算计。

虎鹤双仙怒道:"哪里来的小妖,休要胡搅蛮缠!"

"胡搅蛮缠?"雅雅冷笑一声,猛地提气跃起,双脚分别踩在他们背上,使出千斤顶,把两人压倒在地上,"有我威震天下、法力无边的二当家涂山雅雅在,还轮不到你们这种废物聒噪!"

红红看着雅雅这不雅的模样,低声道:"雅雅,回来。"

雅雅正玩得开心,听到大当家的话,笑意一僵,灰溜溜地从虎鹤双仙的身上下来,又灰溜溜地走了回来,忍不住拍马屁道:"姐姐,对付这种小喽啰,无须劳烦你亲自动手。"

红红没理雅雅,她侧头瞥了一眼月初,只觉得他嘴角溢出的血迹十分刺眼,红红冷然看向虎鹤双仙:"他的伤从何而来?"

鹤仙被看得大汗淋漓,结巴道:"这……都是误会。再说,这小子也越界了!涂山不容外族,我们也是替大当家教训教训他!"

红红冷笑一声:"这么说我还得谢谢你们?"

"大当家客气,我们哪好意思啊……"虎鹤双仙见红红神情不善,一边摇头一边择机想溜,不想一道妖力直接重创二人双腿,让二人倒地哀号不已。

这时容容从后面走了上来，晃了晃手中的金算盘和一张账单："算盘一响，黄金万两。别急着走啊，咱们得先把账算一算。你们兄弟二人，分别是五百两和三百两，当面付清，概不赊账。按照客户保护法则来算，你们已经进入了涂山境内，当以一日的金额支付。"

虎鹤双仙艰难爬行着，想要尽快逃离，却被容容挡住了去路，虎仙忍不住大骂道："你们这是赤裸裸的打劫！"

"打劫？雁过拔毛，兽走留皮，这是我涂山三当家涂山容容的规矩！懂？"容容柳眉一竖，脸上的和善笑容霎时间变得狰狞。

鹤仙忙拦住还要说话的虎仙，笑道："懂，我们懂规矩，只是……只是我们的钱袋在来的时候丢了……"

"哦？你们莫不是想走霸王路？"容容面色不虞，捏着算盘的手指收紧，看起来好似就要动手。

"我有个办法！"就在此时，月初突然插话，他眼中闪过一抹狡黠，"虽然没了钱袋，但他们的随身法宝可还值不少钱呢。"

容容一听，脸上才算又显出点笑容，她上前两步，足尖一点，这两人的本命法器便被踹了出来："赤炼回鹤钩，可抵一千两。巨灵虎魄珠，也是一千两。扣除了过路费还有剩余……"容容的眉毛死死拧在一起，凡事只有她收钱的，可万万没有从她口袋里掏钱的道理。半晌后，她忍痛道："这样吧，我可没银子找给你们，要不你们再随我去涂山转转，把余下的银子花了再走吧。"

虎鹤双仙一听，连忙摇头道："不用了不用了，我们不要了，不用找钱了！"

"那就滚吧！"容容见这两人还算识时务，这才点头放过他们。

两人爬起来想走，又看了眼坐在地上的月初，忍不住道："那他呢？"

红红慢慢走到月初身前，上下打量一番："交不起过路费，擅闯涂山，死！"

话音落下，红红一掌朝月初胸口劈去，只见月初口中立刻涌出大量血花，瘫软在地失去了生气。

"这、这可是东方——"虎仙面色大变，心痛地叫道。

"哎呀，快跑吧——"鹤仙连忙拉住虎仙，死命地往外逃去，很快就消失无踪了。

见两人彻底没了踪影，红红伸脚踹了踹月初，月初一动不动，好像真的死了一样。雅雅在红红身边看了看，召出酒葫芦就朝月初砸去。葫芦带着劲风呼啸而至，月初连忙一个滚地躲了过去，嘿嘿笑着爬了起来。

红红冷哼一声："看不出来，你装死装得还挺像的！"

"妖仙姐姐，你们狐族的易容术好厉害。"月初说着就要上前去拉红红的手。

雅雅眼疾手快，连忙上前隔开两人，竖着眉毛教训道："哪里来的臭小子，少套近乎。姐姐，你干吗要救他啊？"

红红淡淡道："一个孤儿，带回涂山吧。"

"啊？带回涂山？"雅雅惊讶地张大了嘴巴，眼看着红红带着月初往涂山深处走去。容容路过雅雅身边，用肩膀撞了她一下："愣着干什么？还不快走？"

界碑外，虎鹤双仙逃过一劫，又偷偷潜回界碑处，窥望着月初一行离开的方向。虎仙愤怒道："我多少年没有这么窝囊过了！涂山红红竟然将那小王八羔子留下了，看来我们要赶紧回去请金面火神出马才行。"

鹤仙却缓缓摇了摇头道："不，此事绝不能让金人凤知道，东方家的后人只剩这一根独苗，他如果落在了姓金的手里，还有咱们兄弟什么事？"

"那你的意思是？"虎仙扭头看向鹤仙。鹤仙道："人、妖两族一向势如水火，神火山庄与涂山又有旧仇，咱们就说东方月初被涂山红红给杀了！"

虎仙明白了过来，坏笑着道："妙啊，如此一来，只有我们知道月初还活着，这东方灵血便是我们兄弟二人的了！"

月初被红红带到了斛光阁外，流觞、九霄、勿离等小妖都挤在斛光阁外的角落里偷窥着这个人族小孩，忍不住地窃窃私语起来。

"好香啊，果然是人族，比鸡肉都香，好想吃啊……"勿离吸了吸口水，嘀咕着。

"就知道吃。上个月，我不过偷偷溜出涂山，还没到人族地界呢，就被大当家狠狠地罚了一回，现如今，她竟然亲自带回了个人族？"流觞愤愤地说道。

九霄一边伸长了脖子看月初，一边摇头道："我也不能理解，明明人族与我们势不两立，大当家的这是做什么？"

（五）初上涂山

月初自然听到了众狐妖的窃窃私语，他虽然自幼生在涂山附近，却也没见过真的精怪，忍不住抬头打量众妖，不慎与流觞对上了眼。流觞愣了愣，猛地化出原形，龇牙咧嘴地吓唬月初。月初一个激灵，连忙转过头，强忍恐惧看向红红走进去的斛光阁。

斛光阁内，红红正随手翻着手中的册子，雅雅则不厌其烦地念叨着："几百年了，涂山从不许人族踏入，姐姐这次为何要收留这个人？你忘了当年人族是怎么对付咱们的了？"

"我没忘。"红红自然答道，随手又翻了一页。

"那你为何要将这小子留下？人、妖势不两立！当年人妖大战，若是没有姐姐，我就死在神火山庄的灭妖神火下了。"雅雅噘着嘴巴道，"那次可差点把我这一身漂亮的皮毛给烧焦掉！"

见红红仍不理她，雅雅绕到红红另一侧撒娇道："姐姐！一个人族崽子，手不能提，肩不能挑，吃起来都没有二两肉，吃喝拉撒都是开销。快，容容，算算养大这个人族崽子要花多少钱！"

容容一晃算盘，挽起袖子就开始噼里啪啦地拨弄起来："住宿费、膳食费、教育费，再加上每年置办四季衣裳，从现在养到大，至少七百八十六两银子。"

"哇！姐姐快看！这么多！咱们涂山的日子本就捉襟见肘……养狐崽子就够吃力啦，咱们赶紧把他送走吧！"雅雅忍不住伸手去晃红红的胳膊。

红红将册子放下，眼中已透出隐隐烦躁，她看向雅雅："好啊，你既然容不下他，就去赶他吧。"

"我？"雅雅愣住了。

容容看看红红，看看雅雅，已然明白了红红的意思，帮腔道："是啊，二姐，他一个父母双亡的孤儿，没有人给他撑腰，又没有法力，赶他出去应该很容易。再说了，他在外面还有仇家，这给他赶到外面，他被人杀掉了，岂不是更干净？"

"这这这——"雅雅听到这，心里忍不住多了几分心虚迟疑，"要不……要不还是算了？"

"怎么能算了？！大当家不能让人族崽子留在涂山！"一个鹤发童颜、红光满面的大妖快步走了进来，来人正是狐族长老涂山不醉，"大当家，非我族类，其心必异。更何况人族凶险狡诈，养个人族崽子，无异于在羊群中养了一头狼啊！"

"哦。"红红点点头，不耐烦地看向涂山不醉，"长老是怕他长大了以后，把你给吃了啊？"

不醉一愣，连忙道："笑话！老狐狸岂会怕他！不是不是，我不是怕他，但是也没必要留下他啊。二当家、三当家，你们也赶紧劝劝大当家啊！"

雅雅摸摸鼻子，容容轻咳了两声，两妖都做出手上有活、正在忙碌的样子，装作听不到涂山不醉的求助。涂山不醉看这俩都指望不上，只得苦口婆心地继续劝，车轱辘话说了一轮又一轮，终于将红红给惹急了。

"这么说，长老今日是非要逼我给个说法了？"

涂山不醉正说得唾沫纷飞，看红红板着面孔，硬着头皮壮着胆子道："不错，今日大当家若不给个说法，老狐狸便赖在这不走了！"

"你再说一遍？"红红被激怒了，盯着涂山不醉，眼神凌厉。

不醉见红红果真发怒，惶恐之下彻底泄了气，嘀嘀咕咕道："老狐狸的意思是，就算要留，也要做好万全的准备不是……毕竟人族狡诈，不得不防啊。"

红红移开视线道："这还差不多。还不快走？真打算赖在这里不走了？"

红红递出台阶，不醉恍了恍神，这才反应过来，连忙点头道："是是，老狐狸这就告退。脾气这么暴躁……难怪几百年来长得这么美也没一个敢来求娶的……"

听到不醉的嘀咕，红红一抬手将手中册子扔了出去，不醉连忙闭嘴，飞快地跑出了斛光阁。

随着那本册子被扔了出来，流觞等小妖也纷纷落荒而逃，不敢再看热闹。

红红见众妖如鸟兽散，敛起眉目对容容道："给月初安置个地方。"

容容笑着走出来，朝月初勾勾手指，带着月初在涂山众妖所住地弯弯绕绕，来到了一座小房前。这小房的牌匾上歪歪扭扭地写着"小阁"二字，看起来颇为滑稽。

"小阁？"月初嫌弃地念道。

"不错，以后，这小阁就是你的住处。"容容一边说着一边推门而入。这小阁名副其实，室内不光狭小还十分简陋，看得月初直皱眉头："容容姐，这小阁也太小了，能不能给我换一处啊？这一路走来，什么清风阁、望月阁……怎么到了我这就变成小阁了？"

容容双臂抱在胸前，上下打量着月初，皮笑肉不笑地道："好啊，但是你身上有银子吗？"月初看了看自己的衣着，摇了摇头。

"哎呀，没有啊？那就只能住在这里了，因为这里的住宿费最便宜啦。喏，这个给你，这是你开销的账目，以后啊，想着慢慢还！"容容一副体贴的样子，将账本交给月初。

"这……可是我是个小孩子，哪里来的银子还账啊？"月初傻了眼，翻了翻账本，瞪着容容试图分辩。

"这个呢，我也替你考虑好了，以后你就在涂山各处打打杂，赚点下等仆役的月钱来还债吧，我涂山可是不养闲人的哦。"说罢，容容便笑着转身，迤迤然离去了。

月初大着脑袋，一点点地算着账本上的钱，颓然爬到床上躺下，喃喃自语道："我这才到一天就欠下了五百两银子，什么时候还得清啊。"随即他翻了个身，疑惑地琢磨了半天，"娘到底和那个女狐妖约定的是什么？她为何要留我在涂山呀？哎呀，不想了，车到山前必有路！睡觉！"

安顿好了月初，容容回到斛光阁，看到红红正盘坐在榻上修炼，半晌后，她收敛灵力睁开眼睛，向容容问道："那人族崽子安置好了？"

容容点点头道："嗯，好在姐姐聪明，让我把那小子易容成假死的模样，绝了外界想要捉拿他的念想。不过，雅雅不知道苦情树遭受侵蚀之事，姐姐瞒着她就好，怎么连长老也要瞒着，徒惹他这番数落。"

红红从榻上下来，摸了摸自己的乌发，无奈地叹了口气："我自是不愿意瞒他，可他若知道了真相，定会绞尽脑汁逼我拿那小子献祭，到时候应付起来，岂不是更加麻烦？"

容容想了想涂山不醉的性格，心有余悸地点点头："说得也是。好在苦情树近来情况稳定，暂时还用不上这人族崽子。对了姐姐，这是涂山这段时间的账目，出项、进项基本持平，可小狐们逐渐长大，花费越来越多，只怕很快就要入不敷出了。"

一看容容拿出的这一大沓册子，红红长叹口气，面上露出疲惫之色。

（六）助你修行

红红本就不是心细之人，这些册子从头看到尾她只觉头昏脑涨。外面圆月高悬，寂静无声，倒让她又想起了那人族崽子，不知道这人族崽子到了涂山适应没有。想到这，红红起身伸了个懒腰，朝着小阁走去。

刚入小阁，红红便看到这孩子正扎着马步，全神贯注，全力打出一拳，一小簇火焰出现在他幼小的掌心，明明灭灭好似风中残烛。看他额头上密密麻麻的汗珠，就知道他有多努力在修炼了。

就在那小小的火苗越发旺盛时，月初眼中露出喜色，却突然听到门口传来嘎吱的动静，他抬起头来，发现红红正倚在门框，抱臂玩味地看着他。红红没想到这人族崽子倒是比自己所想的更有韧劲儿。

掌心的火焰熄灭，月初心虚道："妖仙姐姐，我、我只是想要让自己变得强大一点，毕竟……毕竟你是涂山大当家，我作为你贴身的小跟班也不能太弱嘛！"

红红面色严肃地一步步逼近月初，月初强压住内心不安，勉强对红红露出一记天真的微笑。红红看着月初的面色变化，片刻后轻轻一笑："你知不知道，百年前人妖大战，涂山有多少狐族死在你这灭妖神火之下。这涂山上的狐狸，每只身上都背负着与人族的血仇，若是让他们知道了你的身份，你猜你的下场会如何啊？"

月初："我只是让自己快些变强，长大了好一直保护你，毕竟你是涂山大当家，我作为你小跟班也不能太弱。"

红红一把抓住他的手腕朝门外走去："跟我来。"

月初跟在红红身后。夜凉如水，月光下他们顺着林间小路一路往苦情树疾驰而去。

涂山红红诞生于苦情树，只见她带着月初走到苦情树下："试着在这里修炼吧。"

月初半信半疑地扎起马步，咬牙憋气，几番用力也使不出神火，他惊讶道："怎么回事？为何我在这棵树下完全凝不出灵力？"

红红伸手轻轻拂过树冠垂下的羽花，轻声说道："苦情树灵力强大，能够压制一切灵力弱小者。若有一日你能在这棵树下凝出灵力，便能说明你是强者了。"

月初点点头，随即又疑惑道："你为何帮我？"

红红白了他一眼，冷硬道："废话那么多？不想练便滚。"

月初连忙重新扎起马步："我练我练！"

红红看着这小孩重新憋气凝力，神情有些复杂，随即板起脸来，如严师般严加指导月初修炼神火。

秋去春来，羽花穿过了学堂，月初的身影也开始慢慢长大，四季流转，月初已从少年长成青年，只见苦情树下烈火一卷，缤纷落花于烈火中消散。

红红走到苦情树下，却没有看到本该在此的身影，不由得皱起眉来。微风带起花瓣，轻轻落在红红掌心，着一身白衣的月初来到她面前，摆出一副翩翩少年模样，深情地低头望向红红："这么多年了，妖仙姐姐的容颜分毫未变，实在是令人羡慕。"

话音未落，红红伸手甩出一道如鞭的妖力，作势要朝月初身上抽去："少将人族装腔作势的那一套带到涂山来！"

"哎哟！"月初连忙蹦跳着躲开妖力，瞬间破功，如野猴子一样调皮道，"就想感慨一下你驻颜有术都不行！"

"哼，你每日吃三个人，也能驻颜有术。"红红不吃这一套，冷哼道。

"又吓唬我。我可是在这里生活了这么多年，这涂山狐族上下，个个都守戒律清规，没有一个敢伤人。"

"你这是……在怪我没吃你？"红红斜睨月初，突然迅疾出手，将他抵到苦情树上。在她逼近的气息下，月初眼睛突然不知该向哪里看去，面上不知所措起来："你该不是嫌弃我以前小，吃不着什么肉，所以才将我留在涂山的吧？我、我可是不爱洗澡啊，别说吃了，就算闻一闻都会让你倒胃口的。"

红红听了月初的话，忍不住真的俯身在他脖颈处嗅了嗅。月初见红红如此单纯，坏坏一笑，下一秒猛地反客为主，翻身将红红钳制在苦情树上。

"你使诈？！"红红愣住，惊讶道。

"兵不厌诈，姐姐，这是你教我的！"月初朝着红红得意地笑起来，却不想红红恼羞成怒，迸发妖力将月初震开。月初就着这力道飞身朝后。两人你追我赶，妖力与灵力交织着在彼此身边飞过，不一会儿月初便被红红步步紧逼地打出一道神火，炽热的火舌蹿到半空，瞬间被妖力撕裂。紧接着，红红快若闪电般奔至月初身旁，将他反手钳制住，狠压在苦情树上："服不服？"

月初疼得连连求饶："我错了我错了！妖仙姐姐饶了我吧！"

红红看他没骨头的样子，轻嗤一声松开了手："今日成果如何？"

月初活动活动了手腕，神色傲慢地指了指头顶，只见四五只烤鸡挂在苦情树枝头："色香味俱全，火候堪称完美。"

见到这些烤鸡，红红清冷的脸上这才露出了略微满意的微笑，她伸手钩起烤鸡，转身朝后山走去："表现不错，除了鸡脚和鸡臀，鸡脑袋也可以给你吃。"

"啊——什么时候才能给我吃个鸡腿啊！"月初快步跟上红红，随红红来到后山，看着她津津有味地吃着烤鸡，试探着说道，"妖仙姐姐，你吃完鸡，能不能顺便帮我把体内的天地一线取出来啊？"

红红瞥他一眼："想离开涂山？待在涂山不好吗？"

"这倒不是，只是这劳什子在身体里，感觉怪怪的。"月初挠挠后脑勺，无奈道，"而且我只不过是偶尔想下山溜达溜达，这都不行？"

"不行，除非你像小时候一样溜出去，被我抓回来，否则天地一线不会对你有任何影响。"红红扔下鸡骨头，冷然威胁道，"再让我抓到你试图下山，必不轻饶。不知道你这身肉烤起来，会不会比鸡好吃一点？"

月初没想到红红对他想要下山这么抵触，还想再说什么，就见红红站起来，转身离开，头也不回道："记住，我养了你十八年，你的命是涂山的，不是你自己的，除非我允许，否则你休想离开涂山。"

月初张了张嘴，看着红红的身影消失，他困惑的脸上还带着一抹倔强与受伤。就算你收留了我，将我养大，可杀父弑母之仇，怎可不报？

夜色越加深沉，圆月半遮在云端，带了几分诡异的血红色。月初扭头往自己的小阁走去。与此同时，涂山林中，夜雾缭绕中，隐约走出一个醉醺醺的狼妖，这狼妖背着个褡裢，哼着小曲，跟跟跄跄地走着。突然一道身影自前方森林中掠过，发出诡异的声响。

狼妖一个激灵，酒醒了大半，警惕地看向前方，只见一只乌鸦飞过，他遂放松下来，呼了一口酒气。可下一秒，怪异的声音再次响起，冷风卷着地上的落叶发出呼啸声，狼妖揉了揉眼睛，只看见一个娇俏的美人儿俏生生地出现在前方。

美人儿温婉地对这狼妖道："大哥这是从集市来？"

酒壮妖胆，这狼妖色眯眯地盯着美人儿，闻到了她身上的一丝妖气，放下仅有的一点戒心，不由自主地点头应是。

美人儿看着这狼妖没出息的样子，微微笑道："我是这附近的小妖，原想去集市做点小生意。只是夜深雾浓，不想竟然迷了路，若是大哥不嫌弃，能否捎我一路？"

狼妖听了这话，哪里有拒绝的道理，他"咕咚"一声咽了口唾沫，急急带着这美人儿上路，两人结伴前行。这美人儿一副崇拜讨好的模样，让狼妖绞尽脑汁想要展示自己在这涂山上人脉之广、消息之灵通，不知不觉将能说的、不能说的都倒了个干净。

当狼妖说到这涂山上住了人族时，美人儿更是惊讶地张大了嘴巴，随即一副不相信的样子道："不能吧？据我所知，还从来没有人族能进入涂山呢，大哥莫不是在哄骗我？"

美人儿不信，狼妖有些着急地道："千真万确，我在涂山到集市往来这么多年，这无意间才撞见的。"

美人儿听着点了点头，眼波流转道："真不知道这涂山上藏着的人族到底有什么特别的，是长得特别好看呀还是特别有本事呀？"

狼妖看美人儿被那人族夺去了注意力，忍不住鄙夷地撇了撇嘴，哼道："看上去不过是个十七八岁的少年罢了，除了长得稍微好看点，也没什么特别的，好像、好像叫什么日出月出的……"

这美人儿闻言脚下一顿，狼妖见状舔了舔嘴唇，耳朵转了转，确定四下无人，终于露出了狰狞模样，伸手去摸美人儿的手："我可是把什么能说的、不能说的都说与你听了，你也别管那人族了。夜深天凉，大哥给你暖暖身子吧……"

美人得到了自己想要的，崇拜的表情瞬间化为厌恶，她手掌在空中一收，幻化出一柄佩剑，直刺入狼妖心口。

随着"噗"的一声，狼妖愕然抓住美人儿衣襟。这美人儿拔出剑来，在狼妖身上轻推一把，狼妖睁大着眼睛扑通倒地，身下流出蜿蜒血痕，好似不知道这刚才还对着自己一脸崇拜的小妖，怎么就突然对自己下手了。

夜深人静，杀人无形，美人儿冷笑一声，擦了擦沾血的剑，低喃道："月初，他果然还活着。"

（七）阴云缭绕

涂山红红并没有察觉到这条集市到涂山的山间小路上所发生的罪恶。苦情树在暗淡月光下散发着淡淡的黑气，黑气席卷着散发点点荧光的羽花，四散落下，树心那幽暗莫测的空间内黑烟狰狞翻滚，仿佛繁华如盖的羽花不过是一场最后的盛放。

斛光阁中，淡淡的鲛珠散发出暖黄的光晕，涂山红红面冲墙面坐在罗汉榻上，将红色的丝绸衣裳半褪到腰间，微微侧过头看向铜镜中自己雪白的背脊肌肤，黑色羽花状的图腾慢慢生长，蜿蜒缠绕到脖颈间，和苦情树树心的黑色烟雾如出一辙。

红红默默看着自己肌肤上的痕迹，有些出神，不知在想些什么。

一阵清风吹过，房门毫无征兆地"吱呀"一声被推开，红红迅速拉上半褪的红色上衣，将鲛珠抛入盒中，屋内瞬间一片漆黑。她转过头来，一双血色的眼眸透着浓浓的杀意。

捧着烧鸡推开门的月初并没有往房内看，他侧身反脚钩上木门，再次回过头来，愣了一下，没想到这个时间房内竟然没有点灯，他有些茫然地叫道："怎么没有点灯啊？妖仙姐姐，消夜来啦！"

见无人理会，他一边摸黑将烧鸡放到桌上，一边摸索着想要寻找桌上的油灯："这么早就睡了？我这烧鸡岂不是白烤了？"

手指刚碰到油灯，他突然感觉到背后有异，神色一凛，掌中聚力就要动手，却在扭头的瞬间，发现红红不知何时正站在他的身后。

月初提着的心放了下去，掌中灵力敛去，他尴尬地呼了口气，埋怨道："姐姐你差点吓死我。"

红红伸手点亮桌上的烛火，在骤然点亮的火光中，她瑰丽的脸颊似乎比往日苍白了许多，她下意识地拉了拉衣襟，避开月初的目光坐在一边，冷冷道："谁准你进来的？"

月初自是察觉到了红红的冷淡，不过这十八年来，红红什么模样他没有应对过？他急忙坐在红红的对面，将桌上的烧鸡往她的面前推了推："我今日新调了一味香料，你尝尝？香得很。"

红红蹙眉，不耐烦地偏了偏头道："出去。以后未经许可，不得擅入斛光阁。"

月初先是一愣，随后不解地看着红红，想从她的表情中看出她到底怎么了："为何啊，这斛光阁我来过多少次了，也没见你……"

"出去！"红红冷冽地瞪视着月初，提高了声音。

月初被她这一呵斥，缩了缩脖子，灰溜溜地起身道："出去就出去，就是这只烤鸡……"说到这，月初停顿了一下，随即又在红红不善的眼神中嬉皮笑脸道："妖仙姐姐你要趁热吃哦！"

看着月初忙不迭离去的身影，红红再次看向桌上散发着香味儿的烤鸡，神情复杂。她犹豫了半响，伸手撕下个鸡腿，恶狠狠地咬了一口。

逃出斛光阁的月初一边往回走，一边沮丧地叹了口气。虎鹤双仙在涂山外守了整整十八年，这十八年中他也日日苦练，不敢有一丝松懈，现在神火小成，自然是迫不及待地想要手刃仇人为父母报仇。可天地一线牵制着他，让他连涂山界都踏不出去……既然涂山红红这条路走不通了，那就要想想别的法子。

红红隐在斛光阁暗处，看着月初略显萧瑟，一步步离开的背影，神色越加复杂。她与苦情树一体相连，苦情树内的黑暗之力有异动，她也深受所扰。月初还小，对自己又一片赤诚，十八年教养，即便是再无情无感，自己也有些不忍告诉他，自己收养、庇护他的真相。只不知待一切都真相大白时，他还会不会再给自己烤鸡。

天边渐渐亮起来，金灿灿的朝晖好似给落英缤纷的羽花上镶了一层金边，轻舒曼卷的枝叶下，再次响起了狐妖们的欢笑声。可苦情树中，萦绕着的缕缕黑色雾气不减反增，红红与容容此刻正站在这树心的虚空中，满目凝重。

容容担忧地看着红红道："姐姐，这股力量又加强了。"

红红神情冷冽，翻手凝力，只见一道鲜红的妖力直击黑色雾气，一缕缕黑雾被击散开来，淡淡的红色妖光缠绕着丝丝黑雾，将它们吞噬。可这些黑雾像是无穷尽般不停地自虚空中诞生，涂山红红则源源不断地输出妖力压制着黑雾。良久，这黑雾好似力竭，终于败下阵来，红红的额头上也沁满了细汗。

"姐姐！"容容担忧地扶住红红，"苦情树遭到黑暗力量侵蚀，这么多年了，一直未能找到这黑暗力量的源头，到底是何人在背后暗算咱们涂山！"

红红轻轻挣开容容的搀扶，担忧地望着苦情树，突然眼神凛冽地看向一处，只见涂山用于传递信息的粉色灵蝶自虚空中出现。红红伸出手来，那粉色灵蝶停驻在她的指尖。

"信蝶？"容容略显惊讶。这信蝶只用在紧急情况时，涂山已经许久没有出现需要用到信蝶的事情了。

涂山红红蹙眉与灵蝶沟通，随后急掠而出："出事了！"

容容见大当家已走，面色一变连忙跟上。

顺着灵蝶的指引，红红的身影在林间飞掠，片刻就来到了现场。只见一只狼妖的尸身直挺挺地倒在地上，身下血泊早已干涸，四下则散落着不少银子。

看着早已死透的狼妖，红红蹲下身去，伸手抬起狼妖的下巴，仔细检视起狼妖的尸身。

容容跟在红红身后赶到，第一眼便看到了狼妖身旁的褡裢并没有被翻动的迹象，她眉头皱了起来："银子还在，看来不是谋财，仇杀的可能性也不大……当日选择收账人选时，我曾调查过这灰狼。他平日里独来独往，除了好喝点酒，并无亲近或仇怨之人。"

红红此时已经将他胸前的衣服扒开，对容容道："看他这伤口，剑伤干净利落，整齐平滑，涂山找不出这样锋利的剑。"

容容面色凝重起来："如此说来，是有人潜入涂山作案？"

红红摇了摇头，继续检查尸身，容容也跟着蹲了下来翻看。当她翻开狼妖的手时，终于有了另外的发现："姐姐！看这里！"

红红顺着容容的目光看去，只见这狼妖指缝的血污间藏着一根细长的发丝。狼妖毛发粗硬，色泽发灰，这根头发却细软黑亮。红红捏起头发，仔细打量着，随后凝起一道妖力注入发丝，只见发丝内溢出了一股与苦情树中相同的黑雾。

"黑暗之力！"容容失声叫道，"怎么会？这么多年了，苦情树中的黑暗之力从来没有外泄过，这次怎么会……"

红红沉吟片刻，眯眼朝林间小路外看去："除了能行走于涂山，这灰狼与集市上的其他妖并无不同，看来这次对方的目标还是涂山。既然这股力量第一次出现在苦情树之外，对手也算露出了尾巴，那么，咱们一定要顺着这条线索，揪出暗算涂山的幕后黑手。"

此时，那杀害狼妖的凶手正恭谨地站在神火山庄金人凤的身后，身姿拘谨，生怕惹得庄主不快。

十八年过去了，四季风霜在金人凤的身上看不到丝毫痕迹，他眼中的锐利与精明更胜从前，丝毫不像是一个行将就木的耄耋老人："付澄，你是说，那人族少年名叫月初，十八年前出现在涂山？"

付澄恭敬地躬身道："正是。"

金人凤的脸上终于浮现出一丝兴奋："时间也对得上，这少年必是东方月初无疑了！好个涂山红红，一招偷梁换柱，以幻术设计让那小杂种假死，骗了我整整十八年。"

见金人凤心情大好，付澄连忙道："恭喜庄主！终于寻到了东方灵血的下落。"

金人凤转头盯着付澄，突然阴鸷一笑："你是在恭喜本庄主，还是在替自己庆幸？毕竟，没有东方灵血，本庄主就得靠你这等药人来净化体内灵血，这种滋味不好受吧？"

付澄连忙单膝跪地惶恐道："属下不敢！能为庄主效劳，是属下的荣幸！"

金人凤冷笑一声，突然伸手，一道灵力直灌入付澄胸口，一道殷红顺着灵力缓缓流入金人凤掌心，被他吸入体内。片刻后，金人凤收敛了灵力，吐纳吸收，付澄则面色苍白，露出极度痛苦之色。

第二章 初试身手

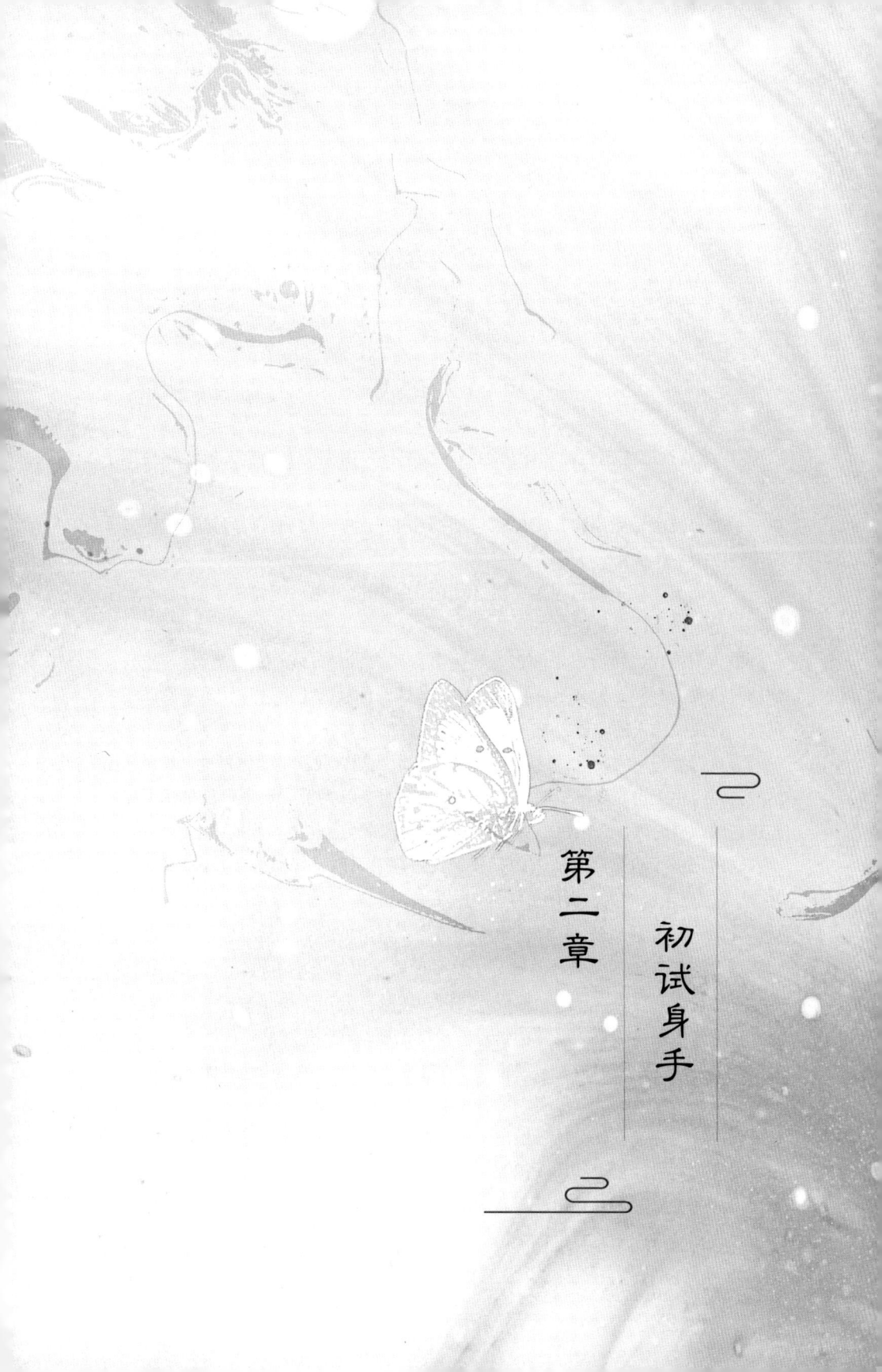

（八）人性贪婪

"继续监视那虎鹤双仙和涂山动静，滚吧！"用完药人，金人凤轻蔑地挥了下袖子。

付澄自院中踉跄走出，突然被付魁挡住了去路。付魁面目狰狞道："你方才向庄主汇报了什么？"

付澄面无表情地绕过付魁，继续朝前走，却被付魁一把抓住了胳膊："看来你还真是不把我这个兄长放在眼里了。"

被付魁抓住，付澄眼中闪过一道厌恶，使力将对方震开，冷笑道："兄长？你幼时打我的时候，怎么不认我这个异母妹妹？你修为比不过我，便偷偷向庄主进言，让我做药人的时候，怎么不记得我是你的妹妹？"

看着付澄苍白的面色，付魁狞笑出声："恨我吧，我就不要你好过。我付家虽然败落，可祖上也是显赫一时，就连一气盟关押恶妖的混天典狱也是由我祖先参与建造的。你娘算什么东西，一个小门小户的贫家女，也敢狐媚地攀上付家？"

付澄恨极了自己这个所谓的兄长，她瞪视着付魁，好似想食其肉，寝其皮："你这等气死亲爹的人，有何资格提起付家？！"

此话一出付魁大怒，一巴掌重重地打在了付澄的脸上，却不想付澄早已不是当年那个弱小如雀的女孩了，她一个反手便将这巴掌还给了付魁。付魁捂着脸，自知不是付澄的对手，只凶狠地望着付澄，转身离去。

付澄快走两步，直到离开了付魁的视线范围，这才捂着胸口闷咳几声，嘴角流出一缕鲜血。东方灵血，只要得到了东方灵血，她就再不用继续做这生不如死的药人了！

付澄眼中闪过一丝算计，她出了神火山庄便往涂山界碑而去。当她再次来到涂山界碑附近时，正看到那虎鹤双仙如老鼠般鬼鬼祟祟地潜伏着。若不是这两个老东西向庄主瞒着东方月初还活着的消息，自己又怎么会被献祭为药人？付澄一口银牙咬得咯咯作响，她手掌微抬，幻化出一道细长的灵索，如毒蛇出洞般飞蹿而出，在虎鹤双仙还没反应过来时，便将二人捆在了大树上动弹不得。

虎鹤双仙原本注意力一直在出涂山的小路上，没想到阴沟里翻船，眨眼间就成了别人的猎物。他们刚想喝骂两声，就发现从树上跳下来的是金人凤身边的女弟子付澄。鹤仙立刻明白了，自己兄弟二人瞒着金人凤，东方月初还活着的事情暴露了，他连忙狡辩道："付姑娘！我们真没有背叛庄主，实在是我俩也不知道东方月初那小子到底是死是活。我们这十八年，只是替庄主守在涂山外面啊！"

付澄哪里会听他的鬼话，她伸手将灵索收紧："放屁，你们分明就是贪图灵血，想要据为己有。"

"哎哟，哎哟！"虎仙被勒得连连哀号，痛骂道，"你这臭娘儿们，快放开我！"

"是啊！咱们都不容易，你在神火山庄的日子也不那么好过吧……"鹤仙一边忍痛，一边想要挑拨付澄和金人凤的关系。

付澄反手便是两个巴掌，让两人彻底闭了嘴。待耳根清净了，她这才重新开口道："你们两个知情不报，脱离山庄在外一待就是十八年，庄主很生气，所以，这瓶'千愁泣'就是庄主赏你们的，乖乖喝了吧！"

说罢，付澄便从怀里掏出了个瓷瓶，在虎鹤双仙恐惧的目光中给两人灌了下去。毒一入体，两人当即腹内奇痛无比，不住地伸腿挣扎，连连哀号起来。

付澄先是看两人疼得要死要活，直到他们连叫喊挣扎的力气都没有了，这才拿出解药扔在地上道："每隔七日你们便要服用一次解药，否则便会肠穿肚烂活活痛死，这是第一次的解药。庄主命你二人设法将东方月初引出涂山，若再敢耍花招，便是你们得到了灵血也无命享用。"

虎鹤双仙脱离灵索，挣扎着分食了解药。待缓解了腹痛，他俩再抬头看去，付澄早已离开。两人对视一眼，虎仙忍不住破口大骂："金人凤！竟然使出这么阴狠的招数！想不到咱们兄弟俩辛苦等了十八年，最后还是要给他卖命。"

鹤仙的小眼睛里闪出光芒："谁给谁卖命还不一定呢，只要抓住了东方月初，就算是他金人凤，也奈何不了你我兄弟二人。"

月初白给涂山红红精心烹制了一只烤鸡，最后却连诉求都没说出口，就被赶了出去，他回到小阁闷头便睡，再睁开眼睛已经接近正午了。他打着哈欠往外走去，心想仇是一定要报的。这条路走不通了，他便试试别的路子……

他心里正琢磨着，就听到涂山雅雅的声音从远处传来："这驱魔一式，完全不用任何寒气，只需要用意念将体内的妖力凝聚于拳，以绝对的强度重创……"

月初循着声音望过去，就见众小狐正对着各自面前的巨石凝力练习，九霄凝神试了几次没有一次成功，倒是流觞几次后就将巨石崩掉了一小块。九霄见其他妖都成了，不由得开始急躁。流觞小声劝道："别着急，左右你们这些女狐的主要职责不同,九霜为咱们妖族牵线结缘,完成苦情树的情缘任务,有我们这些专职修武的男狐保护,就算你们不会修武也无所谓啦。"

"胡说!"一个酒壶朝着流觞的脑袋就砸了一下,雅雅面色严肃地教训道,"无论男女,狐族都要认真修炼,须知到了关键时刻,不管男女老少都要拼尽全力保护涂山。"

"就像是很久之前咱们一起对付那个女魔头一般吗?"九霜想起了什么似的,突然问道。

此言一出,在场的所有狐妖都立刻安静了下来,就连雅雅也是面色一变,"女魔头"三个字像是触及了什么不可说的禁忌,所有狐妖都闭口不言。

"什么女魔头?"一片寂静中,一道声音突然传了过来。雅雅抬头看去,只见月初正从一棵树后探出了脑袋。看到月初的模样,雅雅当即暴怒起来,朝着他就追去:"你又偷听!一个人族杂役,你有什么资格偷学我们狐族的功法!此次非但偷听,你还听得比谁都认真!"

月初连忙躲闪着反驳道:"哎哎哎,我不是,我没有!雅雅姐冤枉呀!我不过是干活之余不小心听到了一句半句——"

"二当家!这小子撒谎!他不但偷听您的课,什么涂山史啊、算学啊,就连大当家教女狐如何替有情人牵姻缘线的课他都要偷听!"流觞看热闹不嫌事大,连忙告状道。

月初:"你这个狐狸可别胡说八道,我明明是只有在妖仙姐姐的修为提升课上才次次不落的好不好?"

"什么?!你还敢偷听姐姐上课?!"雅雅瞪大了眼睛,似乎没想到月初竟然如此无耻。

"雅雅姐!这就是你的不对了,为人师表嘛,最重要的便是要有宽广如海的胸怀——"

"你给我闭嘴!"本就暴躁的雅雅忍无可忍,手中的无尽酒壶直朝着月初砸去。

月初见真把雅雅给惹急了,连忙战术性后退,躲得远远的,不敢再招惹这只暴躁的狐狸。直到那些小狐今日的课程完成了,四散离去,他这才又厚着脸皮讨好地凑了过去:"雅雅姐,你真是误会我了,我是见你妖力这么高强,心中崇拜,这才忍不住想要跟你学上两招的。"

雅雅被拍了马屁,心里受用,哼了一声,没好气地道:"无事献殷勤,非奸即盗。说吧,找我有什么事?"

月初跟在雅雅身后,四处张望了下:"今天本该是妖仙姐姐的课,怎么临时调换成你的课了，她去哪里了呀？"

雅雅似笑非笑地看着月初："想知道？我偏不告诉你！"

月初眼珠一转，笑眯眯地威胁道："那就别怪我不讲义气了，你那无尽酒壶里装的是不醉长老的百花酿吧……"

雅雅瞪着月初，见他欲言又止、挤眉弄眼的样子，考虑片刻道："好吧，告诉你也无妨。去市集收账的狼妖突然死了，姐姐和容容正忙着调查，没工夫搭理你，你也别去给她们添麻烦。"

"收账的狼妖死了？！"月初惊讶地站在原地，初时的震惊过去，他眼珠一转，心想，如果自己顶上了这个位置，岂不是可以随时出涂山了？这个空缺是谁负责任命来着……容容，对，只要说服容容……

月初打定主意，并没有直接去找容容，反而一路跑到了流觞附近。看着流觞捧着话本读书，月初狡黠一笑，摇身变作了九霜的模样，娇娆地朝流觞招手道："流觞，过来呀！"

流觞心中本就爱慕九霜，看到九霜找他，连忙喜滋滋地放下书本跑了过去："九霜，你怎么在这？我方才去找你，勿离还说你去找二当家的讨教问题去了。"

月初幻化的九霜轻咳一声，笑眯眯掏出了一盒黑芝麻丸，道："哦，问题已经讨教完啦。流觞，我知道你这些年和那人族的小子不对付，被他薅掉了不少毛，这是我特意从集市买来的黑芝麻丸，专门给你润发养颜的。"

流觞看着这黑芝麻丸，受宠若惊，感动道："老金磨坊的！九霜，你对我真好！"

九霜眼波流转，靠近他道："我对你好吧？如果我有点困难，你是不是也要帮帮我呀？"

流觞被迷得神魂颠倒，脑袋点得和小鸡啄米似的："那是自然。九霜，你的事就是我的事！只要你开口，我一百个一千个愿意！"

九霜舒了口气，手指钩弄着发丝，故作害羞道："就是最近手头有点紧，帮你买了这黑芝麻丸以后，我连买胭脂的钱都没了，你也知道，我们女狐每日描眉画眼……不不，用心装扮自己，花费不菲呢。"

说到这，月初假扮的九霜伸手戳了戳流觞的心口："能不能借给我点银子呀？"

流觞立刻满脸通红，手忙脚乱地把钱袋掏出来递了过去道："我懂！九霜，山里这么多男狐，你能想到找我借银子，我真高兴！"

"哼，我就知道你这秃毛男狐狸对九霜有意思！"月初一把抢过钱袋，恢复了自身模样，他掂了掂钱袋子坏笑道，"想不到你这狐狸倒是藏了不少私房钱！"

流觞惊讶地指着月初："你、你不是九霜！"随即一张脸愤怒扭曲起来，抬手就击出一拳，"好你个死人族崽子！竟敢戏弄我！"

月初哈哈大笑着后退两步，下一秒，一张灵网从天而降，罩住了愤怒的流觞。看着流觞无能愤怒、挣扎无果，月初挑挑眉，一溜烟不见了踪影，徒留流觞不停地破口大骂。

（九）鸡飞狗跳

骗到了钱，月初马不停蹄地找到了刚从斛光阁出来的容容，压低声音道："容容姐，过来过来！"

容容脚下一顿，略显迟疑地走到月初旁边："月初？"

月初见四下无人，掏出骗来的钱袋塞给容容："容容姐，我有好东西孝敬你！"

容容拿着手中的钱，狐疑地打量着月初："你哪里来的这么多钱？平常铁公鸡一个，怎么会无事献殷勤？有什么事要求我？"

月初伸出大拇指拍马屁道："不愧是咱们涂山的最强智囊，果然聪明。姐，我听说集市收账的灰狼死了，你看我年龄也大了，也该历练历练了，能不能在你这寻个差事，让我接任他？"

容容先是惊讶了一下，随即揶揄道："你这消息还够灵通的，可是收账这事，你想都别想，姐姐肯定不会同意你去的。"

月初失望地拉长了声音："不会吧？容容姐，妖仙姐姐天天这么忙，这点小事能不能就别麻烦妖仙姐姐了，你就让我去吧……"

"你也知道姐姐辛苦，那平常还给她添这么多麻烦？"容容白了他一眼，扭头要走，"好了，总之你去收账的事绝对不可能。"

"哎哎——容容姐，银子、银子还我——"

见月初想要取回钱袋，容容从容躲开，反手朝他脑门上贴了张账单："既然说到银子……这是你入涂山来的所有开销，抛开历年来打杂的工钱，其他还差得远呢，想着早点还哦。"

月初撕下脸上的账单，气得低声暗骂这只狡猾的狐狸，骂完了，发现自己想要出涂山的事最终还是得从妖仙姐姐处下手。他抬起头来，看了看近处的斛光阁，吸了口气，抬脚往里走去。

斛光阁中，红红还在端详着手中那根染血的发丝，脑海中回想着狼妖的尸体。半晌后，她再次凝起妖力注入发丝，这发丝上沾染的血污竟然燃起了火焰。

"东方灵血！"红红惊讶地失声叫道，随即便听到越来越近的脚步声。她连忙施法将发丝藏起，再抬起头时，月初提着食盒已经推门而入，脸上是灿烂的笑容。

红红不悦地蹙眉道："你怎么来了？我不是说以后不许擅入斛光阁吗？"

"我知道呀,不过今日是替膳堂的大师傅来的。"月初晃了晃手中的食盒,得意地从食盒中端出一盘盘精致的点心,最后压底的则是一盘色泽诱人的烤鸡,"姐姐整日照管涂山诸多事务,实在是辛苦,该好好补补了。"

"无事献殷勤,非奸即盗。"红红抬起下巴,对月初脸上讨好的笑容视若无睹,不以为意道,"膳堂的一餐一饭都是有规定的,你哪来的银子置办这一桌饭菜?"

一提银子,月初有些尴尬了,他摸了摸鼻子道:"说什么呢,我好歹是你的小跟班,不至于这点银子都花不起吧?"

"我说过,不许你自称我的小跟班。你究竟想做什么?"红红打断了月初的话,不耐烦道。

月初见红红失了耐心,嘿嘿笑着试探道:"那我真说了……"

话还没说出口,殿外就传来了嘈杂的声音。

"请大当家的为我们做主!"

"大当家的!为我们做主啊!"

月初面色一变,连忙对红红道:"妖仙姐姐,这些小狐一向没什么大事,不如你安心吃饭,我……"

红红以凌厉的眼神打量了他一番,一言不发地推门走了出去。月初连忙跟上,想要补救,于是在众妖开口前就先嚷嚷开:"你们这是干什么?有什么事私下解决就好了……"

"谁跟你私下解决!"流觞愤怒地对红红道:"请大当家为我们做主!"

众人看到月初,也都恨恨地大声叫屈起来。

红红略感惊讶地看着这些小狐问道:"发生了何事?"

月初尴尬地挠挠头道:"我不过是开开玩笑,朝这些小狐借了点银子,他们竟然真的生气了,回头我还给他们就是……"

"你那是借吗?分明是抢、是骗!"流觞气得不行。九霜也接话道:"是啊!何况你干的坏事何止这一件?大当家,月初刚到涂山来时还有所畏惧,后来见众妖心思单纯、性情温和,便渐渐暴露本性。十八年来我们饱受欺负,实在是忍不下去了!"

"就是!大当家你看我的尾巴!这小子心黑手狠,我尾巴上的毛都被他撸秃了!"一只小狐抱着自己蓬松的大尾巴,眼泪都快流出来了。只见这尾巴上有几块皮毛斑斑驳驳的,好似斑秃一般。

"还有我的!还有我的!"众小妖群情激愤,纷纷亮出了自己被撸秃的后背和尾巴,其中一个小妖的脑袋竟然都变成了"地中海"。

红红面露恼火,气愤地盯着月初:"这些是你干的?"

月初尴尬道:"我、我只是手滑,你知道的,狐狸嘛,毛茸茸的,任谁见了都想要上去摸上一把不是?我这也是太喜欢他们了。"

月初话还没说完,勿离就抖了抖拎在手中的项圈:"那你给我套上项圈,遛狗一样到处遛我又怎么说?"

"这……我寻思狐狸和狗的习性差不多,说不定狐狸也可以和人族成为好朋友嘛。"月初绞尽脑汁地解释道。

"哼。"九霜冷笑着拿出一个捕兽夹,"我们才不信你的花言巧语。大当家请看,他还想用捕兽夹对付我们!"

红红彻底愤怒了,冷厉地盯着月初:"你还安了捕兽夹!"

"我、我可没有想对付谁,只是……"月初缩了缩脖子,负隅顽抗道。

"够了!涂山规矩,伤一赔十,只要不见血不死人,其他你们随便!"红红一甩手径直离开。

"姐姐!不要啊!"月初看着这群狞笑着,活动手腕打算朝他动手的狐妖,惨叫一声就要朝斛光阁内冲去,可红红前脚进门,木门后脚就"砰"的一声牢牢关上,将月初拦在外面。

红红进了屋,坐在桌边为自己倒了壶茶,听着外面月初吱哇惨叫,嘴角不自知地微微翘了起来。

不知过了多久,鼻青脸肿的月初垂头丧气、一瘸一拐重新走进了斛光阁,他刚想撒娇卖惨,就看到地上摆着项圈、笼子、捕兽夹等物,红红饮了口茶,淡淡道:"自己选吧。"

月初一个激灵,跳起来就想跑:"姐姐我错了!我保证以后再也不欺负小狐们了!你就高抬贵手饶了我吧!"

红红以妖力死死压制着月初,疼得月初龇牙咧嘴地趴在地上:"我真的知道错了,姐姐!人族头发不如狐族的浓密、顺滑,别扎了你的手啊!"

"被人戏弄的滋味不好受吧?"红红收回妖力,一甩袖子往室内走去。

月初心虚地应着:"姐姐,我只是想跟他们开玩笑罢了。"

"玩笑?"红红带着几分微怒道,"你以为的玩笑,在别人眼中未必就是玩笑,更何况你今日还骗了流觞的银子,这能是玩笑?"

说起这个,月初连忙辩解道:"姐姐,是借不是骗,将来我肯定会还给流觞的。"

红红转过头来,盯着他道:"借?那若是有人想借你的命用一用,你当如何?"

月初愣了一下,见红红神色严肃,一时不知她是不是开玩笑,停顿片刻正色答道:"若是别人要借,我定是不肯的,不过妖仙姐姐想借,便只管拿去吧。可是话说回来……姐姐养了我十八年,要杀早杀了,你不杀我,肯定是舍不得。想想也是，我长得不错，厨艺也高超，在涂山没有比我烤鸡烤得更好的了。对了，我还有修为，虽然还不及你，但若是勤加修炼，未来可期。你若是就这么杀了我，绝对找不到另一个比我更合适的小跟班了！"

红红愣愣地看着月初，见他眼神清澈，不由得有些心虚地避开他的目光，转移话题道："说吧，你今日找我，到底所为何事？"

月初欲言又止，看着红红的表情，索性说了实话："姐姐，我就是想去市集收账。我算过了，以我在涂山做杂役的收入，再做上五十年也还不清我欠涂山的债，眼下收账这个职位空了出来，我正好补上，也好多赚点钱。"

红红盯着月初，心里根本不信他的这些胡言乱语："只是为了赚些银子？"

月初心虚地掩了掩鼻子，油嘴滑舌道："姐姐不会因为我没有银子就嫌弃我吧。"

红红看着月初的眼睛，片刻后松口："你要去便去吧，只是一句话提醒你，你的纯质阳炎功力尚浅，以卵击石的事情，最好别做。另外，天地一线还在你的体内，休想打逃走的主意。"

月初没想到红红这么轻易就答应了他，一时脸上闪过讶异，随即连忙点头应承："妖仙姐姐放心！涂山对我来说就是第二个家，无论如何我都不会逃跑的！"

月初这话说的时候没过脑子，顺嘴就说了出来，话音落下，不光他自己，红红都意外地愣了一下。片刻后，红红叹了口气挥手道："去吧。"

（十）初试身手

这边狠狠收拾了月初一顿，出了口恶气的小狐们也都兴高采烈地跑回了庭院中。勿离哼着歌扫地，九霜则抱着自己的天书愁眉苦脸地翻来翻去，流觞像个小尾巴一样紧跟着九霜。

"勿离啊，我的天书里已经好久没有任务啦，身为红线仙，总不能一直无所事事啊，我这心闲得有点慌。"

勿离一边扫地一边道："大当家操持内外，也没有红线任务。你若是闲得慌，不如去帮大当家分担分担。"

"我哪里能和大当家比，除了大当家，咱们每个女狐都有一本天书……凡是有妖在苦情树下求姻缘，若情义为真，苦情树便会在天书上降下任务，届时，狐妖将帮助双方扫除阻碍，促成姻缘。可是现在我这天书上都这么久没有任务了，怎么办啊？勿离你就帮帮我吧！"

勿离不为所动，继续扫地，九霜急得团团转，又毫无办法。看心上人急成这样，流觞忍不住了，开口道："勿离，这样等下去没个头。这段时日以来，只有你的天书有过红线任务，你就跟九霜说说当时是怎么让天书出现红线任务的呗。只要你帮了九霜，以后有什么活，尽管使唤我！"

勿离见流觞打包票的样子，眼珠一转，狡黠地笑道："既然你真想知道……来，凑过来。"

九霜见状连忙凑了过去，流觞也跟着伸出脑袋要听，勿离手指狠狠一点流觞的脑袋，斥道："红线任务只有母狐能完成，你一只公狐狸，少凑热闹！"

流觞摸了摸鼻子，识趣地站远了些，讨好地帮勿离扫地，偷偷看着这两只漂亮的小母狐狸咬着耳朵说悄悄话。

九霜听了片刻，小声道："姻缘草？不行不行，太危险了，大当家的不会同意的。"

勿离直起身子叹息道："反正方法我告诉你了，做不做的随你喽。"

九霜看着勿离拿过流觞手中的扫把逐渐远去，她的神色从游移不定渐渐变得坚决。

而同一时间内，月初站在界碑一端，好似做热身准备般伸伸胳膊、伸伸腿，坚定地踏出了这十八年来出山的第一步。随着他走出涂山，他的眼神渐渐转冷，低声狠厉道："虎鹤双仙，今日便是你们的死期！"

不远处的草丛中，九霜小心翼翼地往前走着，一边走一边心惊胆战地支棱着耳朵，口中喃喃自语："苦情树保佑，只要找到能提升天书灵力的姻缘草，我即刻就回涂山。"

林中，虎鹤双仙没等到月初，反而看到了小狐狸九霜。虎仙大喜过望："鹤兄，有狐狸出界碑了！只要抓住了涂山的妖，咱们就能逼涂山红红交出东方月初那小王八蛋，咱兄弟二人就再也不用因为千愁泣遭罪了！"

鹤仙也阴恻恻一笑，大喝道："上！"

九霜刚出界碑没多久，就看到了草丛中一棵姻缘草在微风下微微摇摆，她正欣喜地想要去抓，冷不防听到身后一阵凌厉呼啸声，她惊恐之下急忙往回折身，但已经被鹤仙牢牢抓住。

"啊——"九霜惊恐地四肢乱挥，勉强使出微弱的法力来对抗，但凭这点小力道显然不是虎鹤双仙的对手。

"小狐狸，乖乖受擒吧。"虎仙虎掌挥出，直冲九霜扫去。此时突然一记驱魔一式破空而至，挡住了虎仙的袭击。

九霜被甩出去，在草地上滚了几圈，头昏脑涨地抬起头来，正看到月初挡在她与虎鹤双仙的面前："快走！"

九霜狼狈地爬起来："月初！我走了你怎么办……"

月初皱眉道:"你先走,不然他们挟持了你,反而令我施展不开拳脚。"

九霜看月初的模样,也知道自己留在这里也是拖累,倒不如抓紧时间回去找人,当机立断飞快离开。

虎仙听到月初的名字,先是一愣,随即惊喜地盯住月初,像是看到了无价之宝一般:"真是踏破铁鞋无觅处,得来全不费工夫。臭小子,爷爷找的就是你!"

月初恨恨地看着这两个老杂毛,也冷笑一声,率先朝两人攻去:"我也正打算给我爹娘报仇呢,少废话!来吧!"

虎鹤双仙也不啰唆,举起法宝便与他打斗起来。不远处的树丛中,付澄则小心翼翼地躲在暗处,观察着月初。

在虎鹤双仙的印象中,月初还是那个只知道躲在父母身后哭泣的无知小儿,却不想十八年时间过去,这小子的功夫和他们比起来已经不落下风了。

虎鹤双仙迎着月初猎猎生风的法术,发现他的身姿十分灵活,让他们的攻击总是落在空处,像是捕捉空气般屡屡失手。虎仙沉不住气了,只见他伸出虎爪,将法力凝聚起来,恶狠狠地朝月初挥去,这一掌下去,月初却毫发无损,反而是虎仙身边的鹤仙胸膛上出现了一道深深的伤口,疼得他连退数步。

虎仙愣了下,不可思议道:"斗转星移?!"

鹤仙捂着伤口忍痛道:"小子,你别得意,你藏在涂山的消息已经被金人凤察觉,就算今日我们抓不到你,来日你也逃不脱他的魔爪。"

月初听到金人凤的名字,神色一冷,周身凝聚起凛冽的杀意,他咬牙切齿地伸出手掌,掌心凝聚起一簇猛烈的神火:"你们先去死吧!"

看到神火,远处的付澄正要现身,忽然察觉到有人朝此处飞奔而来,连忙又藏了回去。

"谁敢伤我涂山狐族——"雅雅人未至话先到,月初慌忙间立刻收回神火,趁着他走神,鹤仙伸手偷袭,直朝他胸口袭去。

"嗯——"月初闷哼一声,连忙凝神对付虎鹤双仙,可碍于雅雅在身边,他心有顾虑,不敢使用神火与纯质阳炎,很快就落了下风,而已经赶到的雅雅则落在一旁的树枝上,不紧不慢地看起了好戏。

这样下去不是办法,月初眼珠一转,边打边大喊起来:"什么?你们竟然敢看不起涂山雅雅?还想踏平涂山?!雅雅姐,这俩老头不知死活,说你打不过他们!"

虎鹤双仙已经看到雅雅,生怕她出手,急得手中招式越发急切起来,月初左拆右挡,手忙脚乱,继续喊道:"啊?你们还要让雅雅拜你们为师,喊你们'爷爷'?雅雅姐,这俩老头也太嚣张了吧?!"

打斗中的虎鹤双仙和雅雅眼中都冒出火气,虽然雅雅知道这是月初在无中生有，但还是忍无可忍拿起酒葫芦加入战斗。

有了雅雅的加入，战况立刻倾斜，只见雅雅使出一记强大的驱魔一式，直中虎鹤双仙，让两人飞出一丈远，趴在地上吐血不止。

雅雅见敌人已经没了还手之力，拍了拍手不屑道："算你们命大，要不是姐姐不让我杀人，就凭你们想要伤害九霜，我就要把你们剁成肉酱！"

月初眼中闪过浓浓的恨意，他对雅雅道："雅雅姐，这两个恶贼害人无数，死有余辜，你确定要放过他们吗？妖仙姐姐不让你杀人，可没说不让我杀，我来解决他们！"

说罢，月初掌心聚力，就要朝这两人打去，不想却被雅雅一把拦住："你这小子，今日怎么这么冲动？他们可是和你同为人族呢，你竟然毫不留情？算啦，虽说一气盟不算什么，但也没必要给涂山结这个仇。"

月初虽不甘心，但他挣了挣胳膊，拧不过雅雅的手劲儿，只得被对方硬拖着走了。

等再也看不到雅雅和月初，付澄暗骂了虎鹤双仙废物，也毫不在意两人死活，扭头便走。

虎鹤双仙躺在地上唉唉地呻吟，只想着等身上的伤好点了再走，却不想此时一阵冷风掠过，两人眼前出现了一个鲜红的裙摆，这让他们惊惶地哆嗦起来，已然猜到来的是什么人了。他们满脸冷汗，打着哆嗦抬起头来，正看到涂山红红美艳至极的脸。红红低头看着他们，一双美目中毫无感情，好似看的是山间草木，她冷冷地开口问道："刚是你们伤了我涂山的人？"

鹤仙抹了把冷汗，狡辩道："那小王八蛋可是人族！当年是你说，神火山庄与涂山势不两立，他非杀不可的，可为何他会出现在涂山？你又为何要护着他？难不成，涂山红红你也想得到那东方神火？"

涂山红红眼神一横，挥手就是一道妖力，将两人再次横扫出去，两人方才不过是内伤，现在胸前已经血肉模糊、鲜血淋漓了。

"我做事什么时候要向你们解释？再有下次，动我涂山中人，便让你们有来无回！滚！"话音落下，涂山红红再次翻卷衣袖，劲风拔地而起，将这两个已经动弹不了的人远远地抛了出去。

看着这两人彻底消失，容容慢慢跟了上来，心有思量，她对红红道："姐姐既然知道月初想找虎鹤双仙复仇，又为什么还要派他来收账？"

红红沉默片刻，幻化出那根沾了血污的发丝，她再次凝力，发丝中再次出现金色的光芒，容容惊讶失声道："东方灵血？！杀灰狼的人身上有东方灵血！姐姐是怀疑那人族崽子……"

容容脸色变了几变，又快速思量着反驳自己："不、不可能，这人族崽子体内有姐姐打入的天地一线，一旦踏出涂山地界，姐姐必然能感受到……"

红红松手，那根发丝再次消失，她看向容容。容容想到了什么，难以置信地道："难道是他？"

"没错，这世上除了东方月初，只有金人凤的身上还有东方灵血了。既然金人凤的身上有暗黑之力的气息，那么，暗中侵蚀苦情树的幕后黑手定然与他脱不了干系。几十年了，终于让我揪到了这贼人的尾巴。"

容容面色也严肃起来，她感受到了事情的严重性，点头思量道："灰狼是唯一一个能进入涂山的外人，想必金人凤已经从他口中知道了月初藏在涂山的秘密。他一向谨慎多疑，现在咱们利用月初引蛇出洞，有了今天这一出，凭着金人凤对东方灵血的贪婪，他必定会亲自出马。"

"不管谁想伤害苦情树，毁我涂山根基，都要做好被挫骨扬灰的准备。"红红看向远处虎鹤双仙消失的地方，冷冷说道。

（十一）撒网布线

涂山的后山花田中，雅雅一直拽着月初没有松手，好似怕月初真的一时冲动，要再跑回去与那虎鹤双仙拼命。而自从回到了涂山境地，月初便已经不再挣扎了。

月初不虞地甩了甩手："雅雅姐，你能不能教我更厉害一点的驱魔一式啊，我要像你一样能一招致人死地！"

雅雅松开手，抱臂道："不能，你可是人族，我才不会教人族法术呢。我还有事，没工夫陪你玩了，再见啦。"

月初眼睁睁看着雅雅转身走远，脑海中闪过方才虎鹤双仙说的话，心道，原来那金人凤已经知道自己藏在涂山了。原本月初想先收拾了虎鹤双仙再去找金人凤，既然金人凤已经知晓了自己在涂山，一定不会善罢甘休……

对了，还要去收账！

月初一拍脑门，连忙快步朝涂山下走去。许是虎鹤双仙受了重创，这一路月初走得倒是平平安安，他在正午前就到了妖族集市。

妖族集市比起涂山和人族街道，又是另一番不同的景致。月初目光所及全是各种妖族和琳琅满目的商品，有顶着蘑菇走路的蘑菇精，头上长着两个耳朵在卖狼牙的兔子精，还有盘腿坐在地上吆喝着卖美白草的黑熊精……

月初第一次见识这般场景，看得眼花缭乱，什么都新鲜。本是一炷香能走完的路，愣是让他走了一个时辰。待逛了个遍后，他终于想起了正事，顺着吆喝声来到了妖族集市最大的酒铺。还不等他进入，月初就看到那牧童在柜台上摆上三盆吃食，哼着小曲端着一坛上好的美酒，喜滋滋地想要来上一碗。

"嗯——好香的酒啊！"月初吸吸鼻子，循着味道走进了酒铺。牧童看有客人到了，连忙将酒碗放下，热情地上前揽客："这位小哥是要买酒？"

等他走近月初，一双大鼻孔夸张地耸了耸，面色陡然一变："你是人族？！不对啊，结界警告并未响起，你不是硬闯进来的，难道你就是灰狼上次提到过的，那个住在涂山的人族？"

"聪明！"月初一步踏入酒铺，一边点头，一边把一张账单拍在柜台上道，"你猜得不错，从今日起，我就负责替涂山收取市集的租金了。"

牧童拿起账单看了看，愣了半晌道："可是、可是我已经交给狼妖了呀？虽说他被抢了，但也不能算在我头上不是？就算是交今年的，也得年底交不是？"

月初手指敲着柜台台面，晃着脑袋道："你说的是老规矩了，现在换了新人，自然有新规矩，以后，每年的租金都改成年初交了。"

牧童不甘心地又看了看账单，随后一双眼睛瞪得溜圆："这、这也不对啊！租金怎么涨了这么多？！我这小店生意做得实在是艰难，你看，这半日一个客人都没有，怎么交得起这么多租金啊？"

月初哼笑一声，拿起盘子中的一块点心塞进嘴里道："不光涨了，还得按照你实际赚的多少来收，赚得多，交得多，以后我们涂山要抽成了。再说了，你可莫要骗我，你这酒铺的生意都是在晚上呢，我早就打听过了，整条街上，生意最好的就是你家了。"

说到这，月初伸出手指，敲了敲牧童刚放下的酒碗："再说了，生意不好，你舍得这么吃吃喝喝？"

牧童被说得有些尴尬，他可怜巴巴道："那不是、不是因为我们牛族都有四个胃嘛。总得填饱肚子不是？"

月初哼笑一声，靠在柜台上的身子直起来："总之呢，这地方租金涨定了，你要是觉得贵，可以换个地方，世上多的是生意好，租金又便宜的地方。"

牧童见月初转身往外走，连忙跟上问道："哪里有这么好的地方？"

月初头也不回，低声道："人族那里啊。人族那里租金低，喝酒的人又多，店老板赚得盆满钵满，吃的自然也比你这破烂草糕好了不知道多少倍。"

牧童哼哼着低声道："你说得容易，人、妖不两立，我们妖族哪里敢去人族那里开店啊，到时候只怕珍馐美味没吃到，我倒被变成牛肉干了。"

月初点点头，半转过身来："说得也是，不过我倒是听说有妖族还真在人族做生意,还做得红红火火,你有兴趣倒可以去打听打听……"

月初走后,牧童心疼那租金心疼得在酒铺里转着圈圈。他在这妖族集市里的生意算好的,本以为可以就这样平平安安地过这小富即安的日子,可涂山规矩一改,他的好日子显然就要到头了。他就是一个老牛妖,不做酒铺生意,真是不知道要以何为生。

太阳快要落山时,一个兔妖悄悄溜进了酒铺,在牧童耳边嘀嘀咕咕了一阵,牧童表情复杂矛盾,支支吾吾地犹豫着。

兔妖见牧童如此不干脆,不耐烦地放大了声音:"这可是一笔大单,你接还是不接?给句痛快话,要不我可去找别人去了!"

牧童被这话一激,又扫了眼摆在柜台上的账单,他咬牙道:"接!这笔生意做下来,抵得上我一年的流水了!"

兔妖笑起来,从怀里掏出一锭银子递给牧童道:"这就对了,瞻前顾后的,还怎么发财?这是十两定金,你先收好。"

牧童伸手接过银子,他手指摩挲着银子,还是有点不放心地追问道:"兔生你别骗我,这人族市集,真的这样人傻银子多?"

名唤兔生的兔子精点点头,又从怀里掏出了个木盒。木盒打开是一颗大芝麻丸:"老牛,咱俩什么交情?人族市集不光人傻银子多,关键是租金还便宜,你趁着这单生意,直接把酒铺开到人族去得了,否则你看咱这租金涨的,辛辛苦苦一年下来,还不够喝两回酒的。这是我找老金特制的祛息芝麻丸,又有法力加持,可助你在人族市集隐匿妖息,这样一来就万事俱备,财神迎门了。"

牧童连忙接过芝麻丸,察觉到这芝麻丸上确实有淡淡的灵力,喜滋滋地点头应是,心里琢磨着那人族崽子果然没有骗人……自己或可真的去人族闯荡闯荡。

这一日,月初不光给各家店面涨了租金,还早早地将今年的租金入了账。他等太阳落山才回了涂山,先把租金与账单拿给容容交差,才往自己的小阁走去。

容容拿到账单,逐页翻看了下,沉吟半晌,起身往斛光阁而去。

红红坐在案前,接过容容送来的账本,想也知道这是来向她汇报月初的工作了,她翻开,蹙眉道:"这是他今日收的账目?有什么问题吗?"

容容坐在红红旁边道:"账目上没什么问题,只是,这租金可没少涨,照这样涨下去,不出三个月,咱们妖族集市的铺子准都要关门不可。姐姐你说,把这些妖逼走了,对他又有什么好处呢?"

红红合上账目,美目流转,似乎想到了什么:"这几年,咱们妖族集市上拖欠租金,开不下去的店铺都去了哪里?"

容容琢磨一番道:"有些干脆回老家以捕猎为生,有些则偷偷摸摸去了人族的集市经营。"

听到"人族集市"四个字,红红了然地点了点头,想明白了月初的用意:"他竟存了这份心思……对了,我找你要的疗愈内伤的灵药呢?"

容容拿出灵药,只觉月初成日惹事,有些为姐姐抱不平道:"姐姐修炼不易,不必次次都替那人族崽子耗费妖力。"

红红敷衍地点头道:"哦,知道了,灵药钱记我账上。"

容容欲言又止地看着红红的背影,翻了个白眼,哭笑不得地嘀咕道:"大当家的以为自己欠的账比那小子少吗?"

这边红红担忧月初白日与虎鹤双仙打斗所受的内伤,拿了灵药往小阁去。而毫不知情的月初则点燃了油灯,轻轻拉开衣襟,打量自己的伤处。只见他白皙的胸口处有一片瘆人的瘀青,轻轻一碰,便疼得他蹙眉不止。

正当他想为自己上药时,门口突然传来窸窸窣窣的声响,月初连忙拉上衣襟走到门口偷瞧,只见流舫和九霜正鬼鬼祟祟地挤在门外,一副想进又不敢进的模样。

月初猛地拉开木门,流舫和九霜差点跌倒,跟跟跄跄栽进了屋中,两人抬起头来,看着月初警觉的模样,尴尬地嘿嘿笑着。

"怎么,想报复我?"月初抱臂看着这两人问道。

流舫尴尬地挺直了身子道:"你想哪儿去了?!你这么义气,我们怎么会报复你!"

"就是!"九霜红了脸,赶紧溜进了小阁屋内说道,"之前我以为你是坏人,没少在背后骂你,经过这次我才知道,你和我们一样善良。"

"是啊,以前都是我不好。这回你救了九霜,以后就是我兄弟了!兄弟的事就是我的事,今后你有什么困难和我说,我一定帮你!"流舫跟在九霜身后小步走了进来,拍拍胸膛保证道。

月初见这两个傻货憨憨的样子,计上心来,引着他们在桌前落座,微微捂着自己胸口道:"既然如此,我又有伤在身……平日里的洒扫工作怕是……"

没等他说完,流舫就立刻说道:"包在我身上了!"

九霜看月初面色发白,有些担忧地道:"你伤得怎么样啊?给我们看看。"

就在这俩小狐凑上来想看伤处时,木门突然又被推开,红红带着凉意从外面走了进来。

流舫和九霜见到红红,跟老鼠见了猫似的唰地站了起来:"大当家!"

红红点点头应道:"嗯。"

小狐虽然崇拜红红,可看到大当家仍像是学生见了老师,哪哪都不自在,流舫连忙拉了九霜道:"那个……月初,没什么事的话,我们就先走了啊!"

月初看着这两人一溜烟就跑没了影，转过头来看向红红揶揄道："不愧是妖仙姐姐，不怒自威，令小狐们有如此发自肺腑的敬畏。"

红红不理会他们的小动作，掏出个瓷瓶道："伤得怎么样？这是容容给你的灵药。"

月初高兴地打开瓷瓶嗅了嗅，夸张赞叹道："一闻就知道是好药！果然还是容容姐好。当然啦，对我最好的还是妖仙姐姐了！"

红红有些惊讶地挑了挑眉："我对你好？"

"自然是对我好了。"月初点点头，带着真诚看向红红道，"在我小的时候，你救我，收留我。等我长大了，虽然有时候你会教训我，但我知道你就是刀子嘴豆腐心，心里是疼我的。"

红红心里有些复杂地看着月初，想到如果他知道自己救他是因为东方灵血后，是不是还会这样想。想到这里，她避开月初纯澈的目光道："涂山历来恩怨分明，你救了九霜，涂山欠你一份情，这一点，我不会忘的。"

月初见红红这般，顺杆爬地坏坏一笑道："我东方月初的情分，还起来可不容易。"

红红没想到他这般不客气，一怔后问道："你待如何？"

月初故作神秘，狡黠地看着红红道："日后你便知道了！"

红红与月初对视片刻，发现两人距离好似过近，她突然出手推向月初，将他推得后退两步，随后转头往外走去："故弄玄虚！好好养伤吧，这几日杂役活就免了。"

月初："免了？那工钱呢？"

红红："照付。"

月初揉着胸口，神情复杂地看着红红好似落荒而逃的背影，直到她消失于浓雾中，这才低下头，把玩着手中的瓷瓶微微一笑。

同一时刻的神火山庄中，金人凤正盘腿修炼，他身上笼着一层淡淡的金光。刚从涂山境赶回的付澄则小心翼翼地站在下方向庄主汇报情况："今日与虎鹤双仙交手的正是东方月初，弟子还听到虎鹤双仙说那小子还凝出了纯质阳炎。"

听到纯质阳炎，金人凤睁开双眼，目光中透出一股贪婪："纯质阳炎？果然是东方灵血的传人啊，看来这十八年里，那小杂种也没闲着……继续盯紧虎鹤两兄弟，只要他们俩不死，那小子一定会自己送上门来的。"

付澄点头附和道："庄主英明，那小崽子和两个老杂毛有杀父弑母之仇，他定不会善罢甘休。弟子预祝庄主早日抓到东方月初，得偿所愿！"

金人凤赞许地颔首道："下去吧，好好办事，老夫不会亏待你的。"

容容的灵药确实是真材实料的，当夜月初抹了药，第二天身上便轻松了许多。待天光大亮，他便换好衣裳，迫不及待地往妖族市集走去。昨日还妖声鼎沸、店铺鳞次栉比的市集，今早却失去了繁华，几个店铺大门紧闭，不知为何停了生意。

　　月初走到牧童的酒铺处，推开门看了看，里面已经人去楼空，昨晚与牧童密谋什么的兔生走了上来谄笑道："大哥您看，这事我可办妥了。"

　　月初点点头，随手将一个药瓶扔到兔生怀里："干得不错。这是涂山助益修炼的灵药，人族对妖族一向见而必诛，有了这灵药的帮助，你修炼个防身术不成问题。"

　　拿到了梦寐以求的灵药，兔生激动得兔子耳朵都立了起来，他高兴地拿着灵药，忙不迭声地奉承了月初一顿，临走前还不忘投诚道："多谢大哥，以后还有吩咐，小的一定万死不辞！"

　　月初没再理会兔生，只目光沉凝地望着人去楼空的酒楼暗道："果然如我所料……金人凤，这可是你咎由自取的，自取灭亡怪不得别人。"

（十二）二人过招

　　几日后，斛光阁内，红红与容容面色不虞地看着眼前的账本，而月初则一脸愧疚地道着歉："都怪我办事不力，若不是我近来催账催得太紧了，牧童他们也不会逃往人族集市，连其他妖商都不交租金往人族跑了……"

　　红红面色一沉道："这么说，市集经营出了大问题？"

　　月初还要再说什么，就见雅雅风风火火地走进了斛光阁。红红目光转向雅雅，突然看到她衣襟上沾了一点血迹，立刻不再搭理月初，担忧地问道："你受伤了？出什么事了？"

　　雅雅走到红红面前，急切道："姐姐，我在后山救了一只受伤的白毛野狐狸，你都不知道，那野狐狸特别可怜，半张脸被划得乱七八糟……"

　　看着雅雅越说越激动，月初生怕红红注意力被带偏，连忙道："两位姐姐，咱们先分个轻重缓急，商量一下妖族市集的事情吧？"

　　"臭小子！你竟敢说我不分轻重缓急？要不是你失职，那些妖商又岂会欠着租金逃往人族市集？"雅雅气得眉毛一竖，喝道。

　　月初同雅雅拌嘴："你的意思是涂山就该纵容他们欠租不还？"

　　红红见这两人又要争吵起来，头疼地捏着额头道："别吵了！雅雅，你是涂山二当家，平日里多亏有你分担，我才没有后顾之忧。"接着又看向月初："你这臭小子追租不力，过后我定会亲自惩罚。现在我要和容容商量市集之事，你们两个先回去。"

雅雅最听话，见红红有正事，便点头走了出去。月初虽不甘心，但看红红不善的眼神，只好蔫蔫地跟着走了出去。

待这两人出去，容容低声道："为了让月初不起疑心地去人族市集，姐姐也是费尽心机了，还好他没发现这些妖商逃租后面有咱们推波助澜。"

红红目光沉沉道："他想将金人凤引到人族市集，自然会想方设法让对方知道，接下来便等他来求我让他去人族市集了。"

容容颔首笑道："金人凤一向狡猾，也就只有月初的灵血能引他现身了。到那时，姐姐便可查清他与那幕后黑手有什么勾结。不过月初为何要将金人凤引向人族市集？"

容容愣了愣："莫不是他长大了想趁机逃离涂山？"

红红面带困惑地摇摇头道："无论如何，等到了人族市集，一切便见分晓了。"

雅雅被红红夸奖一番，带着笑容大大咧咧地回了她所在的凌烟阁。刚进室内，她便察觉到了房中异动："谁？出来！"

屏风后的人慌乱地缩了缩，随后小心翼翼地探出半个身子，只露出了半张精致脸庞，那人抬眸看向雅雅，眼中是藏不住的畏惧。

雅雅惊讶又高兴地走上前："你醒了！"

见雅雅上前，那人吓得又缩了缩，可雅雅已经顺势将屏风推开，只见这被救之人一半脸上布满了伤痕，十分恐怖。见到这人俊俏的脸已破相，雅雅惊愕过后，心疼地抚上了他脸上的伤痕："是谁将你伤成这样？难道是人族？！"

那被救之人见雅雅纯澈的眼中没有厌恶只有关心，迟疑地点了点头道："你不怕我？"

雅雅满不在乎道："这有什么好怕的？你别担心，我这就叫容容过来，容容会千颜术，一定能让你的脸恢复如初的！"说罢，雅雅便幻化出了一只灵蝶往窗口飞去，随后又回过头来问道，"对了，你怎么会在涂山？"

那人有些瑟缩，小声道："我听说涂山从不允许人族进入，比较安全，所以才从后山的悬崖爬了上来……"

雅雅伸手牵起受伤的人的手，看着他手上磨破的伤口，一边取出药箱给他上药，一边安慰他道："怪不得手都磨破了。你放心，以后在涂山，不会有人族欺负你了。对了，你叫什么名字？"

受伤的人有点茫然地摇了摇头，雅雅愣了愣，恍然道："我知道了，你以前的名字一定是人族起的，现在不想用了对吧！那我给你取个新名字吧！不如就叫过过？有我涂山雅雅罩着你，保证你以后的日子过得美美的！"

被叫作过过的男子略带讶异地看着雅雅，他眼中略显柔软，随后垂眸看着雅雅帮自己的手上药。

药还没有上完，接到灵蝶传信的容容就走了进来。容容看到这个坐在雅雅对面的毁容狐妖，惊讶地倒吸了一口气。雅雅连忙将过过的遭遇对容容简单说了下。同为狐族，容容心中也对过过充满了好感和同情，她当即幻化出了一片片凝着白瓷光芒、薄如蝉翼的玉质灵片，柔软地贴合在过过受伤的脸庞上。渐渐地，那半张脸幻化成了精致模样。

过过看向铜镜中的自己，眼中渐渐有了光芒，容容微笑道："看清了吗，这便是千颜术，但要勤加练习，方能长久维持效用。"

过过感动地站起来，朝容容和雅雅作揖道："多谢两位姐姐，日后若两位姐姐有任何需要，在下一定赴汤蹈火，在所不辞。"

雅雅大大咧咧地挥挥手："不必客气，同为狐族，别想着报恩了，只管安心在涂山住下便可。"

容容笑着点头赞同。

一直守在斛光阁外的月初见容容走了，便蹑手蹑脚地走到斛光阁门外，学起了轻柔的狐鸣。正在案前翻看账本的红红皱了皱眉，按兵不动。外面的狐鸣声得不到回应，急切起来，待这声音越发急迫时，红红飞身拉开门，揪着月初的衣领把他拽到水缸前按了进去。月初被淹得不断挣扎，快断气了红红才把他脑袋拔了出来。

月初又气又急地咳了半晌，大声道："妖仙姐姐你这是做什么！"

红红瞥了他一眼："你方才举止怪异，应该是中了寄生傀儡术，若想解除，须得浸于冷水之中。"

月初吓得缩了缩脖子连忙道："误会误会！我……我就是开个玩笑！"

红红看着月初狼狈的样子，没忍住笑了起来。看红红笑了，月初也跟着"嘿嘿"笑出了声："姐姐你平日里也该多笑笑，不要总扛着这么多事，我都替你累得慌。"

红红愣了下："当家人有不累的吗？"

月初抹了把脸点头道："你可以抓大放小嘛！比如去人族追债的事，不如就交给我？我仔细想了，涂山与人族一直井水不犯河水，如果让狐族去往人族市集，怕是会引起误会和麻烦，只有我这个在涂山长大的人族出马，才是最合适的。"

开始还在笑着的红红收起笑容，她神情复杂地看着月初。月初厚着脸皮看向红红，片刻后，红红猛然出手："若去人族市集，先过我这一关！"

月初瞳孔收缩，猛地朝窗外退去，两人快如闪电，追逐着蹿入涂山竹林。一红一白两道身影翩若惊鸿、矫若游龙。打斗之间，月初凝力于掌挥出灭妖神火，红红跃至半空，强大的妖力瞬间将神火熄灭，只见她蹙眉喝道："不可用纯质阳炎！"

月初一个愣神，瞬间反应过来："姐姐怕我在人前使用神火会暴露自己？"

红红站在竹竿上道："看来你自己也明白，现在还不是你暴露身份的时候。"

月初反应极快，将招式换作驱魔一式朝着红红挥去，红红侧身避开指导道："速度不够！"

月初加快速度，红红依旧轻松避开："再快！"

"再快！""左边！""右边！""继续练！"

（十三）狐念之术

整个翠色竹林中都是两人灵活翻飞的身影，落叶萧萧，掌风阵阵，这一打便是整整三天三夜。直到云层压低，大雨顷刻而至，整个竹海笼罩于雨声之中，两人聚于一处山洞中，点燃了一处暖融融的火堆，篝火上是几条半熟的烤鱼。

淋了雨的红红清丽若冰，雨水顺着发丝滑过脸颊落下。月初望着红红，突然略感心慌意乱，心虚地避开红红的目光，这躲闪的动作让红红心里也不由得生起一股奇异的感觉。

红红用衣袖擦了擦脸上的雨水，再看月初呆傻狼狈的样子，难得露出了笑容。月初见红红的笑颜，整个人都傻了，他连忙垂下眼，尴尬地翻动烤鱼，片刻后将烤鱼递给红红："试试看。"

红红接过烤鱼，正要吃却又被月初手忙脚乱地拦住："等一下，有点烫！"

红红看着月初将烤鱼又拿了回去，他细心地吹了吹，这才重新递给红红。红红从未被人这般细心地照顾过，她神色复杂地拿过烤鱼吃了一口。

月初继续烤剩下的鱼，待另一条烤熟后，一抬头，正看到红红盯着他发呆，不由得问道："怎么了？"

红红避开月初的目光道："没什么，烤鱼很好吃。"

月初得意地笑起来："那以后回了涂山，我还给你烤！所以，妖仙姐姐，你都指导我这么久了，我何时才能去人族市集啊？"

红红再次对上月初的目光，两人对望，各自心底都有自己的算盘，但此刻都对彼此多了几分真意。洞外雨势见小，红红突然蹙眉，朝月初推出一掌。

月初闪身躲开，再次使出驱魔一式，这一次速度远胜之前，红红闪避着，看着月初出招的速度越来越快，最终一招甚至贴上了自己身前的衣襟。看着衣襟飘动，月初脸色一变，瞬间撤力，惯性下自己跟跄着差点栽倒。

"何须收力？你现在还伤不到我。"红红飞身而上，一把抓住了月初的手。

月初皱眉，再次出掌袭向红红，两人在林间再次缠斗起来。待两人落地时，身后林间的空地上，竟然向四周裂出长长的纹路。

月初喘息着问道："这一次，你该允我去了吧？"

红红深深看了月初一眼，她伸手握住月初右掌，一道红线如树枝般自她掌中向月初手心蔓延："若有意外，这个术法可护你平安。那些租金，务必追回来。"

月初意识到红红同意了，他攥紧了右手，兴奋地朝红红保证道："多谢妖仙姐姐！你放心，我一定一分不少地把账收回来！"

红红看着月初转身兴奋地离去，轻轻叹了口气。半晌过后，旁边的树林里传来窸窸窣窣的声音，只见长老涂山不醉走了出来，嘴里还带着些许酒气。

"又喝酒了？"红红朝不醉看去，"这次出去，事情办得怎么样？"

不醉有些尴尬地嘿嘿笑道："大、大当家，请大当家放心，老狐狸已经按照你的吩咐，遍访其他妖域，均未发现黑暗之力的踪迹。"

红红略显疑惑："如此说来，这次的幕后之人是有意识地选择了人族……长老可还记得七百年前？"

一听"七百年前"，不醉神情一凛道："七百年前涂山与人族大战，战火持续三百年，直到四百年前大当家于苦情树诞生取代那人位置才停歇。您是说，有人想在人族和涂山之间做文章？"

红红舒了口气道："但愿是我杞人忧天了。这些时日，我查到那暗黑势力似乎与金人凤有关，已设局将他引到人族市集一会，那里是一气盟盟主王权的辖地，想来他行事应该会有所收敛。"

不醉惊讶道："神火山庄，金人凤？也好，那老狐狸便陪大当家一道去会一会这金面火神。不过说起来，大当家也有四百年未踏足过人族地界了吧？"

红红愣了下，四百年弹指一瞬，竟然过了这么久了，不知那人……回过神来，她看向不醉道："夜深了，长老连日奔波，早些回去歇着吧。"

不醉朝红红拱拱手，转身离去。

待不醉走远了，红红也迈开脚步，走到了华盖如云的苦情树下。深夜中，苦情树上的羽花纷纷扬扬落下，月光好似为花儿镶上了一层银边，如落雪一般。

夜色茫茫，月初走出了界碑，神色渐冷，目中暗藏杀意。

红红在苦情树下一站便到了日月变换之时，迎着日光，她朝树冠看去，便见雅雅拿着酒壶从树上跳了下来："嘿嘿，姐姐。"

红红看着雅雅，清冷的神色略带了暖意："当年我们三姐妹皆是由苦情树所诞育的，妖力天生大于其他小妖，你又醉心修炼。这些年来，涂山除了我，数你妖力最强。"说到这，红红看雅雅神色略带不好意思，又接着说道，"这是你的优势，也是你的弱势。"

雅雅听到这疑惑起来："什么意思呀？"

"要护着涂山，只用妖力可不行。"红红认真看着雅雅说道，"这些天我有些事要离开涂山，家里的事情还得要你和容容多费心了。"

雅雅认真听着，挠了挠头，连忙将酒壶收起，正色道："姐姐放心，我一定遇事先思考，能不打就不打，和容容合力护好涂山。"

红红欣慰地点点头，伸手摸了摸雅雅的头发："去吧。"

雅雅自觉重任在身，坚定地点点头，答应着离去。这边雅雅刚刚离开，容容和不醉便现身走了过来。容容皱眉道："姐姐，人族市集毕竟是一气盟的地盘，金人凤又一向阴险狡诈，要不要让二姐与你一道去，互相有个照应？"

红红摇头道："不必，有长老助我足够了，更何况涂山需要雅雅镇守。你我有言在先，苦情树遭侵蚀的事情先不告诉雅雅，虽然她早晚要知道，但就让她多享受一些轻松自在的时光吧。"

不醉也对容容保证道："有我在，大当家肯定没事！"

容容叹了口气，心中略有不安，她张了张嘴，最后却只是神色怅然地摇了摇头。

月初离了涂山，他还没走出山林，突然看到一个身穿月白衫子的女子卧倒在地，面色秀美，透着股苍白的柔弱，这人正是金人凤的女弟子，当日残忍杀害灰狼妖的付澄。

月初眼珠一转，走上前扶起付澄道："姑娘，姑娘？"

付澄缓缓睁开眼睛，只见她右侧肩膀上赫然有一道深深的长血痕，触目惊心。她气若游丝道："公子救、救我。奴家出来采药，一不小心从树上跌了下来……"

月初抬头看了看，发现树上果然有折断痕迹。他故作好心地伸手将付澄扶起来，余光却瞟到付澄手中捏着毒针要往他身上逼近。月初突然抓住付澄的手，低声道："姑娘，你还能走吗？"

付澄心中咯噔一下，不敢再有动作，她勉强试着在月初的搀扶下往前走去。月初一只手捞起她的背篓，背在身上，再次躲开了付澄手中的毒针，他微笑道："我带你去前面集市看大夫。"

见月初两次躲开毒针，付澄心中没底，不知他是否发现自己不怀好意，只得配合他磨磨蹭蹭往市集走去，在心中暗骂早已埋伏在附近的付魁怎么还不动手。而付魁与神火山庄弟子在要出手的瞬间，却好似突然中了蛊一般，越想上前就越不受控制地倒退，甚至神志错乱地互相打斗起来。

隐在林中暗处的红红看着这些神火山庄的弟子身体不受控制地互相打斗的场景，嗤笑出声："连狐念之术都无法识破，看来四百年过去了，一气盟还是没什么长进。"说罢，她便身形一闪，随着月初和付澄越走越远的身影而去。

"师兄，我控制不住自己的手！"一个弟子猛地挥拳向付魁打去。付魁挨了一拳，一脚踹向那个弟子，嘴里骂道："真是见鬼了！"

另一个弟子一边不受控地和旁边的弟子对打，一边恐惧地道："不会真的有鬼吧！"

就在这边闹得不可开交时，金人凤突然出现，挥手荡尽妖术，他怒斥道："一群废物！狐念之术都认不出来，养你们何用！"

付魁鼻青脸肿，连忙单膝跪地道："属下无用！请庄主责罚！"

金人凤深吸一口气，道："方才王权山庄的费管家通知我，说有人以秦兰后代的名义给王权山庄送信，说要回一气盟，请王权山庄和神火山庄相迎。分明是那小杂种想借王权山庄这张大旗护身！"

付魁小心翼翼地起身，在金人凤身后道："王权弘业毕竟是一气盟盟主，他那小妾又是秦兰的姐姐，沾亲带故的。若是王权弘业和王权山庄真的掺和进来，怕对咱们形势不利。"

金人凤冷笑着正要说什么，突然神色一凛，锐利的目光看到一抹红色身影悄然掠过。他正要有所动作，只见一道传信符翩然而至，金人凤收起疑心，接住银光看了起来："月初和付澄正在人族市集的医馆中。月初怕是已经怀疑付澄的身份了。既然美人计不管用，就得下大饵了。"

说到这，金人凤略一思忖，看向付魁道："虎鹤两兄弟现在何处？"

付魁连忙道："就在人族市集。他们夺了牛妖的酒铺，想等东方月初收账时自投罗网！那小杂种一心要替父母报仇，绝不会错失亲手杀了他俩的机会。"

金人凤点头道："将他们抓过来。"

付魁抱拳应是，而不远处的林间，红红沉了脸，余光落在付魁离去的方向。金人凤一双鹰目则锐利地望着红红藏身之处。

人族医馆中，月初坏笑着将掺了一大把辣椒面的药递给付澄："快喝了吧，要听大夫的话哦。"

付澄只得硬着头皮喝药，药一入嘴，她便被辣得不停呛咳起来。

月初故作无辜道："大夫说了，这药有点辣口，但效用是极好的，姑娘可千万不能浪费！"

付澄喝得双眼含泪，药还没全部喝完，街道上突然传来极大的吵嚷声。月初往窗外看去,只见虎鹤双仙正在市集中狼狈逃窜,他身后,付魁带着几个弟子紧追不舍。药童在旁边嘀咕道:"听说一气盟要处决叛徒,前几天我还看那两人抢了个酒铺,贼眉鼠眼的,一看就不是好东西。"

付澄见此,连忙故作害怕道:"这些人不会当街杀人吧?"

月初听了付澄的话,心中冷笑,心想,这是想引自己上钩呢,看来金人凤是不打算在市集现身了。他想到这,突然向付澄出手,用一道灵力制住了她,在付澄的惊讶中低声警告她:"你身上有东方灵血,从一开始我就认出你是金人凤的人了,你想活命就乖乖配合。"

付澄见自己暴露,恨恨地盯着月初:"王八蛋,放开我!"

月初挑眉道:"我现在要去会一会你的主子。这家药馆我已经包下来了,你好好养伤,保重。"

付澄挣扎不开,眼睁睁看着月初转身离去,只能徒然咒骂。

刚出了人族市集,付魁就抓住了虎鹤双仙。他用缚妖索捆着这二人正走着,突然察觉附近草丛传来异动,还没等他们反应过来,几根鸡骨头裹挟着妖力直冲他们面门,神火山庄的众弟子纷纷中招,痛呼倒地。

付魁更加警惕地四处张望,突然看到涂山不醉出现在他的面前。涂山不醉猛然伸手,用一根鸡爪子便敲晕了付魁。虎鹤双仙见到不醉,吓得浑身哆嗦,涂山不醉嘿嘿笑道:"虎鹤双仙?跟我回市集吧。"

这两人哪里是涂山不醉的对手,只得跟着涂山不醉重新往人族市集走去。

付魁的行动再次失败,金人凤愤怒地盯着这个弟子,恨不能一掌将其击毙。付魁流着冷汗,惶恐道:"庄主息怒,实在是那狐妖出手太过突然,弟子们猝不及防啊。"

"狐妖也掺了一脚?"金人凤沉吟,"这小杂种看来是和涂山合伙给本庄主下套。也好,涂山狐族一向缩在那穷乡僻壤,此番他们自己送上门找死,本庄主就将计就计!去,通知王权山庄,就说涂山狐族来犯,速来擒妖!"

(十四)执意冒险

付魁领命,立刻匆匆而去。

金人凤看着远处在劲风中不断晃动的林木,露出阴鸷的笑容:"涂山红红,你就在这里替本庄主应付王权山庄的人吧。"说罢,他一扬手,林中狂风大作,一瞬间白茫茫的雾气陡然而出。下一秒,金人凤便消失在原地。而再下一秒,涂山红红便出现在金人凤消失的地方,警惕地看着越来越浓的雾气。她眯眼观察一阵，身影随着袅袅铃音在白雾中穿梭起来。

月初追着付魁和虎鹤双仙的脚步，还没出闹市便收到了粉色灵蝶。他伸手接住灵蝶读取信息，惊讶道："虎鹤老儿被抓回酒铺了？"月初正疑惑着，突然看到王权山庄的众弟子匆匆往集市外的林中跑去："让开！市集外发现狐妖来犯，所有妖族格杀勿论！"

听到这些动静，月初脸上骤然凝重，他改变了要往酒铺去的脚步，转身往树林中飞奔。他刚入林中，便察觉到大雾弥漫，有强大的灵力缓缓溢出，他没有片刻犹豫，直冲入雾中。

白色大雾中，红红神情警觉，小心翼翼警觉着从四面八方不停逼近的人，察觉到有一道模糊的人影骤然逼近，她扬手打出一记妖力。月初匆忙避开，冲到红红身前："妖仙姐姐！"

红红陡然收手，面色一变，惊讶道："你怎么在此？没收到信吗？虎鹤双仙在市集里！"

月初龇牙咧嘴地走到红红身边道："那信果然是你送的！姐姐早已察觉到金人凤在此设下陷阱，怕我上当，这才给我传信，让我去市集杀了虎鹤双仙，不要来此涉险对不对？"

红红冷了脸，不去看月初，只环顾四周雾气："是我低估了金人凤，这雾气背后只怕另有陷阱，咱们赶紧设法离开此处。"

话音刚落，一阵箭雨密密麻麻如蝗虫般朝两人袭来，两人联手拉开一张妖力巨网，将箭雨反弹回去。紧接着，两人移形换影出现在另一处，缕缕雾气中，隐约透出一气盟弟子们的身影。

月初见此情景，突然打出一道灭妖神火，火光破开雾气，映亮了敌人的方位，紧接着他从怀里掏出个纸包，撕开后将药粉朝对手撒去。

雾气中，突然传来付魁的低呼声："这是什么东西？！"紧接着众位弟子纷纷感到奇痒无比，扔了武器开始用力抓挠自己的身体，没一会儿便晕死过去。

雾气缓缓散去，红红与月初自林间跃下，站在付魁面前。付魁面色剧变，不可思议道："堂堂涂山大当家竟然用毒！"

红红没有理他，只对月初道："你刚才用了神火，只怕惊动了金人凤，快走！"

月初看向红红坚定道："我陪你！"

红红还未再说什么，便见一道灭妖神火迅速逼近。红红面色一变，抓着月初便朝一侧疾奔而去，灭妖神火在他们身后追袭而来，下一秒金人凤已经拦在二人面前。

月初见到金人凤，眼中溢满了仇恨："金人凤！"

金人凤冷笑道:"按照辈分,你该叫我一声'师叔'。"

月初咬牙道:"很快整个一气盟就会知道你的恶行了!"

金人凤得意道:"是吗?对了,忘了告诉你,我已经请王权山庄死守外围,里面都是咱们自己人,师叔会亲手将你从妖族手中救出,迎你回神火山庄的。"

红红上前拦在月初面前,冷傲道:"金人凤,你卑鄙无耻的本事更胜从前了。"

金人凤双掌凝力,表情慢慢狰狞:"待会儿你就知道,我的本事可不止这一点。纳命来!"

瞬间,滚烫的赤金烈焰从他掌中蹿出,如火蛇般袭向红红。月初连忙使出灵力打向金人凤。金人凤冷冷一笑,突然飞身朝月初袭来。眼看月初要被击中,红红使出一道妖力挡住烈焰,运力将金人凤的烈焰寸寸熄灭。

金人凤狞笑道:"今日便让你们见识下我金面火神的真正威力!"

随着金人凤的话语,地上一道阵法开始运转,爆发出巨大的威力,冲天烈焰将月初震落在地。红红飞身至月初前挡下烈焰,抬手挥出一道巨大光影,妖力直袭金人凤,一瞬间,金人凤只觉胸膛气血翻滚,待他再次抬头时,唇角已经溢出鲜血。

红红继续凝力朝金人凤袭去,突然间,金人凤周身腾起黑雾,阻隔了红红的袭击。红红神色一凛,化掌为爪,想要撕开那黑暗之力,那黑色雾气却化作朵朵阴火,爆发出巨大力量,瞬间爆炸不见天光。待火光消失时,金人凤也已消失不见。

红红唇边渗血,指尖不住地颤抖,月初急忙将红红揽入怀中:"妖仙姐姐!"

红红缓了缓神,稳住身体,轻轻推开月初,看向地上的阵法。月初在红红身边道:"我从未听娘说过东方家有这等阴毒的阵法。"

红红点头道:"没错,金人凤背后另有势力。"

停顿片刻后,红红转头看向月初:"你明知道虎鹤双仙在酒铺,为何还要执意来冒险?"

月初面颊微红,吭哧片刻道:"因为、因为你在这里。活着的人最重要了,一气盟出动了这么多弟子,我怕你有危险,虎鹤双仙什么时候都能杀,救人的时机却只有一瞬间。"

说到这,月初的语气中带出了一丝怅然和伤痛,显然想到了自己的父母,红红望着他眼眶微红的模样,不自觉地涌起一阵怜惜:"对不住,当年若是我早到一步……"

"不是你的错。"月初打断红红的话。红红顿了顿,似乎想到什么道:"若是你速度快些,眼下或许还来得及赶去解决虎鹤双仙。"

月初惊讶地看着红红了然的目光,他扭头便往集市冲去。红红见月初走了,也移步来到人族一处简陋的房间内。屋内，涂山不醉正等候着大当家。

红红将刚才的经过与不醉说了一遍，不醉讶然道："这金人凤果然与暗黑之力脱不了干系！"

红红点头道："可他的实力远不够操控那股力量侵蚀苦情树，背后应该另有其人。现在金人凤在人族市集，神火山庄内防备松懈，请长老去探一探，看看与他勾结的究竟是何人。"

不醉干脆点头道："大当家放心，交给老狐狸我了。大当家的现在回涂山吗？"

红红脸上不由得浮现出一抹温柔之色，摇头看向药铺的方向，低声道："我还要等一个人……"

那虎鹤双仙被涂山不醉重新带回酒铺，不醉将他们再次用捆仙绳绑在屋中，便顺手打包了酒铺里的美酒、烧鸡离去。

这两人好不容易脱身，便往医馆奔去。这边医馆内，付澄也刚挣脱了月初给她设下的缚妖索，刚起身便与虎鹤双仙对上。

虎仙冲进屋内四下扫视一番："那小王八蛋呢？"

付澄冷冷道："不在。"

"不在？"鹤仙阴冷地扫过付澄肩上的伤处，"他不在，你在也行，交出千愁泣的解药便饶你不死！"

付澄警惕地望着两人，像是拿药般将一只手放入怀中，在两人放松警惕时，她另一只手化出佩剑，直朝两人刺去。

虎鹤双仙勉强躲过偷袭，大怒下与付澄缠斗起来，付澄有伤在身，很快败下阵来，被虎仙死死钳住。

"臭娘儿们！死到临头还敢耍花样？解药在哪儿！"

付澄被揪起头发，虚弱喘息道："我没有解药。"

鹤仙冷笑道："那就别怪我们兄弟不客气了。宰了她！"

就在虎仙凝力要朝付澄头顶劈下时，医馆的门被重重踢开，只见逆光下，月初口中叼着串糖葫芦，宛如天神般出现在日光中。

（十五）报仇雪恨

"怎么，打不过金人凤便拿个女人出气？你们俩真不愧是一气盟的败类！"月初将糖葫芦扔到一边，冷笑着说道。

虎仙看到月初不气反喜，挥掌便打："好你个小王八蛋，这可是你自己送上门来的!"

鹤仙也立刻跟着袭向月初,三人瞬间战作一团。打斗中,月初顺势捡起地上付澄掉落的佩剑朝两人挥去,两人狼狈闪避,祭出数道灵力。只见一道灵力直冲付澄而去,月初看到,连忙一剑隔开那道剑气。

付澄没想到月初会救自己,惊讶地看向月初,月初冷哼一声喝道:"还不走?!莫不是想坐等渔翁之利?"

付澄听了月初的话,原先的点点感激化作羞恼,再不迟疑,起身快速离开。

月初没了顾忌,一剑快若闪电,剑气所到之处,虎鹤双仙被震倒在地,鲜血喷出,挣扎不起。见两人没了还手之力,月初收了剑式,走上前来,冷酷道:"上次在涂山被你们躲过一劫。这次,爹娘之仇,连带你们追杀我的旧债,都要好好算一算了。"

说罢,他一剑穿透了鹤仙胸膛,鲜血从其伤口涌出,月初脑海中回想着爹娘惨死的情形,抽出剑来,红着眼睛看向虎仙。虎仙满脸恐惧地在地上爬行着,他浑身发抖地向月初求饶道:"月、月初爷爷……当初是我错了,上天有好生之德,你放过我——"

话未说完,月初一剑便刺向虎仙,剑气如虹,带出朵朵血花,溅上了月初眉眼,他看着两人的尸首,压抑着悲伤,低声道:"爹、娘,我为你们报仇了。"

就在月初情绪激动时,一支利箭穿门而入。月初眼神一变,躲闪不及,眼看就要被利箭刺穿胸膛,突然一道强大光芒自他右手手掌爆出,化作结界挡住了利箭,利箭偏离轨迹落在地上。

月初看着自己的右手,只见掌心的枝蔓图腾隐隐消失,这正是他离开涂山时红红赐予他的护身灵力,他动容地握紧掌心,一个起跳从窗户翻了出去。

门外,神火山庄的弟子们拉弓搭箭,将医馆围了个水泄不通。付魁低声对金人凤说道:"庄主放心,弟子亲眼所见,那小杂种闯进了这个医馆并没有出来。"

金人凤阴鸷一笑,破门而入,可映入眼帘的只有虎鹤双仙倒于血泊中的尸体,并没有看到月初的身影。就在他疑惑时,外面付魁的声音高高响起:"费管家,您怎么来了?"

金人凤脸色一变,面带悲凉地拿起佩剑往这两具尸体上捅了几刀:"小师妹,这么多年,师兄终于为你报仇了!"

话音落下,一位身着灰衣、面色和善的老者走了进来,有些诧异道:"这是怎么回事?"

金人凤狠狠地对费管家道:"当年我好不容易寻到小师妹的下落,正准备将他们一家接回,没想到这两个叛徒竟然抢在我之前找到他们,夺血不成,便杀了他们一家！让我兄妹天人永隔，也让东方家彻底断了血脉，好在今日终于得以手刃仇人，以告慰师妹在天之灵。"

费管家疑惑地看着金人凤道："慢着，此事不对，老夫今日收到的消息是，有人自称是秦兰二小姐的后人……"

金人凤打断费管家的话道："这是迷雾阵，金某起初也听的是这个说法，但一时欣喜后，再一想，若是小师妹真有后人，怎会等到十八年后才现身？分明是这两个叛徒为了逃命，故意放出来的假消息。"

费管家有些将信将疑，还想再说什么，就听金人凤继续道："当年师父去世，神火山庄大乱，秦兰师妹被人迫害，淮竹师妹幸得王权盟主庇护。今日我亲手杀了这两人，也算是替小师妹讨回公道，还请费管家告知盟主，日后就无须再操心神火山庄的事了。"

月初靠在窗外的墙上，悲愤地握紧了拳头，低声暗骂金人凤无耻，可他现在并不是对方的对手，只得悲愤不甘地离去。

红红暗中跟上月初，渐渐显出身形来，陪着他重新来到了秦兰夫妇遇害的地方。两人立于坟前，告慰月初父母的在天之灵。

"我娘曾和我说过，神火山庄里，有一株她出生时便种下的红梅，她一直都心心念念着，想要再回去看上一眼。"

"待将来手刃了金人凤，你就可以带她回去看看了。"红红安慰道。

月初惊讶地看着红红："你知道我来人族市集是为了报仇？"随即他像是又想起了什么，"不对，你是想用我引出金人凤。你也要对付他？可这些年来神火山庄与涂山井水不犯河水，你为何要对付金人凤？"

红红避开月初的目光，朝一边走去："是什么原因你别问，总之我不反对你找金人凤报仇，只是你须得谨慎行事，不得轻敌冒进。金人凤从一个乞儿到如今地位，凭借的不只是修为高深，更是心机深沉，能忍能狠。"

月初点点头，将这番话听进心里："你说得是。现在我不是金人凤的对手，只有等我足够强大，才能剥去他虚伪的皮！"

红红颔首道："一时的挫败不算什么，只要你够坚韧，必能达成所愿，现在咱们先回涂山吧。"

"不，我还有事要办！你陪我走一趟。"说罢，月初便牵起红红的手跑了起来。

月光洒落在人族的街市，路上人来人往，两侧商摊绵延，叫卖声此起彼伏、不绝于耳。

"你赖在人族不走，就是为了来这个市集？"红红问道。

月初面对着红红，倒退着走："来都来了，就当是陪我故地重游，好不好？

这么多年过去了,这集市比我小时候繁华多了。"

红红顺着月初的目光打量着周围琳琅满目的摊子、商铺,渐渐也被吸引了,目光不由得流连起来。不一会儿,红红便戴着个小摊上买来的银质狐狸面具,与月初吃起了冰糖葫芦。

月初越逛越有兴致,待再次回头时,却不见红红的身影。他有些急了,快步在人群中寻觅起来,忽地,有人轻拍了拍月初的肩膀。月初一转身,只见一张银质的小狐狸面具出现在面前,红红着一身熟悉的红衣,立于错落的灯火间。

月初轻轻伸手,摘下了这面具,红红的微笑迷蒙了月初的目光,月初慌乱地将面具反戴在自己脸庞上,遮掩住突如其来的情绪。他于面具之后细细地望着红红,拥有了一个属于他自己的秘密。

涂山花田中,容容站在苦情树旁探查着苦情树的灵力,雅雅则打着哈欠走了过来。

"二姐又去山里巡夜了?你这日日睡不到一个时辰,把涂山护得跟个铁桶一样,姐姐如果知道了肯定很放心。"

"嘻,姐姐不在,我自然得担负起守护涂山的任务。姐姐也快回来了吧?"雅雅露齿一笑问道。

容容点头道:"快了,明天就当回来了。二姐还是回去休息下吧,眼下都青了。"

"哼,都怪月初这小子,连个账都收不好,也不知道姐姐在外头累不累。好了,我去学堂转转了。"雅雅转头招招手,就要往学堂走,"当年姐姐从大魔头手里护下咱们,从那时起我就发誓,只要姐姐想守护的,我拼了命也要替她护好。放心吧,我撑得住!"

容容看着雅雅背着酒壶离去的背影,眼眶一下红了。当年人妖大战后期,满目疮痍,雅雅受了重伤被红红抱在怀里,而发起战争的石姬披着黑色斗篷,就要伸手去把雅雅拽出来:"想要涂山成为妖族最强,这点牺牲算得了什么?"

红红愤怒地对上了石姬的目光,开始质疑她的说法:"这里躺着的是狐族的生命!就是因为你的野心,所以他们赔上了自己的性命!"

这句话让石姬彻底愤怒了,她目光恨恨地扫过红红、雅雅和容容:"人族卑劣,本就该为我妖族取代!你们想背叛我!"

石姬说罢,伸手凝成巨大妖力打向雅雅。红红拼命挡下这招,巨大的灵力相抗让红红的掌心和嘴角满是鲜血。对雅雅和容容,大当家有救命之恩,是整个涂山恢复生机的功臣,所以,她们也要为了红红,守护好涂山和苦情树。

容容看着苦情树的枝条随着微风轻柔地摆动,她欣慰笑了起来:"现在的涂山真好……二姐也能保护涂山了呢。"

与此同时，神火山庄中，付澄正在灯下小心翼翼地擦拭肩上的伤口。木门突然被一把推开，付魁沉着脸走上前，一巴掌将付澄打倒在床上。

"贱人，跟你娘一样只会勾引男人！"付魁恶狠狠地看着付澄冷笑道，"今日在药铺，手下弟子分明看到你与那小子一起对付虎鹤双仙，后来你去哪了？为何知情不报？！"

付澄直起身子，极度愤恨地看着付魁道："我不知道你在说什么。不过我若是你，就将这教训人的力气拿来修炼，也免得将来后悔。"

付魁死死地盯着付澄，半晌后冷笑一声："别以为你修为比我高就得意了，你忘了你体内的千愁泣？今天是你该服解药的日子了吧？乖乖去服侍庄主，再来找我求药吧！"

付澄一愣，屈辱地看着付魁冷笑着离开。片刻后，她纵然再不愿，也站了起来，往金人凤的房中走去。

金人凤伸手抵在付澄的心口，一道殷红顺着金人凤的掌中流入他的体内。金人凤周身洋溢着薄薄的灵力光芒，而付澄的脸色则肉眼可见的越发痛苦。

金人凤看着付澄冷汗淋漓的样子，笑道："本庄主此刻的心情很好。东方月初虽然没被抓到，但我亲眼看到了他和他体内的灵血，接下来不愁找不到人，你说是不是啊？还有那个王权弘业，我忍了他二十年，让他插手神火山庄的事务，今后我可再不会由着他了。"

付澄痛苦喘息着应道："是，庄主定能心想事成。"

金人凤笑着笑着，突然冷下脸来："可本庄主对你不满意！以你的修为，既能近身那小杂种，就不该失手！"说到这，只见他掌间凝力，让付澄痛苦至极，发出难以忍受的呻吟。

而在距离神火山庄不远的一个破庙中，涂山不醉嘴馋地摸了摸身上的酒壶，他咂咂嘴巴，强忍着酒虫，看向不远处的神火山庄，喃喃自语："等着吧，老狐狸等着看你金人凤到底与谁合作。"

第三章 情窦初开

（十六）盛会之前

两日过后，红红终于回到了涂山。苦情树下，容容笑道："姐姐每次回涂山还是要先到苦情树下看一看。"

红红恋恋不舍地将目光从苦情树上移开："习惯了。我不在的这几日，山中如何？"

容容点头道："就是准备每百年一次的结缘盛会，让那些心怀真诚的妖来苦情树下求取羽花庇护情缘。再过不久，就又到盛会之期了，现下苦情树被暗黑之气所染……"

红红打断容容的话："如期举办。我知道你的顾虑，怕他们发现暗黑之力侵袭涂山，可若是推迟举办，他们又会怎么想？再说，除了给有情的妖族赐下羽花，苦情树还会依照天意降下天书，促成结缘。这些情愫也会反哺苦情树，让苦情树增强灵力，希望这些灵力能让苦情树从内部对抗暗黑之力。"

容容点头道："这是个好办法。对了，此前姐姐说已经派长老去神火山庄探查，可有消息了？"

红红摇头道："暂时没有。那幕后黑手既能蛰伏多年，想来也不会轻易露面。"

月初随红红回到涂山后，也来到了自己的小阁中，只见他只着单衣，掌心凝出神火猛地打出，神火突然消失，可一阵灼烧痛感从他脚底直入心口。月初疼得捂住心口，他身上潮红，好似被架在火上灼烤，胸口的天地一线也瞬间闪过一丝亮光。

远处正在和容容说话的红红心口也闪过一丝红光，她面色当即一变，警觉地急掠而出。

月初强忍着灼烧感，将自己扔进了满是冰水的浴桶中，他克制着体内走火入魔而至的焚心神火。可还没等他彻底缓解，就听到推门声，他连忙忍痛起身拿过白色单衣披在身上，转过屏风："妖仙姐姐？"

红红看着月初敞开的单衣，快步上前，用指尖碰触他的心口，只觉一阵灼烧感，她连忙扬手释放妖力降温。片刻后，月初双眼蒙眬，向前扑倒，不慎将红红按压在床上，两人发丝相缠、气息缭绕。

凉风自门外灌入，月初迷茫脆弱的眼神落入红红眼中。

红红推开他站起身来："为何要急于求成？欲速则不达。修炼纯质阳炎需要调动全身灵血，本就挑战心脉极限，若强行突破，只会损伤功体！"

月初眼中含着痛楚与恨意："可是只有努力修炼，再见到金人凤时我才能……"

红红坚定道："不必心急。这次已经剪除了他的羽翼，一次一次，总有除掉他的那天。"月初看着红红，焦躁的心渐渐平静下来。

看月初没事了，红红转身离去："不要再让我看到你如此急躁。"

夜色茫茫，月初凝望着红红的背影，呆呆地愣住了。

第二日清晨，红红、雅雅、容容这三姐妹正看着账单一筹莫展。虽然这次去人族收回不少银两，可结缘盛会要花的银子更多。

雅雅紧张地看着容容道："可不能再克扣我的酒钱了！"

红红也少有地紧张起来："还有我的膳食费也不能少了，我总归是狐狸，不能吃素！"

容容叹了口气："酒钱、膳食费只是杯水车薪，就算都给你们断掉了，亏空还差得多呢。"

雅雅皱眉道："听说人族喜欢花银子看表演？要不我偷偷去一趟，表演胸口碎大石，赚些银子回来？"

容容和红红面无表情地摇头。

雅雅接着道："要不然我去山下市集当保镖赚点工钱？"

容容和雅雅继续摇头。

"这也不行那也不行，你们说怎么办？"

红红一筹莫展，支着下巴发愁。容容惆怅地思考着，突然面露欣喜："涂山妖族有限，收的费用有限，该置办的典礼装饰却一应不少，这才会收支不平。如果咱们扩大规模，让所有妖都来参加！来得多了，他们花销的也多，咱们就能赚钱了！"

雅雅一拍手也笑起来："对呀！到时候还可以把姐姐私藏的微醺酿做结缘酒，在酒楼卖！"

红红也赞许地笑道："是个好主意。"

修炼纯质阳炎欲速不达，月初把主意打到了雅雅的身上。于是当雅雅给小狐们上完课，刚走出学堂时，就看到了她日思夜想的定海一棒的手办。

"定海一棒妖万潮！"雅雅的眼都直了，"傲来三少的限量版！月初你从哪儿搞的？"

月初嘿嘿一笑："自然是抽盲盒抽到的！"

雅雅一改此前的傲慢与不屑，讨好道："月初啊，驱魔一式你还有不懂的地方吗？"

月初故作为难道："除了上回那些问题，可能还需要你多花点时间……助我将驱魔一式修到更高一层。"月初说到这，见雅雅不说话了，他不慌不忙地又掏出一张小画报，只见上面画着傲来三少帅气的背影。

"啊！三少——就是他，只有他才能这么帅！"雅雅激动起来，就像是个小迷妹一般。

月初晃了晃画报："那涂山的其他法术？"

雅雅痴迷地看着画报，头也不抬道："教！都教！"

月初目标达成，嘿嘿笑了起来，正笑着，远处被雅雅救了的过过走了过来，他看到月初，脸上露出一丝诧异、嫌恶和凶狠："人族——"

说罢，他便以迅雷不及掩耳之势扑向月初。好在月初反应灵敏，反手将过过压制在地上："哪里来的野狐狸，敢在涂山放肆？！"

过过挣扎道："敢欺负我过过！有你好受！"

过过？月初松开手恍然道："你就是那只被捡回来的白狐狸？误会、误会，听闻你被人族欺负过，我可不同，我同狐族很好的。"说罢顺手摸了过过一把，转身就跑。

过过愤怒地起身，气恼之下朝雅雅诉苦："雅雅姐，这个人——"

可此时雅雅一脸迷恋地抱着画报，根本没有发现刚才发生的事情。

过过气恼得不行，直接跑到了斛光阁告状。

红红略显惊讶地看着过过道："你特意求见，就为了让我禁止人族住在涂山？可涂山内只有月初一个人，你是不想让月初待在涂山吗？听说你们之前打了一架，他欺负你了？"

过过略显尴尬道："大当家，过过早年在人族待过，深知他们卑劣，为了私欲，他们什么都能做出来……"

红红不理他说的话，继续问道："他打疼你了？过来我看看。"

过过愣了一下，面露迟疑，终是上前让红红查看。就在这时，屋门被猛地推开，月初神色不虞地提着食盒走了进来，将红红与过过隔开，从食盒中取出只烤鸡递给红红："妖仙姐姐，刚烤好的，特别香。"

红红被迫接过烤鸡，月初则趁机转头看向过过，得意道："这没你什么事了，回去吧。"

过过看着月初得意的样子，倔强地不肯走，月初嗤笑道："我一贯只听说过癞皮狗，没想到也有癞皮狐狸。"

过过气得刚要开口，红红就说话了："月初，你先回去。"

月初惊讶地看向红红："妖仙姐姐？！"

红红不搭理他，只看了看门口。月初看了看红红，又看了看过过，张了张嘴，最终还是不甘心地走了出去。

见月初走了，过过连忙说道："大当家的，你看到了吧，他在您面前这般无礼，更别提在别的小狐面前了！"

红红看了看过过，知道他对人族的成见很深，她想让过过跟在月初身边，改变他对人族的偏见，便想了个主意道："既然如此，你就替我盯着他，若他真做出失当举动，再做商议。"

过过听了，阴郁的脸上闪过一丝喜色，高兴道："多谢大当家！"

月初拎着食盒心烦气躁地往外走着，正好碰到流觞手中拿着本书走过来："月初，你又做什么好吃的了？"

月初翻了个白眼道："去去去，烦着呢。"

整个涂山都知道月初的手艺，流觞一边去抢食盒，一边道："别啊，给我看看，闻闻也是好的！"

两人拉扯间，流觞手中的书一下掉到了地上。

月初凝神看去："《妖法秘籍》！你什么时候这么用功了？我从人族给你带来的话本你不看，研究起这个来了？"

流觞急忙去捡册子，却让月初抢了先："嘿嘿，我先看看！看完了再还你！"

说罢，月初就将食盒往流觞怀里一塞，蹦蹦跳跳地往小阁去。

到了小阁，月初翻开这本秘籍，不承想上面写的竟是些什么"经营爱情，完善自己"的话语，他顿感无聊，将书往床上一扔，却发现第二页上写着"思慕一个人的表现"。鬼使神差地，他重新拿了起来念道："表现一，吃醋，也就是见到对方和其他人在一起，会十分不喜……"

月初想到自己看到红红和过过在一起时，自己不爽的心情，面色复杂地看起下一条："表现二，经常不由自主地想起对方。"

月初抬起头来，脑海中不由自主地又想起了自己摘下红红的银质狐狸面具后对方的笑容，他打了个哆嗦，连忙再往下看："表现三，格外在意对方的消息……"

还没看完，月初就听到窗外两个小狐经过，顺嘴说了句"大当家的"，月初连忙竖起耳朵跑到窗边去听。别的还没听到什么，就又想起了这表现三，当下脸上露出了难以置信的表情："不是吧，我莫不是假戏真做了？！"

（十七）情窦初开

想到这，月初连忙把《妖法秘籍》翻到下一页，心想，若是最后一个再对上了……他就信了这本书！"表现四是……"月初还没往下看，无尽酒壶就突然自门外入内，直直地朝他飞来。他连忙扔下书接住酒壶，惊讶道，"怎么是空的？"

雅雅推门而入，她为了傲来三少的画报，揪着月初就往外走："臭小子，还练不练功！快点，别磨磨蹭蹭的！"

月初被雅雅揪到了山林里，再没空去管那秘籍，只认真地与雅雅开始对练起来。

雅雅："驱魔一式是力量法术，力量、力量、力量。"

月初："雅雅姐，我还饿着肚子呢。"

雅雅："那你为什么不吃？"

月初："这可不能怪我。我这次去人族市集花了不少银子，差旅费都还没有报下来呢。这几日，我只能吃草度日。"

雅雅："骗子，你身上全是烤鸡味。"

月初："烤鸡？鸡是给妖仙姐姐烤的，我可一口都没吃啊。"

雅雅："既然这样，我们回去吃点东西再回来练。"

月初："你回去吃了还得再回来练，太麻烦了。"

雅雅："那你想怎么样？"

而苦情树下，勿离手指轻点，用妖术将一排灯笼挂上苦情树，流觞在一边仔细比对着："仔细点呀，这次结缘盛会我可期待了好久，任何细节都马虎不得！"

勿离惊讶地看向流觞道："你期待？怎么，有心仪的女狐了？"

流觞被说中了心事，尴尬又恼羞成怒，与勿离拌起了嘴："咸吃萝卜淡操心！你先祈祷自己能收到羽花吧！"

勿离反唇相讥道："口是心非，欲盖弥彰——"

这边刚与雅雅大战三百回合的月初也凑了过来："结缘盛会，男妖去求羽花，女妖呢？"

流觞自然答道："当然是收羽花啦。只有情真意切，确实爱上了心仪女妖的男妖，才能求得苦情树羽花，然后赠给意中人。"

月初点点头，问道："那人族能否求羽花？"

这个问题把流觞和勿离都难住了，流觞道："苦情树是妖族的情缘神树，迄今为止还从没听说过人族能求来羽花呢。你打听这个干什么？"

勿离哼了一声道："这还用问，肯定是给大当家啊，他可是大当家的小跟班。"

月初被戳中心事，掩饰道："哪有的事，我不过是好奇罢了！"

过过刚巧路过，听到这番对话，冷笑起来："真同情被他看上的妖，人三妻四妾，没一个长情的。"

月初察觉到过过对他敌意深重，也不客气地凑近他闻了闻："好臭，你们闻到臭味儿了吗？"

过过见他靠近，连忙后退两步："你骂我臭！"

月初狡黠道："不是骂你，是提醒你。有仇报仇、有怨报怨，没必要迁怒身边的人。不管你在人族经历了什么，既然已经来到涂山，便该试着放下过去，一味沉溺其中，只会纵容那些黑暗化成獠牙来伤害自己和他人。"

过过打心底厌恶月初，月初说的话他又哪里能听得进去，他憎恶地转头，往斛光阁跑去。

红红耐着性子听过过同她说月初打听怎样求取羽花的事情，淡然道："除此之外，他可还有其他失当之处？"

过过摇了摇头，不甘心道："大当家的，他身为人族，与我们不是一心。若是心怀不轨坏了结缘盛会怎么办？"

红红似乎有些失望，但还是点头道："干得不错，继续跟着他吧。"

过过并没有看出红红对他的失望，志得意满地保证道："过过一定不负大当家的信任！"

红红叹了口气，挥手让他离去，心想，过过的心魔深重，还是要靠他自己化解。想过了过过，红红脑海中突然又琢磨起那小子为何要打听人族求羽花的事情……想着想着，她忍不住心中涌起一阵莫名的羞涩。

而重新回到小阁的月初这才发现《妖法秘籍》不知道去了哪里，那最后一个到底是什么他还没有看，所以自己到底对妖仙姐姐……

月初躺在床上辗转反侧，越想越睡不着觉，他无意间瞥过窗外，发现天色已暗，一下想起来还没给妖仙姐姐送消夜，连忙爬起来，匆匆往斛光阁而去。

红红正准备熄灯就听到了门外的动静，她走到门口推开门，正看到月初端着鸡汤："这么晚了，来此何事？"

月初看到红红，脑中瞬间一片空白，而红红则看了眼他手中的鸡汤，神色柔和道："你有心了，不过结缘盛会之前我须斋戒，你还是端回去吧。"说罢，红红就要关门，而月初则在不舍之下情急道："妖仙姐姐！我找你有正事！"

红红松开推门的手，略带惊讶地看向月初，月初吭哧一会儿，终于想到件事情，道："金人凤上次失手，定不会善罢甘休，我担心他会趁着结缘盛会溜进涂山，对涂山不利。"

红红反倒没有那么担心，只淡定道："金人凤一日不死，威胁便在一日，可涂山不能因此而畏首畏尾。"

月初顺势道："既然如此，我愿帮姐姐分担。我虽是人族，但好歹也在涂山长了十八年，更何况提防金人凤，也是我分内之事。"

红红稍一思忖同意道："你既有心，便去协助容容和雅雅吧。夜深了，若无其他事便回去吧。"

月初一愣，看着红红将门关上，心中微微失落。

在这个暗夜中，苦情树树心的黑色浓雾却越聚越多，翻滚着好似要溢出树干，黑雾中心隐隐出现一个人影，全身笼罩于披风之中，一个形似金人凤的灵体则恭敬地朝那神秘的黑雾人行礼道："见过妖尊。"

黑雾人嘶哑的声音响了起来："人族市集时你竟然失败了，还记得当初我找你合作时说的话吗？三次机会，你已经失去了一次机会了！"

金人凤打了一个冷战，惶恐道："金某一时大意……"

"行了！涂山结缘盛会在即，我要你去替我办件事。"说罢，黑雾中凝出一只黑色的灵蝶，翩翩飞落在金人凤的指尖。金人凤读取后，脸色一变，结结巴巴道："这……"

黑雾人不悦，威胁道："怎么？金庄主是完不成了？"

金人凤连忙低头保证："金某一定不辱使命。只是那涂山红红妖力高强……"

黑雾人在听到涂山红红时，冷笑道："我自有办法对付她。说起来，她的弱点可与你神火山庄脱不了关系……"

几日后，妖族市集上已经聚满了从各处赶来的妖族，所有摊位、店铺也都重新开张，冰糕、糖葫芦和糕点上都画着羽花的图案，就连一些妖的脸上都画上了羽花，各处都热闹非凡。

容容带着雅雅和月初满意地巡视着，她边走边拨算盘，片刻后悄悄走到月初身边提醒他道："虽说结缘盛会是百年一次，但这是二姐最讨厌的日子，你可小心点，别招惹她。"

月初惊讶道："结缘盛会不是妖界之人最期盼的节日吗？雅雅姐为何会讨厌？"

容容笑道："如果换作你，几百年来，从没收到过一朵羽花，你会喜欢这节日？"

刚说完，雅雅便凑了过来，月初急忙憋笑。雅雅总觉得月初不怀好意，威胁道："臭小子，你笑什么？"

月初抿着嘴连忙摇头:"没有,我没笑!雅雅姐,我还有任务,先走一步了!"

月初连忙溜走,没忍住半道上就哈哈大笑起来。

不远处的过过悄悄偷窥着这三人,想不明白为什么这个人族能在涂山活得这么自在快乐,还把雅雅姐和容容姐也哄得团团转,他的脸上露出了隐藏不住的仇恨和不甘。

而过过的身影却早已被月初发现了。月初离了雅雅和容容,便用余光看向过过的方向,不远处过过急忙闪身,月初冷笑一声,朝一条巷子里走去。

过过追到巷子中,却发现这僻静的巷子中空无一人,他正有些慌张地四处查看,不想一道灵力从天而降,化作灵索将过过缚住。

过过抬头,看到月初一脸坏笑地坐在墙头,不由得开口大骂:"你这个——"

下面的话还没骂出口,过过就突然不由自主地开始骂起自己来:"我、我是个坏家伙!我是坏家伙!我是坏家伙!"

过过急得不行,越是挣扎越是在地上打滚,片刻后,月初才收了灵力,飞身至过过身边将他扶了起来:"哎呀,过过,竟然是你!瞧这一身狼狈的,哪里是涂山第一美男狐,简直是第一丑八怪了!你可别怪我,我好端端地走在街上,发现有人跟踪,心里害怕这才把坏人引到这里反击,谁能想到这跟踪的坏人竟然是你!"

过过灰头土脸,气得浑身颤抖:"我告诉你!我要到大当家那去告你!是大当家让我盯着你的。你身为人族,大当家岂会对你没有一丝防备之意?!倒是你成日厚着脸皮满涂山招摇,还真把自己当自己人了!"

月初的笑容在听到是大当家让过过跟着他时彻底消失了,他眼中戾气突然暴增,扬手一记驱魔一式将过过重重打倒在地。过过艰难坐起来,朝斛光阁飞奔而去。

红红坐在棋盘前,正拿着微醺酿喝着,惊讶地看着一身狼狈的过过:"你真这么跟他说的?说我因为防备他而让你跟踪他?"

过过气呼呼道:"没错,他早该认清自己的身份,只是我没想到,他竟然恼羞成怒,对我下手这么重,关键是还对您不敬。一个人族如此嚣张跋扈,大当家的,您绝不能姑息!"

红红看向过过的眼神十分冷淡,敷衍道:"我知道了。"

过过没想到红红这般反应,他十分不会看人脸色地失望道:"就这样?就算不赶他出涂山,也应当教训教训他,让他长长记性!"

红红的眼神转为冰冷,眼神凌厉地扫过过过:"你在教我做事?"

过过终于察觉到红红的态度,眼中露出惧意,连忙低头道:"过过不敢。"

红红盯着他一字一句道:"不敢就对了,还愣在这干什么!"

过过连忙转头退去,留红红独自喝着酒把玩棋子,她刚刚的好心情却彻底消失了。红红有些心神不宁,不知道月初是否将过过说的话当真,想到这,她又饮了一口酒,扔下酒瓶往小阁而去。

小阁的屋顶上,月初也手拿酒壶,对着孤悬的月亮独饮。

"还是和小时候一样,有了心事便往屋顶上躲。"红红说着便落在了月初的身边。月初看到红红,又想起过过说的话,心中一沉,不再看红红。

红红坐在月初身边,揶揄道:"生气了?"

月初看着月亮,阴阳怪气道:"岂敢,我一个人族崽子,大当家自然是想搭理就搭理,不想搭理就把我扔在一边。"

红红看着月初道:"你果然信了过过的胡言乱语。他曾受人族伤害,心魔难消,我原是想让他跟着你,能了解到人族身上的优点和善良。可是,你在他面前做到了吗?"

月初愣了一下,没想到大当家的原来是这个打算,这下他开始尴尬起来:"这……"

"你不仅没做到,还总是戏弄他,我没说错吧?"

月初嘿嘿笑了起来:"是我欺负了过过,我霸道、蛮横、狡诈,你最随和、讲理、纯善了!"

红红目光凉凉地扫了月初一眼。月初见红红看向自己,也不由自主地看向她,一时两人都只痴痴地看向对方,全身血液都好似凝固一般,仿佛只听得心脏怦怦跳动的声音。一轮月亮升了起来,如梦似幻。

红红转头遥望着月亮,她突然站起身,弯下腰来紧盯着月初双眼:"不想去看热闹吗?"

月初呆呆地抬头看向红红,红红的眼中闪过一丝欣然,她笑着伸出手,牵上了月初的手道:"走吧,百年一次结缘盛会,错过实在可惜。"

此刻两人手牵着手,都忘了男女之别,月初心跳如擂鼓般任由红红牵着他往外飞去,两人衣带飘飘,一红一白两个身影在夜色中御风而过。月初恍惚道:"妖仙姐姐,以后我陪你看热闹。"

话音钻入红红耳中,犹如羽毛拂过她的心头。

两人朝下看去,繁华热闹的街道上夜火点点,摊主们都点起了精巧美丽的灯,影影绰绰又朦胧浪漫。妖们比肩接踵,较之往日热闹了许多。突然,有小妖发出一声惊呼,只见半空中天光大盛,宛若白昼,盏盏灯火自空中亮起,缓缓游弋,紧接着,数不清的绚烂烟花绽放开来,红红的眼中露出了罕有的新奇与雀跃。

一簇烟火在两人所在的房顶爆开,小妖们看到了红红的模样,一时间,众妖全都停下了动作,脸上露出敬畏的神情。

红红回过神来微微颔首,方才热闹的气氛一扫而空,她知道自己待下去会给大家压力,眼中闪过一抹失落。而就在此时,月初握住红红的掌心,牵着她往远处飞去。夜风带起两人的衣衫,飘逸仿若仙人一般。

(十八)被困梦魇

两人远离街市来到了一个高高的树冠上,红红尴尬地把手挣出,刚要说什么,突然看到天空再次亮起。烟花蹿上天空,炸裂开来,化作一只由光点构成的小赤狐,红红眸中充满惊喜。而随着小赤狐的消失,它们身上的光点如雪花般飘落,红红忍不住伸手去接,笑得如同孩童一般。

月初看着红红,伸手接住光点,凝力包裹住递入红红掌心。红红接过光点虔诚地双手合十,光点轻轻没入她的掌心:"我要将今日的欢喜记入心里。"

月初的目光不由自主地追逐着红红,他突然忍不住问道:"妖仙姐姐,涂山为妖族牵线几千年,这当中可有人与妖相恋的故事?"

说到这,他好似又怕红红误会什么,连忙解释道:"我的意思是,虽然人与妖不合,但总有人族与妖族有交集,动情也并非不可能吧?"

红红愣了下,认真回想一番,摇头道:"苦情树促成姻缘无数,其中不乏情形特殊者,但从未遇到过人妖情缘。"

月初听到这话,心头略感一冷,不甘心问道:"这是为何?"

红红看着远方答道:"妖族化形后,虽然与人族相似,但并非同类,生活习性、风俗均不同。更何况妖族与人族寿元本就不同,就算一时相恋也无法相守终身。好了,夜间聚会也快结束了,我该回去了。"

红红对月初笑了下,扬了扬手道:"今晚谢谢你。"

月初再次在红红的笑颜下失了神,不知过了多久,才恍惚地朝自己的小阁走去。

等红红回到斛光阁时,容容已经等在桌前。红红问道:"此次结缘盛会的妖族众多,都安排妥当了吗?"

容容点头:"姐姐放心吧。只是我听闻姐姐今夜与月初一道去了市集观赏烟火,第一次见姐姐这么有兴致呢。"

容容说到这里,停顿了一下,见红红示意她往下说,她便也没了顾虑道:"若是姐姐只是想带月初去见见世面,大可安排别的小妖陪他去。姐姐当知道,狐妖之力源于至情。姐姐是当家人,动情之前,情种冰封于情之境内,唯有动情后才会萌发,依所爱之人的特质而绽放相应之花,继而妖力大涨。只是,因情而生的妖力,又怎会不让自己为情所伤呢……"

红红神色中添上了一丝凉意,她打断了容容的话:"你觉得五百年前的事情发生后，我还有动情的资格吗？此事休要再提，回去吧。"

容容见红红提到"五百年前"，心疼地看向红红，欲言又止道："是。"

退出了斛光阁，容容回头看去，只见红红一人孤单的身影立于窗前，忍不住微微叹息。

这一夜红红与月初均辗转难眠。

第二日便是结缘盛会的日子，月初早早就走入了斛光阁，想要邀请红红同去，却正看到屏风上映着红红出浴的场景，影影绰绰，她的身形若隐若现，让月初整个人都呆住了。

红红察觉有异，披上红袍转了出来："今夜便是结缘盛会，你不去帮忙，在这里做什么？"

"我、我来邀请姐姐同去。"月初有些害羞地说道。

红红顿了下，想到了昨晚与容容的对话，开口道："你同其他小狐一道即可。苦情树为心怀真情的妖降下羽花祝福，同时也会汲取他们心中的情力。身为涂山当家，需要进入苦情树的树心，以己为媒，连接苦情树与外面的妖族。"

月初见此情形，只得遗憾地独自往盛会走去。

而涂山一处隐蔽的房间内，一双修长美丽的手上缠绕着一根银线，银线上闪烁着悠悠银光，细细的线交错编织着，慢慢拉出一张网来。

神火山庄外的破庙中，涂山不醉正靠在墙上打盹，这一睡下，他的灵体便被一股黑雾笼罩着拉扯而出，朝着涂山飞驰而去。

待涂山不醉再睁开眼时，他发现自己正置身于一个陌生空间内，周身被黑色羽花所包围，一个熟悉的声音在他耳畔回荡着："涂山不醉，这些年你为涂山付出这么多，该休息休息了。"

涂山不醉警惕地看着这滚滚黑雾，惊讶道："这是……暗黑之力！你竟然会狐念之术！"

说罢，他连忙使出妖力想要破解，那声音却轻蔑道："老狐狸，还想做无谓的挣扎吗？"

涂山不醉在狐念之术的作用下动作越发缓慢，意念也越发不清醒了，在最后时刻，他猛地化出狐爪将自己掌心穿透。剧痛袭来，使得他周身妖力一震，终将身上的黑色羽花击溃，涂山不醉随即消逝而去。

沙哑的声音恨恨响起："想不到这老家伙竟然没有荒废修为。我能否借助苦情树之力凝聚肉身就看今晚了！"

同一时刻，金人凤与付魁也从神火山庄走了出来。金人凤在路过破庙时，看着躺倒在地的涂山不醉，冷哼一声："老东西，真想趁妖尊困住他时，一剑刺死他！今夜便是十五血月之期，虽是妖族妖力最盛之时，但也是梦魇最强之际，再加上以怨念为力织就的捕梦网，必能勾起涂山红红心中最深的梦魇，教她永坠梦魇。"

涂山不醉猛地醒来，环顾四周，忧心道："金人凤和他背后那人要对涂山做什么，我得赶紧回涂山！"

涂山不醉挣扎着要起来，却因身上的伤而一个踉跄，他喘息片刻，连忙凝出一只粉蝶，朝涂山飞去。

夜色再次降临，涂山内的灯火一盏盏亮起，此起彼伏，流光溢彩。红红指尖翻动，阵法开启，皎月的边缘开始染上血红色，一道由羽花织成的巨大花帘化作树心入口。红红轻身飞入了树心，树心一片黑暗，唯有中间一片光亮，羽花飘浮。

红红看着这光亮，以妖力化羽花为红线，于树心交缠起来。

苦情树外，众妖皆在树下祈祷，容容肃容道："百年血月，灵泽万物，以苦情树之力，助妖族结缘，情由心生，所在之处，羽花必降。"

众妖抬头看向苦情树的繁盛之景，只见苦情树突然冒出红光，化成红线缠绕树体，一盏盏小花灯自半空中出现，如点点繁星。

肃穆时刻，妖群后方月初悄悄地溜了进来，与众妖一同专心祈祷："虽说人妖有别，但真情无界。若我真对妖仙姐姐动了情，便请降下羽花，提醒心意。"

半晌过去，苦情树纹丝不动，一道黑色的阴影反而于黑暗中悄然包裹住血月。妖族看着异象，忍不住窃窃私语起来。

依旧还是那隐蔽的房间内，那双灵巧美丽的手速度越来越快，他手中的捕梦网飘浮起来，带着银光与梦珠的蓝色光芒四散而去。交错银丝犹如一张大网罩住了涂山，黑色梦蝶带着梦珠飞出。

界碑外，金人凤取出一道血红色的涂山妖息，缓缓注入自己与付魁的体内："有妖尊给的妖息，你我便可扮作涂山妖族混入涂山了。涂山红红，今夜便要你们万劫不复！"

待妖息注入完毕，金人凤与付魁跨过界碑，那黑色灵蝶落入了金人凤的掌中，化作蓝色梦珠。

付魁大喜道："恭喜庄主！梦珠已成！"

金人凤冷笑着道："动作麻利些，趁着涂山红红陷入梦魇涂山大乱时，将神火打入苦情树。只要让那怨力重新占据苦情树，妖尊便可汲取神树之力，化出肉身。那时，我不仅神血在手，而且就算是王权弘业也奈何不了我。"

（十九）逃出梦魇

苦情树心，捕梦网的蓝色光芒不断照入，红红额头上沁出冷汗，掌心的妖力不断飘飞却怎么也无法输送而出。她惊疑地看着捕梦网，连忙忍着眩晕施展掌法，可此时捕梦网的蓝光早已完全飞入花帘，巨大的蓝光瞬间朝红红额头而去。

红红的护体灵力当即粉碎，整个人倒向一旁。许久过后，苦情树依旧毫无动静，更多的妖族变得焦躁不安。容容和雅雅也察觉到不对，脸上闪过担忧之色。突然一只粉蝶飞来，月初连忙接住，读取完毕后心下一沉，悄声对两位姐姐道："情况有变，长老传信说金人凤阴谋作乱，眼下只怕已经闯入涂山了。"

容容脸色一变："难怪姐姐在树心毫无动静。"

月初安抚道："先别乱了阵脚。容容姐，你安抚妖族，不要让他们离开此处，务必保护好他们的安全。"

雅雅连忙开口道："我去救姐姐！"

月初点头："我同你一起去！"

容容不放心地看着两人一同匆匆离去的背影，然后走到妖族面前，带领大家编织红线。众人编织时，过过才匆匆赶来，流觞看他刚来，忍不住道："去哪了？这都能迟到。"

过过有些恼怒道："你少胡说，明明是来结缘的妖族太多，将我挤到外围了，我费了好大的劲儿才挤回来。对了，雅雅姐呢。"

流觞也纳闷道："刚才还在这呢……"

月初与雅雅迅速来到苦情树入口处，只见血月下，苦情树也染上了一丝血色。雅雅使出妖力，花帘轻轻开启，月初当即凝力，与雅雅双双飞身钻入花帘之中。

进入涂山的金人凤和付魁在山上看着苦情树下的繁盛景象，冷笑道："好一场妖族盛会，只可惜就要终结在我金人凤手中了。"

说罢，他掌心凝起一簇火苗，盘旋于掌心之上，火苗一寸寸侵入土中，带出一股焦煳之味。

付魁也跟着冷笑道："接下来就轮到东方月初和那些妖了。"话音未落，金人凤的面色一变："不好！树心有变！"

此刻树心之中，红红伏倒在地，月初连忙奔上前去将红红揽住，雅雅看着一动不动的红红与她周身由银色丝线织就的捕梦网，神色一凛道："捕梦网！有人在背后暗算，用捕梦网将姐姐困在梦魇中了！捕梦网能捕捉人心中最深处的梦魇，将人困于其中。最可怕的是，虽在梦中，受到的伤害却是真的。如果不快些唤醒，姐姐便会永远被困于梦魇中了。"

月初脸色一变问道："该如何唤醒？"

雅雅焦急道："被梦魇困住的人五感尽闭，唯有熟悉之人以灵识入梦，才可将其带回。可梦境之中暗藏杀机，稍有不慎，不但带不回梦魇之人，自己也会命丧其中。"

月初冷然道："我去救姐姐，金人凤此刻就藏在涂山的某个角落，等待时机给涂山致命一击，如今能保护涂山的只有你了。雅雅姐……我长在涂山，十八年的庇护之恩绝不敢忘，放心吧，我一定带回妖仙姐姐。"

月初说罢便开始施法，一道银白色的灵识自他额间缓缓飘出，飞快地没入了红红额中。

抽离神识后，月初看着脚下的地面一寸寸翻转，变为人族市集，来往的人摩肩接踵，可他一眼就看到了红红的身影，只是这时的红红比现实中要稚嫩得多。

红红在人群中穿梭着，不时左右张望，好似有些紧张。月初快步跟上，嘴里叫着"妖仙姐姐"，红红却好似看不到月初，也听不到他的声音。

红红快步跑到一条巷子中，看到一个年轻的一气盟弟子正在替一只青鸟包扎伤口，青鸟的羽毛上还带着血。红红眼神复杂地看着这个一气盟弟子帮青鸟妖包扎完伤口，他一抬手放它离去，随后转过头来，正好和红红对上了眼神。

这个一气盟的小弟子走到红红面前，轻声道："你是一个涂山的妖？"

红红闻言紧张起来，抬手就要攻击，却被这小弟子一把抓住了手腕："别怕，这里到处都是一气盟的人，我带你去别处躲躲。"

红红警惕道："你是谁？我为何要信你？"

小弟子笑道："我叫东方洛。你现在别无选择，只能相信我。"

红红看向四周，果然看到许多一气盟的弟子在搜寻妖族，还没等她反应过来，东方洛便抓起红红的手带着她跑了起来。

月初上前想要拦住，却看到这两人好似没有看见他一般，从他身体中穿了过去。原来自己虽然进入了红红的梦魇，却又不在她的梦中，那么她梦中的这个东方洛又是谁？

月初一抬头，看见这梦魇中虽然是白日，却有一轮皎月当空，胭脂色染了月色半边，一半赤红，另一半清亮。待月亮全红了，他们便再也逃不出梦魇了。

这边红红已经被带到了市集外的林间，她躲在一棵大树后，警惕地看着许多一气盟弟子。

远处一群一气盟的弟子正就地布阵，打算来个守株待兔。

月初见红红受惊，急忙来到红红身边，想要说话，就看东方洛撑着把伞快步而来："这把伞能遮住妖息，走吧，我带你避开一气盟的耳目，从山道离开。"

红红站在原地，狐疑地看着东方洛道："我是妖，你是人。"

东方洛无奈地将一把匕首塞到红红手中道："人妖有别，但人有恶人，妖有善妖，你拿着这把利刃防身，尽快随我离开此地。"

红红被他说动了，与东方洛牵起手往远处跑去，月初焦急地在红红身边打转，大声阻拦道："妖仙姐姐！不能听他的，快醒醒，随我回去啊！前面有埋伏，不能走！"

可惜红红什么也听不到，只随着东方洛而去，就在月初的喊声快要带上哭音时，红红突然停下了脚步，耳朵动了动，觉得自己隐隐听到了什么，东方洛则惊讶地拉着突然停下的红红。

红红回头看去，只见夜色茫茫，不见任何人的踪影："好像有人喊我。"

东方洛急切地将伞塞给红红，道："是幻听，快走！"

红红虽有些迟疑，但还是接过伞跟着东方洛跑去。月初狼狈地伸手想去够红红的手，红红指尖微缩，好像碰触到了什么，她望着自己的指尖，蓦然回首。月初冲到红红伞下，深情凝望着红红，他伸手去碰触红红的脸颊："妖仙姐姐，我来带你回去。"

月初的指尖穿过红红的脸，两人近在咫尺却无法碰触。

就在此时，一气盟的弟子们已经追了上来，将红红和东方洛团团围住。与此同时，日光与血月同时出现，若是再不能带回红红，月初和红红就会被永远困在梦魇之中了。

月初急迫道："妖仙姐姐，你快些醒来，绝不能让他们再伤了你！"

红红置若罔闻地握着东方洛的手不断后退，一气盟的弟子迅速摆出阵形，手中剑化出一道道剑光，圈住三人，其中一名弟子持剑直冲红红刺来。

眼见红红受伤，月初情急之下毫不犹豫地挡在了红红身前，那弟子的剑刺入月初胸口，一口鲜血自月初口中喷出，血中带着神火喷薄而出，红红的视线终于落在了月初身上。

月初看着红红，唇边犹带血迹，红红震惊地看着月初："月初！"

随后，她有些不知所措地回过头看向身后的东方洛，然后再次转过头看向月初。她讶异的目光渐渐平静。红红抽出与东方洛紧握着的手，转身轻轻擦掉月初嘴角的血迹。下一秒，梦境开始扭曲，月初上前抓着红红的手，眼前的一切逐渐坍塌消失……

后山悬崖上，金人凤阴鸷地想要引燃暗火完成妖尊之命，趁着月初和涂山红红深陷梦魇，好取两人性命夺取神血。就在金人凤和付魁悄声前行时，一个酒葫芦自树影中直袭而出，金人凤一个闪身，却还是被砸中了，他的胳膊流出鲜血。

雅雅从暗处走出，收回无尽酒壶，恨恨道："不知死活的家伙，竟敢擅闯涂山！有我雅雅在此，休想前进半步！"

她说罢便拧身上前，以看不见的威压朝金人凤和付魁袭来，两人被震得步步后退。付魁连忙低声道："庄主，我先挡一阵子，您赶紧催动暗火！"

金人凤忍气后退半步，看着付魁帮他拖延雅雅，于是用尽全力打出一道道烈焰，烈焰如火蛇般直扑向苦情树。雅雅情急之下一下挥开付魁，挡住了灭妖神火，却被神火灼伤了右臂，雅雅恨极，一记驱魔一式直击金人凤后背。金人凤左支右绌，胸口气血乱窜，只得招呼付魁撤退。

（二十）梦中故人

雅雅又岂容这两人逃走，抬腿便追。

苦情树树心，蓝光消退，捕梦网化作无数碎片纷纷扬扬而落。红红慢慢苏醒过来，担忧地看着月初，月初心口染血，不住地喘息着："姐姐，什么时辰了？"

红红安抚道："放心，血月未过，结缘盛会仍可继续，我先助那些妖求取羽花。"

血月下，高大茂盛的苦情树静静地守护着众妖，一袭红衣缓缓掠过苦情树，树上羽花尽数绽放，红红从树上落下，神情端庄圣洁。

"大当家，是大当家来了！"

"羽花有希望了！"

红红扫视众妖，开口道："苦情树下所求姻缘，必得涂山相护，生生世世，永志不忘。"

话毕，一声清脆的铃声响起，众妖虔诚地抬头仰望苦情树，月初也捂着胸口来到了众妖之后，望向苦情树。

红红以妖力凝结出道道灵光，苦情树羽花更胜，点点光芒化作羽花，朵朵落入求取的妖族手中，顿时四周响起了此起彼伏的欢呼声。

月初也渴望地看着那些飘落的羽花，却没有一朵来到他的掌心。

片刻后，羽花落尽，同样没得到羽花的过过四下寻找着雅雅，问道："怎么不见雅雅姐？"

流觞打趣道："开口雅雅姐，闭口雅雅姐，二当家是你的谁啊？还是你暗恋她？"

过过脸色一变，恼怒骂道："关你什么事！"

见羽花落尽，容容来到众妖前道："恭喜求到羽花的有情人，未能求到的也无须难过，下个百年再来求取便是。"

月初安然之下心口一痛，他虚弱而疲惫地转身想要离开，却看到红红正挡在他的面前。红红伸手探向他的胸口，将一股妖力缓缓地注入他的伤处："梦魇反噬非同小可，不可以轻视。"

月初一愣，任由红红帮他疗伤。苦情树枝叶婆娑，两人在树下静静疗伤，红红深情地看着月初道："记住，以后不管是梦境还是现实，都要保护好自己，不许涉险，不许受伤。"

月初迷恋地看着红红，保证道："好，除了救你，我绝不让自己冒险。"

红红皱眉反驳："即便为了救我也不可以。"

月初愣住了，神情复杂地看着红红。直到晨光洒落，红红这才收回妖力："好了，虽未痊愈，但也无大碍了。"月初点头，有些担忧道："也不知雅雅姐那边如何了。"

正说着，粉色灵蝶便落到了红红指尖。片刻后，红红蹙眉道："金人凤逃到了市集，他既然选择在结缘盛会时来对付涂山，就绝不会只用梦魇困住我这么简单，一定还有更大的阴谋。"说到这，红红又看了眼苦情树道，"虽然不知道他的阴谋到底是什么，但无论如何，苦情树刚刚助众妖结缘，正是灵力不稳的时候，你去相助雅雅，我在此守护苦情树，设阵逼出金人凤。"

月初领命立刻离去，红红见月初离开，目光狠厉地挥手打出一道银光，强烈的银光以苦情树为圆心四散而去。

此时的妖族市集上火光四溅，众妖凄厉的吼叫兽鸣一阵比一阵急促凄厉，众妖四处逃窜，令人心惊。

金人凤和付魁混在妖群中，肆意屠杀着来往的妖族。突然，一阵狐鸣急促响起，不断回响在街道上空。

金人凤神色一凛："妖火狐鸣？！"

紧接着一簇簇妖火如流星闪现，散在集市上空。狐鸣诡异，妖火大盛，最终化作七杀阵笼罩住整个市集。

"七杀阵！想不到涂山红红的妖力已经强至如此地步。撤！"金人凤心念起转，便招呼付魁纵身逃去。

而半空中的银光则如光屏笼罩，不断收缩成阵，将正在逃跑的金人凤笼罩其中。金人凤的外袍已经被光刃搅碎，下一瞬，一道驱魔一式砸向金人凤胸口，他急忙闪避，胳膊终被划伤，带出一片殷红。

雅雅陡然现身，数道妖力齐发，金人凤狼狈躲闪，却被光阵削掉了几缕头发。恼怒至极的金人凤用上灭妖神火，但还没等找到阵眼，他便被另一道驱魔一式砸中了胸口。金人凤踉跄几步，气血翻涌不止。

月初飞身落地，肃然看向金人凤："七杀阵下，无人能逃。"

金人凤手捂心口，勉强使出灵力阻拦，一道道光刃在他身上留下伤口。他狠下心来，猛然划破自己，取出心头血，以血为引燃起巨大光芒，他以半条命的代价直冲涂山而去。

而前一晚隐于苦情树下的神火与金人凤逃跑时所用神火相互呼应，缭绕于根部，爆发出巨大的火光，直冲天际。

红红脸色一变，心中知道那贼人的最终意图仍是苦情树，可此时她已是强弩之末，拼尽了妖力，眼前一黑，剧痛传来，七杀阵瞬间崩裂，化作漫天银沙洒落，围困金人凤四周的光刃随即消失。金人凤摇晃着身子松了口气，付魁连忙扶住金人凤道："庄主！"

月初忧心之下以一道驱魔之力直袭金人凤，蓦地，数道黑雾自金人凤体内窜出，帮他挡下了这招。随后，月初与雅雅的动作不受控制地开始放慢，他们眼睁睁地看着金人凤与付魁消失在眼前。

许久过后，月初和雅雅才恢复行动能力，月初愤恨道："刚才若不是有一股力量在背后操控狐念之术，我本可以杀了他！走，先救妖仙姐姐要紧！"

雅雅一时也搞不清楚那股力量的来路，急忙跟上月初。

月初与右臂被灼伤的雅雅在房屋上敏捷地飞掠，突然两人同时驻足，只见一屋之隔，一个面如满月的美少年悠然而来。

月初警惕道："你是谁？金人凤与你有何关系？"

美少年吊儿郎当地抬手道："想知道我是谁？那要看看你有没有这个本事。"

月初不再答话，立时使出法相天地，虚影瞬间变大，激荡出巨大的灵力。下一瞬，他与这美少年同时出招，转瞬即逝，但月初的颈侧仍被划出一道血痕。

阿来看着自己的指尖，笑道："没想到东方血脉会藏在涂山，看样子阿来我果然不虚此行了。"

月初面沉如水，借着雅雅攻来的势头出手划破了阿来的颈侧，名叫阿来的美男子抬手摸了摸自己颈侧的伤口，有些意外和欣赏地看着这联手的两人。

"雅雅姐，你手臂的伤怎么样了？"月初看着阿来问道。

雅雅满不在乎道："小意思。"

月初看了眼雅雅道："好，这厮交给你了。"

"放心，打架没人比我更在行。"雅雅自信地笑道。

月初放下心来，扭头往涂山苦情树的方向掠去，而雅雅则瞬间祭出更高级的法相天地，围住了阿来。

阿来饶有兴致地打量着雅雅，他随手幻化出一只绿色灵蝶，将灵蝶放走，道："你就是涂山二当家？"

雅雅挑眉："想不到你还会用妖力？难怪能趁乱混入市集。既然来了，就别走了！"说罢，她凝起妖力毫不留情地袭向阿来。

与此同时，不祥的气息笼罩着苦情树，红红双掌翻动，正以妖力压制着汹涌的黑雾，而苦情树的生机却仍在不断消失。

"有妖力在汲取苦情树之力！"红红震惊地看着这幅场景，随即目光沉稳坚决。她双手再一次出击，黑雾开始渐渐离开枝叶间，转而缠上红红。毒丝密密麻麻，红红的双手开始出现赤红的鲜血，顺着指尖滑落。

直到一丝日光划过天际，缕缕金色光芒透过云层照在苦情树上，枯萎的迹象终于停止。

红红欣然一笑，鲜血再也忍不住地自口中流出，反噬之力越发强劲，黑色羽花自红红背后疯狂蔓延，她的双眼也渐渐染上黑雾。

"妖仙姐姐！"月初赶至红红面前，伸手紧紧将红红拥入怀中，却不想红红以一双赤红的眼睛看向月初。她的利爪划过月初胸膛，死死将他抵在树上，红红的心神已经失控，她的手好似铁钳般继续用力。

月初连忙以灵力化出一小簇烟火托举到红红面前，小小的烟火在红红眼前炸开，纷纷扬扬而落。红红目光迷茫，脖颈间的黑色羽花慢慢退去，她望向月初被自己伤到的伤口，露出些微疼惜："我伤了你？"

"妖仙姐姐，到底是怎么回事？"月初问道，"你身上那股邪妄之力与苦情树所散发出的黑雾是同一种力量。苦情树是至真至纯的灵树，怎会生出这种阴邪之力？！"

红红不愿面对月初，转过身去，可犹豫片刻，她又转过头来坚定道："我告诉你。多年来，苦情树一直被这股暗黑之力所侵蚀，我查找多年，终于在金人凤伸手后发现了这股力量的踪迹。我自苦情树中诞生，树被侵蚀，我也会受影响，只是没想到这次会如此严重。"

月初听到这，觉得不对："金人凤虽强，却还不足以操控这股阴邪之力，他背后一定还另有其人！这幕后之人可与你梦魇中的那个人有关？那人是谁？"

红红愣了下，想到东方洛，心中闪过一丝难言的脆弱，她似乎隐忍着极大的伤痛。

看到红红如此模样，月初心中也微微酸涩起来："姐姐，他是谁？"

红红再次转过头去，低声道："一个故人罢了。"

月初还想再问，却只能看到红红快步离去，只余下萧瑟的背影。

（二十一）在你心里

妖族市集中，雅雅已经大摇大摆地制住了阿来，她用缚妖索将阿来双手捆住，一派轻松地带着他游街示众："让我想想，该把你卖到哪一家为奴比较好呢？这个老金磨坊挺好。老金！老金！你们家缺奴仆吗？！"

阿来讶然，看着那对雅雅谄媚的芝麻妖道："你不会想把我卖给这个老头吧？！"

"怎么，想做老金家的伙计，你怕是还不够格呢。"雅雅回过头来，却发现阿来早已挣脱了缚妖索，抱臂看着她。

"你什么时候挣脱的？！"雅雅惊讶地问道。

"你内伤不轻，自然察觉不到。"阿来略带审视地看着雅雅道。

感觉自己被看不起了，雅雅恼羞成怒，反手使出一记驱魔一式："就算有伤也能收拾你！"

阿来侧身躲开，却不防妖力太强连带着让雅雅头发上做发钗的定海一棒模型掉落在了地上。雅雅见定海一棒模型掉了，连忙住手，心疼地拾了回来："可恶，你差点毁了我傲来大神的纪念品！"

阿来看着那定海一棒的模型，惊讶道："你喜欢傲来三少？"

雅雅抬起下巴，傲然道："不是喜欢，是崇拜！大神是用来崇拜的，'喜欢'这两个字太肤浅了！这是强者之间的事，跟你说了你也不懂。"

阿来神色复杂地点了点头，好似不知该说什么似的"哦"了一声。两人对视，雅雅发簪上幻化出一道流光。阿来轻轻弹指，那流光在两人之间化成细碎的晨光："定海一棒不适合插在头上。"

雅雅不悦："你到底是谁？再说了，我插在哪里关你什么事！"

雅雅话还未说完，容容便缓缓而至，她先朝阿来行了个礼笑道："姐姐已经收到阿来公子的传信了，请公子前往涂山小住几日，待方便后自会安排相见。"

阿来听后意味深长地看向容容，心中便知红红受伤不轻，已不便接待外妖了。

只有雅雅没听出这话中含义，只惊讶地看着阿来和容容："原来你是姐姐的客人啊！"

阿来朝好奇的雅雅微微一笑，随着容容往涂山走去。

给阿来安顿好了住处后，容容熬了药便急匆匆往斛光阁而去。等到了斛光阁，红红面色苍白地接过药碗，问她道："阿来公子安顿好了？"

容容点头，看着红红蹙眉将药喝下，小声道："姐姐放心，都安置妥当了。"

红红将碗递回给容容："眼下金人凤方撤，他幕后之人必定虎视眈眈，我受伤的事情，莫要让他人知晓。"

容容道："明白。只是七杀阵反噬非比寻常，姐姐身边离不开人……"

红红走出了斛光阁，一路往涂山双生峰的一处山洞走去。山洞的光线幽暗，随着红红的到来，镶嵌在石壁上的鲛珠逐一亮了起来，柔和的光芒照在山洞尽头的一朵被冰晶包裹的六瓣白昙花处。花朵下的一张石床上，有一名长眠的男子，这男子正是红红梦魇中出现的东方洛。

红红走上前，凝望着东方洛，眉目哀伤道："时光荏苒，分毫未变的只有你。东方洛，又是一个百年了……"

红红陪在东方洛身边，半响，再抬起头来，她正看到那六瓣白昙花的花瓣边缘竟然透出一抹暗黄，像是盛极反衰的迹象。蹙眉间，一只灵蝶飞落在她的指尖，她提取灵识后，转头往山下走去。

容容早已等在双生峰下，见到红红，连忙上前道："阿来公子已经在苦情树等候了。"

红红与容容一边往苦情树走去，一边道："他此番到访，应是察觉到了苦情树异动。此前长老主动请缨去追击金人凤，眼下可有消息？"

"暂时还没有。不过金人凤为七杀阵所伤，必然逃不出太远。姐姐可晓得是谁以捕梦网算计你？"容容问道。

红红脚步停顿了下，低声说道："我在梦魇中见到了东方洛，此事已过去数百年，金人凤定然不会知道。此外，他之所以能潜入涂山，是因为身怀涂山妖息，这妖息又从哪儿而来？"

容容肃容道："姐姐怀疑金人凤背后那人与涂山有关？"

红红叹了口气道："涂山内，确实有一人能够做到。"

容容反应过来，倒抽一口冷气，她脑海中不由得又想起了那人恐怖的面孔。那一战尸山血海，涂山狐族近乎绝种："当年若不是姐姐拼死以苦情树之力贯穿石姬，毁去了她的灵元，取代她成为新的涂山当家人，涂山怕不是就要被毁了。一个早已身死，连灵元都已尽毁的狐妖如何可能……"

红红神情复杂，也再次回忆起当年的情形。当时自己重创石姬，石姬身死之前痛骂自己是叛徒，尖叫着说将来终有一日她会回来夺回涂山。

"当年因为石姬自己称霸的野心，葬送了无数狐族性命，若不是姐姐站出来阻止她，叫停人妖大战，又哪里会有现如今繁盛的情景？"容容心有余悸，眼眶发红道，"三百年大战，整整三百年，涂山生灵涂炭，她还不甘心吗？"

红红眼眸中透出一抹坚毅："不管是不是她想危害涂山，我都绝不会让她得逞。"

听到身后红红与容容的脚步声传来，早已等在苦情树下的阿来托着下巴，神情严肃道:"大当家,这黑雾乍看起来,与我此前见过的一种力量有些相似,但又似乎并非同一种力量。"

红红上前疑惑地看着阿来,示意他继续讲下去。

阿来伸手凝力,一道浅浅的金光缓缓生成,缠绕树干,金色光晕逐渐扩大,蔓延至整个树身,只见苦情树周围的荧荧灵力迅速朝下流去。

红红脸色一凛:"灵力在流失?究竟是何物在汲取苦情树的灵力?"

阿来脸上也染上担忧:"无论是谁,这般抽去灵力,万一大成,对涂山和六域均有影响。"

红红突然想到了什么,问道:"你去过的地方多,可曾听说过重聚灵元之法?在你来涂山前,我已经发现了些端倪,但我所怀疑之人早在数百年前便灵元尽毁了。"

阿来讶异地看着红红,思量一阵道:"圈内、圈外交界处有一个生岛,生岛蕴含神秘灵力,能聚灵元,救死人。若是岛上人出手,便说得通了。"

"那生岛我听说过。可那岛上人一向与六域并无来往,更是生下便立下死誓,至死不可离岛,又怎会……"

阿来冷笑道:"岛上的人不可离岛,外面的人却未必进不去,是不是那里的人,大当家可派人前往生岛一探。只是现下苦情树的情形怕是等不了那么久,我来的时候,在这里看到了东方家的后人,听说此人在涂山长大,可与此事有关?"

(二十二)天书被焚

红红想到自己当初救月初的初衷,神情一滞。

就在这两人一树之隔的苦情树树心,荧荧之光不断输入石姬体内,那虚化的肌肤上慢慢浮现出枝蔓,她沙哑地低笑道:"涂山红红生自苦情树,才肉身强大,妖力霸道。如今我借苦情树重生,日后便与她同样都是苦情树所化的了,哈哈哈哈哈——"

月初被红红赶走后,便回了自己的小阁。他因为东方洛的事情辗转反侧,都没发觉自己醋意强大,就算再怎么开解,心底都不好受。就在他与自己赌气时,红红正好推门而入。月初见到红红进来,连忙惊讶地坐起来:"妖仙姐姐你怎么来了?"

红红在他面前坐下,慢慢说道:"这次金人凤偷袭涂山,容容将你的所作所为都告诉我了,夸你临危不乱、有勇有谋。"

原本还心里不好受的月初听了这个,当即得意起来:"还是容容姐有眼光,不是我自夸，我这涂山小跟班啊，绝非浪得虚名。"

红红眼中透出淡笑："既如此，我有事吩咐你做。金人凤重伤逃跑，我已经派长老去擒他，可迟迟未能得手，现在雅雅有伤在身，人族情形复杂，恐怕需你去接应长老了。"

月初眸色一沉，正经道："对付金人凤我求之不得。"

红红知道他与金人凤有血海深仇，嘱咐道："切记，事关涂山，一定不能冲动行事，抓活的。"

月初神色凝重道："放心，我虽然恨不能杀了金人凤，却也分得清轻重缓急，我这便出发，姐姐等我好消息！"

红红看着月初消失在眼前，突然觉得之前的小孩子已经长成了可以依靠的男人了。

就在此时，涂山女妖们放在各处的天书突然自燃焚烧起来。

容容连忙将消息传递给红红，当红红赶到斛光阁时，阿来已经等候在此了。

"涂山向来以妖族牵线结缘为本，天书一毁，岂不等于断了生路？"阿来忧心问道。

"不仅如此，原本天书任务还能反哺苦情树，现在没了天书，苦情树便失去了自救之能。"红红颔首说道，接着道，"你去稳住小妖们的心，其他的，我与阿来会设法应对。阿来，不能再耽误了，眼下须得立刻设法断了那股邪恶力量与苦情树的联系。走！"

容容虽着急，却也知道该做什么，她当即抱拳就往涂山学堂走去。红红则带着阿来再次前往苦情树。

容容刚进入学堂就听到九霜伤心地抱着自己烧掉一半的天书呜呜哭着："天书可是我们涂山女狐最重要的宝贝，就这么莫名其妙地烧了。我们女狐不能执行红线任务，就无法与苦情树相辅相成。长此以往，只怕涂山……"

九霜说到这，哭声越发大了，众妖也神色惶惶，低声抽噎起来。

"数百年了，涂山曾遭遇无数危机，但在大当家的带领下，也都扛过来了，这一次，相信大当家必然会找到解决之法。"

众狐妖见容容语气坚定，情绪都略有平复。流舫突然说道："我有个办法！都说越期盼的事情就越不会发生，那日结缘盛会成就好几对佳偶，哪知一眨眼就变成了这样。由此反推，说明越不期盼的事情就越会发生，所以咱们可以祈求苦情树彻底烧掉所有天书，没准否极泰来，大家就都能置换新的天书了！"

九霜、勿离等小妖静了一瞬，而后九霜气得一把拧住了流舫的耳朵："我就不该信你！狐狸嘴里吐不出象牙！"

"哎哟哎哟！"流觞捂着耳朵嗷嗷直叫，其他狐妖都纷纷看起了笑话，一时间学堂里又恢复了往日的热闹与快乐。

容容低头看着被烧焦的天书，喃喃自语道："这次，也一定会没事的。"

红红与阿来进入了苦情树树心，树心旋涡般的灵力散发着银色光芒，不断旋转下沉，银光之中丝丝黑雾缭绕。

红红与阿来双双凝力想要阻止银色光芒下坠，可妖力与银色光芒很快融合在一起，竟一道顺着流向地心。

阿来与红红脸色一变，发现这股力量在吸食两人妖力，连忙强行撤回妖力。

"可恶！苦情树之力一向聚于树心，眼下树心已然被这邪力侵蚀，再不采取措施，对方汲取的灵力越多，于涂山就越不利。"

阿来却在旁边轻声道："大当家既然已经把东方家那小子养在了涂山，为何不拿他一试？"

红红没想到阿来已经猜到自己当初收留月初的用意，微微愣住。

而月初得了任务，当即便出了涂山，随涂山不醉一路追踪来到了湖边一片林子中。这片林子中，神火山庄的弟子已支起一片临时营地，金人凤站在湖边，面如金箔，一副重伤未愈的模样，正吩咐着付魁和付澄什么。片刻后，付魁和付澄回到众弟子之间，金人凤则走进了帐篷。

（二十三）六爻索命

月初："你别挤我。"

不醉："你先挤我的。"

暗处，月初朝涂山不醉使了个眼色："是我把你从狐念之术中唤醒的，你不感谢我就算了，还这么对我。好人没好报。"随即他又道，"金人凤果然在此。"

涂山不醉不屑地哼道："还不是因为老狐狸的鼻子好使，先嗅到了神火山庄这些人的臭味。"

"是，娇娇说得对！娇娇最厉害！"月初偷笑着说道。

不醉气得胡子都要翘起来了："你叫我什么！！"

月初一边看金人凤的动静，一边悄声道："还装，小狐们早就知道了，你早年根本不叫涂山不醉，叫涂山娇娇！"

"你、你！"涂山不醉气得手指发颤。月初突然一把按住他的手道："嘘——看那边！"

涂山不醉神色一变，两人小心翼翼地朝金人凤处窥探，只见付魁对付澄说了什么，付澄朝帐篷内走去。

月初朝涂山不醉示意了一下，两人偷偷摸摸地靠近了神火山庄营地，停在了三米之外的树后。月初悄声对涂山不醉道："看到那个姑娘了吗？她是金人凤用来净化体内东方灵血的药人，趁着金人凤用药，机会难得！"

不醉领首道："你小子懂得挺多，连金人凤体内有东方灵血都知道。"月初得意地挑了下眉，取出一根细长的竹筒轻轻吹去，一缕白色的烟雾飘向营地，没一会儿，帐篷外神火山庄的弟子就都纷纷倒地。

帐篷内，金人凤强忍着痛苦，他伤口周围的皮肤隐隐透着冰蓝色，付澄目露厌恶地上前，又换作一副恭敬的样子行礼。金人凤连忙以掌凝力拍向付澄，殷红的鲜血顺着灵力缓缓吸入金人凤掌中，片刻后，他的脸色才稍稍恢复。

"可恶，昨晚若不是涂山红红从中作梗，东方月初早已落入我的手中了！"金人凤愤怒地说道。

"月初？东方月初？！"涂山不醉望向月初的眼神突然凌厉起来，提高声音道，"你是东方家的人？！"

金人凤听到动静，猛地挥出手掌，一道法力将两人吸入帐中："是你们！"

月初站直身子，讽刺道："金人凤，你的手段还真是不入流，为了维持偷来的神血，真是费尽心机、不择手段！"

金人凤狰狞地抬起手，一道灭妖神火直袭向月初与涂山不醉，两人急忙避让，出招反击，三人很快缠斗在了一起。金人凤伤势严重，逐渐落了下风。

在被逼至绝境时，金人凤体内突然窜出数道黑色雾气飞向月初和不醉，不醉凝力上前恨恨叫道："又是这股邪力！"

月初知道这邪力的厉害，一边大叫"娇娇小心"，一边冲上前救下不醉。即便营救及时，涂山不醉的手臂也被那神火伤了。

月初抬手也打出一道神火与金人凤相抵，火光爆炸，整座帐篷开始熊熊燃烧。陡然间一道金光蹿上天空，金人凤冷笑道："你以为放倒了外面几个人就有恃无恐了吗？我在外面早就布置好了人马，这一次，东方月初你插翅难逃。"

月初一手扶着不醉，避开金人凤的袭击，突然撒出一股白色粉末眯住了金人凤的眼睛，待他恢复视力时，月初与涂山不醉早已消失。

"可恶！"金人凤想拔腿去追，却因伤势而踉跄着差点跌倒，只得狠狠地望着缩在角落的付澄。

逃至树林深处，涂山不醉顾不得胳膊上的伤，狠狠甩开月初："你竟然是东方家族的人！你和大当家，你们一个个瞒得我老狐狸好苦啊！"

月初无奈道："容容姐也知道……"

涂山不醉恨得咬牙切齿："你可知大当家为何留你在涂山？"

月初想了想后摇头道："这个我还真不知道。长老，你神通广大，可知道为何？"

涂山不醉脸上浮现一阵复杂的神色过后，梗着脖子道："自是不知，但当年多少狐族死在东方家的灭妖神火之下，我记得真切！"

"可是那场大战已经过去几百年了，那些狐族并不是死在我手下的。冤有头债有主，要不你去问问我的祖宗？"月初像是想到了好主意一般说道。

"你！"涂山不醉气得不行，他手臂上的伤口瞬间刺痛起来，"你们东方家的神火真是恶毒！"

月初连忙去扶不醉，没想到涂山不醉一个暗算，将月初放倒在地。看着昏迷过去的月初，不醉神色复杂道："人族崽子，事关重大，老狐狸只能对不起你了。"

斛光阁中，红红对容容忧心道："想不到暗黑之力这般阴毒，不只汲取苦情树的灵力，还以苦情树根系为媒，开始攻城略地。"

容容也担忧起来："眼下还只是双生峰，再不快些压制，只怕整个涂山都要……"

还没等容容说完，一阵刺痛便从红红骨头缝里传来，她脖颈间的黑色羽花越发明显。

"姐姐！"容容连忙扶住红红，"苦情树的情况越发严重了，阿来公子的提议你真不考虑吗？"

红红看向容容问道："你也认为该献祭月初？"

容容面露迟疑，还是鼓起勇气道："月初在涂山生活了十八年，别说你我，就是小狐们也对他情深义重，可我们都忘了，当初将他留在涂山的原因。"

"大当家，不能犹豫了！"不醉突然从外闯入，大声说道，"赶紧献祭吧！只有至纯至阳的东方灵血方能克制这至阴至毒的暗黑之力，挽救苦情树，挽救涂山啊！"

红红瞥了涂山不醉一眼："你知道月初的身份了？他呢？"

涂山不醉眼神闪烁一下，回道："还在……追踪金人凤。若不是老狐狸从金人凤处知道了那小子的身份，你们还准备瞒我到几时？"

"好了。"红红深吸一口气，"此事我会斟酌，但不到万不得已，我不会放弃尝试其他办法。"

涂山不醉担忧地看着红红羸弱的身体，他咬了咬牙，似乎下定了某种决心，扭头往外走去。

涂山不醉找到了他藏在苦情树下昏迷的月初，他脑海中回想起月初从小到大调皮捣蛋的情形，眼中不由得泛起了泪花："别怪老狐狸，老狐狸也是逼不得已的。为了涂山，便是老狐狸自己的命，也是可以舍去的，以后老狐狸一生吃素，为你积德。"

说罢，不醉掏出六个陶俑灯状的法器围绕着月初，形成大六爻索命阵，他抬手启动阵法，微光在法阵中流转，月初身边的一个陶俑灯内燃起一簇火苗，阵法微光化作绳索将月初缠绕，微光一端埋入了树心。

陶俑灯一盏一盏亮起，当亮到第四盏时，月初身上开始出现血痕，疼痛让他睁开了眼睛，可他眼中无神，眸中好似有泪光般无法控制自己。

不醉不忍看，低声道："臭小子，涂山养你十八年，该是你为涂山做贡献的时候了。"

苦情树的树心，石姬渐渐凝成的皮肤上枝蔓开始倒退，蓦地，树心落下点点星火，燃烧起来，石姬在神火中疼痛哀号道："东方灵血！涂山红红竟然以灵血为祭！啊——"

涂山不醉强忍心痛继续施法，第五盏灯也亮了起来。月初终于因为疼痛而恢复了些许神志，他看着涂山不醉施法，低声道："六爻索命阵……老狐狸要用我的命告慰那些死在神火下的妖吗？"

红红坐在斛光阁中，疲惫地看着阿来，阿来挑眉道："想不到涂山大当家还有心软的时候。"

红红道："我杀的都是恶贯满盈之人，月初是吗？"

阿来叹了口气："身怀灵血，这就是他的宿命，你若不用他献祭，又有什么办法？"

红红道："现在金人凤重伤，你我联手，或许可以悄悄将他从神火山庄中劫出。只要抓住了他，就能顺藤摸瓜找到幕后之人，终结他们的阴谋。"

阿来却并不赞同："可如果惊动了一气盟，于涂山又是一场浩劫。"

话还没说完，红红忽然感觉身体有异，只见她颈间的黑色羽花迅速退去。

她像是想到了什么，猛然站起身来："长老呢！"

容容和阿来还没反应过来，红红就猛地朝苦情树急掠而去。

此时的涂山不醉正催动第六盏陶俑灯，阵法燃起，鲜血染透了月初的衣服。月初在模糊的视野中，看到一抹红色的身影疾如闪电般飞来，而妖力突然从阵内爆发，陶俑纷纷碎裂，束缚住月初的灵索断裂，苦情树摇晃不止，月初感到身上的剧痛缓缓消失，他虚弱得睁不开眼，只惨笑着叫了声"妖仙姐姐"便昏迷过去。

红红带着滔天怒火狠狠地看向涂山不醉，涂山不醉惶然地看着红红道："大当家的……你舍不得动手，老狐狸替你……"

红红袖袍一挥，不听涂山不醉说完便带着月初往小阁飞去。

身后传来涂山不醉沙哑的声音:"再这样下去,你会越来越舍不得的……"

红红将满身伤痕的月初放在床上,以斗转星移之术替他治疗,可月初的伤势太过严重,直到红红的额头上沁出一层汗珠,她才将月初心口的血止住。

"姐姐。"容容见红红收功,连忙扶住她。

红红面色苍白,舒了口气,她看着仍昏迷的月初道:"好在都是外伤,不过还是派人去一趟蛭妖一族,让翠玉灵来给他彻底诊治一番。"

容容点头应着,刚要再说什么,就见阿来走了进来:"他怎么样了?"

容容摇头道:"已无大碍。"

红红看了眼月初,走到了阿来身边,低声问道:"出什么事了?"

阿来叹了口气道:"去看看苦情树吧。"

红红神色一变,忙随着阿来朝苦情树走去,容容也连忙跟了上去。

苦情树的颓败之色越发严重,树心,石姬的肉身又开始慢慢修复,她嗜嗜而笑:"天助我也,再有几日,我便可彻底归来了——"

红红与阿来再次打开树心花帘,只见银色旋涡中黑雾缭绕更胜,苦情树灵力流失越发严重了。

红红蹙眉看着这番情形,似乎突然想到了什么,她翻手成诀,灵识强大,似乎唤醒了树心,隐隐的震动从树心传来。红红闭目,千丝万缕的妖力从她体内溢出,不断与苦情树建立连接,一道模糊的声音自树心深处传来:"铸心……铸……心……"

与此同时,黑色树心陡然化作利刃袭向红红心口,阿来面色一变,连忙化出一道妖力震开那利刃,然而红红的前襟仍被划破。她回过神来,低声回味着"铸心"二字,还没等她想出什么,那黑色树心再次化作利刃朝红红袭来,阿来连忙拉着红红闪避,急掠出苦情树树心。

两人狼狈落地后,红红神情激动地想着那两个字:"铸心!人无心则死,树亦然,苦情树的树心已经被暗黑之力所控,若要救树,就要为它铸心!"

阿来望向红红:"道理是这个道理,可苦情树树心已经被侵蚀,如何重铸?"

"你认为树心方才为何要攻击我?"红红凝眉道,"因为它是天生地养的灵物,我们狐族的灵骨,亦是可化万物的天地灵物!"

阿来听了红红的话,当即知道红红要做什么,惊讶道:"你总不能牺牲自己的灵骨去替苦情树重铸树心吧?"

红红淡然道:"为何不能?"

阿来皱眉,向红红分析此事后果:"如此一来,你非但会重伤,而且余生生命力也将系于苦情树,将来一旦苦情树枯竭,你必定灵元尽碎,为苦情树陪葬。"

红红笃定道："苦情树不会枯竭。"

阿来看红红如此坚定，只担忧道："若你执意如此，我不拦你，只是日后须得更小心呵护你体内的情种才是。你身为涂山当家，拥有六域唯一一颗情种，能连通苦情树，感知所有来苦情树下求缘的有情人之真情，化为情力。失了灵骨后，这颗情种便是你最后的依仗了。"

红红并不在意："我心中有数。"

虽红红看起来并没有什么顾虑，阿来作为旁观者却神色复杂："他真的对你这么重要？重要到为了护着他，宁可舍弃自己的灵骨？"

红红想到月初，不由自主带上了一丝自己都未察觉的宠溺："我是为了我的心。剥取灵骨虽然惊险，却仍可以活命，若是以东方灵血为祭，月初唯有死路一条。有生路可选，何必要选死路？"

第四章 树下结缘

（二十四）最美画面

　　昏迷中醒来的月初靠坐在小阁外的树干上，他回想涂山不醉设阵杀他的那幕，只觉心凉得厉害。他在涂山生活了十八年，对方却对他说杀就杀。
　　突然，两个头戴花朵、长相可爱的小花精正透过树丛好奇地看着月初。
　　"是人族哎！""他好像在哭！"
　　月初猛地睁开眼睛，冷冷看着这两个花精，直吓得两妖战战兢兢，其中一个鼓起勇气道："喂！我叫小枫，她叫小梨，你叫什么名字？"
　　月初不屑地看着这俩强作不怕的样子，冷笑道："你们是双生峰的花精？你们不怕人族？"
　　这俩小花精显然是第一次出来采蜜的，鼓起勇气道："人族有什么好怕的！又不比我们多长条胳膊，多长条腿！飞得还没我们快呢！"
　　月初沉下脸，吓唬她们道："可是人族狡诈阴险，会使用法宝伤害妖族。"
　　这俩小妖一听，吓得脸都变色了，撇着嘴想哭又不敢哭出声来："你、你少吓唬人！"
　　因为担心而来到小阁看望月初的红红看到这一幕，哭笑不得地走出来道："你们在做什么？"
　　这俩小花精看到红红，一下找到了主心骨，连忙跑到红红身后七嘴八舌地开始告状："大当家的，这里有个坏人！"
　　月初没想到红红会看到自己欺负小花精，尴尬地张嘴想解释，却又不知如何解释。
　　红红温柔地揉揉两个花精的脑袋，道："我知道了，你们先回去吧。"
　　两个小花精十分听话地应了"是"，瞅了眼月初，飞快地跑走了。
　　红红走上前道："还在怨长老？"
　　月初愣了愣，摇了摇头道："我不怨他，只怪自己在涂山长了十八年，竟然忘了自己是你们恨之入骨的东方家后人。"

红红叹了口气："你因为长老把你视作恶人就伤心委屈，索性就想干脆做个坏人，去吓唬小花精？一个人是什么样子的，与他的出身、别人对他的看法没有任何关系。"

月初听进了红红的话，若有所思，脸上显出羞愧之色："妖仙姐姐，对不起，我让你失望了。"

红红点头道："若真觉得自己错了，下次见到小枫、小梨，跟她们道歉。现在跟我来，我带你去一个地方。"

月初迟疑了一下，跟在红红身后，往涂山深处的禁林走去。

"这里……是涂山的禁林？里面藏的是什么？"月初看着这处陌生之地，又看红红站在两棵树之间，她轻轻挥动衣袖，一道透明结界拔地而起。

禁地开启，红红便带着月初往里面走去。

走进这处禁地，映入眼帘的便是一个热闹的小小村落，有无数嬉笑奔跑的小妖们出现在眼前，一个小妖一下撞到了月初的怀里，小妖抬头一看，立刻吓得哇哇大哭起来："人族，是人族！"

一下子，整个村庄的小妖们都开始哇哇大哭。红红蹲下身来，轻轻抚摸着小妖的脑袋："不要怕，他是月初，是在涂山长大的人族，不会伤害你们的。"

小妖们被安抚住了，都带着胆怯又好奇的眼神，站在远处看着月初。

红红站起来，淡然道："这些小妖，都是父母被人族所杀的孤儿，而他们的父母，将近有一半死于东方家之手。他们痛恨人族，痛恨东方家，这种恨意不是短时间能消解的。"

月初身形一震，联想到自己，点头道："我明白那种恨意。这些年，涂山一直在暗中收养这些孤儿吗？"

红红点头道："自从人妖大战后，涂山便不再掺和人妖之间的纷争了，只能暗中救下这些小妖抚养，待他们长大再让他们自由选择去处。"

月初道："怪不得涂山一直捉襟见肘。日后我再也不骂容容姐是吝啬鬼了，还要帮涂山赚更多的银子，让这些孩子都能好好生活下去。"说到这，看着这些小妖奔跑打闹的画面，他忍不住感慨道，"这幅画面真美。"

红红也笑道："不，最美的画面是人与妖之间不再互相敌视，不再有战乱饥荒，所有孩子都能在父母身边快乐地长大，不再因为少数人的野心和祸乱而分离。"

月初望着红红，若有所思道："妖仙姐姐，我一定会帮你做到的。"

红红知道月初已经从对涂山不醉的恨意中抽离出来了，欣慰道："好了，我要去帮小狐们修补天书了，这段时间你莫要给我惹事。"

从禁林出来，红红走到学堂，而雅雅已经得到消息在此等候了："姐姐，你让我代替你守护涂山？"

红红走到桌案上收拾教材，点头道："不错，这几日我要帮小狐们修补天书，无暇分心，好在你伤势恢复得差不多了。你与容容分工合作，切记三思而后行，若实在有棘手之事，可找阿来相助。"

雅雅正色道："姐姐放心。"

"对了，听说你捡的那只狐狸在到处打听阿来的身份？"像是想起了什么，红红问道。

雅雅一听这个，立刻生气道："这个过过！看我回去怎么教训他！"

红红笑了笑看向雅雅："你不好奇？"

雅雅挠了挠头："嘿嘿，好奇啊，不过姐姐做事一向深思熟虑，你不透露他的身份，一定有自己的道理。"

话音刚落，阿来正好走了进来，雅雅连忙灿烂笑着招呼道："阿来公子好，咱们也算是不打不相识，之前都是误会，你是姐姐的朋友，也就是我雅雅的朋友！"

阿来看着雅雅豪爽的模样，浑身冒出鸡皮疙瘩，他求助般望向红红，红红无奈对他道："雅雅性情率真，你熟悉了便好。说正事，这几日能否与雅雅一同巡守涂山？"

阿来连忙点头："好说好说！"

雅雅也立刻保证："姐姐放心，我一定会好好巡守的！"

红红颔首道："去吧，我同阿来还有其他事要聊。"

看着雅雅转身离去前还朝自己热情笑了笑，阿来忍不住摇了摇头，让自己清醒一下："你这个妹妹还真有意思。"

红红若有所思道："我们姐妹三人，只有雅雅过得最开心自在，所以我取灵骨之事，还请不要告诉她。"

阿来听了这话，忍不住反驳道："难道像她这般潇洒肆意的女子，不该只活在暖房中吗？"看红红怔住，阿来接着道，"只是一个建议，怎么做还是在你。对了，取灵骨的事情准备得怎样了？"

"明日便可进行仪式了。"红红神色转为坚定。

"那好，我先随雅雅去巡视一番。"

阿来说罢，身形消失，不一会儿他出现在了涂山界碑处。此处雅雅正认真检查着结界，看到阿来现身，连忙伸手招呼他，却不慎从怀中滚落下一张画报。阿来挑眉捡起，见上面正是傲来三少的介绍："'傲来三少汲取天地灵气而生，能吹气成山，化泪为海'，这也太离谱了！那山明明就是三少出生之前就有的……"

雅雅看他竟然拿着画报吐槽，面色一变就夺回画报，勉强克制地说道："你不懂，除了姐姐，三少是妖族最厉害的强者，他定海一棒轻轻一挥就划下了圈内、圈外的分界线，保护了圈内所有生命。像他这种英雄，怎么就不能呼风唤雨、移山填海了？"

阿来尴尬道："你把三少想得太高了，他并不是什么英雄，当初是没想到划下分圈的那一棒会重创他的妖力，否则他肯定会再斟酌……"

"你！"雅雅气得说不出话来，片刻后一脸了然道，"哦，你一定是他的黑粉！我最讨厌你这种无凭无据乱黑的人了！你就是嫉妒三少。你摸着自己的良心，良心不会痛吗？哼！保持距离，你离我远一点！"

看着雅雅转身远远地走开，阿来忍不住一脸笑容地快步跟上。

天色渐渐暗了下来，月初坐在凉亭上望着月亮，有一搭没一搭地喝着酒壶里的酒，脑海中还在想着自己对红红的感情。

"嘿嘿，你这酒能不能给我喝一口？"流觞从柱子后绕出来，不好意思地问道。

月初将酒壶递给流觞，流觞咕咚咕咚喝了一大口，将酒壶还给月初，然后翻上凉亭在月初身边坐下："你有心事啊？"

月初不悦地抢回酒壶："这都什么和什么啊，就算你说的是实话，你觉得我怎么样？"

流觞想了想道："关键时刻重情重义！"

"那你觉得人族怎么样？"

流觞的脸僵住了，眼神开始躲闪："你看涂山上下，哪个妖不讨厌人族啊，人族不也讨厌我们妖族嘛。"

月初心中一阵烦闷，伸手去推流觞："去去去，一边去吧，不跟你说了！"

流觞抢过酒壶，嘿嘿笑着跑远了。

月初心情复杂地跳下凉亭，他微不可闻地叹息了一声朝小阁走去，刚走到花园中时，突然听到花丛中传来窸窸窣窣的声音。月初警惕看去，见涂山不醉正抱着酒坛子喝得酩酊大醉。

"这老狐狸，老天有眼让我今夜遇到你了。虽说此前的事情我不怪你，但这口气总是要出的！"月初坏笑着从地上捡起一根棍子，他刚想朝涂山不醉砸去，不想不醉突然就哭了起来："呜呜呜……"

见不醉这么大年纪了还哭得这么伤心，月初有些不忍心，他放下棍子小声道："娇娇，哭什么呀？难道没杀成东方家的后人让你这么难过？"

不醉醉醺醺道："你懂什么啊！我是心疼大当家，呜呜呜，明日一早她就要抽取灵骨，重铸苦情树心了！"

月初愣住："重铸树心！"

（二十五）重铸树心

想到了什么，月初心间一沉，急掠而去。

夜色深深，市集上妖族开始收摊了，红红站在桥上看着这寻常的一幕，忽然看到月初神色焦急地朝她跑来。

"妖仙姐姐，你要用灵骨重铸苦情树树心？"月初气喘吁吁，看着红红道，"我不同意！"

红红诧异道："此事与你无关，你有何立场反对？"

月初急迫道："我绝不允许你以身犯险！再说了，涂山有那么多妖族，就算你是大当家，也不能牺牲你一人！"

红红没想到月初会这般挺身反对，片刻后，她意味深长地问月初："若是你重回十八年前的葫芦村，会奋不顾身地护住你的爹娘吗？"

这下轮到月初愣住了。

"我也一样。对我来说，涂山不只是'责任'二字。看这热闹的市集，还有这些有些狡黠，但心地善良、努力求生的妖，这片生机勃勃的土地和这片土地上所有的记忆都是我生命中不可分割的一部分。我意已决，你不用再劝了。"红红望着妖族市集上的众妖，神情从容又坚决。

月初看着红红的表情，越加担心，却又只能欲言又止。

第二日一早，红红便换上一袭祭衣，停在了苦情树前，容容与涂山不醉则站在一边，一脸不忍。

"大当家，若取灵骨，须得先剥离妖力，其痛犹如剔骨，老狐狸实在……"涂山不醉不忍道。

红红怒其不争地看着不醉，喝道："退下，让容容来！"

"我来！"红红话音未落，月初的声音便从远处传来，只见他一脸肃穆地接过涂山不醉手中的托盘道，"我来替姐姐护法。"

红红望了一眼月初，不再犹豫，她施法打开了树心，两人飞身而入。

红红走到树心阵眼中盘膝坐下："启阵！"

月初深深凝视红红一眼，扬手开始施法，一个圆形光阵平地而起，不断汇聚灵力，树心周围萦绕的黑气犹如恶鬼般开始狠狠撕咬红红。月初再一翻手，光阵凝住了黑气，红红双目赤红厉声道："快将我的妖力剥除！"

月初浑身一震，咬牙颤抖地举起手来，化出如鞭金光，金鞭甩下带起惊天之势，红红背上的黑色羽花破碎，带起一串血珠，她的唇边开始出现血沫，妖力倾泻而出。

红红再次喝道:"继续!"

月初眼中腾起雾气,第二道金鞭落下,红红半跪在地上,每一寸骨头好似都被打碎,红色妖力全部倾泻而出,她的脸色极为苍白,缓缓伸出手来道:"替我……取冰刃。"

月初眸中痛苦非常,他取出一把薄如蝉翼的冰刃,冰刃缓缓落入红红掌心。突然,月初不顾一切飞身入阵,他半跪在红红面前,散发自己透蓝色的灵力,护住了红红的妖力:"我能为你做的,不过如此……"

红红带血一笑,利刃破胸,素衣染血,她剧烈喘息着,将一道银光一寸寸自体内抽出。

银光化作灵骨,爆出巨大的光影,笼罩住焦黑的树心,银光入心,焦黑褪去,苦情树重现光华。

月初连忙上前将红红拥入怀中,只觉她身体冰凉,连忙为她引入妖力,他心疼不舍地轻轻拭去红红唇边的血痕。两人再次抬头看去时,只见树心之中,羽花层层绽放,灿烂至极。

而此刻红红的心口幻境中,虽然依旧白雪茫茫,却多了一把红色的油纸伞。伞下,月初拥抱着昏迷的红红,他目光中充满了疼惜。而冰层下小小的情种似乎有了松动的迹象。

在未知的缭绕黑雾中,爆发出了一声巨大的尖啸。刚刚显出身形的石姬周身灵力瞬间被抽去大半,她原本光滑的肌肤又攀爬上了黑色的枝蔓,枝蔓一直生长到了她的脸上,妖异摄魂。

石姬的身体因为不甘而颤抖着,她带着血泪打量着自己诡异的身躯,嘶哑道:"就差了那么一点儿!涂山红红——新仇旧恨!我绝不会放过你!"

苦情树再现生机,红红却重伤不醒。两人刚从树中出来,容容便带着妖族第一圣手,将红红迎入了斛光阁。

斛光阁大门紧闭,月初不安地在门外徘徊着,终于忍不住对着容容哀求道:"容容姐,让我进去吧。"

容容拦着他道:"别担心,里头的可是妖族第一圣手翠玉灵,姐姐会没事的。"

月初焦急道:"蛭妖虽然擅长疗愈,可姐姐这次是取了灵骨,非同一般啊。"

容容坚定道:"我相信玉灵姐,她能当上蛭妖一族的族长,靠的便是闻名六域的疗愈之术。我也相信姐姐,她那么强,一定会没事的。"

月初看着容容目光中的坚毅,心底的不安也终是慢慢平复下来。

斛光阁中,一名身着青绿服饰、佩戴蛇形发饰、五官端丽、举止从容的女子正在帮红红治疗，此人正是翠玉灵。只见她皱眉自言自语道："说什么要我来给人治疗，谁想到人家的伤自己好了，你倒是伤得比谁都重。你知不知道自己这次的伤真的很棘手啊，我就没见过谁会取自己灵骨的。失了灵骨，从举世无双的大妖妖力衰退到一成功力不到，难怪一直昏迷不醒了。"

而同一时间的涂山学堂内，众女妖脸上却都洋溢着喜悦之情。勿离更是抱着眼前完好无损的天书，夸张地亲了一口："我以后一定勤于修炼！再也不会冷落你了！"

九霜也高兴道："真不愧是大当家，妖力出神入化，轻轻松松便将所有天书都修好了！"

"哪里是修好了，是重凝天书哎！"勿离骄傲地说道。

"重凝天书？"雅雅突然走进来，拿过天书问道，"你确定是重凝不是修复？"

流觞笑着道："二当家，天书都被烧成那样了，哪里能修，自然是重凝的呀！"

雅雅面色一变，丢下天书匆匆往斛光阁走去。

斛光阁外，翠玉灵终于自屋中走出，她蹙眉摇头，一副天要塌了的样子。

月初和容容见翠玉灵如此，面色大变，呆立在那儿，而涂山不醉则愣了愣，突然大哭起来："大当家啊——"

"停停停！"翠玉灵连忙阻止道，"长老这是做什么！红红还没死呢？"

不醉一口气没倒上来，差点憋死过去，好半响顺过气骂道："没死？没死你摇头叹气干吗！"

翠玉灵道："摇头叹气又不代表死人了，红红没血流不止，又没心脉枯竭……"

这话还没说完，一道低沉的声音就传了过来："姐姐到底怎么样了？"

众人朝声音看去，只见雅雅冷着脸走了过来。

翠玉灵不知道雅雅不知情，继续说道："失了灵骨，体内其他筋骨重新布排，自然是……"

雅雅不再听翠玉灵说下去，她推开众人便要去开门，容容赶紧拦住："二姐你别冲动……"

雅雅眼眶通红，目光扫过众人："你们联合起来瞒着我？如果姐姐有什么事，我一定不会原谅你们的。"

"吱呀"一声，斛光阁的门从内拉开，红红苍白着脸，站在门口道："雅雅，不要迁怒他们，这一切都是我的决定。"

雅雅看着红红苍白的脸，突然一下扑进红红的怀中，大哭起来。

众人见此情景，都识趣地悄悄退了出去，把空间留给两姐妹。

红红看着气愤的雅雅，她身形虚弱地往苦情树方向走去。雅雅看到，连忙扶着姐姐缓缓前行，两人来到后山，红红看着远处青翠干净的山峦，对雅雅耐心道："你看，树心重铸后，那些暗黑之力退去了，涂山又恢复了往日的宁静。"

虽然知道姐姐说得有道理，但想到姐姐灵骨被抽，雅雅仍神色郁郁："这么大的事，姐姐为何单单瞒着我？"

红红道："若是你提前知道，会不会阻止我呢？这就是我不告诉你的原因了。"

雅雅眼圈仍然红着，忍不住道："那可是灵骨啊，妖族唯一的灵骨啊！"

红红正色道："那又如何？我是涂山当家，没有什么比庇护涂山、苦情树更重要的了。每个妖生来资质不同，强者要做的不是征服，而是守护。咱们三姐妹生于苦情树，本就比其他妖强大，这也意味着我们肩负的责任更多。"

雅雅像是才明白自己一身妖力该用在何处，她有些迷茫道："能力越大，责任越大？"

红红怜爱地摸了摸雅雅的头发道："眼下涂山还有我撑着，我不希望你和容容有太大的压力。若将来有一日，到了涂山需要你们负责的时候……"

红红立刻坚定答道："我一定不会忘了姐姐的话！姐姐，以前我不知道便罢，现在知道了，便自是要替姐姐分担的！"

红红欣慰地笑了，道："也好，上次结缘盛会上，金人凤阴谋残杀妖族，幸而其他妖族做证才让涂山洗清诬陷。这几日，将有御妖国的人到访，你替我盯着点，务必不能再出乱子。"

雅雅应道："姐姐放心！我一定守护好他们。你现在身体虚弱，我扶你回去。"

红红摇头道："我想再待一会儿，你去吧。"

雅雅虽不放心，却也只能点点头独自离去。

（二十六）答案在心

红红轻咳几声，走到了苦情树下，看着苦情树华盖亭亭，眉宇间尽是欣慰之色。突然一阵凉意袭来，她忍不住轻咳出声，却有一双手轻轻扶住了她。她抬起头来，见竟是月初："我以现在的妖力，竟然连你什么时候出现都察觉不到。"

月初扶着红红一同看向花叶繁茂的苦情树，道："后悔了？"

红红摇摇头："你看这苦情树多美？对了，你跟那两个小花精道歉了？"

月初笑道："一人一罐花蜜，开心得和过节了似的。"

红红也笑起来："不要让雅雅知道。"

月初点头，眼中是掩饰不住的关心："放心，我不会让雅雅姐知道，但你也要答应我好好休养，不要再强撑着。想想看，你身上扛了那么多担子，若真的出事，就得别人替你扛着了，所以，哪怕是为了这些，你也一定要好好爱惜自己。"

红红凝视着月初，眼中闪过一抹复杂的情绪，她避开对方的目光道："臭小子，几时学会教育人了？"

月初戏谑地看着红红："只许你教育我，不许我教育你？"

红红无奈地笑着道："好，我答应你。"

微风起，带着些许羽花在两人之间飘落，月初帮红红系好披风的系带："起风了，我扶你回去。"

红红颔首，自然地伸出手，月初搀扶着她缓缓而去。

两人刚回到斛光阁，容容便走了进来，见两人之间如此亲密，眼中闪过一丝讶异："月初，这里没你什么事了，你先回去吧。"

月初不放心地看了看红红道："我晚一点再来看你。容容姐，妖仙姐姐就拜托你了。"

容容笑道："放心，有我照顾，不会有问题的。"

红红一直望着月初的身影直到消失，这才转过头看向容容。容容面色有些不自然道："姐姐有没有觉得月初对你不一样？"

红红听到这话，笑容中带上了一丝不自知的宠溺："是不一样，他怕被涂山赶出去，所以一直以我的小跟班自居。"

容容扶着红红来到床前坐下，帮她解下披风："我不是指这个……算了，月初怎样暂且不论，那姐姐心里是怎么想的？须知姐姐为了护下他，可是舍去了灵骨。"

红红正色道："我说过，月初是无辜的……好吧，我承认是有那么一点私心。此前我被梦魇所困，他冒死救我，我觉得欠了他，所以只要还有别的选择，我就不会将他献祭。"

容容听了红红的解释，将信将疑道："真的？那这次取灵骨，姐姐为何让月初为你护法？就算长老不争气，涂山还有那么多修为强大的妖，姐姐为何放心把自己的生死交给月初？这千年来，除了长老，姐姐从未对哪个男子这般信任。"

红红好似也察觉到了这个问题，略一思索道："好像是这么回事。"

容容紧赶着接话道："所以姐姐不愿献祭月初，是不是因为舍不得？"

红红一怔，半晌想不出自己的心意。

容容见此也不愿再逼迫红红，说起另一件事："如今树心重铸，涂山总算可以安宁些日子。只是上一次金人凤与那人借结缘盛会对付涂山却不得，这一次你妖力大减，对方势必不会放过这个机会。"

红红点头道："与其被动等对方出招，不如主动出击。此番我有伤在身，正是引蛇出洞的好时机。"

而涂山花园中，阿来正想方设法地与雅雅解释："还生气呢？我不是故意拖住你的，实在是你姐姐吩咐的，我不得已而为之……唉，你都理解他们了，为何还不理我？"

雅雅一把将阿来扒开："理解不代表原谅，以后你离我远点！"

阿来见雅雅"冥顽不灵"，故意叹了口气道："我好不容易给你弄来了这张傲来三少的签名海报，上面还有三少专用的印信，你竟然还不理我？"

雅雅一听，一把将海报拿到手中。她看着看着，突然就无声地落下泪来，这可把阿来吓坏了："一张海报，不至于喜极而泣吧？"

雅雅一抹眼泪，将海报重新塞给阿来："以后不要再给我了，就是因为我以前老把心思用在这些虚无缥缈的事情上，才连苦情树遭了难都不知道。如果我早一点发现，也许姐姐就不必牺牲灵骨了。"

阿来没想到雅雅伤心至此，连忙劝道："你别难过，这不是你的原因，是幕后之人的阴谋，你想帮姐姐分担，现在也不晚呀。据我所知，三少起初也是只没心没肺的皮猴子，是经历了一次次磨砺后，才慢慢成长的……有喜欢的大神很正常啊。不过比起收集那些大神的周边，不如好好了解大神身上的宝贵特质，和大神一起努力变得更好。"

雅雅拿着海报一路回了自己的凌烟阁，过过正候在门口等着开小灶。待一番指导后，雅雅发现过过仍旧没什么进步，忍不住一巴掌拍在他胳膊上："教了你多少遍，最简单的凝力都学不好！"

过过揉着胳膊，委屈说道："雅雅姐，你不能因为要保护涂山，就逼着身边所有人都练成强者吧？"

雅雅恨铁不成钢地看着过过。过过眼珠一转，突然问道："雅雅姐，大当家真的伤得很重？"

雅雅骤然警惕起来，盯着过过道："你听谁说的？"

过过摸着下巴，眼珠转了几转道："没听谁说啊，就是这都好几日了，看你闷闷不乐的，连酒都不喝了，不是自己修炼就是逼我修炼，看来……大当家肯定伤得不轻。"

雅雅伸手敲了敲过过的脑袋正色道："好好修炼，不许瞎琢磨！"

日落月升，斜光阁中，红红压抑着自己的咳嗽，看着月初不知什么时候溜进来帮她点燃的炭火，眼神不自觉地带上了一丝宠溺。她走到窗边，只见月光洒了一地，月初坐在门前静静守候着。

红红推开窗子道："白日里修炼已经很累了，晚上就别老往斜光阁里跑了。"

月初看着红红："左右回去也是睡不着，倒不如守在这里踏实。"

红红耐心劝道："我知道你是担心我。不过我现在没事了，赶紧回去休息吧，别在这里碍手碍脚了。"

月初笑道："你又没出来，我又没进去，哪里就碍着你的手脚了？"

红红白了他一眼："你碍到我的眼了。"

月初望着红红，看着红红秀丽的眼睛似嗔似怒地看着自己，他感觉脸上似乎火辣辣的。红红见他面色异常，连忙问道："怎么了？"

月初不敢再看她，避开视线，有点结巴道："没、没什么。妖仙姐姐，我、我好像确实有点困了，要不然，我先回去睡了。"

红红看着月初话都没说完就落荒而逃，目光隐隐不自觉地担忧起来。

回到小阁里，月初翻来覆去睡不着觉，脑海里不断地浮现出红红的身影，他正琢磨着自己到底是怎么了，流觞便推门走了进来："月初！好几日没见你，来看看你。"

月初看着流觞，只觉得他说话的口音怪里怪气，惊讶地问道："你怎么了？说话这么奇怪？"

流觞依旧用怪里怪气的方言道："还不是为了九霜嘛。她前几日说男人如果会一门异族语言，会大大增加魅力，我就学了个方言。"

月初尴尬道："你确定九霜喜欢这个？"

被质疑的流觞不高兴："哎呀，男女之间的感情，说多了你也不懂。"

"我不懂，你懂？"月初怀疑。

流觞一着急，恢复了平常的口音："那是自然，我虽然是男狐，不管天书姻缘任务，可耳濡目染，知道的比一般人多得多了。"

月初眼珠一转，低声问道："我有一个朋友，他特别想待在一个女妖身边，但……他们两个不是一个族类，我这个朋友吧，年岁上又比他喜欢的女子要小那么一点……许多。"

流觞点头道："哦，禁忌之恋，又是年下小奶狗爱上美貌大姐姐，你这个朋友，还挺时髦的。"

月初又道："那个女子，好像有喜欢的人了。"

流觞倒吸一口气惊道："虐恋！我的个乖乖，你这个朋友不得了啊，这是要爱得惊天地泣鬼神啊！月初，我和你讲，真爱难得，有的人一辈子都遇不到，有的人遇到了，但是不懂得珍惜就错过了。你告诉你那个朋友，要真是运气好遇到了喜欢的人，大胆爱就对了！"

月初被这一番话惊得张大了嘴巴。

流觞看他模样问道:"怎么了？"

月初又有些犹豫道:"我这朋友,也不一定是喜欢上人家了。唉,我就是想分析分析,他对那女妖到底是什么感情……"

流觞翻了个白眼,从怀中掏出了《妖法秘籍》,翻开最后一页给月初看:"人家喜不喜欢,哪儿用得着你分析,书上都写了,喜不喜欢人家啊,答案在自己的心里。"

月初盯着这《妖法秘籍》最后一页,若有所思。

(二十七)红红天书

这一日斛光阁内,翠玉灵终于露出不负所托的笑容:"筋骨已经重新正位,再过几日,外伤也可以痊愈了。论起来,你那小跟班的功劳不小,这几日衣不解带地守着你,还日日为你送来补汤。"

红红瞅着翠玉灵道:"这该多谢你。不过你一向温柔可亲,怎么这次来涂山,反倒学会揶揄人了？"

翠玉灵笑了笑,正色道:"话说回来,你若想谢我,我倒有一事相求。多年前,我蛭妖一族有一名唤小昙的女子为金人凤所骗,助他吸取神火山庄老家主身上的灵血。事成之后,金人凤为了掩人耳目便杀了这姑娘。"

红红略惊讶道:"这么说,当初金人凤是以蛭妖一族的换血术吸取了灵血。那当不是意味着,若无新鲜血液供给,换入体内的血将日渐衰败,这或许就是金人凤与暗黑之力勾结的原因了。他体内的灵血衰败,急需其他力量来维持功力。"

翠玉灵点头道:"小昙虽受金人凤蛊惑,助纣为虐,却还轮不到被金人凤处置,我想求你替小昙讨个公道。"

红红颔首道:"你放心,这一回涂山必不放过金人凤。"

翠玉灵正色道:"我代小昙谢过大当家。"

红红也严肃道:"空口谢没有诚意,你若真的谢我,这回的诊金少收几成吧。"

翠玉灵无奈地看着红红,两人沉默片刻,均是扑哧一笑。

神火山庄中,金人凤面色苍白,他努力在掌心中凝出一团神火,火焰相较此前弱了许多。他越发努力,可掌心火焰好似风中残火,完全不显之前的霸道,他气得一道灵力打翻了桌上的药碗,狠狠地握紧了拳头。就在此刻,推门声吱呀响起,金人凤暴怒地转过头来,却发现一个戴着黑色兜帽的神秘女人出现在门口,周身散发着恐怖的妖力。

这女人红唇轻启,嘲讽道:"金庄主好大的脾气。"

金人凤连忙上前恭敬行礼："恭喜妖尊重铸肉身！"

"哼，起来吧。"石姬冷哼一声，随即化出一缕黑雾状的暗黑之力递给了金人凤。

金人凤欣喜地接过黑雾，那黑雾触及金人凤，缓缓进入他的身体。

石姬道："此物只能助你维持一时的功力，若要彻底恢复，还需真正的东方灵血。"

"这……请妖尊指点。"金人凤恭敬道。

石姬红唇魅惑地勾了起来："去御妖国。"

御妖国？

夜间斛光阁中，正与容容查看账本的红红看到一道金光缓缓飞来，她起身接住，金光缓缓消退，竟化作一本书的模样，上面写着"涂山红红"四个大字。

"这、这是我的天书？"红红惊讶地看向容容。容容也惊讶地看着红红手中的天书："涂山大当家从不亲自牵线结缘，这次苦情树怎么会给姐姐降下天书？难道是因为姐姐取了自己的灵骨重塑树心？"

红红沉吟片刻，缓缓打开："苦情树为庇护涂山的神树，如此安排，一定另有深意，先来看看这本天书指向何等任务。"

说罢，红红将妖力罩住天书，天书缓缓展开，两人看着空白的天书都愣住了。

容容惊道："空白天书？"

红红的神情也变得复杂起来，不知这究竟是什么样的缘法。

"既然是空白天书，便顺其自然，等待缘法吧。天色不早了，你早点回去休息吧。等明日，让长老来斛光阁一趟。"红红将天书收起，像是不再为天书而耗神。

容容虽心中不安，但也不再多说什么，只告退而出，让红红好好休息。

第二日一早，涂山不醉便来到了斛光阁中。

"请长老前往生岛，确认石姬是否重聚了灵元。若那幕后之人真的是石姬，生岛上必有她重聚灵元的记录。"红红俏丽苍白的脸庞掩于披风之下，神色郑重道。

涂山不醉愣了一下，面上有些犹豫。

"长老可是担心前路未卜，危机重重？"见涂山不醉犹豫，红红问道。

涂山不醉连忙道："老狐狸岂是贪生怕死之辈？你放心，此事干系涂山狐族存亡。若真是那女魔头卷土重来，兴风作浪，老狐狸便是粉身碎骨也要护住涂山。只是……大当家此次为了六瓣白昙花，去求御妖国公主……"

红红一听这个，眼睛一横，让涂山不醉顿生惧意，声音都小了下去："老狐狸只是心疼大当家。这几百年来，老狐狸看着你每年在他的忌日都去探望，每百年就四处寻花，这样的执念压在心底，实在是太苦了……"

红红脸上闪过一丝黯然，打断不醉的话："此事我心中有数，你去吧。"

涂山不醉叹息一声，知道自己劝不动她，只得摇头离去。

妖族市集的街道上，一辆装饰华丽的马车缓缓驶出，马车旁身材高大、侍卫打扮的一个妖卫在警惕护卫着。

马车的窗帘轻轻掀起一角，透出了御妖国公主布泰的秀美容颜："石宽，这就是妖族市集了啊？"

石宽上前温和道："是的公主。"

月初正在老金磨坊收租。苦情树恢复繁茂后，连带着市集的生意都好了不少，众妖交租都比往常痛快了。待老金将租金交上来，月初看着账本，往下一个铺子走去，却突然感觉到街上异常安静，他发现妖族都一言不发地朝酒楼方向看去，而酒楼下更是聚集了一堆妖。

"怎么回事？出什么事了？"月初走了过去，问酒店旁边的摊主。

"太硌硬了！甭提了！"那摊主好似觉得这事说出来都晦气，冷哼一声，继续做手里的事情去了。

月初越发好奇，稍加思索后便抬脚往酒楼里走去。

酒楼二楼，御妖族公主布泰轻倚着窗棂边，看着街上的妖族，感慨道："我还是第一次看到只有妖生活的地方。"

"你说得不全对，除了妖，这里还有人。"月初从楼梯下拐上来，说道。

布泰闻言回头，诧异地打量着月初，礼貌一笑："你是人族？"

月初拱手道："不错，在下月初，看你极为面生，此番来涂山，是有要紧的事情了？"

"原来是月初公子，你可知我也是人族？"布泰好奇地问道。

月初自来熟地坐在布泰对面，熟络地拿起桌上的瓜果吃了起来："知道，我还看出你不会术法。一个不会术法的人冒险来妖族，只能是有事相求，只是我不明白，人族会有何事要求助涂山？"

布泰思索一番，郑重答道："我想……与妖结缘。"

"喀喀喀——"月初感到意外，不停呛咳起来，震惊地看向布泰。

"很惊讶吧？我爱上了一个妖。"布泰见月初的反应，不意外地笑了。

就在此时，窗外嘈杂的声音越来越大，月初往下看去，只见以牧童为首的一群妖正将石宽团团围住，而石宽则身形坚定，没有丝毫退意。

"这位是？"月初问布泰。

布泰看向石宽的眼神带着不自觉的柔情："他叫石宽，是我的近身妖卫。"

"妖卫？你是御妖国的人？"月初惊讶地问道。

布泰犹豫片刻，点头道："我是御妖国的公主，布泰。"

月初神情震动，没想到御妖国的公主竟然敢踏足妖族之地。

市集上，牧童正指着石宽大骂道："你与那御妖国公主寸步不离，她现在就藏在酒楼吧！这是妖族地盘，她也敢来？！"

石宽面色骤冷，凝起妖力拦在酒楼门前："有我在，谁敢伤公主分毫？"

"你身为妖族，怎能向着奴役妖族的御妖国，还为他们公主卖命！"

"妖族之耻说的就是你！"

众妖听了石宽的话，义愤填膺，纷纷嚷嚷起来。

突然，众妖分出一条路来，后面的妖族小声道："二当家来了！"

"让开，二当家来了！""看二当家怎么教训他们！"

雅雅背着无尽酒壶穿过众妖，走到了石宽面前，转身扫视众妖道："不好好做生意，聚在这里做什么？"

牧童连忙道："二当家，你来得正好，御妖国的公主闯进咱们涂山来了！"

雅雅皱眉："休得无礼，他们是涂山的客人。"

众妖听了这话，面面相觑，那牧童更是愤愤不平道："二当家，御妖国可是专门奴役咱们妖族的，怎么能是咱们的客人呢！应该把他们狠狠揍一顿赶出涂山！"

雅雅赞同地点头道："好！我听说这位妖卫乃是北山第一勇士石宽，你来赶他走如何？"

牧童看看石宽，瑟缩着说不出话了："这……"

"要不你们一起上？"雅雅阴阳怪气说完，看着大家，她随手揪起牧童就往前推，"快啊！快去啊！"

"哎哎！使不得！"牧童连忙往回退，"我、我想起来了，我那铺子还没人看呢，我得回去了！"

牧童一走，众妖也连忙作鸟兽散。

见众人都走了，雅雅再次转过头来："让石侍卫见笑了。"

石宽躬身伸手道："不敢当，二当家里面请。"

正看着热闹的月初见雅雅进来了，连忙迎上去，讨好笑道："雅雅姐——"

雅雅将酒壶扔给月初，问道："账收齐了？"

月初看了眼布泰道："这不是有更重要的事吗？我一眼就看出这是咱们涂山的贵客，正替姐姐招待呢。"

雅雅冷哼一声，带着几分歉意对布泰道："这小子一向没个正形，让公主见笑了。"

布泰笑："二当家不必客气，月初公子性情随和，我二人相谈甚欢。"

雅雅笑道:"那便好。姐姐邀公主斛光阁一见,请。"

布泰随着雅雅往门外走去,月初刚要跟上,便被雅雅拽住:"你少掺和,这可是姐姐安排给我的任务,特别重要!"

布泰朝月初笑了笑,随着雅雅而去,月初隐约听到布泰的声音飘来:"大当家要的东西已经带来了……"

月初重新坐在椅子上思索着,心想,妖仙姐姐要的到底是什么东西?竟然求到御妖国去了。

斛光阁中,布泰拿出一个闪着符咒的木盒,递与红红:"此乃大当家叮嘱之物,布泰日夜兼程,总算在约定之日前送达。"

红红接过木盒,缓缓使出妖力,盒子轻启,飘出一颗玲珑剔透的水晶石,其中封存着一朵栩栩如生的六瓣白昙花。

红红神情复杂地以妖力将白昙花重新收起。

布泰看着红红道:"大当家所求,布泰已经完成,不知布泰所求之事,大当家考虑得如何了?"

红红也看向布泰:"公主当真要与妖结缘?"

(二十八)北山来客

布泰坚定道:"布泰心意已决,还请大当家信守诺言,让我与石宽在苦情树下结缘。"

红红愕然:"公主心悦的妖族是妖卫石宽?"

布泰颔首,面带温柔:"大当家一定很意外吧,其实就连我也没想到。从我八岁那年第一次见到石宽,我和他就注定要在一起了。我们一同玩耍,一同长大,无论我走到哪里,都有他的陪伴。后来,当我遇到危险时,他拼死相救,身受重伤,当他倒在我怀里,我感受到他体内的生机不断流失时,那种前所未有的恐惧牢牢地攥住了我的心。那时我才知道,我早已心悦于他,不能没有他了。"

说罢,布泰脸上带着少女陷入热恋的羞涩。

红红听罢,轻声问道:"那公主这份情意,石侍卫可知晓?"

布泰脸上闪过一丝黯然,她摇了摇头:"父皇决计不会同意我与妖族相恋,一旦被他人察觉,必会给石宽和他的母族带来灾难,我不愿给他压力。"

红红叹了口气:"那么石侍卫可也心悦于公主?"

布泰朝红红行礼,坚定道:"虽然他从不承认,但我知道他心悦于我,我们的情意,苦情树一定能感知到。布泰知道此事令大当家为难,但如今我与他势必不能相守，只希望涂山为我们设法续缘，日后能让我再遇到他。我知道人与妖的寿元并不相同，这次来，请求苦情树给予祝福，希望苦情树能让我和石宽共享寿元，让我们可以一直相守终生。"

红红连忙扶起布泰："并非我有意推托，苦情树一向只司妖族情缘，从未有人与妖结缘。"

布泰起身道："我身居御妖国，了解人族也了解妖族，在我眼里，人与妖除了种类和些许习性有异，其他并无不同。若此前没有过人妖之恋，我愿意走这条无人走过的路，再多艰难也甘之如饴。"

红红震动地看着布泰，心念一动，说道："或许有个法子可以一试，若能留存灵元，或许在不久之后，你们两个能再次重逢。"

布泰迟疑道："即便灵元完好，肉身却已羽化，待归来后，样貌、性格，甚至记忆都会有所不同，如何能够再续前缘？"

红红挑眉："公主莫非对自己或者石宽并不信任？"

布泰愣了愣，思索一番，明白了红红的意思，她克制着欣喜道："我明白了！不管再次见面时能否认出对方，只要心中牢记着当时的情意，终有一日能将这份情缘延续下去！只要有一线希望，布泰就愿意一试。"

说罢，布泰望着那装六瓣白昙花的木盒，又道："大当家定然也明白这个道理，否则也不会每隔百年便锲而不舍地寻白昙花，甚至不惜向我一个人族求花了。"

红红听了布泰的话，张了张嘴想要解释什么，最终却叹了口气："罢了，希望此次你能如愿以偿。"

布泰也肃穆道："白昙香起，一念永续，也希望这花能助大当家得偿所愿。"

涂山学堂里，月初闷闷不乐地抱着坛美酒唉声叹气，他刚要打开喝上一口，酒坛就猛地被夺走了。涂山不醉怒气冲冲地看着月初道："好你个臭小子，老狐狸外出在即，死活找不到我最爱的美酒，原来被你小子偷来了！"

月初横了不醉一眼："老狐狸，你可是差点把我杀了，我偷你点酒怎么了？"

不醉自知理亏，双眼乱瞟："那、那也不能偷老狐狸的酒啊……"

月初趁着不醉愧疚，连忙上前问道："老狐狸，问你个事，你知不知道此次御妖国的人来涂山，给妖仙姐姐送什么特别之物来了？"

不醉见月初一脸迷惑的样子："你不知道啊，不知道也罢，此事本就与你无关。"

月初烦躁道："到底什么事！"

不醉也不耐烦起来："还不是你们东方家的人，一个个都不是省油的灯，御妖国公主不远千里送来白昙花，她自是要用来温养那东方洛的灵元。"

月初听到东方洛的名字，脸色大变道："他的灵元还在？"

不醉当然道："自然在，六瓣白昙花能留住人族灵元。当年东方洛危急之际，大当家便是以此花护下他的灵元，以待来日时机成熟，唤他归来。"

月初骤然得知东方洛灵元还在，红红又为他如此付出，心中震惊、酸楚不已，一时说不出话来。

而此时红红正披着披风踏入双生峰山洞中，随着她走入，镶嵌在石壁上的鲛珠再次逐一亮起，石床正上方六芒星的图腾中，是一朵快要凋零的白昙花。

红红走到东方洛床前，面上生出一抹彷徨："百年又百年，东方洛，你到底何时归来？"

石床上的寒气四溢，红红轻咳几声，化出盛有白昙花的木盒。在妖力包裹下，木盒轻启，里面封存着的白昙花水晶缓缓飘出。

红红以妖力震碎水晶，将白昙花送到石壁处，替换了原有的白昙花。刹那间，六芒星光芒大盛，隐隐透出浓稠的黑色，凝成无数尖锐的雾刺直冲红红而去。

红红急忙避开袭击，反手以妖力相抗，可她因抽出灵骨后妖力微弱，十分危险，在一根雾刺即将射中红红之际，突然一道灵力袭来挡去雾刺，月初急急出现挡在红红面前。

见到月初，红红连忙指导道："这暗雾至阴至邪，可以纯质阳炎相抗！"

月初立刻按红红指示出招，一道灭妖神火直扑黑雾，黑雾稍有退散后，立刻再次猛地攻向两人，黑雾狂涌而聚，将神火悍然吞噬。

红红见此，再次大声提醒月初："法相天地，拓大神火！"

月初恍然大悟，化影为大，影间神火化烈焰吞没了黑雾。

红红看着月初所使的神火，惊讶道："你的纯质阳炎已经突破第二重了？"

月初并不回答这个问题，只看着东方道："这就是你那晚梦中见的故人？"

红红叹了口气，也看向东方洛，却见他心口灵元像是受到召唤，飘向六芒星图腾，被盛开的白昙花所吞噬。

"不好！"红红神色大惊，连忙以妖力击向六芒星。六芒星化作细碎的光点，而那白昙花瞬间也化作飞烬。红红咬牙用妖力将东方洛的灵元包裹住，灵元内却燃起熊熊灵火，红红脸上呈现出勉强之色。

月初见此连忙阻止道："姐姐不可！你尚未痊愈，如此强行透支妖力势必要伤及功体！"

红红继续支撑着，手不自觉地微微颤抖："我说过会守着他，就绝不会再让他出事！"

月初眉宇间夹杂着酸涩痛惜之色，不由分说地将自身灵力打向东方洛灵元，不停燃烧的灵元之火渐渐平息，化作一颗圆润的灵元珠。看着这颗灵元珠，月初并未停下，而是继续输送灵力，红红震惊地看着月初将灵元珠收入自己心口。

"你为何如此？你可知人气虽可护住灵元，但时间一久，灵元吞噬血气，必会损及养护者功力！"红红动容道。

月初面色苍白，却故作轻松地笑道："我是你的小跟班，就得尽职尽责，护你平安，让你开心。既然你如此在意这个灵元，我自该替你护下。放心，我有纯质阳炎，这点气血对我来说算不了什么，倒是这白昙花究竟被谁动了手脚？布泰与石宽眼下就在涂山，便是为了自身安全，也不会是知情主谋。"

红红思索片刻，若有所思道："难道，是蛇出动了？"

月初惊讶地看向红红："你是说那幕后之人？"

红红凛然道："事不宜迟，为布泰求取续缘后，便送他们回去。"

（二十九）树下结缘

夜晚的森林中乌啼阵阵，一个体态憨胖的妖不安地在林中走来走去，几尺外一个艳若鬼魅的女妖慢慢走近："我出现许久，你都不能察觉，这点妖力，难怪在妖族内闯不出名堂。"

胖妖心知遇到了高手，连忙上前行了个大礼道："大妖前辈，请受赤闪一拜，不知前辈寻我来有何吩咐？"

石姬缓缓道："我是来助你成名的。你兄长是赤砂魔盗团的首领，妖族赫赫有名的恶妖，身为他唯一的弟弟，你也不差。"

名唤赤闪的胖妖脑海中不由得回想起兄长赤雷的英姿，面上显出向往："前辈真能让我像兄长一样出名？"

石姬冷笑道："若想证明自己，便去涂山杀了御妖国公主，事成之后，你赤闪的名声定然比你兄长更加响亮。"

赤闪兴奋得眼中放光，抱拳道："我这便去做！"

看着赤闪连夜往妖族市集走去，石姬眼中闪过一抹算计。

妖族市集上，布泰与石宽正并立于桥上看繁华灯火。

"石宽，我来涂山求结缘，你就不好奇我喜欢的是谁？"布泰侧头看向石宽问道。

石宽眼中流露出复杂的情绪，低声恭敬道："公主若想告诉石宽，自然便说了，但无论公主心悦于谁，石宽都会永远守护公主。"

布泰眼中浮起一丝动容，从怀里取出一颗淡蓝色的灵石："还记得吗？这是你送我的北山之心，里面是你全部妖力的能量来源。"

石宽面色温柔道："石宽愿用毕生妖力守护公主。"

就在两人对视时，容容匆匆而来："实在抱歉，让二位久等了。"

布泰客气道："三当家严重了，我与阿宽久居御妖国，如今喜见涂山风貌……"

话还未说完，妖族市集传来阵阵喧闹，只见赤闪带着几名恶妖风风火火地在集市上大声叫骂起来："涂山竟然接待妖族最痛恨的御妖国公主，要是不给个说法，誓不罢休！看我擒下御妖国公主下酒！"

"誓不罢休！闪哥威武！"

那几个恶妖跟着起哄道。

布泰面露担忧："这又是因我而引发骚动了。"

容容安抚道："不必担心，涂山若连这点小事都无法摆平，岂敢许下承诺？二位请。"

布泰颔首，与石宽跟随容容往涂山而去。

这边容容带着布泰、石宽刚走，她便用灵蝶将市集消息传与雅雅。雅雅立刻与阿来往市集而来，气哼哼骂道："就凭赤闪那小混混能掀起什么风浪？我堂堂涂山二当家，动动手指便能解决他！"

阿来跟在雅雅身后，远远看着赤闪的模样道："听说赤闪原身是一只火龙，想必有两下子，你若应付不了，知会一声，别硬撑。"

雅雅冷笑道："求你？笑话！你若怕了还是快些躲到我身后吧。"

阿来还没来得及反驳，便见雅雅在与赤闪对上时，脸上的怒意瞬间变成笑意："闪兄，第一次来妖族市集啊！"

赤闪冷冷道："少套、套近乎！交出御妖国公主，涂山便可免、免此一劫！否则老、老子和部下们，分、分钟灭了涂山！"

雅雅睁大眼睛，装作害怕道："闪兄直言爽语，我涂山雅雅佩服，你这朋友我交定了。不若我们坐下好生商榷，顺便品一品涂山美食和闻名六域的微醺酿？"

赤闪半信半疑，正犹豫不定间，雅雅双手一指，桌椅便从店铺飞出，稳稳落在街道上："上酒！"

不等赤闪反应过来，两边的商家便立刻端出美食和微醺酿，赤闪眼前一亮，咽了咽口水，大吃大喝起来。

雅雅在赤闪视野外，散出粉色灵蝶，向涂山方向而去。

几盏茶的工夫，赤闪已经醉醺醺地吞下了最后一块烤肉，而一只粉色灵蝶也从涂山方向飞回落在了雅雅指尖。雅雅读取后，冲正在抹嘴的赤闪冷笑一声，直接推手给了他一记驱魔一式，赤闪猝不及防被打倒在地。

赤闪惊怒道："涂山老二，你竟然偷袭！"

雅雅厉声道："你还敢嚣张？方才拖住你时我已经派人查过了，你带来的总共就六七个小妖，就这点人手还想踏平涂山？"

阿来不耐烦道："对付他何必废话？"

赤闪转头看向阿来，怒道："你算哪根葱！"

话还未说完，只见阿来的手在他面前一划，赤闪顿时就晕了过去，雅雅惊讶道："你用毒？"

阿来耸肩道："对付恶妖嘛，怎么省事怎么来。方才赤闪言辞闪烁，说明底气不足。走吧，去擒妖。"

雅雅摩拳擦掌地站起来："我也已经将赤闪大闹的事传信给了姐姐，请她尽快安排布泰离开。若是布泰在涂山出了事，势必会引发人、妖两族的动荡。"

此刻的苦情树下，星星点点的荧光浮于繁华的枝叶间，石宽正护送着布泰缓缓而来，快到苦情树时，石宽停下，默默退到一边，视线追随着布泰去到了树下。

红红在树下与布泰对视着："此前，凡有妖侣来苦情树下结缘，只要真心相恋，苦情树必会不日将他们的名字刻入天书之中。掌管该天书的涂山女狐狸便会执行此天书任务，替他们扫除障碍，祝他们牵线结缘。"

布泰点头道："如此说来，若是我们真心相恋，涂山女狐便会助我们在一起？"

红红略带一丝悲悯地望着布泰道："理应如此，但人族求缘从无先例，即便是我，也无法保证苦情树一定会庇护你的誓言。"

布泰神情坚定地从容道："即便只有万分之一的机会，我也要一试。虽然我的意中人不知道我的情意，但我此生唯愿与他相伴、相守。若是有一天我先于他离开，希望他不会伤心，多珍惜自己。"

说罢，布泰久久凝视着石宽，而石宽的眼神中则是藏不住的伤痛。

月初目睹这一切，只觉心中堵得厉害。红红缓步上前，抛出一小团妖力融入苦情树，紧接着流光沿着树干淌遍苦情树全身。

"情之所系，力之所在，请公主祈愿。"

布泰手中握着北山之心，向着苦情树双手合十，虔诚祈祷，而远处的石宽也在内心暗暗为公主祈祷着，愿献出自己全部妖力，请苦情树成全公主与心悦之人的情缘。自己则会带着对公主的情意，生生世世、始终如一地守护着她。

红红望着这两人，意味深长问道："许愿者愿意信守承诺吗？"

布泰与石宽均面露坚定，苦情树似有所感，有微风从树下穿过，如滚滚流云。

月初看着红红略带怅然的面色，心中苦涩，便忍不住地失落起来。百年又百年,妖仙姐姐,你是否也如布泰一样,为着那一点点可能,坚持着不肯放弃。

结缘仪式结束后,红红向布泰和石宽说出了白昙花被做了手脚的事情:"方才没有告知公主,是不想影响公主结缘。"

布泰难以置信道:"怎会如此?我特意于花外设置了封印和符咒保护,一路上更是随身携带,绝无人能接近。"

月初思索一番道:"如此说来,对方是在御妖国时,便对白昙花下手了。"

布泰更是愕然否定道:"白昙花乃是御妖国国花,生长于皇宫,寻常人决计无法靠近!"

红红想到了什么:"若是那人就在皇宫呢?或者妖力非凡,能悄无声息接近白昙花。"

布泰想到这个可能性,面色难看起来:"无论哪一种,都说明御妖国出事了。"

石宽神色一凛:"我这便送公主回御妖国。"

红红也劝慰道:"公主莫要担心。此人既然暗中动手脚,说明其力量还不足以直接对抗妖族,这是其一;其二,此番公主秘密来涂山,说明有人特意泄露公主行踪;其三,赤闪妖力平平,对方若是真的志在取公主性命,绝不会派这样一个妖来。"

布泰皱眉道:"大当家的意思是?"

红红道:"有人想利用赤闪闹事,拖住公主,阻拦公主如期返回御妖国。"

布泰恍然大悟,不由得担心起远在御妖国的父皇,她不安地看向石宽,石宽立刻上前道:"公主别担心,石宽一定尽快护送公主回国。"

月初见此,上前对红红道:"妖仙姐姐,涂山各条路径我都熟悉,由我带着他们离开涂山回御妖国吧?"

红红有些迟疑地看着月初,月初则自信道:"放心吧,现在的我已非那个只会被动挨打的月初了。更何况,御妖国一向与妖族交恶,若派其他妖去,反而容易招惹是非。"

红红沉吟片刻,情况紧迫下也没有更好的方法了,她点点头对月初道:"你随我来。"

月初跟上红红走到苦情树旁边的树丛后,红红道:"御妖国内人和妖的矛盾尤为尖锐,再加上幕后之人的搅动,势必会有一场大动荡,此去务必小心。"

说罢,红红伸手在月初胸前点了几下,月初讶然,看到心口的天地一线缓缓飘出,随后红红迅速咬破手指将血滴在天地一线上。天地一线沾染了红红的血,重新落入月初心口。

月初疑惑地看着红红的操作:"妖仙姐姐?"

红红不放心地看着月初："在我安顿好涂山事务，赶去与你会合之前，这新的天地一线能保佑你遇难成祥、逢凶化吉。"

月初神色复杂："我不在，你照顾好自己。"

红红颔首，鼓励地朝月初一笑，便朝着布泰走去："既然在白昙花中下手，说明那幕后之人想对付的不只是御妖国。事不宜迟，出发吧。"

布泰和石宽都是一愣，随后布泰朝红红点点头，转身朝山下而去。红红面含担忧，看着月初随布泰、石宽而去。

踏出涂山地界，石宽见布泰仍是忧心忡忡，安慰道："涂山与御妖国相距不远，咱们路上走快点，一定能赶回御妖国。"

布泰点点头，望向石宽的眼神中满是依赖和信任。

月初替两人拨开挡路的枝叶："眼下御妖国怕是已经生变，我倒有个计划，不如咱们来一出偷梁换柱……"

（三十）皇帝之死

斛光阁外，过过神色阴冷地立于阴暗处，目光狠毒地盯着斛光阁内，他脑海中不停浮现出自己被抓到御妖国后被欺辱打骂的情形。

正想着，过过的肩膀突然被拍了一下，他猛地回过头来，发现雅雅和阿来正站在他的身后。过过不知自己刚才的表情有没有被雅雅看到，他心虚叫道："雅雅姐。"

雅雅上下打量他一番："鬼鬼祟祟的，看什么呢？"

过过面上闪过一丝不自然，他摇头道："没什么，不过是听闻御妖国公主要回去了，想着若是需要人护送，我……"

过过话还没说完，便被雅雅打断："此事不需要你操心，你赶紧回去练功，不许在外面瞎晃荡。"

过过不甘心地看着雅雅与阿来进了斛光阁，他缓缓转身，从牙缝里挤出"御妖国"三个字，有着说不出的诡异和阴狠："哼，人族，也该轮到你们尝尝被妖族奴役的滋味了，尤其是你，御妖国的长老徐逸……"

几日过后，石宽护卫着马车来到了御妖国外的沙漠中，本安静的路上突然从四面八方拥出许多妖奴，将马车与石宽团团围住。为首的妖奴大声道："御妖国人族欺压我们妖族数百年，如今终于轮到我们妖族翻身了。石宽，你也是妖族，不要帮人族做事了！"

石宽警惕地看着他们，道："古今，你怎么敢拦公主的座驾？我绝不会让你危及公主！"

名为古今的妖族恨恨道："那就别怪我不顾这几百年的相识情谊了。上！活捉布泰！"

石宽虽是御妖国第一高手，可双拳难敌四手，一个不慎便让几道凌厉的妖法划破了马车的帘子，然而车内半个人影也无。

"布泰呢！"古今猛地回头看向石宽，眸中带着一股戾气。

石宽劝道："古今，你现在回头还来得及。"

"回头？"古今冷笑一声，"石宽，再过几日，你必会加入我们。"

石宽一愣，刚想再问什么，古今却不再多言，朝众妖奴打了个手势，他们便消失得无影无踪。

同一时间的御妖国街道上，月初掩护着乔装为普通人的布泰在路边匆匆走过。原本热闹的街市变得冷冷清清，巡逻的士兵不少，却没几个妖奴的身影。

"果然如大当家所料，御妖国内已然生变。"布泰低声说道。

月初警惕地看着四周，护着布泰往皇宫走去："先入宫见到你父皇再说。"

斛光阁内，一只粉色的灵蝶停留在红红指尖，月初的声音自红红耳边响起："已抵达御妖国皇城，请妖仙姐姐放心。"

红红听了这话，却面露忧色，御妖国生变，越接近皇宫也就说明离危险越近。

正在红红担忧时，一道流光突然射入房中，只见这束光幻化为羽花落在天书上，缓缓融入天书之中。

红红上前，愕然见天书封面浮现四个大字："纯爱天书。"

看到流光入阁的雅雅和容容也赶了过来："姐姐，苦情树上方有七彩流光凝成羽花往斛光阁来了，莫非是你的……"

红红出神地盯着天书，天书自动翻开，萦绕在周围的流光落在页面上，逐渐凝成两个名字："布泰、石宽。"

雅雅看着这两个名字："涂山大当家一向没有自己的天书，更不必执行任务，这一次真是奇了，不仅给姐姐降下天书，还安排了这等奇怪的任务。"

容容也道："苦情树专司妖族情缘，此番竟然真的认可了人与妖之间的情意。"

红红震惊地盯着树上的名字，不知想了多久，缓缓道："也许，苦情树比我们更了解情的真谛。容容，你安排一下，我即刻启程去御妖国。"

雅雅连忙道："这一趟太过危险，我陪姐姐走一趟。"

"不，眼下长老不在，你必须留守涂山。"红红摇头。

容容也不放心红红，道："姐姐，你伤势未愈，实在不宜单独冒险。依我之见，不若带些人手，涂山也不乏妖力足够的小狐。"

"对了！"雅雅想到了什么，兴奋道，"阿来，让阿来陪姐姐一起去！他虽然法力不济，可使毒的手段还不赖，若真有危险，以毒拖延时间，带着姐姐逃跑定没问题。"

御妖国中，月初已经带着布泰小心翼翼地来到了皇宫门口，两人刚走到宫门，便被两位侍卫拦住，布泰神色凛然地抬起手中令牌："连本宫都不认识了？"

两个侍卫定睛一看，连忙惶恐地让开，给月初与布泰放行。

两人一路快步疾行，刚来到寝殿外，就见端着水盆、药碗的宫女从殿内鱼贯而出。布泰心下一沉，刚要上前，就看到长老徐逸走了出来。

徐逸看到布泰，一愣之下，激动地走上前道："公主！老臣见过公主！总算是把您盼回来了。"说到这，他往后瞅了瞅，狐疑道，"石侍卫呢？这位又是？"

月初上前一步道："在下月初，是涂山派来护送公主的，石侍卫稍后便到。"

布泰不等徐逸再说话，急切打断道："徐长老，我父皇怎么样了？这些药……"

徐逸叹息一声，沉痛道："公主还是赶紧进去吧，陛下等您很久了。"

布泰听罢，抬脚就往殿内跑去，月初想跟过去，却被徐逸挡住："月初公子，留步，公主与陛下父女情深，你我外人还是不要打扰为好。"

月初点头，朝徐逸虚虚行了一礼："多谢徐长老提醒。"

徐逸似笑非笑，还了一礼便离去。

布泰冲进寝殿来到床前，只见御妖国的老皇帝面如土色，双颊凹陷，已是弥留之际，他强撑着睁开眼睛："布泰回来了？"

布泰含泪道："女儿不孝，未能早些赶回，父皇怎么会突然病重至此？"

老皇帝无力地伸伸手："生死有命。布泰，你靠近些……"

布泰连忙上前握住父皇的手，泪如雨下。

老皇帝浑身颤抖，挣扎着要起身，布泰连忙搀扶着父皇起来。老皇帝斜靠在床榻上，虚弱地按下床头机关，他取出暗盒打开交给布泰："布泰，父皇不成了。这是御妖国内所有妖奴的母符，你务必妥善保管，一旦没了母符，群妖必定反噬，到时必国将不国……"

布泰拿过暗盒，擦了擦眼泪道："父皇放心，我定会全力守住御妖国。"

老皇帝已是强弩之末，朝布泰笑了笑，摸着她的脑袋慈爱道："日后，父皇不能护着你了，你一个人，要、要好好的……"

剩下的话还未说完，老皇帝就倒抽了几口气，合上了眼睛。

没了父皇，布泰大哭一场后，便形容憔悴地担负起了御妖国国王的责任。

寝宫内挂满了白幡，老皇帝周身堆满了白昙花，布泰将最后一朵安放好，忍不住喃喃叫着"父皇"二字，石宽走入殿中，心疼地看向布泰。

布泰见石宽来了，眼中终于流露出可见的伤心和依赖："阿宽……"

石宽快步走上前，想要安慰又不知如何说起："对不起，城外遇上事情耽搁了，是阿宽不好，没保护好公主和陛下……"

布泰心酸道："不，若不是你与月初公子相护，我只怕连父皇最后一面也见不到。"

石宽目中一痛，小心对布泰道："时候不早了，阿宽送公主回寝殿休息，未来还有很多事等着公主处理。"

布泰点头，随石宽离去。空无一人的大殿内，烛火骤然熄灭。黑暗中，月初悄悄闪入，快步来到老皇帝床前，他手指翻动，一道灵力便落入皇帝心口，血光缓缓飘出，被收入一个小瓶子中。

而御妖国外的大漠上，夜雾幽暗处，金人凤恭敬地对石姬道："恭喜妖尊，只要御妖子母符到手，城内妖族与御妖国便全在您的掌控之中，收拾涂山红红易如反掌。"

石姬轻蔑一笑："我了结了涂山红红，东方月初自然给你，御妖国与你神火山庄同属于一气盟，我让你收拢御妖国中一气盟的势力，你做得如何了？"

金人凤阴险道："妖尊放心，这些一气盟的弟子都是杀妖杀惯了的，动起手来绝不手软！"

听了金人凤的话，石姬面色一变，威胁地瞪视着金人凤："杀谁杀惯了？"金人凤察觉到自己说错了话，连忙躬身道："妖尊息怒，金某一时失言，金某定誓死追随妖尊，赴汤蹈火，万死不辞！"

石姬："上回结缘盛会你表现得不错，这次别让我失望。"

金人凤："妖尊放心，若不是当日妖尊传授药人净化灵血之法，金某必撑不到今日。"

石姬："等我修为恢复，杀了涂山红红，那我一统妖族的大业也就完成了。"

（三十一）妖奴造反

石姬不再理会金人凤，只朝远处看去，黑暗中一个人影越走越近，竟是御妖国长老徐逸。徐逸的眼中一片浓黑，显然他已经被暗黑之力所控制。

"可还顺利？"石姬问道。

徐逸行礼后，递上一只木盒："属下已经替换了皇帝手中的母符，他交到布泰手中的俱是废纸而已。"

石姬打开木盒，看着这些母符，冷笑道："终于可以将这些妖为我所用了。

听说涂山红红已经动身，算算日子她也该到了。接下来，你配合我，给她送份大礼，去吧。"

徐逸恭谨应声，朝着石姬行了一礼后便匆匆离去。

石姬将木盒扔给金人凤，嫌恶道："这东西，我可不愿意沾手，你拿着吧。"

金人凤连忙收好木盒："御妖国内妖比人多出十倍，母符到了咱们手中，出城投奔的妖只会越来越多。待妖尊收拢半数以上的妖，取御妖国必如探囊取物。"

石姬冷笑："届时，你我里应外合，搅动这御妖国风云！"

随着冷笑声结束，石姬的身影化作一团黑雾消失在金人凤眼前。这团黑雾顺着夜风快速移动着，片刻间便来到了御妖国内的街道上，街头胡同里，不时有人缓缓倒下。

"妖族反啦！""妖杀人啦！"不停有行人在街道上狂奔着，面上均带着惊恐与害怕。

阴暗处，披着黑色斗篷的石姬双手鲜血滴落，抬头阴鸷一笑。

第二天清晨，街道上，几名一气盟弟子正用力抽打跪在地上的两个妖奴，周围聚满了围观的人与妖奴。

徐逸阴狠地扫视着围观的妖奴们，冷冷道："狠狠地打，打到杀人的妖奴站出来为止。"

围观的妖奴们均满腔怒火、愤慨至极，甚至有几个脾气火暴的试图上前，想要救下自己的同族，却被一气盟的弟子用兵器阻拦，场面顿时混乱起来。布泰在石宽的保护下匆匆赶来，连忙喝道："住手！"

徐逸见布泰到了，稍一迟疑后，继续下令道："继续打！"

眼见着那两名弟子继续挥鞭子，布泰惊讶道："徐长老！你想抗命吗？"

徐长老冷漠道："先皇驾崩，公主伤心过度，神志不清，还请石侍卫将公主带回，以免误伤。"

石宽见此，上前一步厉声道："徐逸！你怎敢对公主如此不敬！"

徐长老对上石宽，冷笑道："老臣不过是忠言逆耳，比不得你这个妖族屈于子母符的威力，装出忠心耿耿的模样。"

石宽面色一白，再想理论，布泰却拉住了他，示意他不要再说。徐逸见此，面露得意地挑衅道："给我狠狠地打！"

一气盟的两名弟子见状，更加凶狠地挥舞着皮鞭，几鞭下去，一个妖奴受不住晕了过去。围观的妖奴们愤怒至极，竟合力冲破了阻拦，朝着徐逸等人袭来。布泰夹杂其中，也成了妖奴们攻击的目标，石宽连忙保护着公主，拼命向妖奴们解释着什么，可这些被愤怒冲昏了头脑的妖奴连着石宽都恨了起来。

"住嘴,你这个叛徒!"这些妖奴不分青红皂白地攻击着石宽,石宽不想与同族相斗,只能护着布泰被动挨打。

混乱间,又一名妖奴在皮鞭下晕了过去。布泰心疼着石宽与这些妖奴,激愤之下猛地拔出旁边一名一气盟弟子腰间佩剑,直指徐逸:"徐逸!再不命人住手,别怪本宫不客气了!"

徐逸与布泰对视片刻,见这个平日里柔弱的公主现在却如此坚定毫不退缩,又看向被打得半死的妖奴,以及群情激愤的围观者,只得冷哼一声,下令住手。

夜晚,在黄沙连绵的御妖国外,群情激动的妖奴们围着石姬,诉说着白日的经过。

"因为那几个人族的死,御妖国便要对我等妖奴赶尽杀绝!"

"跟他们拼了!"

"这是不给我们活路了啊!"

古今安抚大家道:"大家安静下来,听妖尊吩咐。"

待众妖安静下来,石姬缓缓道:"今日之事,大家都看到了,想活命,唯有自救。妖族有妖力傍身,寿元绵长本就比人族强大,只因受迫于子母符,才为奴受尽凌辱。如今,我已经拿到了诸位的母符,接下来,你们尽可以放开手脚,报这血海深仇,将御妖国变成妖族的地盘,把人族踩在脚下!"

群妖振奋,号叫起来,对人族的愤恨如山呼海啸一般。

第二日清晨,群妖聚集在御妖国城门外,在古今的带领下一边冲击城门,一边大喊着口号:"杀人族!灭御妖!杀人族!灭御妖!"

红红停在隐蔽处看着眼前这一幕,阿来惊讶道:"想不到紧赶慢赶,还是出事了。"

红红面色苍白,轻咳两声:"皇帝刚刚驾崩,绝不能再让这些妖奴伤人,否则局势必将激化。"

阿来点点头:"你在此等候,我去去就来。"

说罢,他便往激愤的妖族中掠去,只一会儿工夫,红红就见众妖都横七竖八地倒在了地上,就连最激动的古今也躺在了地上。

红红面色不虞地走过来:"你对这些妖奴下毒手了?"

"哪里,不过是跟赤闪一样,让他们好好休息几天罢了。"阿来叼着根稻草,百无聊赖地说着。

红红疑惑地观察着这些地上的妖奴,突然道:"不对劲,他们身中御妖国的子母符,性命在御妖国皇室手中,哪里来的胆子反叛?莫不是……"

说着，红红行至其中一个妖奴身边，见他面部微微抽搐，脸色逐渐苍白，阿来惊讶道："这么快就醒了？"

只见这妖奴突然睁大了眼睛，面目狰狞，浑身战栗，拼命挣扎着好似要抓住什么，不一会儿便浑身青筋暴起，七窍流血而死。紧接着，越来越多的妖奴都开始挣扎着七窍流血，眨眼间，地上的妖奴竟是死了大半。

红红与阿来惊愕看着这幅场景，连忙俯身检查起来。

"不是毒，也不是外伤……"阿来目光变得严肃凌厉起来。

远处风沙中，石姬伸出的手掌上正是已经燃烧了的母符，她滑落下来的衣袖中，胳膊的肌肤上布满了伤痕："涂山红红，这一件件礼物，你可得好好收着。"

同一时间，妖族市集的一个房间内，翠玉灵蹲在睡得如同死猪一样的赤闪身边检查着："这是七日眠，南国特有的毒草，中毒者不到七日绝不会醒转。"

旁边的容容和雅雅对视一眼："南国毒草怎么会在涂山出现？"

翠玉灵道："会以七日眠制毒之人，唯有南国毒童子。"

雅雅惊道："可阿来是姐姐请来的贵客，又怎么会与南国毒童子扯上关系？"

"难道阿来是南国毒童子冒充的？！"容容猜测道。三人瞬间变了脸色，雅雅低声道："糟了，姐姐有危险了。"

月挂柳梢，月初偷偷跟踪着徐逸，见他放倒了一对一气盟弟子后匆匆往城门口而去。月初有些想不明白这老头到底葫芦里卖的什么药。

月初一路跟到了城门外，刚在隐蔽处躲好，他便看到远处躺倒着无数妖奴，而阿来和红红正蹲在其中检视着什么。时隔几日突然看到红红，月初心中激动，刚想出声唤她，就看到徐逸在一气盟的弟子护卫下冲了上去："大胆狐妖，竟敢当街杀我御妖国之妖。来人！给我拿下！"

瞬间，一气盟弟子手持弓箭将红红和阿来围住，阿来连忙道："这位长老怕是误会了，这几名妖奴不知为何突然暴毙，我等只是施以援手，并非加害。"

徐逸一脸愤怒至极的样子："方才你们虐杀妖奴是众人所见，还想狡辩？！"

红红站起来，冷冷地看着徐逸："这些妖并未中毒，也非外力所伤，死状如此凄惨，唯有一种可能，有人毁了他们的母符。"

徐逸眼中划过一丝心虚，大声呵斥："胡说！御妖国众妖的母符均在皇室手中，谁敢暗中毁去！"

红红让开道："尸首在此，并非我无端断言。"

几个一气盟弟子大着胆子上前查看，只见妖尸的后颈处有一块被烈火焚烧过的焦黑印记，确实是母符被毁所致。

徐逸眼神微闪，强硬道："那便是你使用妖术，暗中毁去了这些妖奴的母符！"

阿来冷笑道："如此说来，你是铁了心要将杀害妖奴的罪责安在我们身上？"

徐逸挥手："来人！速速将这两个杀害妖奴的恶妖拿下！如有反抗，就地格杀！"

众一气盟弟子举起弓箭，千钧一发之际，徐逸乘人不备，暗中微微抬手，一支裹挟着杀意的乌黑羽箭直射向红红。

在这羽箭距红红极近时，月初突然出现，他手握住羽箭站在红红面前："妖仙姐姐，躲都不躲？"

红红看了月初一眼："试试你近来修为有没有荒废。"

"原来姐姐早就发现我了。"月初笑了起来，一时间心又莫名于胸膛剧烈跳动起来。

徐逸见偷袭失败，大怒道："放肆！月初公子，老夫敬你是公主的客人，这才给你两分薄面，你竟敢阻拦老夫公干！"

月初眼神锐利地扫向众人道："奉御妖国公主之命，前来迎接涂山大当家。"

一气盟弟子均听过红红大名，一时眼神诧异、议论纷纷，徐逸恨月初坏事，冷哼道："不管是哪里的当家，既入了御妖国地界，便要受老夫管辖。愣着干什么，拿下！"

月初喝道："徐长老，涂山当家是公主请来的客人，你没有实证，光凭一张嘴就诬陷拿人，于理不合，于法不合！"

红红也道："这些妖奴中还有几个母符未毁，只是暂时昏迷，不如先带回去，等他们醒来，一切便可真相大白。"

月初接着逼迫道："徐长老若是还不放人，是想当着一气盟弟子的面，公然违抗公主命令？"

徐逸见一气盟弟子都迟疑地看向他，他脸色难看，与红红对视着，一挥手示意护卫们将昏迷的众妖收押，而后离去。

红红走到月初身边，低声道："布泰公主怎么知道我的行程？"

月初狡黠："她自然不知道，不过是我随口胡诌的，嘿嘿。"

阿来看着这两人互相对视着的模样，看不下去了，提醒道："快跟上进皇宫吧！"

几人一路往皇宫走去，只见街道上残余着打斗过的痕迹，妖奴们在人族的鞭打下搬运着地上的尸体，冲刷着地上的血痕。

红红蹙眉看着这一幕："御妖国如今竟是这副模样？"

月初解释着："事发突然，我赶到时已经迟了。若不是石宽奋力相护，后果不堪设想。"

第五章　永不背叛

（三十二）背后恶妖

红红疑惑道："当年御妖国初代皇帝便出身于一气盟，城内应该有不少一气盟势力才是啊。"

"不错，即便妖奴造反，皇室中也该有一气盟弟子可用，为何……"阿来也疑惑道。

几人正讨论着，便到了布泰的寝殿，徐逸冷冷扫视了红红等人一眼，先进殿朝布泰行礼道："禀公主，涂山红红一行已带到。"

布泰惊道："涂山大当家？她亲自来了？快请进来。"

徐逸立刻明白自己被耍了，强压怒火道："是。"

"不劳徐长老了，我们这就进来。"月初带着红红、阿来往里走，对着徐逸不屑一笑。

徐逸冷哼一声，退了出去。

布泰连忙迎向红红："这一路可顺利？"

月初道："在城门外遇到了几个造反的妖奴，不过已经带回来了，为免意外，方才在外面时，我已经请石侍卫去牢内看顾了。"

布泰点头道："月初公子所虑周全，大当家、阿来公子请在此稍候，我这便命人准备薄酒，为两位接风。"

红红连忙道："眼下情势急迫，接风就不必了，公主可曾想过，妖奴们因体内的子母符一向驯服，为何此次却如此明目张胆、有恃无恐？"

布泰思索片刻："的确，父皇已经将他们的母符交给了我，按理说他们不敢如此……"

红红接着道："若是母符被偷了呢？公主可确定手中母符为真？"

布泰身体一颤，神色不安起来，她走到门口命令道："宣徐长老前来。"

此时徐逸正在阴暗的牢房内审问造反的妖奴，衙役的鞭子不停地抽打在古今的身上，石宽站在牢内的走道上，脸色越来越沉。

徐逸恶毒咒骂着："贱妖，竟敢公然在御妖国聚众祸乱，死不足惜！"

就在衙役打得越来越起劲时，只见石宽猛地走进来，用自己的身体挡住了这一鞭。

古今虚弱地抬起头来，看着石宽替他挡在身前，虚弱道："阿宽……"

徐逸盯着石宽："石宽，你一个妖卫，竟敢干预老夫刑讯！"

石宽道："他虽有罪，但也须审过，你怎能私自发落？"

徐逸冷笑："你如此相护，莫不是这些妖奴的同伙？"

石宽正色道："石宽只是提醒徐长老，如今公主正欲彻查此事，若真的打死了，反倒不利。"

徐逸威胁道："老夫怎么做，无须你一个妖奴啰唆，给我狠狠地打！"

衙役的鞭子再次举起，石宽一把抓住鞭子，与徐逸对视着，徐逸冷笑："你要造反吗？"

石宽喘着粗气，终是慢慢松了手，但在鞭子落下时，拿自己的身体护住了身后的古今，衙役的鞭子一下一下抽打在石宽的身上。

外面一个衙役匆匆走来，对徐逸道："徐长老，公主传召。"

徐逸一愣，盯着石宽，冷哼一声离去。

待徐逸再次走入殿内，只有布泰一人坐在桌前，她强作镇定地问道："徐长老，前段时间我父皇病重，多亏了您和几位近臣从旁照应，布泰铭感于内，想拟嘉奖，以慰父皇在天之灵。请徐长老将这段时间以来所有近身照顾、辅佐父皇的人拟一份名单给我，也好让我一一对应着封赏。"

徐逸一愣，微微抬头打量着布泰，见布泰笑容诚恳，不似作伪，便敛去眼中复杂的情绪道："是。"

布泰站起来，将桌前的笔递给徐逸："请。"

徐逸接过笔，写下了数个名字递给布泰。

布泰笑着道："多谢徐长老。"

徐逸躬身："公主不必客气，没什么事老臣便告退了。"

待徐逸退出殿内，红红便从屏风后转了出来。布泰将名单递给红红："大当家，名单到手了。我父皇做事一向谨慎，母符被盗的时间距他过世的时间一定不久，否则他必会发现异常，盗取母符之人定在其中。"

红红点头，扫视着名单上的人名，思索片刻道："那就要看这位徐长老值不值得信任了。"

御花园中，月初将一个玻璃瓶递给身边的阿来，只见瓶中装的是紫黑色的液体："先皇驾崩后，御妖国群臣皆不同意损坏龙体，再加上那几日炎热无比，便匆匆下葬，我只能暗中取出一点龙血。"

阿来点点头，打趣月初道："难怪平日里红红护着你，办起事来还挺靠谱的。"

说罢，他便打开瓶子，施法令瓶中紫黑色的血液缓缓飘出。片刻后，一层紫雾从血液中分解而出。

阿来与月初均是面色一变，阿来道："赤胆花，一种有市无价、极难取得的奇毒，此毒无色无味，中毒者往往像是患了疾病，高热不止，然后于短时间内暴毙。"

月初思忖道："看来真如咱们怀疑的，有人给先皇下毒，盗走了母符。"

而牢房中，鞭打仍在持续，两名衙役已打得气喘吁吁，石宽和古今的身上已是鲜血淋漓，没有什么好的地方了。

两名衙役也怕将这两个妖奴打死，他们低声商量一番，便朝外走去。石宽连忙转身探查古今身上的伤势，古今却一把将石宽推开："离我远点，我怕连累了石侍卫。"

石宽讶然："你何出此言？当年你我一同被掳到御妖国，分食过一块饼子，我怎会怕你连累？"

古今冷笑道："那你为何不反抗？你是北山第一勇士，只要一拳下去，那两个人便可毙命。"

石宽皱眉："你行事一向小心，这是怎么了？不仅带着群妖作乱，还随便就要打杀人族，若是母符被焚，你可还有命在？"

古今先是小心确认四周无人，才小声道："如今不同了，我们很快就要翻身做主了。听我说，有一个强大的女妖，她拿到了我们的母符，还要带咱们颠覆御妖国，将人族踩在脚下！你看看，这些时日，造反的妖奴不少，被打杀的也不少，但没有一个被焚了母符的，子母符早就不在人族手里了！石宽，你加入我们吧，挣脱御妖国的枷锁，不再与人族为奴，以你的能力，将来定大有作为！"

石宽神色复杂地看着古今，摇头道："公主和先皇待我有恩，我不能忘恩负义。"

古今怒其不争道："有恩？你醒醒吧！他们不过是想利用你的神力寻求庇护罢了。一旦你不为他们所用，他们照样会对付你的！"

石宽眼神冷了下来："那你说的那个女妖呢？你又怎么知道她不是想利用你们？"

古今愣了一下，片刻后，他苦笑一声，缓缓道："那又如何？再惨还会比现在更惨吗？"

石宽知道自己劝不了这个朋友，轻叹一声离开了牢房，他想要去寻公主，却又看到自己这一身伤，恐公主伤心，便先偷偷溜去了后花园中上药。

（三十三）乔装打探

僻静角落中，布泰远远看着上药的石宽，眼中流露出心疼与难过。迟疑了一会儿，她还是朝石宽走了过去："你受伤，为何要瞒我？"

"公主……"石宽略不自然地掩饰着，垂眼没说什么原因。布泰却已经明白了什么，心间酸楚道："我知道你怕我处罚古今，以前的你不会担心这种问题，难道就因为我变成了御妖国的国主，在你心里就变了吗？"

布泰望着石宽那有些陌生的眼神，心似乎被戳了一下，继续道："是公主还是国主，对于我而言有什么区别？真正改变的是御妖国内人与妖的关系吧？你是妖，我是人，两族纷争起时，你夹在中间又该何去何从……"

石宽听到这话，急急解释："阿宽是公主的妖卫，无论人与妖之间发生什么，阿宽都永远护在公主身边。"

布泰看着石宽赤诚的眼神，她强忍的伤心和委屈再也压抑不住了，眼泪忍不住流下："我父皇是被毒杀的，古今他们今日有恃无恐，是因为有人暗害了父皇换走了母符，所以，现在御妖国岌岌可危。即便如此，你还会一直守护着我吗？"

石宽先是震惊地消化着皇上被害的消息，在看到布泰流泪后，情感于心间翻滚，却还是因为长久以来的地位尊卑，没有勇气将自己深埋的情感表露。他只凝望着布泰道："从见到公主的第一眼起，阿宽就发誓要永远守护公主。御妖国之乱背后另有其人，古今跟我提过，有大妖挑拨他们反抗人族。"

布泰皱眉问道："是那个女妖吗？"

石宽惊讶地看着布泰，明白布泰已经知道牢中发生之事了："你都知道了？"

布泰苦笑一声："你忘了，我如今已经是国君，在御妖国的牢房中，国君想知道一件事并不难。"

石宽眼中闪过复杂之情，最终却都化成了对布泰的心疼："先皇的事情……"

布泰上前取过药膏，开始给石宽上药："为免打草惊蛇，我已拜托涂山大当家和月初公子暗中彻查此事。"

石宽惶恐，想躲闪开布泰为他上药的手："公主……"

布泰只固执地帮石宽上着药，道："小时候，我也曾帮你上过药，那时候你我之间无不分享，什么时候开始，我们两个变成了现在这般？小时候我替你解开了你身上的镣铐，可你自己，何时能解开自己心中的镣铐？你能不能忘记我的身份，只将我当作布泰？"

石宽神色复杂地低着头，面露痛苦之色："对不起，公主贵为天人，如今又有了两情相悦的意中人,阿宽怎样,公主实不必如此忧怀。"

布泰伤心地点头:"好,你放心,我不会责罚古今,也不会惩罚那些被恶妖蛊惑的妖奴,想摆脱人族的压迫,不是他们的错。"

"唐突公主,阿宽该死!"石宽惶恐地后退,却被布泰一把拉住。

"若是我说,这不是唐突呢?"

石宽看了下四周,着急地提醒:"公主请注意身份,若被旁人看到你与妖拉扯,会传出莫须有的流言。"

布泰悲伤地看着石宽,苦笑着松了手,神情萧瑟,如从前般朝宫殿走去。

而御花园的凉亭中,红红、月初与阿来正在讨论问题,阿来思索着道:"在皇帝身边安插奸细,悄悄下毒后又神不知鬼不觉地换走母符,接着蛊惑妖族造反,藏在背后的这个女妖的野心和筹谋,都是一等一的高明啊。"

红红点头道:"能操控暗黑之力对付涂山,自然来者不善。"

月初附和着:"是相当不善。你们想想,这女妖打着解救妖族的旗号,却到现在也没替他们解除子母符,只一味地借着妖奴之口,让更多的妖奴投奔她。这说明什么?说明她要让妖奴们为她所用,她要成为新的妖奴之王,借着妖奴们与人族的仇恨,实现她不可告人的目的!"

阿来恍然大悟:"你们说她是不是就是你上次说的那个石姬!"

红红点头:"擒贼先擒王,不管是不是她,我都得去会会,戳穿她的诡计,夺回母符,否则这群妖定会为她所害。"

阿来问道:"怎么会会她?"

红红道:"扮成妖奴混进去。"

"这太危险了……"阿来反驳。可他话还没说完,月初便赞同道:"我赞成!"

阿来皱眉:"你赞成什么?你知不知道以她现在的修为……"

月初看向红红道:"你不了解妖仙姐姐,她想做的事,没人能阻拦的了。对不对,妖仙姐姐?"红红微微一笑,轻轻点了点头。

阿来见两人的默契,无奈摇了摇头,大义凛然道:"既然如此,我也只好舍命陪君子了……"

红红打断他的话:"不必,皇宫内奸细还未查清,除了石宽,公主身边还需要你从旁照应,顺便继续摸摸名单上那些人的底细。"

阿来想了想,点头:"有道理,不过这件事交给月初就够了!"

月初连忙推托:"这一回还真得阿来公子亲自出马,若是有人故技重施,给公主下个毒,我可分辨不出来,不像你从哪儿学来了一身使毒、识毒的本事。"

红红也说道:"我只是失了妖力,又不是失了脑子,一个妖奴妖力太强的话,反而容易引起注目。"

阿来还想再劝，月初却故意打了个哈欠："好了好了，就这么定了，大家都辛苦一天了，该回去休息了。妖仙姐姐，我送你回房吧。"

红红颔首，两人先往回走去，阿来看着这俩，所有的劝说均化作了一声长叹。

而等这两人回了房间，红红发现房内的摆设几乎就是自己所习惯的，便知晓是细心的月初所做。她走到床边坐下，打了个哈欠，月初笑道："折腾了一天，定是累极了，你先休息吧，明日一早我来接你。"

"接我？"红红惊讶地睁大了眼睛。

月初自然地说道："明日我与你一同潜入那些妖奴的聚集地。"

红红想要拒绝，月初却突然凑上来，一把抓住她的手道："你该不会以为，我真的放心你独自行动？还是你想现在与我打一场，打赢了就不必了？"

红红望着月初贴近她的脸，心中生起一股莫名的不自在，想要抽回自己的手："你先放手。"

月初目光灼灼道："答应了？"

红红示弱地点了点头，月初心中一喜，手上力气一松，不想猝不及防地被红红按住了面门。

月初惊讶道："妖仙姐姐！你使诈！"

红红略带得意地按着他的面门，将他一路推到了门外："兵不厌诈，记着明日早点来。"

月初看着门在自己面前关上，心情却出奇地好，他带着笑容脚步轻快地离去。

而红红的心口幻境中，虽然积雪犹存，可那小小的绿苗已经渐渐长成了小小梅树，小树旁，月初留下的红色油纸伞映着暖阳。

第二日一早，月初早早换上了一身可爱妖族男孩的打扮等在门口。待开门声响起，红红竟然也换了一身打扮，显得她娇俏可爱，像是刚化形的小妖。月初从未见过红红如此模样，一时竟看得有些痴了。

红红上下打量着月初："你这么打扮，倒像是涂山的男狐了，不过还要再加上一点妖息。"说罢，她指尖凝力，一缕妖息被点入月初心口。感觉到红红的碰触，月初心跳加速，深情而不自知地望着红红。

红红狡黠一笑道："今日，咱俩的身份得换换了。"随后她突然可爱地朝外走了几步，回头俏皮道，"我叫苏苏，至于你嘛——狐妖哥哥，快点跟上来呀！"

月初一愣，大步朝红红走去，轻笑着与她往皇宫外的街道而去。

两人来到了街道上，红红与月初欢笑着玩起了蹴鞠，月初将蹴鞠踢给红红，红红脚下用力，直接进了风流眼。

"又进了！"月初欣喜地欢呼着。

这两人一个娇俏可爱，另一个帅气阳光，很快就围拢了一群人喝彩旁观。不光人族，就连很多妖奴都好奇地围了上来。这时，一个衣着华丽、身材肥胖的人族妖奴主带着两个妖奴也好奇地走了过来，待看到竟然是两个小妖在踢蹴鞠，不屑道："我当是什么，原来是两个妖奴在此放肆，什么时候妖奴竟也能当街玩乐了。"

说罢，这胖妖奴主又看了看自己的两个妖奴，呵斥道："看什么看？还不快走，当心我抽你们。"

那两个妖奴唯唯诺诺，惶恐地跟上胖妖奴主。红红见那胖妖奴主要离开，给月初使了个眼色，月初默契地点点头，踢着蹴鞠就往胖妖奴主身上撞了过去。

胖妖奴主被撞得一个踉跄，大怒，抬起了手想要打月初一巴掌："我当是哪个不长眼的东西，原是你们两个贱妖，敢撞本公子，看我不扒了你们的皮！"

月初猛地抓住了对方的手慢慢用力，疼得胖妖奴主龇牙咧嘴、满口大叫。月初见差不多了，便松开了手，而这胖妖奴主则反手从腰间抽出长鞭，向月初抽去。月初拽着鞭子，两人拉扯了几下，胖妖奴主踉跄着摔了出去，而红红则拍着手在旁边大笑起来。

这情形让更多的人、妖凑了上来看热闹，胖妖奴主丢了面子，又羞又怒地爬了起来，望着自己的两个妖奴骂道："你们两个是死了吗？还不快将这两个卑贱的妖奴拿下！"

这两个妖奴迟疑了片刻，胖妖奴主威胁道："你们忘了母符在谁手里吗！"

这两个妖奴只得袭向月初和红红，月初和红红对视一眼，与这两个妖奴象征性地过了几招就被擒住。胖妖奴主拾起长鞭，表情阴鸷地朝着月初抽去，红红目露不忍，月初却对她悄悄地摇了摇头。胖妖奴主又抽了一鞭子，看向红红，不怀好意道："心疼了，那你替他如何？你这贱妖倒还有几分姿色。"

月初见胖妖奴主的脏手朝红红伸去，猛地挣脱钳制，一把卡住了胖妖奴主的脖子，神色冷冽道："想活命便给我住手！"

这妖奴主一下被擒住脖子，怯懦地说不出话来，月初手指收缩用力，恶狠狠道："让你的手下放了我妹妹！"

胖妖奴主被掐得脸色发紫，连忙让妖奴放了红红。月初狠狠一推，妖奴主踉跄了几步，他摸着脖子一边逃跑，一边大骂道："你们两个给我等着！"

红红与月初看着他们离去的背影，冷哼一声，随后往街道的僻静处走去。月初心疼地看着红红被捏红的手腕，从怀中掏出药膏，轻轻托起她的手为她上药，凉凉的药膏滑过红红的手腕，红红心间微微一动。

红红掩饰着心动，低声道："那女妖的手下一直在暗中策反城中妖奴，今日你我当众教训人族,应该能引出那些人,找到他们的藏身之处。"

月初点点头,两人正说着,忽然一个妖奴经过,撞了月初一下就匆匆离去,红红望去,只见地上掉落了一个纸团。

月初捡起来打开,只见上面赫然写着:"欲抗人族,城外七里,黄沙深处。"

红红与月初肃穆地对视着,明白是那些人上钩了,两人于是不再犹豫,直往城外而去。

御妖国城外黄沙连绵,沙海上零星散布着紫红色的丛生植物火烛。

"当心,这是火烛,沙漠里常见的毒草,极易与血相融。不小心碰到,虽不致命,但全身经脉必如烈火蚀骨般疼痛,唯有逼出毒血方能缓解。"

月初连忙远离火烛,这时,零零散散的妖奴都朝着同一个方向而去。

月初凑到红红身边小声道:"妖奴们都朝那处去了,看来那妖奴所说的聚集地,应当就在这附近了。"

红红颔首:"待摸清了那女妖的所在方位后,你我便戳穿那女妖的诡计。"

两人随着众妖继续往前走,转过一座沙丘后,他们见到了更多的妖奴。红红与月初对视一眼,月初点点头,突然大声道:"苏苏,咱们终于可以解脱啦!"

红红则一脸天真地拉住了一个走在他们身边的妖奴,道:"这位大哥,听说咱们的母符都被从人族手中夺过来啦?"

那名妖奴警惕地看着红红:"你们是从哪里来的?我怎么没见过你们?"

月初双眼一红,扮起了可怜道:"家主一直把我们关在宅子里,不允许单独外出,我们兄妹俩是听到消息,费了好大的劲儿才跑出来的。"

红红也红着眼睛,一脸崇拜道:"这一回有了母符,就再也不用怕人族了,那个替咱们夺回母符的妖真厉害啊!"

这妖奴见两人眼中的崇拜之意,终于不再犹豫,对他们侃侃而谈:"那是自然。妖尊说了,没人族后,要把御妖国变成咱们妖族的地盘呢。听说啊,妖尊妖力深不可测,连最厉害的法宝都奈何不了她。"

红红听到这,突然有些不解道:"这么厉害的大妖,为何不直接将母符还给我们,解了这子母符,让大家都彻底自由呀?"

此言一出,好似投石入湖,旁边的众妖都面面相觑起来。

"是啊,说得有道理啊!""妖尊为何不给我们直接解了子母符呢?""奇怪啊?"

众妖奴你一言我一语,乱糟糟地议论起来。红红与月初对视一眼,暗中离开继续向前走去。

而在不远处一侧的巨石后,石姬正暗中窥伺着红红与月初,几个忠心耿耿的妖奴正向她汇报着什么。

石姬冷笑道:"这么快就找过来了。涂山红红,虽然我真有点迫不及待与你相见,但可惜眼下出城的妖奴还是少数,我的真面目还不宜暴露,就让你再得意几天吧。"

说罢,她让几个妖奴凑过来密谋了几句,接着带领着这些妖奴踏风沙而去。

当红红与月初来到这巨石之后,只见空无一人,红红面色一变,绕过巨石朝另一侧追去,可四周尽是茫茫大漠。

月初惊道:"动作这么快?"

红红蹙眉:"应当是方才咱们在妖奴中散播下的那句话引起了对方的警觉,看来他们警惕性很高,要接近她须另寻他法。"

月初思量着对红红道:"或许,可以从被抓的那个妖奴着手。"

(三十四)深入敌营

涂山中,雅雅和容容正坐在桌上算着账,容容叹了口气道:"这赤闪可太能吃了,才几日酒楼的账单就这么多了。"

雅雅不以为意:"就当是雇用他镇守涂山的工钱了,我要赶去御妖国相助姐姐,有他镇守还放心点。"

容容点头道:"是这个道理。说起来还多亏了阿来公子的七日眠,有这毒控制着,赤闪他才乖乖地替咱们守护涂山。"

一听到阿来的名字,雅雅便不悦道:"别跟我提他,一个大妖竟假装姐姐的朋友骗过了整个涂山,等他回来,我饶不了他!"

这时,过过风风火火地跑了过来,兴奋道:"雅雅姐,快出发吧。我想了想,眼下大当家处境实在不妙,阿来是毒童子,月初是人族,随时可能叛变,我实在是替大当家捏了把汗。"

雅雅听得脸色都变了,肃容对过过道:"我警告你,御妖国不比涂山,到了那里不许乱来,若是拖了姐姐后腿,我可饶不了你。"

过过开心地道:"雅雅姐放心吧,过过心里有数。这些时日,过过勤学苦练,就是想好好表现一回。你就瞧好吧!"

夜间,红红、月初回到了布泰寝殿,两人仔细分析着徐逸所给的这份名单,只见名单上已经用红笔勾出了几个名字,其中就有徐逸。

"这段日子,阿来已经陆续调查了一些当时近身侍奉先皇的人,圈出来的都是有一定的嫌疑,需要进一步查证。"

布泰点头道:"多谢大当家。若非涂山相助,我父皇中毒一事,只怕再无真相大白之日了。"

红红安抚布泰："公主不必客气。古今是妖奴们的首领，与那妖尊关系密切，今夜阿来配合月初设计让古今出逃后，跟着他必能找到妖尊的藏身之处，接下来，还希望公主能配合我等夺回母符。"

布泰正色道："事关整个御妖国安危，大当家有何需要尽管吩咐。"

子时狱中，一缕袅袅的毒烟飘向两个衙役的鼻间，两人本就不精神，这下眼皮彻底合上，不一会儿便趴在桌上昏睡不醒。阿来悄悄潜入，轻唤满身伤痕的古今："古今，醒醒。"

古今悠悠转醒，抬起头来看到阿来，惊讶道："你……"

"是妖尊派我来救你的，跟我走。"说罢，阿来以妖力震碎了镣铐，古今不疑有他，急忙跟着阿来站起来，经过昏睡的衙役朝外走去。

夜色深浓中，阿来带着古今来到了牢外，道："接下来你直接出宫去找妖尊便可，我留在皇宫还有其他任务。"

古今毫不怀疑，朝阿来行了一礼，快步离去。在古今背影消失时，月初如鬼魅般出现在他的身后，与他一同消失在夜色中。

而在布泰的寝殿里，一只粉蝶落在了红红的指尖，片刻后，她对布泰道："月初已经暗中跟上古今，如若顺利，应该很快就能找到对方的藏身之处了。"

布泰点点头道："那便好。"

红红化去灵蝶后，看向布泰道："如若追回母符，公主打算如何处置？你可想过，御妖国之所以陷入今日困局，看似是因为有恶妖作乱，但实际上并不是因为人族或妖族，而是因为御妖子母符。"

布泰看向红红，已然带上了几分君主气度："我自然明白，其实不只是我，父皇也想过让御妖国的人族和妖族能和睦平等地相处，但妖族天生体强，又有妖力在身，若是没了子母符，难保御妖国不会变成御人国。"

红红略显惊讶地看向布泰："想不到公主也有如此犀利的一面。长远看来，解决御妖国之乱的关键是如何平衡人族与妖族之间的力量，不过眼下最重要的，是如何夺回母符。那妖尊已经掌握了妖奴，又生了警惕之心，只怕会有一场恶战。听闻石宽乃城中妖力最强之妖，能否请他出战牵制妖尊？"

布泰听了红红的话，面露迟疑，红红似是意识到了什么，惊讶道："难道石宽的母符也在丢失的母符中？"

布泰痛苦地点了点头，红红神色一凛道："苦情树已经降下你与石宽的天书任务，说明他对你也是一片真心。若那妖尊以母符威胁，怕是石宽会有危险……"话说到此，红红叹息着离去。

布泰内心痛苦地慢慢在御花园中走，而阿宽则仍旧如往日般立在她的身后，布泰道："阿宽，这些年你对我忠心耿耿、百依百顺，是因为母符在我手上吗？"

阿宽听此连忙否认："无论母符在不在公主手中，阿宽待公主之心永不会变。"

布泰转过身看向石宽："那么，你记住，眼下御妖国动荡不安，日后，无论你的母符落在谁的手中，都要先保住自己的命。若是对方威胁你做不利于我的事情，我定不会怪你。"

石宽望着布泰，坚定地说道："无论母符在哪里，我都是公主的妖卫，誓死保护公主。"

布泰心中痛苦难当，却冷下心来："刚才还说没有母符都会遵从我的命令，怎么转瞬之间，我的话你就不听了！你还不明白吗？上次古今的事情便是最好的提醒。没了母符，我对你也无法信任了，方才那些话，不过是保全你我之间最后的体面！"

石宽闻言，眸中一痛，显然是被深深地伤到了："公主——"

布泰快步朝寝殿走去，厉声呵斥道："不要跟着我！即日起，我会下令解除你妖卫一职，此生永不再录用，石侍卫，你可以自行离去了！"

石宽猛地上前握住布泰的手，内心如刀割一般："阿宽说过，永生永世守护公主。"

布泰闪过动容，面上露出一抹悲伤，却还是用力挣开了石宽的手："以后，会有人永远守护我，但那个人不是你。"

说罢，布泰便快步跑回了寝殿。石宽看着寝殿大门在他面前关上，难受得无法呼吸。而殿内的布泰则好像耗尽了全部的力气一般，慢慢地蜷缩着蹲在地上，无声痛哭起来。

（三十五）月初被俘

御妖国城外的沙漠深处，在黄沙漫天的巨石后，石姬面色不善地凝视着眼前的几个妖奴，低声道："你们再说一遍？"

众妖奴瑟缩犹豫，其中一个壮着胆子道："妖尊，能否替我们解了子母符……"

石姬脸上浮起一抹诡异的笑意，道："好，你过来。"

那妖奴面露喜色，迫不及待上前两步，笑容还没落下，就听得血肉被划开的声音，他不敢置信地看着石姬，猝然倒地。

其余妖奴大惊之下转身便想逃跑，可下一秒石姬便猛然挥手，妖奴们悉数倒地，石姬拿着染血的剑冷笑道："涂山红红，是你害这几个妖奴被'人族'所杀。"

待确认这几个妖奴彻底凉透了以后，石姬将手中宝剑扔在尸首旁，唤来了附近前来投靠她的妖奴们："人族卑劣，没了母符，便以法宝来残杀我们，逼迫我们停止反抗，让我们重新为奴！！"

众妖面色惶恐地看着这些尸首，愤怒吼叫起来："永不为奴！再为奴跟死了有何两样！宁愿死，也不为奴！"

石姬的脸上是说不出的诡异，她大声道："御妖国人族不过两千，妖族却有两万，诸位只要联合更多同族一道反抗，不日便可夺取御妖国！"

御妖国中，红红也收到了雅雅传来的灵蝶："姐姐！阿来所用之毒乃南国毒童子独有的七日眠，容容已得探子回报，毒童子擅离南国，正在被毒皇追寻。我已安顿好涂山，现在便出发去御妖国，我来之前，千万小心阿来。"

一直跟踪古今的月初此时也已绕过几处沙丘，来到了一隐蔽的石林前。古今小心翼翼四下张望后，小声念动咒语："无风影动，现！"

伴着轻微的震动声，一个光影般的入口浮现在了石丘处，古今随即进入，入口便转瞬消失，石林又恢复了方才荒凉的模样。

月初目不转睛地看着，他思忖片刻，也模仿着古今的样子在石丘前道："无风影动，现！"

光影入口重现，月初连忙进入。

古今刚刚进入石林便看到一队妖奴抬着几具尸身经过，他连忙上前问道："出什么事了？"

妖奴愤恨道："他们被人族用法宝暗杀了。"

古今咬牙怒道："又是人族！"

看着妖奴们将尸身抬走，古今也快步朝里走去，呼啸烈风中，古今脚步匆匆地往前，远远看到石姬正站在一处石丘前，他正欲上前，却突然见到一个熟面孔走到了石姬面前，正是徐逸。

古今心里咯噔一下，连忙躲到一处石丘后小心窥望着，只见徐逸朝石姬行了一礼，眼瞳里腾着黑雾。

"牢里的那个妖奴处理好了吗？"石姬问道。

徐逸恭谨答道："启禀妖尊，近来布泰似乎察觉母符被换之事，正在暗中调查内奸，属下怕打草惊蛇，一时难以找到下手的机会。"

石姬冷冷骂道："没用的东西，布泰碍事，杀了便是，再有下一次，那五个妖奴便是你的下场！"

徐逸冷汗淋漓，连忙应着告退。

古今听了这番对话，震惊之下屏息凝神缩回石丘后，待再抬起头，却见石姬正凌厉阴狠地盯着他，下一秒，只听血肉撕裂的声音传来，古今看到石姬的手已经插入自己胸口。

古今不甘心地盯着石姬："你、你一直在骗我们？"

石姬冷笑："没骗你们，我是要建立妖族为尊的世界，你们不过是必要的牺牲品罢了。"话刚说完，石姬便要痛下杀手，但她又突然望向入口处，似乎察觉到了某种气息。她扬手将古今甩出，急掠而出。被砸在石丘上的古今呻吟着，手指插在沙中试图朝外爬去。

这边月初进入了石林，却看不到古今的身影了，他正四处观察时，突然发现金人凤的身影出现在前方不远处。月初略一思忖，心想，既然跟丢了古今，那么跟踪金人凤也能收获不少消息，便跟着金人凤而去。

御妖国城门前，虽然烈日当空，过过却只觉浑身发寒。再度来到这个地方，他感到胃里一阵抽搐，忍不住闭上眼睛，脑海中全是昔日被徐逸虐玩的情形。

雅雅见过过面色苍白，额头上沁出颗颗冷汗，连忙替他擦汗道："是不是哪里不舒服了？"

过过掩饰着自己的真实情绪，轻松道："没什么，御妖国嘛，毕竟对妖不友善。"

雅雅听了深有同感："可不是嘛，我听到'御妖国'三个字也浑身不自在，若不是为了救姐姐，我才不会到这里来。快走吧，进宫去找姐姐。"

过过连忙跟上雅雅，他眼中的杀意越发浓重。

被人引着，两人很快就来到了红红在皇宫的屋里。雅雅在这房间里东瞧瞧西看看，眼中闪着惊奇道："姐姐外出一向从简，头一回收拾得如此精美，可真不像你的风格。"

红红想到了什么，眼中闪过一丝宠溺，道："的确不是我，都是那小子安排的，方才路上，我安排给你的事情都记下了？"

雅雅连忙道："放心，布泰的安全包在我身上。只是姐姐，你能不能给阿来再安排点别的事做，我不想与他一起执行任务。"

红红好奇道："为何这般讨厌南国毒童子？"

雅雅道："当然讨厌，这几百年来，南国的毒童子害了多少无辜的妖和人，就连修为极强的大妖也有不少折在南国之毒上。"

红红摇了摇头，同雅雅讲道理："你说的那些，多半是传言，一个人是好是坏，不能只用耳朵听，还要用眼睛看，用心去辨别。"

雅雅思考了一会儿，重复道："耳朵、眼睛、心……太复杂了！"

红红笑着摇摇头："很多事情，想得多了就复杂了，不如试着只将他当作阿来对待，如何？去吧，阿来还在等你。"

雅雅愣了一会儿，不情愿地转身离去。

看着雅雅离开，红红转过身来，正好看到一只粉蝶飞入，她连忙伸出手接过灵蝶，却发现是长老发来的讯息。

红红蹙眉读取着消息，神色越发凝重。这石姬果然于生岛重聚了灵元……

石林中，月初小心跟着金人凤，见他突然转入一处巨石后。月初正要追上，突然一道烈焰扑面而来，月初惊讶之下连忙闪避，身体却被一股极大的妖力制住，竟是戴着黑色兜帽的石姬正朝他冷笑。下一秒，巨大的妖力重击在月初身上，月初倒地时，胸膛中的天地一线发出一道刺眼的红光。

石姬看着这道红光，冷笑道："天地一线，涂山红红，这一次，我可是做足了见你的准备！"

御妖国中，红红正读取着涂山不醉的消息，胸膛中的天地一线猛地红光闪烁，她眼瞳一震，立刻起身急掠而出。

而被石姬控制住的月初被金人凤带着弟子们推入一个石洞的阵法中。月初精神混沌之际，狠狠地抓住了站在他旁边的付澄的手腕。付澄望向月初，一点点将手腕挣出，两人双手擦过之际，月初已将一道银色讯息放入付澄手中。

金人凤将月初双手缚住，确认他跑不出去后，便带着弟子出了洞口。

森森石洞内，月初鲜血淋漓倒卧在阵法里，不知过去了多久，一阵急促的脚步声由远及近，他勉强抬起头来，只见付澄出现在他面前。

月初眼中流露出一丝欣喜之意，虚弱地笑了下："你果然来了。"

付澄咬牙，盯着他小声道："我向来不喜欠人情，上一回你放过我，这次我把你要的东西给你，你我以后两不相欠。"

月初喘息着道："怕不只是为了还我的人情吧？"

付澄的心思被月初看穿，面色羞怒，但她还是从怀中掏出了一个包裹着火烛的纸包递给月初："你自己保重。"

月初眼眸深沉地看着付澄离去，握紧了手中的火烛。

沙漠中，红红跟着心口的天地一线来到石林入口处，她伸手化去红线，凝起妖力，几次尝试却无法突破禁制，只得幻化出一颗半春雪。半春雪是翠玉灵所做的灵药，服下半春雪，一个时辰内，妖力暴增，却也会反噬功体，翠玉灵交至她手时再三叮嘱非性命攸关绝不能用。

红红深吸一口气，将丹药放入口中，她凝起妖力，以绝缘之爪赤手击向了石丘，石丘震动，设于其内的禁制瞬间被撕裂，碎成点点光晕。

一抹猩红自红红唇角露出，她抹去血迹，神色肃杀地踏过了脚下碎石，进入石林中。进入后，红红却发现四周寂静，有轻淡的烟雾弥漫着。周围一点生气没有。她走过一处处石丘，独自一人穿梭在风沙轻烟之间。

突然，红红看向石丘上的影子，发现影子竟然毫无变化。她抬起头，发现随着时间的流逝，日光也丝毫没有变化，不由得低声道："幻术阵法？看来是想拖延时间，等半春雪的效力一过，只怕不妙。"

幻阵外，石姬冷笑着对金人凤道："她失了灵骨，唯有以半春雪强提修为，只要拖住她一个时辰，等药效一过，我便亲自碎她灵元！"

金人凤小心翼翼提醒道："当日结缘盛会上，涂山红红于梦魇内死里逃生，还能布下七杀阵伤我，只怕实力不容小觑。"

石姬的眼睛冷冽地扫向金人凤，冷笑道："放心，即便她逃得过我的控制，也必定身负重伤，届时一定逃不过你的赤炎光阵，你只要在她去救东方家那小子时开启阵法即可。"

幻阵中的红红闭上眼睛，指尖唤出胸口的天地一线，一端缠绕于指尖，另一端慢慢飘向另一方。红红的指尖轻轻弹动着红线，红线不断飘出，慢慢飘向月初所在之处。而被双手束缚，倒卧于还未启动的阵法中的月初在疼痛之际，突然瞥见了一丝红线，不由得惊呼道："妖仙姐姐！"

黄沙雾霭中，红红指尖一动，似乎听到了红线另一端月初呼唤自己的声音。

红红闭上双眼，也低声道："月初！"

幻境中，石丘上的黄沙迅速滑落，仿佛是快速流逝的时间。红红蓄力，以绝缘之爪击出一道妖力，四周回荡着嗡嗡之声，随即她双手伸出，竟徒手撕碎了这困住她的空间！

随着幻境破碎，一阵黄沙袭向石姬，石姬眯眼看着天色，冷笑道："还有半个时辰，再过一会儿，我就要涂山三姐妹变成涂山一妖。涂山红红，这次你插翅难逃！"

金人凤在旁恭维道："城中、城外齐头并进，金某佩服妖尊的谋算！"

石姬轻蔑一笑，挥袖对金人凤道："去吧。"

金人凤恭敬行礼，转身匆匆离去，而石姬则一扬手，化作黑雾，朝踏出幻境的红红席卷而去。

红红踏出幻境，强大的妖力化作白色灵光，突然有一道邪恶的黑雾直冲她面门而来。一黑一白瞬间战作一团，看不出双方的影子。片刻过后，两种妖力爆出巨大的声响，红红身形一晃，灵元激烈震荡，撕裂般的疼痛蔓延全身，而石姬则捂着心口踉跄着后退几步，显出了黑色兜帽中的脸庞。

"石姬，果然是你！"红红惊讶地看着这个熟悉的面孔。

石姬脸色惨白，狞笑几声，鲜血顺着她的手一滴一滴地滴在黄沙上。她没有想到涂山红红失了灵骨还如此厉害，眼下自己身受重伤不能恋战，只得看金人凤能不能成事了。想罢，石姬周身猛地凝出一团黑雾，消失在红红面前。

（三十六）叛徒徐逸

金人凤步履匆匆地来到困住月初的阵法边，看着月初鲜血淋漓的模样，深深吸了一口气："二十年了，还是这熟悉的味道，东方灵血，我已经迫不及待了……"

月初猛地睁开眼睛，死死盯着金人凤道："说！妖仙姐姐在哪里？是不是被你们困住了！"

金人凤冷笑着伸手制住月初，看着他身上的鲜血，露出贪婪之色。妖尊要自己等到涂山红红出现再启动阵法，可若是她不能重创涂山红红……还是先将灵血弄到手再说！

思及此处，金人凤眸光一动，一把将月初推到阵法中央："你和涂山红红今日都逃不出去了！"

说罢，金人凤扬手启阵，道道光影如鞭子般打在月初身上，光影所到之处，便是一道道皮开肉绽的伤口，他身上的血液滴落在阵法上，幻化成一簇簇烈焰。

金人凤盯着月初伤口中渗出的鲜血，掌中凝起神火，狞笑着逼近月初："今日之后，世上再无东方家族，我金人凤便是神火山庄唯一的主人！"

金人凤正得意地笑着，他掌心火焰忽然化作紫火，如毒蛇般扑向了自身。

突然的反噬让金人凤痛苦狂吼起来，这些紫火仿佛无数毒蛇，一口口在金人凤的身上落下黑色毒痕。

月初拖着一身的伤站起来，冷冷道："东方灵血的滋味如何？"

紫焰缓缓退去，金人凤痛苦惊愕地看着月初道："你做了什么！"

月初嗤笑道："给你加了点料啊。"

金人凤惊怒下猛地将月初摔倒，扼住了他的脖子："解药呢？交出来！"

月初被扼得脖颈青筋暴出，可仍毫不相让："拿母符来换！"

周身的疼痛让金人凤不得不败下阵来，他不情愿地化出盛放母符的木盒。月初伸手去拿母符，金人凤却拽着一端不放："解药给我！"

月初手上用力，金人凤意识到了什么，怒道："你没有解药？！"

月初冷笑着加重手上力道："没错！"

两人互不相让，双双用力，木盒在灵力下碎裂，两人各抱着一半母符，月初攥着那一半母符道："我下的是火烛，一般人中了火烛，只需要将毒血逼出，等身体生出新鲜血液即可自动解毒。而你……方才这一番运力，火烛早已借由灵血融入你的五脏六腑，甚至全身血脉，你要么将灵血逼出体外，要么便日日饱受烈火蚀骨之痛，一时一刻都忘不了你体内的灵血是偷来的。"

金人凤狂怒地喊道："闭嘴！"

随着暴喝声，无数细小的血针自金人凤掌中甩出，疾风骤雨般袭向月初。月初已是强弩之末，眼看就要命丧万针之下。突然，一阵狂风吹来，逆转血针插入金人凤体中，将他重重击倒在地。一抹红色的倩影踏入阵中，月初不敢置信地看着眼前人："妖仙姐姐？"

红红周身笼罩着白光，一步步在阵中行走，她所踏之处，烈火攀升，蚀入妖骨，她忍着疼痛挥出一股强大的妖力袭向阵心，轰然一声巨响，阵法碎裂开来。

金人凤痛苦地挣扎着，他看着红红朝自己走来，惶恐倒退两步，挣扎着转身便逃。

红红转过身来，快步走到月初身边，朝他伸手道："我带你回去。"

月初缓缓伸出染血的手，两人的手交握在一起，相携着步步离去。

两人在沙漠中踉跄而行，半春雪的反噬越发明显，红红再也坚持不住，捂着胸口差点跌倒。

"妖仙姐姐！"月初担忧地看着红红。红红面色苍白，看着前方不远的绿洲道："扶我到前面休息片刻，眼下这般模样进城，会引起他们不安。"

月初点点头，扶着红红来到绿洲坐下，心疼地替她擦掉脸颊上的血迹："半春雪于身体反噬作用极大，你怎么能为了救我便罔顾身体？"

红红虚弱道："我不救你，难道让你死在这里？你知不知道，今日面对的不只是金人凤，还有石姬，她比金人凤更邪恶，强大百倍千倍。若不是她重凝身体后修为尚未完全恢复，不然连我也救不出你。"

月初将红红脸上的担忧悉数收入眼底，也忍不住激动起来："既然她如此厉害，你又为何要冒险来救我？"

红红一愣，望着月初的眼神闪过一丝困惑，忽然她感到额间一阵剧痛，但不想被月初看出自己承受着灵元受创之苦，便快速在身上点了几下，接着翻手捏诀，化出妖力包裹身体，开始疗愈。月初见状，也连忙翻掌凝出灵力化入包裹红红身体的灵力中，助她疗伤。

看着红红闭着双眼的脸庞，月初想到了《妖法秘籍》中最后所写的那句话："爱与不爱，答案在自己心里。"万千星辉下，他胸中震动不息，藏不住的爱于胸膛里震荡。

"妖仙姐姐，在你心里，我也很重要，对吗？"月初看着红红正在闭目疗愈的脸庞，悄声问道。

御妖国的城门外，石宽正带着两名侍卫巡逻，他突然听到几声呻吟，快速上前，只见一名浑身是血的妖奴挣扎着朝城门爬来，身后拖出了长长的血迹。石宽连忙扶起妖奴，发现这张鲜血淋漓的脸竟然是古今的！

"古今，你怎么样？"石宽焦急地想要帮他止血。

古今此时已是强弩之末，看清石宽后，他眼中蓄起一丝希望，紧紧抓住石宽的手道："妖、妖尊……骗了大家，公主……危险……"

说罢，古今合眼卧倒于地，彻底失去了声息。石宽惊讶地回头望向皇宫方向，随后他将古今交给身边的侍卫，抹去眼中的悲伤，咬牙朝皇宫而去。

而此刻的皇宫中，徐逸正趁着夜色悄悄潜入寝殿，他手中利刃反射出阴森的光芒。突然间，火光一道道亮起，雅雅正好整以暇地看着他："姐姐早就料到有人要对公主不利，没想到，竟然是徐长老你。"

布泰就站在雅雅身边，惊讶不解地看着徐逸，问道："徐长老，父皇如此信任你，你为何要背叛他？"

徐逸冷笑起来，双眸中一片浓黑。雅雅见这诡异的一幕，连忙拦在布泰面前道："不好！公主你先走，我来对付他！"

话音刚落，只见寝殿外杀声四起，一道血痕洒落在窗子上，徐逸声音诡异道："这门外可有百来名一气盟的弟子，你们谁都走不了。"

雅雅神色一凛，将布泰护于身后，正要使出驱魔一式，只见徐逸快速掠到两人面前，他身上笼罩着浅淡的黑雾。雅雅盯着黑雾中这猩红的眼睛，发现自己竟然无法动弹，不由得心头大骇：狐念之术！

"雅雅！里面情况怎样？"窗外传来阿来的声音，雅雅想要回答，却发现自己根本无法张嘴，她用尽全力想要挣脱，却连动都没法动。不对，这不是狐念之术！

徐逸看着雅雅，声音诡异道："这不是狐念之术，与这能控制人心的力量相比，狐念之术可差远了！"随即，他朝着雅雅蛊惑道，"去吧，去杀了布泰。"

雅雅发现自己竟然不受控制地将手伸向布泰，而布泰目露惶恐，不住后退："二当家，你快醒醒！"

雅雅拼命地想停下，却还是不受控制地举起了手，挣扎之下，硬生生将要打在布泰身上的驱魔一式打在了自己的身上。

徐逸皱眉道："真费事！"他随后举起匕首掠过雅雅，一步步朝布泰走去。布泰一边惊恐地不断将手边的东西砸向徐逸，一边在房中四处躲避。

徐逸见一时杀不了布泰，便冷笑着转向雅雅，利刃直接贴到雅雅脖子上，鲜血渗出。千钧一发之际，一道妖力狠狠打在了徐逸身上，将他身上的黑雾震得离散片刻，只见阿来一身鲜血地出现在门外，他的身后则是一片卧倒的一气盟弟子。

雅雅看向阿来，此时的阿来如英雄般对她说道："别怕。"

阿来正要对徐逸动手时，漫卷的毒雾突然从门外涌入房中，阿来惊道："毒雾！"

徐逸冷笑着袭向阿来，雅雅护着布泰后退，却被毒雾呛得咳嗽不止。

万分危急时刻，石宽突然冲入房中，以巨大的妖力扫清了毒雾，一道道妖力金光于黑夜中直冲天际。

布泰惊讶地看着石宽，石宽与布泰对视片刻，随即转头袭向徐逸，只见石宽一拳下去，徐逸身上的黑雾便再次离体片刻，他痛得大叫起来。

待黑雾彻底散尽，徐逸也已消失不见，布泰松了口气，双眼一合晕倒在了石宽怀里，而阿来也揽住了虚弱的雅雅。匆匆自寝殿外跑进来的过过看到雅雅受伤，先是心疼，后看到阿来握住了雅雅的手，他眼中迸出了如火的醋意，满含杀意地看着阿来，神色阴森。

城外金人凤的营地中，石姬冷冷地看着趴在地上翻滚，忍受痛苦的金人凤。金人凤见石姬一步步靠近他，惶恐下挣扎着，贴靠在石壁上想要起身。

"母符丢了多少？"石姬问道。

金人凤心虚，不敢去看石姬："将近半数……妖尊息怒！"

石姬怒道："若不是你提前启阵吸取灵血，涂山红红入阵救人之际，必会被阵法所困！再加上你从旁钳制，如何困不住她？你该死——"

金人凤惶恐地对上石姬杀气腾腾的眼神，道："妖尊，全怪东方月初那小杂种——"

话还未说完，就见石姬的利爪猛地伸向金人凤的心口，金人凤吓得脸色大变，叫道："妖尊，妖尊！眼下徐逸已经暴露，成为弃子，他手中一气盟的力量还需要尽快收拢啊！"

石姬冷冽地盯着金人凤，片刻后收回手，从他身上取回剩下的母符："我的耐心不多，别再让我失望了。"

金人凤连忙恭谨躬身应是，脸色难看地望着石姬缓缓离去。

待石姬彻底离去，金人凤便立即招来了付澄，还不等付澄行礼，金人凤便立刻将她的血吸入自己掌心，而付澄强忍着痛苦，脸色极为苍白。

金人凤收手后，对付澄道："明日这个时辰，你再过来。"

（三十七）徐逸之死

付澄惊讶道："庄主，此前每隔三日用一次药，这次为何……"说到这，她突然想起自己偷偷递交给月初的火烛，想来是这火烛重创了金人凤，连忙故作关心，"可是庄主这一次受创异于往日？"

金人凤眼神怨毒，盯着付澄训斥道："收起你的小心思，再让我发现你打探本庄主的事，我便杀了你！滚！"

付澄连忙惶恐应是，正要转身离去，又被金人凤叫住："给我找几个妖奴来。"

付澄恭顺应着，倒退着离开。

城外绿洲中，月初正用篝火余烬烤鸡，他怀中是正沉睡着的红红，月初看着红红的睡颜，眼内有掩饰不住的情绪。烤鸡味道飘来，红红缓缓睁开眼睛，发现自己躺靠在月初怀里，连忙略显尴尬地坐起来，她想到了什么，面色沉了沉："毒血逼出来了吗？"

月初点头："放心，早就逼出来了，些许气血，对我来说不算什么。"随后他见红红面色不悦，有些心虚道，"妖仙姐姐，我知道你担心我，不过我虽是冒了险，但也不是全无收获。"

说罢，月初从怀里掏出一沓母符，上面还沾着点点血迹，他将这些塞给红红："你看，我还夺回了这些母符，有了它们，那些妖奴就不用被石姬利用胁迫了，只是可惜只夺回了一半。"

红红见月初眼神中带着一丝讨好与忐忑，不由得语气放和缓了些："你有没有想过，在外面逞一时之勇，替你忧心的是关心你的人。"

月初连忙点头："我知道了，妖仙姐姐很担心我。"

红红面色一滞，掩饰道："我是指周围认识你的人，比如雅雅、容容、流觞……"

月初无赖道："还有妖仙姐姐。"

红红看着月初模样，不知道该气还是该笑，随后她伸手去摸月初身上的伤："还疼不疼？"

月初摇头："不疼了。妖仙姐姐，你昨夜提到的那个石姬，就是操控暗黑之力侵蚀苦情树的幕后黑手？"

听到石姬的名字，红红神色肃穆道："不错，石姬回来了。"

月初似乎想到了什么："难道她便是涂山公认的那个女魔头？"

红红点头，想到了石姬掌管涂山时所发生的那些往事。

御妖国中，布泰悠悠转醒，便看到窗外石宽正一动不动地守在外面。她的眼中闪过难过与心疼，却终是收敛起情绪，缓缓下床走到门口。

石宽听到脚步声，转头看到布泰，十分惊喜："公主，你醒了？"

布泰故作冷漠地问道："你为何守在此处？"

石宽眼中的欣喜被布泰的冷淡浇熄，他压抑在心口的难过再次涌上来："古今死了……他原以为带领他们造反的女妖能让大家获得自由，没想到那女妖是个恶魔，竟对他痛下杀手。"

布泰听到这些，眼中闪过一抹不忍，可还是强作冷漠道："你同我说这些做什么？你莫不是忘了，自己已经不再是我的妖卫，现在的你应该在城外巡防，这份差事都做不好吗？"

石宽望着布泰，眼中是浓浓的心疼和不舍，他打断布泰的话道："阿宽这就离开，公主保重。"

布泰看着石宽离去的背影，她背过身去，再也压抑不住伤心，泪水不受控地涌了出来。

此时红红与月初正走入寝殿，就见石宽强忍悲伤与他们擦肩而过。两人走进屋内，看着伤心的布泰，心中充满了同情："既然舍不得，为何还要赶他走？"

布泰连忙抹去脸上的泪水："大当家，月初公子。"

红红道："听闻昨夜内奸徐逸行刺，是阿宽保护了公主，如此非常时期，公主还要将他调离身边，只怕是为了保护他。"

布泰难过道："他的母符被恶妖所盗，我不能让他因为一味地维护我而被那恶妖所胁迫。我知道他不会背叛我，可不能眼睁睁看着他为我而死。"

月初安慰着拿出一沓母符递给布泰："公主别担心，这一趟妖仙姐姐与我夺回了大半母符，说不定就有阿宽兄弟的。"

布泰连忙激动地接过去翻找起来，她脸上的希望却一丝丝减少。随着最后一张母符被看完，布泰脸上的神情尽是苦涩："没有阿宽的。"

月初听了，自责道："早知道就该拼一拼，把另外一半的母符也夺回来了！"

布泰安慰道："月初公子不必自责，我知道你与大当家已经是冒着极大的风险才夺回这些母符了。"

红红叹了口气，问道："不知公主打算怎么处理这些母符。"

布泰看着母符，脸上闪过一抹决然："大当家，布泰有个请求，请大当家和月初公子助我寻出平衡人族与妖族力量之法，因为，我希望在不久的将来，御妖国不必再用子母符来提防、控制妖族。"

红红与月初默契地对望一眼，都为布泰这一决定而惊讶，月初连忙道："这个忙我帮定了。既让妖族不再受制于人，又让人族能保护自己，若真能如此，御妖国一定能长久安宁了。妖仙姐姐，你答不答应！"红红微笑着点头。两人与布泰告辞，往寝殿而去。

红红寝殿内，雅雅刚睁开眼睛就看到阿来的大脸映入眼帘："你终于知道驱魔一式打在身上有多痛了吧？"

雅雅坐起来，瞅着阿来，见日光照在他的身上，他整个人闪耀着光芒。雅雅突然傻傻一笑："以前没发现，你长得还挺顺眼嘛。"

阿来先是莫名心虚，接着又得意道："是吧，其实我一直觉得自己有一点帅！"

雅雅崇拜地看着阿来，阿来正想继续嘚瑟时，月初的声音从门外传来："妖仙姐姐，你有没有看到一头牛在天上飞啊。"

阿来脸上的笑容一下收了起来，不满道："你俩可真会挑时候回来。"

雅雅见到红红，立刻欣喜道："姐姐、臭小子，你们去哪里了？昨晚若不是阿来，我差点就见不到你们了！只可惜徐逸那个叛徒不知道逃到哪里去了！"

红红走到雅雅身边道："我们遇到石姬了。"

雅雅脸色一凛，恨恨道："石姬，这个女魔头，她还真是阴魂不散，几百年了都还能重新归来，祸害人、妖两族！"

阿来正色问道："可有查到是何人帮她在生岛重聚灵元？"

红红摇摇头："长老试着查过，但当初带石姬灵元碎片去的那人神秘莫测，并未留下半分线索。不过，这背后肯定与黑暗之力脱不了干系。"

月初安慰大家："不必忧心，等抓到石姬，一切都会真相大白的。"

红红也应道："石姬原就为了称霸六域不惜挑起人妖之战，复仇也好，证明自己也罢，总之，人与妖好不容易维持了几百年的和平，必会遭到冲击。"

昨夜消失不见的徐逸此时在御妖国一个僻静的小屋中醒来，一根鞭子迎面而来，紧紧缠住了他的脖子，徐逸整个人被拽着在地上拖行。阴暗中，徐逸勉强抬起头来，只见一张半神半鬼的脸凑近了自己。

徐逸惊恐叫道："你，是你！我一定在做梦——"

过过冷笑道："梦？不错，这里便是我的噩梦，你在这里欺辱我，让我毁容，用子母符折磨我。这么多年，我始终无法从中挣脱，无法过上全新的生活，因为，你还活着。"

（三十八）永不背叛

徐逸为过过阴鸷的眼神所吓，惊悚地大喊道："来人！来人啊！"

过过一把捏着他的下巴，手指滑过他的脸，眼神怨毒地冷笑道："别着急，我会把你欠我的，一点一点还给你。"

窗外，天色暗了下来，徐逸的惨叫声淹没在轰轰雷声中。屋内，过过不停地挥动皮鞭，闪电光影落在他那半张毁容的脸上，甚是骇人。

雷声越来越响，好似震动天地一般，徐逸的声音渐渐衰弱，他卧倒在血泊中抽搐着，身体渐渐失去了温度。过过慢慢擦去手中的血，神色厌恶地推门而去，又一道闪电划破天空，光照着过过，他缓缓往城外走去："还不够，该死的人族，死了一个徐逸，远远不够……"

在一望无垠的黄沙中，石姬愤怒地盯着眼前那几个汇报消息的妖奴。

"妖尊息怒，我等已经尽力，但城内现在谣言漫天，都说母符已被公主夺回，谁也不敢贸然出城啊。"一个妖奴诚惶诚恐说道。

另一个妖奴也忍不住壮着胆子问道："妖尊，我们的母符真的被夺回去了吗？"

石姬眼神凛冽地扫向发出质疑的妖奴，众妖奴纷纷胆战心惊，不敢再有任何疑问。

"滚。"石姬心中暗恨，抬手挥退这些妖奴，看着这些妖奴如蒙大赦般匆匆逃离，她抬起手来，一只黑色的灵蝶落在了她的指尖。读取信息后，她的脸色更加难看了："他竟然没去接应赤闪？"

石姬还没从这个消息中回过神来，一道黑雾突然从她胸口蹿出，石姬眉头蹙起："徐逸死了？"

一道脚步声从远处传来，过过的声音响起："属下见过妖尊。"

石姬转过头来，恼怒骂道："在涂山待了几日，便忘记自己是谁了？"

过过恭敬道："属下不敢，当年属下身受重伤，又被徐逸的人追杀，若非妖尊出手相救，属下早已死在人族剑下，妖尊对属下的再造之恩，属下没齿难忘。"

石姬盯着他冷笑起来，猛地伸手扼住他的脖颈："你就是这么报答我的？我命你留在涂山与赤闪里应外合，你竟敢擅自来御妖国坏我大事！"

过过被掐得脸色涨红，眼中却并无惶恐，只听他艰难地说道："属下……知道母符被夺……有一对策……"

石姬听此，犹豫了片刻，终是松开了过过，冷酷道："你有何对策？"

过过捂着脖子呛咳半响，这才喘着粗气道："修为普通的妖奴，来再多也是无用，何不争取几个妖力强大的妖，为我们所用？昨夜相救布泰的石宽，妖力挺强，听说他是北山第一勇士，是御妖国中妖力最强的妖。"

石姬听到这里，与过过对视片刻，阴鸷地笑了起来："那我就去会一会他。"

话毕，石姬如一阵黑雾般，消失在过过眼前。

黑雾辗转来到城内一条巷子深处，石宽正巡逻至此，他突然看到眼前出现一袭黑袍，一个戴着兜帽的女妖挡在他的面前。

石宽略微震惊一下，立刻想到了眼前妖的身份："你是……妖尊？"

石姬轻笑着抬起头来，露出魅惑的容颜："看起来木讷，心思倒是敏捷，我若是公主，一定舍不得赶你出来。"

听到妖尊说起公主，石宽立刻警惕起来："你想做什么？"

石姬微笑着道："别紧张。如今你也该明白，人族永远不会拿妖族当自己人，不如与我一道拯救妖族，推翻御妖国。以你的能力，与我合作，必定大有作为。你不是一直喜欢公主吗？到那时，你不是奴隶，她也不是公主，你的身份在她之上，得到她岂不是易如反掌？"

石宽望着石姬，有一瞬间失言，见石宽好似犹豫，石姬信心十足地蛊惑道："做奴隶还是做主人，能不能跟喜欢的女人在一起，全在你一念之间。"

石宽凝视着石姬，缓缓开口："我永远不会背叛公主。"

石姬脸上的得意渐渐变成狠意，她冷冷地后退两步，抬手击掌三下，几名妖奴突然出现，将石宽团团围住。

石宽防备地看着眼前不善的妖奴，握紧拳头。

石姬做出一个手势，众妖奴飞身而上，与石宽战作一团，石宽不欲与同族自相残杀，只一味躲避，很快就被打倒在地，身上全是伤口。

石姬扬手示意妖奴们停手，走上前，蹲在地上轻抚石宽染血的下巴，道："你既不忍心伤害同族，又岂能眼睁睁看着他们为人族欺压？石宽，同我合作，既能维护同族，又能得到布泰，何乐而不为呢？"

石宽狠狠挣开石姬的手，挣扎着爬起来："阿宽永远不会背叛公主！"

石姬显然被激怒了，她瞳孔猛地剧烈收缩，扬手化出石宽的母符，母符在她的手中停留了片刻，终是又收了回去。石姬舒了口气，冷冷道："我向来惜才，暂时不会焚了你的母符，你最好好好考虑考虑，我等你答复。"

言罢，石姬一挥手，带着众妖奴转身离去。

御妖国皇宫内，红红正一边吃着烤鸡，一边看月初给自己铺床："你下午出城的时候，可有遇到石宽？"

"有啊，公主命他巡防，他自是一刻不敢耽搁。妖仙姐姐怎么突然问起他来了？"月初熟练地帮红红收拾着屋子。

红红咽下嘴里的鸡肉，用手支着下巴道："只是想起了布泰此前求你我之事。此事一日不解决，她与石宽便一日不能相守，御妖国的危机也就无法彻底解除。"

月初闻言，也停下手中动作思索起来："御妖国的妖奴被人族欺压了数百年，一旦失去了母符约束，确实难保不会出什么乱子。要是能像涂山一样，约束妖奴们的言行举止就好了。"

红红颔首道："其实我早有计划，若能将妖族像一气盟那般联合起来，一则保护那些如孤儿般的弱势之妖，二则对石姬那样的恶妖也能加以制衡，倒不失为一个长久之策。"

月初眼前一亮，连连点头道："这个想法好！眼下御妖国如此，或许便是妖仙姐姐行此策的最佳时机！"

红红凝眉思索着："不过，除了约束妖族，还要想想如何提升人族的自保能力。"

月初见红红思虑劳神，知道这不是一时能想明白的，连忙将烤鸡朝她面前又挪了挪，道："别想了，天大的事也要先填饱肚子，再不吃都要凉了。"

红红眼睛看向烤鸡，烤鸡加了月初秘制烤料，香味四溢，她舔舔嘴唇不再多想，伸手扯下肉来塞进了嘴里。

第二日清晨，御妖国外沙漠中的一处小绿洲中，几个一气盟弟子正在树荫下乘凉，其中一个愤愤道："徐长老也算是咱们一气盟的元老了，想不到竟然会被妖奴残害。"

另一个弟子咬牙恨恨道："也该料到了。这段时日，城内的妖奴实在猖狂。要我说，别叫咱们几个遇到，否则非杀几个给徐长老报仇不是！"

这边话音刚落，一阵冷风袭来，只见几个面色不善的妖奴自沙漠中缓缓走来，一气盟的弟子们连忙起身拔出佩剑，还没来得及说话，妖奴便袭了上来。

这几个妖奴凶悍异常，只几个回合，便让几个一气盟弟子见血倒地，另几个弟子见状慌了神，转身想逃，却发现早已被妖奴团团围住，眼看也要命丧妖奴之手。一道神火突然蹿出，将那几个欲攻击的妖奴震翻，金人凤紧接着出现在一气盟弟子之前。

幸存弟子见到金人凤，好似捡回了性命，激动低声唤着金人凤的威名："金面火神，是金面火神！"

众妖看到金人凤面露惶恐，急忙转身撤离，却被金人凤扬手撒出的一片血针射中，纷纷倒地，气绝身亡。

劫后余生的弟子们连忙上前拜见金人凤："弟子见过金面火神，多谢金庄主救命之恩！"

金人凤和蔼道："不必客气。金某与你们同属一气盟，原就该守望相助，更何况，此番金某也是听说御妖国有妖奴造反，杀了徐逸长老，这才特意赶来施以援手。"

几名弟子互相看看，欣喜道："金庄主来得正好！徐长老死后，弟子们正群龙无首，不知该如何行事呢！"

绿洲树丛后，付澄小心翼翼地隐藏着自己，若有所思地看着金人凤与这几名一气盟弟子侃侃而谈，隐隐有首领之势。

见着眼前这一幕，付澄思忖片刻，伸手凝出一道传信银光朝远处飞去。

皇宫御花园中，月初正思考着如何提升人族防御能力的方法，突然听到了布泰的声音传来："布泰见过月初公子。"

月初连忙回礼："公主不必客气，找我有事？"

布泰点头道："听闻城外有妖奴袭击了一气盟弟子，眼下大当家没在，能麻烦月初公子陪我去现场一探究竟吗？"

月初听此，惊讶道："一气盟的弟子个个身负修为，有法宝傍身，这些妖奴怎么这么大胆子？"

布泰面带忧色道："正是，我也觉得此事非同小可。"

月初没有犹豫，直接朝布泰道："也好，我便陪公主走一趟。"

两人一路朝皇宫外走去，往日人来妖往的街道上如今空无一人，家家户户都紧闭着房门，布泰一脸愁容道："自从母符被盗，城中的人族便不敢出马了，生怕遭到妖奴报复。"

月初也有些忧心道："是啊，虽然夺回了部分母符，但咱们也不能以这些母符逼着城内的妖奴与城外的妖奴自相残杀，所以眼下形式还是很不乐观……"

月初脑中灵光一闪，低声道："若是人族手中有足以抗衡妖力的法宝，人、妖各有依仗……"

布泰被月初的想法惊了一下，讶然道："可法宝极难炼化，就算是一气盟弟子，也不是人人都能拥有法宝的啊。"

月初道："所以，现在的问题是如何快速炼化法宝……"月初话还未说完，突然一道银光飞来落入了他的掌中。月初见掌中传信符化作书信，竟是付澄所发，不由得挑眉，有点意外地打开看了起来。待看完信，他的脸色变得极为难看。

"公主，那些围攻一气盟弟子的妖奴是金人凤安排的。"月初看向布泰说道。

布泰万万没想到竟然是有人策划的，惊讶道："神火山庄的庄主？他为何如此？"

月初冷冷道："什么庄主，一个忘恩负义的奸贼罢了！想不到，他竟然会以这等卑劣的手段收拢城中的一气盟弟子，看来，是该让王权山庄知道此事了。"说罢，他也自指尖化出一道银光，布泰见这银光朝着远处的天空飞去。

御妖国城外，一身伤的石宽快步朝出城的红红走来："大当家！"

红红打量着石宽身上的伤，略带惊讶道："能伤你的只有妖，究竟发生了何事？"

石宽道："是妖尊。昨夜她找到我，逼我同她合作，我虽拒绝了，却怕她会对公主不利，思来想去，唯有找大当家商议。"

红红思忖着道："你担心她以公主的安危来威胁你？你放心，有阿来与雅雅暗中相护，公主不会有事的。倒是你，母符还在她的手中，既然她盯上了你，必不会善罢甘休。"

石宽眼中满是坚定神色："大当家放心，石宽大不了一死，也绝不会背叛公主。"

红红有些动容道："我知晓你对公主的忠诚，但眼下，仅有忠诚只怕是不够的……"

石宽一怔，略带疑惑问道："大当家的意思是，让我联合那些母符被夺回的妖奴，一同守卫御妖国？"

红红邀着石宽一边往城内走，一边道："眼下城内妖奴们好似惊弓之鸟，只怕不会再听信人族的话，但你不同。我了解过，此次危机之前，你在城内妖族中很有威望，你的话，他们会信。"

石宽为难道："可是，妖奴们只怕不会愿意守卫御妖国。"

红红看着石宽，坚定道："守卫御妖国就是守卫他们自己，否则，以你口中妖尊的做派，一旦御妖国沦陷，无论人族还是妖族都会遭受灭顶之灾。"

路的另一端，布泰和月初也正朝他们的方向边走边说："公主放心，有王权山庄在，金人凤不足为虑。等有了法宝，人族不仅能够自保，还能协助公主一道守护御妖国，大家齐心协力解决了搅乱御妖国的恶妖。到时候，公主与阿宽兄弟便能够相守了。"

听到后面，布泰不由得害羞又满怀期待起来："真的会有那一日吗？"

月初坚定道："会！大家都在努力，包括阿宽兄弟。我敢保证，他肯定是巡逻队伍中最认真的一个！"

布泰被月初眼中的乐观所感染，终于露出了笑容。这时，红红与阿宽也正从街道的另一端走过来。月初看到红红，开心道："妖仙姐姐！"

红红抬头，看到布泰和月初，略显惊讶，随后看向身边的石宽，只见石宽与布泰遥望着彼此，眼中都是说不出的情意。

月初也见到这一幕，偷偷一笑，拽着红红悄声道："走吧，听闻御妖国夕阳极美，妖仙姐姐可不要错过。"

而布泰与石宽两人相望着，眼中都是化不开的思念与心疼。

（三十九）炼制法宝

落日染红了半个天际，晚霞照耀下，月初与红红并肩坐在城楼上吃着烤鸡，看着日落，月初看看远处美丽的夕阳，又看看沐浴在晚霞中的红红，心间一动，脱口而出道："妖仙姐姐，这次我们看到了御妖国的斜阳，下一次，我们再去看雪山之巅、如海深林……还有世间好多好多的风景……"

红红被月初炽热含情的眼神腻到，避开他的目光，轻咳一声转移话题："你这个愿望，从小就一直说，还不腻吗？对了，方才来的路上，你说想到提升人族自保能力的办法了，是什么？"

说到正事，月初正经起来道："炼化法宝给那些没有修为的普通人傍身。当年我娘曾经提过，纯质阳炎变化无穷，除了能逆转灵力，练成克制神火之术，还能将平平无奇的物件炼化成法宝。若是真能凭着纯质阳炎降低法宝炼化的难度，御妖国的人族便无须再以子母符克制妖族了。"

红红思忖了会儿，颔首道："你娘所言非虚。几百年前，我曾亲眼看过一个东方家的人以纯质阳炎炼化出法宝，但此人的纯质阳炎已经突破了第三重，这才能够炼物成宝。"

月初点头道："原来如此。看来提升御妖国的人族自保能力的重任，就落在我东方月初的身上了！"说到这，他一眼看到红红身边剩下的烤鸡，忍不住顽皮道，"妖仙姐姐，你看我现在肩负重任，得加紧修炼，是不是也得多补充点营养啊？"

红红警惕地看着他，已然察觉了他的小心思："你想说什么？"

月初嘿嘿一笑，伸手去够鸡翅膀："吃这么多年的鸡爪和鸡臀了，能不能也给我提高点待遇，吃点别的，比如……"

红红看着月初飞快地拿过鸡翅膀啃了一口，无奈笑了起来，眼中不自觉地露出宠溺。月初得逞后，露出开心而甜蜜的笑容，他将手一点一点地挪向红红的手，小拇指轻轻地碰触到了她的小手指，露出了开心而甜蜜的微笑。

伴着晚风，石宽将布泰送至皇宫中。御花园里花开依旧，却好似物是人非，石宽看着布泰劳累憔悴的模样，忍不住安慰道："公主，再熬一熬，这一切终会过去。"

布泰停下脚步,看着石宽身上遍布的伤痕,心疼问道:"那你呢?妖尊已经盯上你了,你这一次逃过了,还会有下一次。"

石宽望着布泰决绝道:"只要公主好好的,阿宽不怕死。"

布泰心中好似被针扎了一样疼痛,她带着薄怒朝石宽大声道:"不许说这种话!生命是宝贵的,这些时日,御妖国已经死了那么多人和妖,剩下的每一个,都要好好活着。"说到这里,她眼中的怒意渐渐转为伤感,"更何况,你已不再是我的妖卫,不必为了我拼命。"

石宽沉默片刻,鼓足了勇气道:"不是为了公主,是为了阿宽自己。以前的阿宽只知道练好拳脚保护公主,可现在才明白,只练好拳脚还远远不够。我想如大当家所说,带领那些母符被夺回的妖奴,护下御妖国。阿宽想成为一个真正的勇士,护下想要保护的人!"

布泰略显震惊地看着石宽,只觉得眼前的石宽好似与以前的阿宽不一样了。石宽坚定地看着布泰行了一礼,低声道:"请公主成全。"

布泰酸楚地看着石宽,可这一次,她终于没有再拒绝,发丝在晚风中遮住了她的双眼,蒙眬中,石宽的身影好似越发高大。

"既然如此,那便叫上大当家、月初公子与雅雅今晚一起商量个对策出来。"布泰点头,示意石宽与她一同回寝殿。

待两人从御花园消失后,夜色越发浓厚,月光朦胧中,过过出现在墙头,只见他四下张望,看着没人翻身跳了下来,还没等他站直身子,一只手就摸上了他的肩膀。过过大惊下转过头来,正看到雅雅站在他的身后。

"雅雅姐。"过过略带心虚地笑道,将手藏在身后。

"挺忙的啊,一入了御妖国便整天看不到人影,去哪儿了?手里是什么东西?拿出来!"雅雅注意到过过藏起来的手,说道。

过过眼神躲闪片刻,将手伸了出来,只见手中正是一个酒壶,雅雅一见酒壶,瞬间眼前一亮:"美酒!"

过过献宝道:"我知道雅雅姐素来爱酒,想着御妖国与涂山风土不同,兴许酒也不同,这才四处打听,终于寻来了这葡萄酒。"

雅雅开心地拿起酒壶,好好闻了闻:"专门给我寻的?算你有良心!"说罢她正要转身走开,又想起了什么,转过头来叮嘱过过道,"不准再乱跑了,御妖国形势复杂,你独自外出,若是给恶妖抓了,可就回不去涂山了。"

过过一愣,没想到雅雅会从心底关心着他,他神色复杂地看着雅雅扬了扬酒壶消失在夜色中的身影,最终还是咬咬牙转身离去。

雅雅转着手中的酒壶走入布泰寝殿，众人已经坐在桌前商量起下一步对策。

"自从上次夺回了半数母符，城内妖族都开始观望，出城的妖族越来越少，这恐怕才是石姬盯上阿宽的原因。"月初向众人分析道。

布泰担忧道："无论是何原因，他们既然已经盯上了阿宽，势必不会轻易罢手。"

雅雅手握成拳捶在桌上："只可惜经过上次之事后，这帮家伙非常警惕，再想强夺母符怕不能了。"

红红沉吟片刻，看着众人道："眼下他们握着阿宽的母符，一味硬扛，必然要吃苦头。不如让阿宽假意投诚，借替她收拢城中的妖族之机，继续留在城内，待到来日对决之时，杀她一个措手不及。"

众人先是一愣，雅雅和月初反应过来，齐声叫道："好主意！"

红红看向石宽问道："阿宽，你意下如何？"

石宽点头道："石宽愿意。"

布泰却担忧道："可……对方行事狠辣，徐逸行刺失败，便立马遭到灭口，一旦你诈降失败，他们绝不会放过你的。"

众人担心的也是这个，纷纷看向石宽。石宽沉默片刻，缓缓开口道："从第一天被种下子母符起，阿宽的命运就只能是服从。这一次，母符落在恶妖手中，阿宽不想再屈服于子母符了。"

听到阿宽说的话，布泰心中剧痛，她前所未有地意识到，原来子母符这般残忍地囚禁着一个有血有肉的个体，掌控着命运，她想要解释什么，最终却什么也没有说出来。

散会后，待众人离开，布泰单独叫住了红红。两人走在寝殿外廊中。红红问道："这么晚了，公主留我所为何事？"

布泰略显迟疑地开口道："关于那些被夺回的母符……我想尽快将它们还给那些妖奴。"

红红惊讶地看向布泰，没想到布泰能在这么短的时间内便有此决断："公主是想替他们解除子母符？"

话说出来后，布泰便越发坚定起来："以前，我身在宫中，成日里无忧无虑，从未意识到那些身中子母符的妖奴心中的无望与悲伤。作为国主，作为能决定他们命运的人，我不想再对这些视若无睹。"

红红看着布泰坚定的模样，问道："公主就不担心在法宝炼成之前，妖奴们一旦获得自由，会报复尚无法防御的人族？"

布泰摇摇头道："此事我考虑过，但有大当家带领涂山众人坐镇，我想那些妖奴即便得了自由，也不会立马报复人族，反倒是会为了这可贵的自由，去勇敢地反抗仍要以子母符统治御妖国的那些野心家。"

红红望着如此坚定的布泰，心里也不由得肃然起敬，她正色道："如此，我替那些妖奴谢过公主。"

布泰道："不必，是御妖国欠了他们的。"

红红面露欣然之色："别的且不论，公主这一决定，对眼下的局势大有助益。眼下石姬与金人凤掌握了半数的妖奴和一气盟的势力，公主这边，情况与之相差不大，真要对抗起来，谁胜谁负还不可知。如今公主要替妖奴们解除子母符，必定会大大瓦解石姬一方的军心。"

不远处的花丛后，过过正猫在草木间遥望着两人，还没等他跟上细听，肩膀便被猛地重拍一下。只见阿来从他身后凑了上来，在过过刚才偷看的视角看了看，并没有看到刚刚离开的红红与布泰，只得带着怀疑警告过过道："我说你这偷偷摸摸的习惯能不能改一改？都被我抓住好几回了。"

过过当即抬起手中的花篮反驳道："谁偷偷摸摸了，你看清楚，我是来替雅雅姐采花的，你少以小人之心度君子之腹了。"

阿来笑道："你人族成语用得挺溜，以前在人族待过？"

过过被说中心事，眼中闪过一抹慌张，故作不耐烦地去推阿来："你想学？以你的资质，多跟人族崽子吵上几架，一样能学好。让一让，好狗不挡道！"

阿来看着过过想要扬长而去的模样，神色冷肃下来，正经道："你站住！今夜你是真采花也好，假采花也罢，总之，再有一下次，别怪我不客气！"

过过回头，含恨看了阿来一眼，飞快地消失于夜色之间。

第二日清早，皇宫大门外，妖奴们听到消息便都围拢过来，他们眼睁睁看着石宽从布泰手中接过母符，再一一打入排队的妖奴体内。已经被解除了子母符的妖奴们则如蒙大赦，一个个欢欣不已，街道上都回荡着这些妖奴激动的相互庆贺声。

"我自由了！""我们自由了！"

不远处的红红欣慰地看着这些妖奴，低声问月初："消息放出去了？"

月初也低声回道："放心吧，这是御妖国几百年来未有之事，不出半日，定能传入石姬耳中。"

而布泰的视线则牢牢地放在石宽身上，眼底是隐隐的担忧。

第六章

公主之死

（四十）假意合作

几个时辰后，御妖国外的沙漠中，妖奴们渐渐围拢在一处大声喧嚣着："城内的妖奴都解除子母符了，我们也要解除！"

"给我们解除子母符！"

不远处，石姬恨恨地望着这一幕，眼看着聚拢过来的妖奴越来越多，喊声越来越大，场面逐渐失控。她自石丘上飞掠而下，落入妖群之中："是谁说要解除子母符？"

一个妖奴壮着胆子走出来道："是我。老说人族公主不好，要我们去推翻她，可人家现在都把子母符给解了……"

这妖奴话还未说完就突然闭上了嘴巴，他眼露恐惧地看着石姬手中拿着一张母符，母符渐渐燃烧，这个妖奴突然爆发出一声撕心裂肺的惨叫，他浑身上下涌出鲜血，挣扎着倒在地上抽搐片刻，便再也无法动弹。

众妖奴眼睁睁看着眼前这残忍的一幕，惊慌失措，转头就想逃跑。

"我看谁敢逃！"石姬冷声盯着这些妖奴，"谁敢逃跑就是这个下场！"

众妖奴连忙停下脚步，惊惶地看着石姬。

石姬面目狰狞地看着妖奴们，还想继续蛊惑他们："再过几日，大家跟着我一道夺回御妖国。日后，御妖国中将无人族！"

只可惜这一回再也没有山呼海啸的回应，现场只充斥着死一般的恐惧。

日落月升，石宽正带着一队侍卫在城外巡防，突然，他身边的侍卫们纷纷晕倒，石宽警惕地望向远处，只见石姬自黑暗中缓缓走近。

"又是你。"石宽握住剑柄。

石姬冷笑道："石宽，上一次我的提议，你考虑得如何了？"

石宽坚定道："石宽永不背叛公主。"

石姬不屑道："该说你是痴情还是傻呢？跟我合作，你能抱得美人归；不跟我合作，你与她只能做对亡命鸳鸯！"

说罢，石姬手中化出一张母符，石宽见状欺身上前想要抢夺，却被石姬一招制住狠狠按倒在地。见石宽还要挣扎，石姬低笑道："别动，小心烧着了，后悔可就来不及了。"

　　石宽眼睁睁看着这张母符飘到了半空中，底下一团火焰正在慢慢灼烤着它，这让石宽疼得额上沁出冷汗，却死死咬着牙一声不吭。

　　石姬欣赏地看着石宽的表现，将母符收了起来道："不愧是北山第一勇士，有点骨气。不过你有没有想过，你那娇花一样的公主，你死了她怎么办？一旦破城，我第一个杀的就是她！只要你答应和我合作，我会看在你的面子上，饶她一命。"

　　石宽听后，脸上第一次露出迟疑，沉默片刻，他问道："你说话算话？"

　　石姬笑了起来，松开石宽拉他起来："那就看你对我有没有用了。听说你最近跟城中的那帮妖奴走得很近？替我收拢了他们，破城之日，你就是我在城中的先锋。"

　　石宽望着石姬，最终还是点了点头。

　　石姬媚笑着又摇了摇手中的母符道："你的母符还在我手中，敢耍花样，我随时要了你的命！"说罢，便见她的身影再次消失于黑暗之中。

　　当夜御妖国花园中，刚从红红屋中出来的月初忽觉心口一阵抽痛，他缓了好一会儿才直起身子，再次抬头时，正见布泰坐于凉亭中，不由得惊讶道："这么晚了，公主为何一人在此？可是出了什么事了？"

　　布泰起身向月初行了行礼道："月初公子，我刚刚收到消息，城外已经大乱，石姬杀了带头反抗的妖奴，她还找了阿宽，要他配合里应外合对付我们。"

　　月初听后，点头道："好事啊，一切尽在计划之内。届时，我们只要趁石姬不备，将她控制住，夺回母符即可。"

　　布泰道："可是……万一我们没有在第一时间抓住她呢？到那时，即便她无法攻克御妖国，却也能轻松取了阿宽和其他妖奴的命。"

　　月初听后，神色也渐渐变得冷肃："公主的担心不无道理，或许只有彻底破解掉子母符，才能真正保住阿宽和其他妖奴的性命。"

　　布泰听着月初的话，有些惊讶道："彻底破解子母符？"

　　月初还没反应过来，便见布泰点点头，坚定道："我懂了，告辞！"

　　月初疑惑地看着布泰走远，还在疑惑她懂了什么，突然心口又是一阵剧烈疼痛，他紧紧捂住胸口，突然想起了自己以己身护住东方洛灵元的一幕。当时妖仙姐姐说人气虽可护住灵元，但时间一久，灵元吞噬气血，必会损及养护者功力，难道……难道是因为东方洛的灵元开始反噬了？想到这，月初心口又袭来一阵如蛇虫撕咬般的疼痛。

（四十一）灵元自毁

而离开花园的布泰则快步跑回了寝殿中，她搬出了许多的典籍翻看起来："御妖子母符由皇室先人所创，他们所留下的典籍中，说不定会留有相应的解除之法！"

时间一分一秒过去，烛火已燃烧大半，布泰仍不停地翻看着古籍。不知过了多久，案台上的书籍一摞一摞地增加着，她脸上的疲倦也越发浓重。最后，她终是坚持不住趴在书上沉沉睡去。梦中，她与石宽仿佛还是快乐无忧的幼时模样，白昙花灿烂，两人在丛中嬉戏。待布泰猛然惊醒时，才发现泪水已经打湿了脸颊和书册，她胡乱擦了擦脸，再低下头时，才发现原本空白的书面竟然在泪痕下显示出了字迹。

"这是……"布泰连忙仔细阅读起来，"想不到御妖国中也曾有一任先祖皇帝爱上过妖，他既然爱上了妖，就绝不会让心上人为奴！"

按着字迹提示，布泰欣喜地找到了这位先祖皇帝的生前记事，她迫不及待翻阅起来，翻过几页后，她的视线在其中一段话上停下来："吾之秘尘封于宗祠，将随吾身消散于世，永不为人所知……擅动者死！"

最后四个字让布泰脸色大变，她喘息着重复道："宗祠……擅动者死？！"

月初的心脏一整晚都持续不断地隐隐作痛，让他无法入睡。第二天一早，他便心事重重地再次来到花园，还不等他将手从胸口拿下，便见到同来花园的红红。月初见到红红，本想故作无事地绽开笑容，却不料心口又一阵剧痛袭来。红红脸色一变，上前一把抓住月初的手腕："怎么回事？哪里不舒服？"

月初试图挣扎开来："我……没事，不过是之前被金人凤所伤，再加上这段时间为了炼化法宝疲于修炼，有些虚弱而已。"

红红强势地将手指搭在月初腕上，眉头越蹙越深："果然是灵元不稳反噬宿主，你就是因此才不想让我知道？"

月初知道瞒不住了，只好解释道："我、我不是怕你担心嘛。"

红红气道："你知不知道，一旦灵元反噬，必须尽快剥离灵元，否则时间一久，必会伤你心脉。生死攸关，岂能儿戏？"

月初连忙解释道："真的不妨事，妖仙姐姐，哪有你说得那么严重了。再说了，你保这颗灵元保了数百年，舍得就这么让它毁了？"

红红心口一滞，想到东方洛，一时无法作答。

月初促狭地笑道："放轻松点，不会有事的，就当你欠我的，以后还给我。"

还没等红红再说话，他心间突然又一阵疼痛袭来，红红看着月初强忍痛苦的神情，眼神更复杂忧心了。

清早刚从自己房里走出来的过过，突然闻到空中飘来一阵烤肉的香味，他循着味道走去，只见一处角落中，雅雅和阿来正亲密地坐在一起，两人手中拿着一把喷香的羊肉串边吃边饮。日光落在雅雅豪爽的笑颜上，阿来的脸颊也泛上了一层红晕。

看到这一幕，过过只觉得一阵愤恨。他咬牙转身，再次悄悄离开了皇宫，直往沙漠中石姬藏身处而去。

石姬没想到这个时间过过会来，听了他的汇报后，也是一阵讶异："南国毒童子？"

过过低声道："正是。阿来一向行事神秘，就连涂山雅雅也不清楚他的真实身份，属下也是来到御妖国后，方才确认了他便是南国毒童子。"

石姬思忖着，想起了很久前与毒童子曾打过交道："当初我还受困于苦情树树心时，曾以毒皇的位置换取与他合作，他却不识好歹。若非他拒绝，我也不必去找金人凤了。"

过过道："他如此不识抬举，如今更是铁了心相助涂山，妖尊何不找机会除了他？"

石姬眼神一凛，看向过过问道："他得罪你了？"

过过连忙躬身道："属下全是为了妖尊大业！"

石姬审视着过过一副忠心耿耿的模样，片刻后才缓缓道："天下难事，必做于易。眼下御妖国之事未了，尚不宜正面开罪南国。"

过过眼神中满是不甘，却只得连忙垂首做出一副恭敬模样道："是。"

被灵元反噬的月初则找上了阿来，两人躲到了皇宫一角讨论起灵元反噬的事情："你知不知道，以人族心口相护的灵元开始反噬宿主后，宿主该怎么做？"

阿来略带惊讶地打量着月初："你打听这个做什么？灵元反噬宿主，究其本质是因为灵元已经开始自毁。"

月初惊道："灵元自毁？"

阿来点头道："据我所知，灵元自毁不可逆转，除非有人自愿让出部分自己的命力给灵元，延缓自毁。不过也只能缓解几日而已，是以这种方法，不会有人用啦。"

月初有些不甘道："难道没有别的法子了？"

阿来摇头道："已经开始自毁的灵元，不出十日，必将焚化而灭。"

月初怔了下,两人不由得继续往前走了几步,绕过一片树林,看到一处僻静之地。宫殿森然,除了手持武器的侍卫,再无他人。

阿来忍不住再次问道:"你小子打听灵元反噬做什么?"

月初神色复杂,他抓着阿来的手臂道:"记住,今日之事,不要向任何人透露,尤其是妖仙姐姐!"

阿来一边挣脱一边道:"不透露就不透露,你这么粗鲁做什么!"

月初一松手,阿来的手不经意地甩向一边,却突然如受电击般红了一大片,甚至渗出血来。

阿来疼得咝咝吸气:"你小子还真动手?!"

月初连忙摇头:"不是我,我什么也没做!"

两人惊讶地面面相觑,阿来试探着将手再次往旁边伸了伸,果然又如电击般剧痛不已,他神色严肃地看向那个森然宫殿之处,道:"此处有一股暗力,虽看不到,却真实存在。"

月初听了,也伸出手去,却丝毫没有被伤:"看来是专门限制妖族靠近的暗力,这里是御妖国宗祠,难道宗祠会克制妖族?"

阿来思忖着道:"也对,御妖国这么多妖奴,人族总得给自己留点自保的退路。"

月初也点点头,想起方才的事情,再次警告阿来:"喂,记住保密!否则我便把你绑在宗祠里!"

说罢,还不等阿来不忿地看来,月初便蹦蹦跳跳地离开了。

"不能说就不说呗,还吓唬人?"阿来气呼呼骂道,"难道我看上去很好惹吗?"

知道了自己胸口疼痛的原因,月初一整日都有些神不守舍。夜晚,他跳上一个屋顶,此处正好可以远远地看到红红房间,月初眼看着房内灯光亮起,红红的身影在窗前走过,他的脸带上了几许迷茫。

雅雅几个起落来到月初身边,好奇道:"臭小子,你一个人坐在这里做什么?"

月初没心情理她,只敷衍道:"看夕阳。"

"夕阳?"雅雅看了眼漆黑的天幕,翻了个白眼,"天都黑好几个时辰了,还看什么夕阳?怎么了,是不是东方洛的灵元又开始反噬了?"

月初惊讶地看向雅雅:"你竟也知道这事?"

雅雅点头理所当然道:"当然啦,姐姐那么关心你,作为她最知心的妹妹,我岂会不知道?"

月初不知想到了什么,提起精神,眼中带光:"妖仙姐姐很担心吗?"

雅雅道:"当然啦,要知道姐姐护着那灵元几百年了,对于她而言,除了涂山,没有什么比东方洛的灵元更重要了。"

听到这话，月初的脸色变得十分难看，他痛苦道："你是说，妖仙姐姐担心的是灵元？那一日她服下半春雪出城救我，难不成也是为了东方洛的灵元？"

雅雅翻了个白眼，戳了戳月初的脑袋道："这还用问，不然呢？难不成是为了你？"

月初只觉心一下沉到了谷底，面上似哭未哭，不想让雅雅看到自己的模样，只将头埋到膝盖上，极其难过道："雅雅姐，我想吃西瓜。"

"西瓜，这里哪有西瓜？"雅雅惊讶地问道。

"这里有沙漠，沙漠里有西瓜！"月初忍不住了，声音带上了哭腔，十分难过地说道。

雅雅见他这副样子，连忙站起来道："好，不就是西瓜吗，至于难过成这样吗？我去替你摘，等着！"

月初心底酸楚，待雅雅掠身离去，这才抬起头来。只见他眼眶微红，盯着远处红红房间的灯火，痴痴地看着窗中的人影："原来你是为了他才救我……"

月初从房顶跳下，落在花园中，只觉脑中一片混乱，一个个关于红红与东方洛的片段在他脑海中闪过。在那些画面中，红红与东方洛在山林中奔跑，红红看着手拿经书的东方洛，红红抱着浑身鲜血的东方洛悲泣……

这杂乱的场景让月初心痛至极，他焦躁不安地想要伸手去抓，在手指的碰触下，空气中好似荡起了一圈涟漪，紧接着，一股巨大的力量猛然将月初拽进了另一个空间。

月初喘息着，看着眼前的情形化为一片山林，他好奇地环顾着，突然在不远处见到红红的身影，只见红红正负手与东方洛同行于林间。

"妖仙姐姐！"月初惊喜地朝两人跑去，两人却对月初毫无察觉。这又是月初只能看到这两人，这两人却感受不到他的梦境。月初怅然地看着红红与东方洛。

东方洛一边走着，一边翻阅着手中的经文，口中还不停地念念有词。红红靠近，认真听了一会儿，冷冷道："经文所书须心领神会，你死记硬背有何意义？"

东方洛笑了笑，也不恼火，只解释道："背了总比无知好，以后凭这些纸上功夫，至少也能应付一下师兄弟。"

红红不以为然道："应付了又如何，若修为不及，只会更加丢人。"

东方洛语气温柔："勤能补拙，虽然我目前修为比不上师兄弟们，但不代表以后不能。"

红红点点头："这话不无道理。不过，你明明修为尚浅，连风吹草动都无法预判，如何一眼就看出我是个妖？"

东方洛出神想了想，开口道："我曾有个朋友，她也是个妖，是她教会我如何辨别妖气，只不过……"说到这，他的神情落寞下来，片刻后，他又对着红红展现出一贯温和的笑意。

"只不过什么？人妖有别？"红红追问道。

东方洛摇了摇头，低落道："我那个朋友遇到了恶妖，灵元散尽，连一丝一毫都未能留下。"

红红听此，安慰他道："妖生漫长，或许你朋友已经活得十分精彩了，毕竟她还曾经跟人交了朋友，对于很多妖而言，这可是穷其一生都无法做到的。"

东方洛看向红红问道："那你会和人做朋友吗？"

红红思忖片刻，不知如何回答，只好生硬地转移话题道："多看书少说话！"

东方洛愣了一下，果真听话地继续背诵起经书来。

红红看着愣头愣脑的东方洛，不禁微微一笑，跟着他继续往前走去。

月初听着两人的对话，回过神来，也连忙追上。

（四十二）假意成亲

东方洛像书呆子一般，一边走着，一边认真地看着经文，丝毫没有理会身边的红红。而幻境中的红红则比月初所认识的活泼了许多，只见她眼珠一转便起了捉弄之心，小小地施展了妖力，让东方洛被路边的小水坑溅了一身水。

东方洛被水浇得一个激灵，一边擦拭，一边纳闷，而红红则忍着笑，故作严肃批评道："读了书就该学会举一反三，你都修炼了这么久，怎么连这点小水花都躲不过呀？"

东方洛这才知道是红红在捉弄他，可他丝毫不以为意，还认真道："正因我修为不高，灵力低微，才更应努力。若我安于现状，那便永远不会有所长进。"

红红瞅着他，皱眉道："真是个死脑筋，也不知道哪一个门派会收你这般的弟子。"

东方洛抬起下巴认真道："我乃神——"刚说了三个字，又像是想起了什么，连忙闭上了嘴巴，有点讪讪地改口，"你说得没错，是我灵力低微，所以可不能让师门蒙羞。"说罢，也不再看书，只认真地陪着红红一道前行。

月初眼睁睁看着两人从他身体虚影中穿过，只觉心痛难忍。他忽然猛地睁开眼睛，却发现自己已经从东方洛的记忆中醒来，月初痛苦低喃道："妖仙姐姐，我从未看过你这般欢脱俏皮。这么多年，你过得并不开心吧，一定很想他……"

"月初公子！"布泰迎着幽幽月色，走到月初身前。

月初情绪低落，看着布泰道："公主，在你心里除了阿宽，是不是再也容不下其他人了？是不是只有在阿宽面前你才能真正快乐？就算以后有人对你再好，把心掏出来给你，也不过是那人自作多情罢了？"

布泰惊讶地望着月初，不明白他为何会突然如此，却又能深深地感受到他的悲伤。刹那间，布泰脱口而出："月初公子，你愿不愿意与我成亲？"

月初还没从伤感中反应过来，以为自己听错了，震惊地看向布泰："你说什么？"

"你跟我来。"布泰拽着月初回到了自己的寝殿，摇曳灯火中，她将那本古籍塞到了月初的手中，"当年这位先祖皇帝也爱上了妖，这才留下这本秘策。解除子母符的法子就在宗祠之中。可御妖国宗祠为先人秘法所设，平常大门紧闭，唯有皇室大婚之时，方会自行开门。"

月初神色复杂地看着手中的书，似乎懂了布泰要与他成亲的原因："御妖国宗祠设有阵法，妖族无法踏入，所以你才想同我成亲？"

布泰点点头，眼中蓄起了泪水："妖族一旦踏入御妖国宗祠，便会魂飞湮灭，所以我不可能与阿宽成亲。我知道此事于你而言并不公平，可是……"

不等布泰继续说服，月初便快速答道："我答应成亲。"

他如此痛快，反倒让布泰有些犹豫，她再三确认道："你可看到了，此事须以命相搏。"

月初点头道："以我的命求得解除子母符之法，彻底将阿宽和那些妖奴从石姬的威胁下救出来，也是值当了。"

布泰看出了月初坚定眼神下隐藏的沮丧，忍不住道："你答应此事，只是为了他们吗？"

月初眼中有些酸涩，低声道："早日结束这场乱局，为他归来争取些时日，也是我唯一能为她做的了。能否请公主莫将真相告知妖仙姐姐，她若知道你我冒死求解符之法，必会阻拦。"

布泰自是明白月初所说的"他"和"她"是谁，她目光中充满悲伤与同情，缓缓点头道："我也是此意，并非只有大当家，还需要瞒着阿宽，否则他无论如何也不会让我冒险。"

第二日清晨，御妖国外，成群的妖奴已经在石姬的指挥下将御妖国围住，形成合围之势。石姬站在远处石丘上冷笑道："且困他们几日，待城中水粮断绝，先让石宽带着城中之妖反了涂山红红，攻城便易如反掌！"

金人凤在她身后躬身："妖尊英明！"

城内，已知被围的红红正与阿来商量对策，阿来指着桌上的地图道："我已秘密侦察过，这一次她应是倾巢而动，将手上掌握的半数妖奴都派了过来。"

红红思忖着对阿来道："看来离她最后攻城之期不远了。你马上通知城中的人和妖，这几日不可随意出城，以免落入石姬之手。"

阿来点点头，还要再说什么，门却突然被雅雅推开："姐姐不好啦，臭小子要娶布泰公主了！"

红红皱眉训斥道："不可胡说。"

雅雅着急道："是真的！宫里人人都在疯传，婚期都定了，就在这两天。难怪他这两天怪怪的，还吵着要吃瓜，我摘回来他又没吃几口……"

红红猛地站起身来，骤然听到这个消息，她只觉胸膛一震，灵元剧烈震荡起来，额间竟然落下血珠。

"姐姐！"雅雅连忙扶住红红。阿来蹙眉道："稳住心神，上次与石姬一战，你灵元未恢复，情绪不宜过于激烈。"

红红点点头，眼底已经有了血色："不碍事，你且先去通知城中人、妖两族。"

阿来点点头，看了雅雅一眼，走前叮嘱道："不可让她再受刺激。"

雅雅连连点头，担忧地看向红红，红红反手抓着雅雅颤声道："他真的要迎娶布泰？"

雅雅点头道："是真的，皇宫上下已经开始筹备了——"

红红一把挣开雅雅的搀扶，朝外走去："我要听他亲自说！"

红红顺着小道一路走到花园凉亭中，只见月初独自坐在那里，手中把玩着一张狐狸面具。听到脚步声，他抬起头来，并不意外："妖仙姐姐找我，莫不是想给我道贺？"

红红一怔，强压住心底酸涩，冷冷道："我不同意，你与她……并不合适。"

月初神色复杂地看着红红，他眼中有些疑惑，更有几分不切实际的期待："男未婚，女未嫁，有何不合适？"

红红喘息两声道："还需要理由吗？布泰心悦的是石宽。"

月初眼中闪过一丝失望，自嘲一笑，将手中面具戴在脸上："这场婚约，布泰不同意就不会成。"

隔着面具，红红只觉气血翻涌，心里堵得难受："你对她可是真心？你们是何时……"

有面具挡着，月初胆子好似也大了起来："你如此关心我的婚事，对于你而言，我究竟算什么？"

红红伸出手，将月初脸上的面具慢慢摘下，好似要看清月初，只见他正看着自己，执拗地想要一个答案，红红缓缓开口："你是东方月初，是我在人族带回……"

"我不想听这些！"月初打断她的话，伸手指着红红的心口，"在这儿，在你心里，我算什么？"

红红一向冷静的眼中闪过一丝慌乱："我……我跟雅雅、长老、容容都一样……"

　　月初不等她说完，轻笑出声，点头苦涩道："所以我该知足了，对于你而言，我不是可有可无的人。若有一日我消失了，你会不会有一丝不舍？"

　　月初就这样盯着红红，说出的话好似在向她倾诉衷肠。红红却再难压抑心中的情绪，将面具戴在了自己的脸上。

　　见红红这般反应，月初凄凉一笑，转身离开。而戴着面具的红红则看着月初消失的背影，低喃道："若有一日你消失了，我会……不仅仅是舍不得……"

　　御妖国正乱上加乱，在涂山境内看守入口的赤闪及其他恶妖也都忍耐到了极限，纷纷想要造反。便是再傻，赤闪也琢磨过来那七日眠除了让他们昏睡七日，好像并无其他作用。几个妖正商量着，想趁涂山红红和涂山雅雅不在，干脆抓了涂山容容，将这段时日他们被压迫的账算上一算。

　　还没等几个妖动手去找容容，容容便与翠玉灵走了过来："算账？正好，那便新账旧账一起算了。首先这段时日你们在涂山的住宿费……"

　　赤闪没等容容说完，便无赖道："你算得再清楚，老子也拿不出一分银子。我们来涂山是替妖族讨个公道的，你凭什么还要收我们住宿费呢？"

　　"公道？"容容神色耐人寻味，拿起算盘道，"这公道的代价我也一一算给你。在妖族市集白吃白喝三家的酒菜，三十八两银子；因为招待你们几个恶妖影响了三家铺子的声誉，折合八十五两银子……"

　　赤闪怒极反笑，懒洋洋地掏了掏耳朵，讥讽道："反正你们损失这么大，也不差这一点点了。"

　　容容也笑了起来："有道理哦，那不如你们再多中一次毒吧，反正已经中过一次了，也不差多中一次嘛。"话音落下，她转过头与翠玉灵相视一笑。

　　赤闪脸色一变，哑声道："你什么意思！"

　　翠玉灵抬抬下巴示意他："看看你们的手就知道了。"

　　赤闪连忙伸手去看，只见掌心内出现了一种毒草的图案，其他起哄的恶妖也都纷纷伸出手来，发现自己掌心也都出现了毒草的图案："这……这是什么？"

　　容容笑眯眯道："这是毒童子最新研制的毒，还在试验期，算你们八折哦。"

　　赤闪变了脸色，厉声道："你什么时候给我们下的毒！"

　　翠玉灵笑眯眯道："世人只知蛭妖一族擅长疗愈，却不知我们下毒的本事也是一流的。"

　　赤闪暴怒，抬手就要袭向容容与翠玉灵，还未下手就觉一阵钻心疼痛，痛苦地捂住了自己的手臂："这、这是怎么回事？"

容容笑得娇柔妩媚,一副人畜无害的模样:"毒童子的这味新毒,可以随时根据使用人调整成分,让中毒的人认主。也就是说,现在涂山狐族和翠玉灵都是你们的主人,只要想伤害主人,你们便会经脉逆行,痛不欲生。"

赤闪还在震惊中,他身后的恶妖却已经忍无可忍,纷纷叫骂着就想出手,却在出手的瞬间纷纷痛得倒地哀号起来。

赤闪冒着冷汗气急败坏道:"堂堂涂山怎能跟毒童子这等恶妖沆瀣一气,以毒害人!"

翠玉灵故作疑惑道:"奇怪,你赤闪不是标榜要做天下第一恶妖吗?怎么自己还骂起恶妖来了?"

容容敛起笑容,扫视一圈众恶妖,拿起账单看了看:"既然你们没银子,身上也没值钱的东西,就只能按照涂山的老规矩办了。这段时日,就请诸位继续替涂山好生地守在此处吧。若有其他妖前来挑衅,就靠你们打发了。"

赤闪气道:"你想得美!我要下山!反正我们不伤害涂山狐族和这个蛭妖就行了!"

容容也不生气,只笑眯眯地示意他们再看看自己手心。赤闪连忙再伸手去看自己手心,只见掌心又出现了另一种毒草图案,当即大怒道:"你们到底下了几种毒!"

容容笑道:"毒童子说了,此毒需要每隔七日服一次解药,七七四十九日后,中毒者方能痊愈。下一次解毒是在七日后,这七日,你们就只能好好地给我守着涂山了。"

众恶妖大眼瞪小眼,眼睁睁地看着容容收起账单,与翠玉灵一起离去。

"闪哥,咱们怎么办?"一个恶妖见她俩走远,连忙问道。

赤闪气得怒发冲冠,凶狠道:"还能怎么办?看门呗!"

已经走远的容容神情严肃:"还好阿来走前留了些毒给涂山,如此方解决了赤闪等妖挑衅的危局。接下来,玉灵姐可以带上南国送来的药材安心出发前往御妖国了。"

翠玉灵颔首,看向远方道:"真希望此行能够一并料理了金人凤,替小昙报仇。"

(四十三)祠堂秘密

远在千里之外的王权山庄内,山庄主人,一气盟盟主王权弘业正收敛剑气。此人容貌威严清冷,衣袂在剑气鼓动下猎猎飞扬。

"盟主。"费管家上前两步。

王权弘业收了手中剑，转头看向费管家手中递来的信。他伸手接过后展开看起来，待看到最后，一双眉毛皱在一起："金人凤勾结恶妖，欲利用御妖国中的一气盟搅乱御妖国？消息来源可靠吗？"

　　费管家道："此信是由御妖国中传来的，虽不知传信人是谁，但属下派人核实后，发现御妖国内一气盟首领徐逸惨遭杀害，人、妖两族矛盾激化，而金人凤恰好也在御妖国中。"

　　王权弘业颔首，思忖片刻道："金人凤一向心思歹毒，此番若真能坐实他勾结恶妖之事，便可一举将他治罪，替神火山庄复仇。"

　　费管家抱拳道："盟主放心，明日便是御妖国公主大婚之日，请帖已经送到，我等正可趁着祝贺之时，暗中安排精锐弟子入城相助御妖国，擒下金人凤，厘清神火山庄这些年发生之事。"

　　王权弘业听后，叫住费管家叮嘱道："还有一事。徐逸死后，御妖国中一气盟势力群龙无首，你此行一并将其收拢了吧。"

　　费管家拱手："是。"

　　御妖国花园内，过过正鬼鬼祟祟地躲藏在草丛中，偷偷观察着什么，只见布泰与石宽正两两相望。

　　片刻后，布泰打破了沉默，苦涩道："怎么，阿宽难道连一句'恭喜'都舍不得说吗？"

　　石宽心中酸涩，那句"恭喜"哽在喉咙，终是说不出来，只能跟着布泰的脚步往前走去。布泰深知石宽性格，只继续道："明日成婚后，只怕我再没时间欣赏这城中景致。这么多年，你也算一直相伴于我，今日就陪我好好再看一下这御妖国吧。"

　　石宽眸色中痛意明显，但还是跟着公主边走边看着满园绽放的白昙花。

　　布泰忍着泪水，尽力微笑着道："这里是我第一次见到你的地方，就在这里道别吧。再见，阿宽。"说罢，布泰转身而去。

　　石宽看着布泰的背影，笼在袖中的手微微握紧，他终于鼓起勇气喊住了布泰："公主！"

　　布泰猛地回过头来，眼中生出一丝期待。良久，石宽终于涩然开口道："恭喜。"

　　布泰脸上的失望再难以掩饰，她终是忍不住泪水。而月初慢慢从另一侧走来，轻轻拍着布泰的后背安抚着，石宽见眼前这一对璧人，满眼痛色地转身离去。

　　一直偷偷观察的过过也冷笑着悄悄隐去身形，快速出城朝金人凤的营地奔去。

　　金人凤听了过过的汇报，愕然重复道："那小杂种要和御妖国公主成亲？布泰与石宽可是去苦情树下结缘了，布泰怎会移情他人？"

过过道:"御妖国宗祠唯有皇室大婚之日方可开启,而宗祠内设有阵法,妖族不得踏入,想来布泰是因为这个才选了东方月初为驸马。"

石姬在一边思忖道:"布泰为何要进祠堂?"

过过低声道:"御妖国中传言,说宗祠之内,有一条直通城外的密道……"

金人凤轻蔑道:"这么说,这小杂种与布泰是想从密道逃跑?这帮出身名门的家伙,平日里自诩高人一等,关键时刻却个个贪生怕死。"

石姬皱眉,心里颇有点不安:"移情别恋也好,贪生怕死也罢,总之,这样一个攻城的良机,绝不可放过。"

金人凤一脸阴鸷地赞同道:"届时,就由我这师叔送小杂种一份大礼,让他带着新嫁娘去阴曹地府给东方家的人报喜吧!"

第二日月初便要与布泰大婚,晚上雅雅气不过地在红红房内走来走去,大骂道:"说来说去,都怪那臭小子,若非他行事张扬,布泰公主也不会被他吸引!我这就去把他拖过来问罪!再不出手,等那臭小子跟布泰完婚,天书任务怎么办?苦情树怎么办?"

红红拦住要出门捉拿月初的雅雅道:"你绑了月初来,就能完成任务了吗?"

雅雅一愣,看着红红的表情,忍不住跺脚道:"这两人当真无情。金人凤眼看就打过来了,他俩倒有心思办起喜事来了!"

红红房外,月初面带悲伤地靠在墙上,听着雅雅不停地叱骂。最终他深吸一口气,捂着胸口离去,待听不到雅雅的声音后,他忍痛唤出已经开始自毁的灵元,以指凝聚灵力,自胸口引出一道火色的命力,低声道:"东方洛,这十年的命力至少能延缓你灵元自毁。希望此事过后,妖仙姐姐能早日将你唤回。"

说罢,月初将化出的命力一圈又一圈地缠绕在灵元外,将这颗泛红的灵元包裹得严实。随后,他又唤来一只小粉蝶,伸手轻轻摸了摸粉蝶的翅膀道:"小灵蝶,明日我若出事,就由你来告诉妖仙姐姐灵元所在,让她务必惩治了金人凤,也算为我爹娘报仇了。"

小灵蝶似乎听懂了,围着月初飞了几圈,最终飞向远处,消失在夜色中。

月初看着灵蝶消失的地方,正神色黯然,突然一道银光飞至,在月初手中化作一张字条:"今晚子时,城外绿洲,不见不散。"

"今晚子时?"月初看了看月色,当即皱眉往城外赶去。

城外乌啼阵阵,血色的下玄月吊于树梢,月初走至绿洲中,只见一身着黑袍之人快速出现在月初身后。

月初听到脚步声转过头来,只见那人取下兜帽,正是付澄。付澄没有过多废话,自怀中掏出一张图纸递给月初:"这是金人凤攻城的布局图。"

月初略带惊讶地接过图纸，只见上面果然描绘着御妖国内及周围地形："为何要帮我？"付澄眼中闪过一丝恨意："因为我和你一样，都希望金人凤死。"

月初一怔，神色复杂地打量着付澄，知道她作为药人的苦楚："既然这么恨他，为何不逃走？你若想逃走，我现在便可助你一臂之力。"

付澄心中好似有难言的苦楚，低声道："逃走？难道明日你与公主成亲也是为了逃走吗？明明另有隐情，为何不去解释呢？你心中记挂的，明明就是涂山那只女狐。"

月初惊讶付澄心思之细腻，却掩饰地垂下眼道："你想多了，今时今日，我只想与布泰公主成亲。"

付澄叹了口气道："虽不知你因何如此，但若真不是为了逃走，现在反悔还来得及。须知婚姻并非儿戏，若选错了人，不仅搭上自己，就连子孙后代都要跟着受罪。当年我娘……"说到这，付澄欲言又止道，"算了。总之，你记得，若爱错了人，及时止损便是。"

月初神色清明，正色道："多谢姑娘关心，我与布泰公主是你情我愿。"

付澄脸上的黯然一闪而过，转而换上了一丝桀骜之色。她嗤笑一声，戴上兜帽转身离开。月初见她走远，喊住她道："喂，等回头金人凤伏诛之日，我会让他们饶你一命！"

付澄脚步顿了顿，淡淡回道："等你自己先有命活下来再说！"

月初低头看了眼图纸，转头朝皇宫红红房间方向跑去。

布泰寝殿内，侍女小心翼翼端来一柄宝剑，看着眼眶微红的公主，小心道："公主，这是驸马送您的法宝，说是由他亲手炼化的。"

布泰伸手摸着剑身，看那剑身虽然简朴，却盈溢着灵力之光。侍女观察着公主脸色低声道："法宝炼化需极高的修为，恭喜公主得此良配。"

布泰脸上并无喜色，只将脸埋入喜服中，遮住流泪的脸庞。

月初赶到红红屋外，却被雅雅挡住了："好你个臭小子，这可是你自己送上门来找骂的！忘恩负义，吃里爬外——"

"请大当家出来，我有要事相商。"月初打断雅雅的话说道。

雅雅推他一把道："你走吧，姐姐才不会见你！"

话音未落，红红便披着衣服走了出来，对雅雅道："你先进去。"

雅雅虽然不悦，但还是瞪了月初一眼，气哼哼地走进了屋里。待雅雅走了，红红看向月初问道："这么晚来找我，莫非是你改变主意了？"

月初神情一滞，自怀中掏出布局图递给红红："这是明日金人凤攻城的详细布局，是金人凤身边的药人付澄送来的，当日便是她帮我取了火烛重伤金人凤。"

红红微感意外，接过图纸，一边阅览，一边思忖着。月初接着道："我仔细研究过，有付澄在，金人凤手上的一气盟势力不必担忧，以城内现有战力，好好排布，尚可一战。"

红红收了图纸看向月初道："那你呢？大战在即，你不如与大家合力抗敌，待御妖国危机解除后，再与公主从长计议。"

月初一怔，没想到红红还会提及此事，他张了张嘴，低声道："妖仙姐姐，我意已决，你一定对我很失望吧……从小到大，我一直给你添麻烦，你已经习惯了才是。"说到这，他强忍着情绪，故作无所谓地一笑，"所以这一次，就让我再任性一回吧。"

说罢，月初转身离开。

红红神色复杂地看着月初独自离去的背影，张了张嘴，最终只有一声叹息。

第二日一早，阿来便接到了一路风尘，从涂山赶来的翠玉灵。两人一边往红红房中走去一边互通着消息。

"想不到御妖国的局势比外面传得还要紧张，方才我入城时，城外围了好些妖，都在议论攻城之事，看来攻城也就是这一两天的事了。"

阿来点头道："伤药可备齐了？"

翠玉灵点头道："放心吧，都带来了，这次双方肯定伤亡不——"

阿来连忙一把捂住翠玉灵，咬牙切齿道："就你这张嘴，好的不灵坏的灵，还是少说两句吧。"

翠玉灵也深以为然，赶紧闭紧了嘴巴，跟着阿来来到了红红屋中。

两人到了红红屋中，红红倒先向翠玉灵问起了灵元之事，阿来惊讶地看向红红道："原来东方洛的灵元在月初体内，怪不得那日他找我，奇奇怪怪地问我有没有什么方法阻止反噬。"

红红点头，看向翠玉灵："可有什么法子既能保下灵元，又不损及月初的命力？"

翠玉灵蹙眉道："想让月初与灵元共存，便让他昏睡上几年，如此一来既可保下灵元，又不损及月初的命力。等到我研制出其他法子时，再将他唤醒便是。"

红红脸上闪过失望，还不等她再说什么，便听到喜乐声遥遥传来，红红随着声音望向祠堂方向。

翠玉灵也随着红红视线看了过去："这是……真要成亲了？那小子以前老自诩是你的小跟班，没想到这种事都不和你说……"

翠玉灵的话还未说完，便见红红急急朝门外跑去，她快步跑过寝殿外的走廊，路过花园，红色衣摆在风中扬起。

宗祠外，喜官正手持大婚诏书诵读着："苍穹在上，方仪在下，皇女布泰，秉性端淑，公子月初，举世无双……开宗祠——"

宗祠外，燔柴炉内升起烟火，布泰走上前朝着天际跪拜，随即，又朝祠堂上香叩拜下去。月初上前，慢慢走到布泰身边，布泰低声道："国主大婚，一城的白昙花都会盛开，我曾想象过，像今日这般与阿宽携手……"

月初低声安慰道："若今日能度过此劫，这想象会化作现实。"

随着两人低语，一朵朵白昙花绽放开来，白昙花瓣如雨落下，一身喜服的月初与布泰缓缓走向宗祠，宗祠大门慢慢开启，两人相望片刻，终于踏入祠堂内。

而红红正于此时奔至祠堂门前，眼睁睁看着大门在她眼前合上，一对新人的身影掩于门内。

"月初！"红红开口大叫道。

月初回过头来，在大门合上前与红红对视着，好似一眼万年。

红红看着大门在眼前关上，一时只觉灵元不稳，再次疼痛起来。

"姐姐！"雅雅随后跑到红红身边，气喘吁吁，一脸焦急地道，"姐姐，别管那臭小子！石姬于城外集结人马，恐怕马上就要攻城了！"

（四十四）开始攻城

红红神色一凛，再次望了眼紧闭的祠堂大门，终是转身与雅雅急急而去。

御妖国外，石姬遥遥听着城内鼓乐声，嘲讽道："说起来，东方月初大婚，你这亲师叔该去讨上一杯喜酒才是。"

金人凤脸色难看，冷笑一声道："今日我们提前攻城便是我这师叔送他的礼物。我一定亲手抓住那小杂种，一点点地折磨他，将血毒之仇百倍千倍地还回去！"

他正说着，付澄神色慌张，疾步而来："庄主，出事了！属下在御妖国派往城中的守兵中发现了王权山庄的人，只怕事情有变！"

金人凤惊讶道："王权山庄的人？莫非他们也想插手御妖国的事了？如此一来，只怕棘手……"

石姬讥讽道："打脸来得如此之快。"随后她脸色一沉，带着威胁道，"金人凤，眼下情况不容有变，若是让王权山庄搅乱了大局，我饶不了你！"

金人凤又气又惶恐，连忙吩咐付澄道："赶紧带人混进城中的一气盟弟子里，别误了大事！"

付澄连忙领命离开，石姬冷笑一声，也转身径自离去。

看着城下准备群妖攻城的景象，红红对石宽、雅雅两人吩咐道："石宽，一会儿石姬携众妖攻城时，你便按照此前商议好的计划，打开城门，引他们入城。

城内此前设置好的毒雾阵会自动开启，将他们全部控制于阵中，到那时我便服下半春雪，直取石姬，如此便可在不伤那些妖奴性命下制住石姬！雅雅，金人凤所掌握的那些一气盟势力，便交给你与阿来对付。"

石宽与雅雅肃容应下，分别朝一个方向而去，安排完的红红则忍不住再次朝喜乐奏响的方向看去。

祠堂中，布泰神情焦急地在装饰精致的墙面上摸索着："这么久了还一无所获，难道秘典记录有误？"

月初蹙眉环视四周，视线落至一堵黑色光面墙上，面露疑惑道："这面墙好像不太对劲。"

布泰顺着月初目光看去，也疑惑道："这面墙怎么一道花纹也没有？"说罢，她走到黑墙前，下意识伸手去碰触墙面，突然墙面被白色烟雾所笼罩，这烟雾慢慢形成白昙花的形状。渐渐地，一处机关浮现出来。

"这是？"月初也走过来，看向机关，布泰伸手按下机关，只见墙面上顿时有细细的水流流过，隐隐浮现出妖族图腾。两人仔细观察着，只见水流流过的地方形成一个薄薄的水面，一块极黑却萦绕着彩光的奇石托着一朵盛放的白昙花浮出水面，奇石四周隐隐有巨大的灵阵守护着。

布泰仿佛看到了一线生机，激动欣喜道："果然是破解之法！这是极阴之石，极阴之石一直存于御妖国传说之中，但谁也没见过实物。相传当年先祖皇帝入一气盟，多与妖族交手，为了对付妖族，先祖遍寻法宝，最终从南国取得了能克制妖族的极阴之石。"

月初问道："如此说来，此石便是解开御妖子母符的关键？"

布泰笑着点头，月初上前一步，伸手想要触摸，却感到被一股强大的力量所阻拦，他蹙眉使出灵力去撞击灵阵。在强大的力量对撞下，整座祠堂都开始微微震动起来。月初连忙收回灵力道："这下麻烦了，御妖国祠堂建于法阵之上，极阴之石便是阵眼。若要取石，阵法必会被破坏，整座祠堂顷刻便会坍塌。"

布泰担忧道："难道这就是先祖皇帝所说的'擅动者死'？"想到这，布泰的眼神坚定起来，"便是死，我也要拿下极阴之石，护下阿宽和其他子民！"

御妖国城墙外，众妖至城门下，气势十分逼人。石姬站在众妖之前，大声道："御妖国之人听着，若你们此刻缴械投降，我保证饶你们不死。"

城墙上，红红藏于隐蔽处，小心翼翼地观察着城门外的情形，只见城门缓缓打开一道窄缝，喜乐之声缓缓溢出，石宽孤身一人走了出来。

石姬故作关心道："石宽，你莫难过，待夺了御妖国，我亲自抓了布泰送与你为奴。"

石宽侧身抬手道:"多谢妖尊,城内已经为妖族所占,恭请妖尊入城。"

石姬舒了口气,颔首迈步,正要入城时,却迟疑起来,她眼珠一转,对一旁的一队妖奴道:"你们几个先去探探路。"

石宽皱眉问道:"妖尊信不过我?"

石姬微笑道:"不是我信不过你,是涂山红红太过狡猾,不得不防啊。"

被命令的一队妖奴只得朝城门而去。

城墙之上,红红心中暗道一声"糟糕",连忙着急地隐去身影,想去阻止毒雾阵开启。

而祠堂内,月初与布泰的面色均十分苍白,灵力与灵阵相抗衡着,完全分不出胜负。布泰显然已经力竭,鲜血缓缓溢出唇角,月初连忙收回法力:"这般强取,也不是办法。"

布泰一边自责自己不争气,一边焦急道:"可是,没时间了!"

月初心中也是焦急,他暗自思忖着,忽然像是想到了什么,抬头看向布泰:"为何白昙花在御妖国中如此重要?"

布泰不知月初为何在如此紧急的关头问这个问题,还是回答道:"白昙花乃是御妖国国花,我曾听父皇说,白昙花与御妖国同生共死。"

月初点点头,对布泰道:"我知道如何取石了,只是还需公主配合。"

布泰坚定道:"只要能救石宽和那些妖奴,我一定配合!"

月初走到布泰面前,伸手自布泰额间唤出一丝白色气息,白色气息缠绕在他的指尖,再一施法,祠堂大门缓缓打开。布泰疑惑地看着门外,正想问什么,却感到一股大力将她推出祠堂,身后是月初的声音:"快走!"

布泰踉跄出门,连忙回头,却发现祠堂的门再次紧紧关闭。

月初将缠绕在指尖的、从布泰额间抽出的白色气息注入极阴之石上的白昙花,盛开的白昙花一片片凋落,正好落在几处阵眼之中。

阵法缓缓启动,投射出的光华落在极阴之石上,化作白昙花的纹样,极阴之石慢慢向上浮动。月初当即一跃而起,进入阵心夺石。

城中,当红红赶至,正想阻止毒雾阵时,那一队妖奴已经踏入阵中,瞬间释放出的道道迷烟,让这些妖奴失了灵智。

红红暗道一声"糟糕",转身又朝城门而去。

城外,石姬久久不见那些入城的妖奴回来,脸色渐渐难看起来:"这是怎么回事,这些妖为何久久不回?"

石宽紧张道:"许是情况有变。妖尊少安毋躁,我进去查看一番。"说罢,他转身便想回城,石姬眯眼盯着他,突然暴喝一声:"站住!你竟敢诈降于我!众妖听令，即刻攻城，灭了御妖国，敢有不从者，我即刻毁了他的母符！"

众妖奴立刻高呼着拥向城门。

伴随着攻城声，红红脸色一变，知道计划已被发现。情急之下，她取出最后一颗半春雪，耳畔响起了翠玉灵的提醒："第二颗半春雪的反噬之痛将是前一颗的数倍……"

红红咬咬牙，吞下了那颗半春雪，她正要下去营救石宽时，一只粉色灵蝶飞了过来，停在了她的指尖，耳畔传来月初的声音："妖仙姐姐，东方洛的灵元已经暂时护下，跟着灵蝶便可寻到。放心，我已将部分命力渡给了灵元，短期内，灵元无碍，希望天遂人愿，你收到这封信时，我已拿到解除御妖子母符之法。"

红红蹙眉重复道："解除子母符之法？"突然，她终于明白了所有，她的手微微颤抖着，心痛的感觉蔓延至全身。她回头看向祠堂的方向，自责道："为何我没有早点察觉到你的用意？"

就在此时，剧烈的倒塌声响起，烟尘四起，城中百姓纷纷惊呼起来："祠堂塌啦！"

红红咬牙盯着祠堂方向，又看了眼城门处，低声道："石宽，月初与布泰已经取得解除子母符之法，你再坚持片刻。"说罢便飞身朝祠堂方向而去。

城外，石宽见众妖攻城，连忙凝聚妖力，猎猎的妖风卷起黄沙，震退一片妖奴，余下的妖奴纷纷上前与石宽缠斗起来。石姬眼睁睁看着石宽不停地击翻一群群妖奴，恨恨道："石宽，那样一个贪生怕死，弃全城人不顾的公主，你还要继续维护吗！"

石宽坚毅的脸上没有半点波澜，仍用尽全力阻拦着攻城的妖奴们，他一拳震开几个妖奴道："只要我一息尚存，就绝不会让你们踏过这道门！"

石姬冷笑起来，她化出母符在手中轻轻弹动着："好大的口气，且不说城门能不能守住，只怕你连自己的命都保不住了！"

说罢，石姬将石宽的母符悬于半空，幻化出一道黑线，黑线笔直地将那道母符穿透，与此同时，石宽的身上好似被狠狠抽了一鞭子，顿时出现一道鲜血淋漓的伤口。

石姬狠狠道："御妖国已经名存实亡，你守住了这道城门也无济于事。更何况，你根本守不住！"说罢，她又一次将黑线穿透母符，石宽心中一颤，挺直腰杆面向石姬道："我死之前，你们休想踏入城门一步。这是我石宽毕生的承诺！"

石姬厉色往前一步，众妖跟着往前逼近，而石宽则孤身死守在门前，目光坚定，身上已然多了数道伤痕，却继续咬牙强撑着。

石姬盯着他道："倒是小看了你的毅力，只可惜这一腔真情不过错付了。"

石宽隐忍道:"阿宽忠心公主,至死不悔!"

石姬狠狠地抬手,数道黑线穿过母符,石宽唇边淌下一道鲜血,他身上遍布伤痕、血迹斑斑,但越是危险,他的脸上反而越是浮现笑意,那些曾经与公主在一起的快乐场景一幕幕浮现在眼前,两人相识,奔跑,在苦情树下许诺的甜蜜过往——在他眼前翻飞。

石姬喝道:"为了一个不在乎你的人,连命都不要了!值得吗?!"

石宽猛然抬头,不甘示弱,布泰那一声声"阿宽"不断在他耳边回响,让他保持着清醒。

(四十五)极阴之石

待红红穿过人群,只见身着喜服、脸上带血的布泰正被几名侍女扶起。

"月初呢?"红红快步走到布泰身边,神情焦急地问道。

布泰带着哭腔,指着坍塌的祠堂方向道:"他把我推出来了,自己还在祠堂里!"

红红闻言,连忙将妖力聚拢于掌中,直指向祠堂,烟尘渐渐被妖力吹开,露出残垣断壁,只见其中一个人影趴在地上一动不动。红红神色一凛,飞奔上前抱住那人:"月初!"

月初趴伏在地上,听到红红的声音,吃力地睁开眼睛,他拼尽全力紧紧将红红抱入怀中,以为这是死前的一场梦,低低笑道:"想不到,最后还能听到妖仙姐姐的声音……"

红红一怔,只觉月初伸出的手冰凉,伸手将他抱住,低声道:"婚礼既因如此,你为何不同我商量?"

月初痴痴地盯着红红道:"我怕你不同意,更怕你……同意。"

红红心弦好似被人轻轻拨动了一下,眼眶盈满了泪水。接着,她见月初用沾了血和灰尘的手颤抖着拿出了一块石头道:"这是……极阴之石,只……要毁了它,御妖国就有……救了。"

红红惊讶地看着极阴之石,还未说出什么,就见月初神情痛苦地咳嗽起来,唇边溢出了鲜血。她连忙伸手帮月初抹去鲜血,却见月初抓住她的手道:"妖仙姐姐,好想陪你再吃一次烤鸡。"

红红心疼地点头道:"好,以后鸡翅膀都留给你吃。"

月初强忍着痛苦低声道:"那我赖上你了,你这一辈子都不许反悔,一辈子……"话音未落,他的口鼻都开始溢出鲜血。

见此情景，一边的布泰和侍女们也都连忙上前，想要帮月初止血。正混乱着，远处侍卫大声疾呼起来："不好啦！城要破啦——"

红红收敛情绪，带着灵力在月初身上的几处穴位上拍打一番，接着施法将他抓入小小的灵力球中，忍痛送进自己心口。

此时在红红的心口幻境中，茫茫雪原里的那棵小小的梅树已然凛凛有姿，逐渐长出越来越多的花苞，布满枝头，微风吹过，一朵小小的花苞绽放开来。

御妖国街道内，付澄正带领着神火山庄弟子们与城内妖族对峙，双方僵持不下间，一根冷箭陡然射来重伤了付澄，像是吹响了战斗的号角，双方人马战作一团，而付澄捂着伤处，看似搏斗，暗地里却刻意保护着弱势的小妖。

城门外，石宽已然伤痕累累，他却仍不屈不挠地拦在门前："我就算是死，也不会让你们踏入城池半步。"

石姬残忍一笑，将手中的火焰燃向石宽母符，道："好痴情的妖。既然想死，我便成全你。"

就在火焰即将点着母符时，城门忽然缓缓开启，着一身大红喜袍的布泰朝着石宽疾奔而来："住手！"

众人见到布泰，均是一怔，石宽更是意外至极，他一面将布泰护在身后，一面问道："公主为何来此？不是要从密道逃走的吗？"

布泰坚定地盯着石宽道："你在哪儿，我就在哪儿！"

石宽愣住，众妖也都愕然看着眼前一幕。石姬面色恼怒，狠狠道："长久以来，御妖国以子母符控制妖族，现在万恶皇族的最后血脉就在这里，杀了她，为死去的同族雪恨！"

众妖奉命搏杀，还未冲上前去，就听见阵阵铃音自城内传来，红红脸上沾着血污，凛然走出城门。

妖奴们见到涂山红红，均胆怯起来。"是涂山红红！""世上最厉害的大妖！"

石姬含恨看着红红，数百年后，昔日的生死之敌如今第一次正式重逢。风带起红红的衣摆，露出了她光滑的胳膊，而石姬低头看着自己袖中布满伤疤的肌肤，眼中痛意更甚。

"石姬，你重凝灵元，就是要再一次为祸妖族吗？"红红冷声喝道。

石姬阴狠道："真正为祸妖族的是谁？四百年前，若不是你背叛，妖族已经成为六域之主了！你们怕什么，涂山红红灵骨已失，不足为惧！都给我上，否则别怪我烧了你们的子母符！"

听到这话，布泰鼓起勇气上前一步，朝着众妖大声开口道："我知道此前皇室以御妖子母符奴役控制妖族，伤害了大家，今日，我已决定破除御妖子母符！"

说罢，布泰掏出极阴之石，石块流光溢彩，灵力充沛："此物是御妖国镇国之宝极阴之石，也是维持御妖子母符效力的关键，我将当众毁去此石。从今以后，世上再也不会有御妖子母符了！"

听了这话，不光石宽，众妖皆是一片哗然，或惊喜，或不可思议地看向布泰。

其中一个妖奴试探地问道："御妖子母符是御妖国立国之本，你怎可能舍得毁去？"

布泰微微一笑，看了眼石宽道："当初用子母符是为了壮大御妖国，如今，子母符却为恶人所利用，逼得诸位叛出御妖国，与城中亲友自相残杀。我不愿你们再受此符所胁迫，毁去此符后，你们便自由了。"

说罢，布泰深深看了眼众妖，对红红颔首示意。红红伸手凝出巨大妖力，直打向极阴之石，石姬却突然出手，一道妖力裹挟着极阴之石抛向空中。

红红见状，与石姬同时跃起抓向极阴之石，红红手快一步将极阴之石拿在手中，石姬见状，一边朝红红袭去，一边朝众妖下令："都给我上，谁敢不从我就毁了他的母符！"

石宽上前一步大声道："都别听她的！大家齐心协力，夺回母符！"

众妖闻言，也都下定决心，追随石宽朝石姬攻去。

石姬背腹受敌，面色一沉，凝出妖火就要烧了所有母符。母符开始燃烧起来，石宽浑身冒血，疼痛难忍，布泰见此情形，情急之下用月初炼制的法宝一剑穿透了石姬的掌心。而石姬掌心虽被穿透，却仍不松手。双方拉扯间，红红凝出一道红色妖力拔地而起，直冲极阴之石而去，极阴之石瞬间化作黑色粉末撒落一地。

极阴之石被毁，石宽身上的疼痛消失，他不敢置信地摸了摸后颈，发现子符已经消失。布泰含着泪笑了起来："太好了，御妖子母符已经解了！"

不少妖奴也发现自己后颈的子符被解开了，都停下了厮杀，欢呼雀跃起来。

石姬见大势已去，含恨使出妖力击向欢庆的妖奴们："背叛我的人，通通去死！"

众妖毫无防备，眼看就要被杀死，红红急忙飞身挡在众妖面前，凝起妖力相护。双方妖力撞在一处，爆出巨大光芒，卷起满天烟尘。待烟尘散去，石姬吐出一抹殷红，含恨逃去，红红额间的血痕也再次溢出，脸色苍白得站立不住。

众妖见事态平息，再次欢呼起来。欢呼声中，满天的粉色羽花如雪般纷纷扬扬飘落，布泰含情脉脉地看着石宽道："阿宽，那一日，苦情树下……"

石宽也凝望着布泰道："我知道，一直都知道。"

这一次，石宽终于主动紧紧地抱住了布泰。布泰眨了眨眼，终于幸福地回抱住了石宽。

（四十六）公主之死

御妖国城内，付澄在暗巷中捂着伤口，看着雅雅。阿来和过过等妖大显身手，将神火山庄与一气盟的弟子打倒在地。

雅雅拍了拍手，俯视着这些弟子道："还好姐姐厉害，早就料定金人凤留有后手，让我们提前在这里候着。"

阿来笑看着雅雅，接着道："还有雅雅姑娘以一当百，手到擒来，分分钟就搞定了这群金人凤的走狗。"

一边的过过看着阿来与雅雅的互动，眼中闪过一丝醋意与阴郁。而被保护了的妖奴们也纷纷过来向雅雅和阿来道谢，众人正和乐融融，粉色的羽花缓缓飘落，雅雅欣喜道："羽花！看来前头也已经顺利解决，姐姐的天书任务完成了！"

阿来也欣然道："走，去帮翠玉灵医治那些受伤的妖奴吧。"

涂山中，苦情树下的寂静被喜鹊的歌唱打破，树梢中的羽花瞬间簇簇盛开，争相怒放，渐渐地将整座涂山都笼罩在粉色的花雨之中，勿离、九霜等小狐均满脸兴奋地聚集在学堂中，而容容的发梢上都落满了羽花。

"容容姐！"勿离小跑着迎上去，激动道，"你瞧这漫天羽花，定是大当家完成了红线任务！"

流觞得意道："这还用你说，这天底下，什么是咱们大当家搞不定的！"

九霜也凑了过来："这么说，御妖国的动乱也平息了？"

容容不置可否，抬手轻轻拂开一朵羽花，眼神含笑道："苦情树大盛，那姐姐的妖力也定然会更强，我们就静等消息吧。"

漫天花雨中，布泰与石宽紧紧相拥着，红红看着眼前一幕，微微笑着捂住了胸口，红红心脏中，包裹着月初的灵力球缓缓飘浮着。她闭上眼睛，整个人再也支撑不住，缓缓倒地。

"姐姐——"从城中出来的雅雅正看到这一幕，连忙与阿来、翠玉灵奔到红红身边。突然间，御妖国的天空似乎染上了粉色的光晕，形成巨大的灵力将红红包裹起来，强大的灵力注入红红心口，她整个人周身盈满了光芒。

红红在灵力包裹下慢慢睁开眼睛，她的修为比之前更为强大了，失去的灵骨也被灵力所修补着。

雅雅欣喜道："恭喜姐姐！苦情树得到情力反哺后壮大，姐姐的妖力也比之前更为强大了！"

红红回头看着石宽和布泰，眼中带着欣喜与安慰。

御妖国城外营地中，付澄灰头土脸地站在金人凤面前："属下无能，着了涂山二当家的道，不仅没保住弟子们，而且听说……听说他们把人都交给了王权山庄的费管家。"

金人凤脸色一白，强忍着痛苦骂道："滚！要你何用！"

话音刚落，只见众多一气盟弟子鱼贯而来，将金人凤等人团团围住，费管家在最后出现，见到费管家，金人凤脸上浮起一丝忌惮。

"这不是金代庄主？许久不见。金代庄主不好好守着神火山庄，怎会在此？"

金人凤强忍不快，装傻道："自然是跟费管家一样。一气盟为何而来，本庄主便是为何而来。"

费管家盯着金人凤道："我怎么听闻，金代庄主与恶妖勾结，搅乱御妖国！"

金人凤毫不掩饰道："不错，本庄主如此，全是为了一气盟！"

费管家警惕地看着金人凤道："是吗？那我可要好好听听了。"

金人凤冷笑道："王权弘业这个盟主当得轻松，御妖国人妖矛盾已久，他山高皇帝远，不管不顾，却不知妖奴们早已生了反心。若非本庄主及时插手，早就酿成大祸。"

费管家略带薄怒地听着金人凤胡扯，反驳道："石姬焚毁妖奴母符乃众人亲眼所见，你与她合作，不少妖奴都能做证！"

金人凤丝毫不怕："本庄主不过是为了拿到母符才与她假意合作。"

费管家冷哼："眼下石姬已逃，你自是怎么说都可以。"

金人凤看了眼费管家："那只能请费管家擒到石姬后，再来与本庄主对峙了！"说罢，他朝付澄道："走！"

费管家眼看着金人凤带着付澄大摇大摆地自自己眼前离去，心中暗恨，咬着牙根。

御妖国中，红红回到房中，将月初自心口取出安置于床上。翠玉灵连忙施法为他疗愈："亏得你以心口灵力护住了他，这才让他捡回一条性命。我方才已经为他疗愈过，只要好好休养，不日便会醒来。你也是，人、妖气息有别，你这般护着他，简直是拿自己的生命冒险。更何况你已经被石姬伤了灵元……"

红红闻言，松了口气，打断翠玉灵的话："好了，别说了。"

翠玉灵冷哼道："不想让我说，那就好好珍惜自己的身体。所幸苦情树得了情缘后反哺，你的妖力得以提升，甚至强于了全盛时期，这才能够护得住你，否则，你定性命堪忧。"

红红知道翠玉灵是关心她，连忙道："我心中有数。"

翠玉灵见她这样，不再劝说，掏出了一瓶药递给红红道："这是护心丹，以你现在的妖力，再加上此药，慢慢将养，恢复不难，但是我还是要提醒你，下不为例啊——"

红红一边帮月初盖好被子，一边无奈道："知道了，你再说下去，耳朵都要起茧子了……"

御妖国街市上一反前几日的寂静，恢复了往日的生机。来往的妖族、人族均神色欣然，一幅祥和之景，孩子们一边唱着童谣，一边在街道上嬉戏玩耍。

布泰挽着石宽的胳膊并肩而行，时不时相视一笑，爱意好似要满溢而出。

"那日你被她以子母符胁迫，受了这么多伤，现在想起来，我仍是后怕不已。"想到当时的情景，布泰仍是心疼得不行。

石宽也心疼地看着布泰道："你又何尝不是？你瞒着众人，与月初公子冒死取来极阴之石，总之，答应我，下次不许冒险了。"

布泰点点头道："好，我答应你。只要御妖国内和平安宁，无论人、妖，都能幸福地生活着，我必不会再冒险。"

石宽也认真许诺道："我一定会努力助你守护御妖国。"

布泰露出俏皮的笑容，道："有阿宽这句话，我可轻松多了。放心，我一定好好地陪你，一生一世，白头到老。"

两人深深对视着许下诺言，继续向前走去。街道上的人与妖越来越多，熙熙攘攘，好不热闹。不远处，一位老妪正打理着一捧一捧的白昙花，布泰露出心动之色，对石宽道："且等我一下。"

石宽看着布泰的身影没入人群，朝着那卖花摊子而去，他微微笑着，耐心在原地等待。而不远处，有一神秘人戴着兜帽眼光冷冷地看着布泰，慢慢尾随来到她的身后。一道寒光划过，利刃穿透布泰的腹部，涌出大量的血花，那人道："布泰，这是你应得的下场，御妖国皇族折磨妖族数百年，仅仅毁掉子母符便想赎罪？做梦吧。"

神秘人得手，低声说罢迅速离开人群。石宽此时发现不对劲，他连忙拨开人群朝布泰奔去，一把抱住了缓缓倒下的布泰，他浑身颤抖着一边叫着"公主"，一边将妖力不停地往布泰体内输送，却无法阻止布泰面上的生机迅速流逝。

布泰费力地拉住石宽的手，虚弱贪恋地望着石宽道："没、没用了……阿宽，对不起，我食言了……幸好这城中的妖族都信服你，以后，你就是他们的妖帝……"

阿宽一把抱起布泰往皇宫方向跑去："别说话，别说话！一定有救的，我带你去看大夫！"

布泰面如纸色，轻轻道："我、我不行了，放……放我下来，我想……再、再看一看你……"

石宽眼眶含泪，停下了脚步，极尽小心地将布泰放在地上，任由布泰伸出染血的手覆在自己的脸颊上："阿宽，今日这样的局面，我已无憾，只是有些可惜，以后不能再陪你了。不过，我们两个已经在苦情树下结缘，将来无论如何，我都会以另一种方式相伴在你左右……"

石宽流着泪不停地摇头，想要以妖力延续布泰的生命。布泰含笑仰起头来，深深地吻住了石宽，布泰的眼睛缓缓闭上，一滴眼泪顺着眼角滑落，手也无力地垂落下去。

很快，御妖国的街道上再次安静下来，甚至比往日多了几分肃杀之色。雅雅与阿来在城门下会合，脸色肃穆道："都清查过了？"

阿来点头道："城中并未有可疑的妖。"

雅雅也脸色难看道："我这也确认过了，布泰公主出事以后，并无妖出城。"

"那么究竟是谁下的手？"阿来与雅雅对视一眼，脸上都是疑惑。

雅雅沉吟着道："能在阿宽的眼皮下暗杀公主，妖力一定不弱。"

阿来思忖着："在这个时候刺杀公主，无疑是想要再次挑起人与妖的另一轮冲突，眼下要尽快安抚好城内之人，千万不能让对方意图得逞。"

金人凤营地中，石姬面带恨意骂道："若不是我的人杀了布泰，这一次当真是大败！"

金人凤也是面色颓丧，小心翼翼道："不知妖尊可有剥除灵血内火烛的法子？若是灵血继续毁败，神火山庄只怕要落入那贼子手上，到时候，妖尊将又少一助力啊。"

石姬冷觑着金人凤，冷笑道："别以为我不知道你打的什么主意，耗费神力给你解毒，你也配？这次御妖国之行，若不是你出了纰漏，涂山红红何至于胜得如此轻松？现在布泰已死，涂山红红一定会查个究竟，你若还想活命，便赶紧收拾妥当滚回神火山庄吧！"

金人凤面色灰败，冷汗淋漓，垂着头，脸色又羞又恼，朝石姬行了一礼后，快步离去，而石姬则面色森然地看着御妖国的方向，低声道："涂山红红，布泰的死只是个开始……"

（四十七）成立妖盟

此时，红红正看着昏迷的月初，目光中满是柔情："御妖国的冬天来得早，这几日恐怕就要落雪了，也不知道你能不能赶上这初雪。"

说罢，她便替月初将手放入被子中，不想却突然被月初反手抓住，红红惊了一下，随即兴奋道："你醒了？"

月初闭着眼并不睁开，只小声道："别动，再让我抓一会儿。"

红红连忙将他手甩开，气道："你早醒了，为何装睡骗我！"

月初见红红生气了，连忙挣扎着起身道："这不能怪我，一开始我看你在床边守着我，还以为做梦呢……妖仙姐姐，我知错啦。"

红红看月初大病未愈的样子，也生不起气来，只叹气道："你瞒着众人冒险取石，置自身安危不顾，若当日我未能及时赶到，你真的出了事，如何对得起当年以命护你的父母？如何对得起我……和其他等你回来的朋友？"

月初知道红红是真的生气了，自责道："妖仙姐姐，我错了，不该拿生命冒险。"

红红还是没好气道："还有呢？"

月初愣了下："还有？"

红红肃穆道："你更不该舍命力护灵元。人于世上的时间本就短暂，你怎能随随便便舍弃十年？"

月初心里有些酸涩，眼中带着委屈道："我……灵元开始自毁，唯有命力才能护下灵元。你那么在乎他的灵元，我怎能任由灵元毁掉，让你伤心？"

红红意外地看着月初，轻声道："不用你帮，即便你不出手，我也早已做好了计划。"

"什么计划？冒着被反噬的危险吗？"月初看向红红。红红避开月初的目光道："守护涂山、守护妖族是我的职责，至于何种方式，并不重要。"

月初听红红这般说法，也动了气道："是，你是涂山当家，守护是你的职责，可你也是肉体凡胎，有心，有感觉，你会受伤，也会寂寞。你护了众人，谁来护你呢？世上总该有个人像我护涂山一样护着你！"

红红看着月初眼中的真诚与深情，沉重得好似她无法承受，只得逃避开来，她另起话题道："你刚醒，有件事还不知道，布泰公主遭人暗算了……我带你去看她。"

月初起身，与红红和门外的雅雅一同来到了布泰的寝殿，只见床上的布泰双目紧闭，好似睡着一般。

雅雅眼眶微红，低声道："苦情树大盛，还反哺了姐姐灵力，我以为他们会幸福地相伴相守。"

月初也悲伤道："公主与我查到，曾有一任国主同样爱上了妖，却最终未能在一起，公主比先祖勇敢，不但跨出了这一步，还改变了御妖国……"

红红心里难受，一直望着布泰，只见在白昙花的簇拥下，布泰静静躺着，一点淡蓝色的星芒聚于她的心口，久久不散。见此情景，红红上前以灵力探入布泰心口,只见碎裂的灵元聚成一团,而那半片散溢着淡蓝色光芒的北山之心相护其上。

月初也惊讶问道:"这是?"

红红思忖着道:"当初石宽与她于苦情树下结缘的法宝护下了她散碎的灵元,而那里面的妖力则是阿宽的。当初许愿,看来阿宽是以自己的妖力起誓。"说罢,红红翻手化出天书,只见石宽与布泰的过往汇成了一张张半透明的书页,飞速掠过后逐一落在了他俩的这一页天书上。当所有画面渐渐淡去后,石宽的名字上却闪过一缕强劲的妖力,被半截红线紧紧缚住。

雅雅从旁看得清楚,惊疑叫道:"红线只断了一半,这究竟是怎么回事?"

月初思索片刻道:"苦情树得到情力后反哺,说明已经感知到他们排除一切困难,彼此相爱的心意。这未完的红线,应当是他们之间未尽的缘分。"

顺着月初的话想下去,红红脑海中又闪过了布泰与石宽在苦情树下结缘的场景,她好似明白了这前所未有过的人妖结缘之条件,颔首道:"原来人与妖之间结缘、续缘,只需两个真心相爱者在苦情树下,以法宝和妖力许愿,亲口说出'我愿意'。"

日落月出,石宽踏着月光再次走入布泰寝殿内,望着往日熟悉的陈设,他好似能够感觉到布泰还活着。红红看着石宽孑孑而立,面露不忍地走了进来:"你可记得公主当初在苦情树下许的愿?"

石宽一怔,想起了当日两人在苦情树下结缘的画面,不由得心痛地闭上了眼睛。

"她一定不希望你就此伤心颓废、一蹶不振。她如此深爱你,你能否替她守护好她的国家和子民?眼下除了你,还有谁能替她守好御妖国?"红红低声问道。

石宽红着眼眶看向红红,沉默片刻道:"阿宽,会守护好公主的御妖国。"

红红刚面露欣慰之色,月初的声音便从身后传来:"既然如此,首先这'御妖国'三个字便要改去。人与妖互相平等,人既不御妖,妖也不御人。"

红红与石宽望去,见月初走入殿来,虽然他伤势未愈仍有些虚弱,但精神是大好的样子。石宽琢磨着他的话道:"确实,只是这个名字还需大当家……"

红红看向窗外说道:"此处地处北山,何不更名为'北山'?"

石宽望向布泰常坐的地方,想起自己献给布泰的北山之心,颔首道:"我想公主应该会喜欢这个名字……大当家,我与她真的还能以另一种形式相逢吗?"

红红坚定道:"你们两个既然已经结缘,我想苦情树一定会有安排,只不过,需要你耐心去等待。"

石宽看着晚风吹过窗棂,好似布泰趴在窗边低声唤着自己的名字,他不由得柔软了眼神:"我懂了,我会继续等待公主,永远。"

一夜过去，雅雅拿着个木盒快步走到红红屋中，道："姐姐，有人将此物送至城外，指名要交给你。"

红红调息完毕，从榻上下来，接过木盒打开，只见里面竟然是那把刺杀布泰的利刃，刃上染血，凝聚着一团黑雾，黑雾上传出石姬的声音："布泰之死只是开端，日后，会有更多人死于妖族之手！"

雅雅没想到石姬如此嚣张，骂道："可恶，这笔账，早晚要替公主讨回来！"

话音未落，月初便匆匆而入："妖仙姐姐，城中闹起来了，快去看看！"

红红脸色一变，收了木盒带着雅雅与月初便往城中走去。

城中成群的人与妖正情绪激动地对抗着，旁边的屋舍烟尘飞扬，已经被焚毁大半。

"究竟是怎么回事？"石宽站在人与妖之间问道。

"公主承诺过我们。"一个妖族愤愤地说道。

"不错！他们仗着一气盟相护，非但不讲理，还连伤数妖。"另一个妖也仇视着对面的人。石宽仔细看来，这几个妖身上确实带伤，显然被打得不轻，他沉下脸望向众人："为何伤他们？"

众人中站在前面的一个也不甘示弱道："是他们凶残成性，先杀了我们的公主，我们要替公主报仇！"

"公主不能白死，必须要让这些妖滚出御妖国！"身后的人也大声喊起来。

众妖听了这话，恼怒之下，直冲上来与这些人打作一团。

"住手！"石宽拽住一个却拉不住另一个，他说出的话也完全淹没于两族的争吵谩骂之中。

突然，阵阵铃音伴随着一道巨大的妖力而至，猛然震开双方人马。红红着一袭红衣从天而降，强大的妖息让所有人不敢造次，她冷冷扫过众人道："布泰公主不是他们所害。"

众人你看看我，我看看你，带头的有些迟疑道："就凭你一句话，就能证明公主不是他们所杀？"

石宽突然道："我亲眼所见，杀公主的妖妖力高强，远在这些妖之上。"

那人壮着胆子反驳道："你是妖，自然护着他们说话！"

红红看着众人道："他是布泰公主亲手指定的下一任国主！"

听了这话，人、妖两方均纷纷议论起来，一个人小声道："那日我听到了，的确是公主亲口说让他当国主的。"

另一人族也点头道："我也听见了。"

红红眼神冷冽地扫向争斗双方："妖尊当日作乱未遂，是以暗害布泰公主。

你们这般人妖争斗，正是她所愿。若是这帮妖是恶妖，在你们烧毁他们屋舍时，他们便已经取你们性命了！他们虽然是妖，却也和你们一样厌恶杀戮，渴望安宁。人有恶人，妖有善妖，你们共同的敌人是妄图挑起人妖之乱的妖尊！"

这一番话说得人、妖两方均深以为然，双方看向对方的眼神不再充满仇视。月初见大家都冷静下来，走上前道："好了，都散了吧，以后人、妖和睦相处，不要动不动就打架了。散了吧，都散了吧。"

众人也察觉到了自己的冲动，纷纷散去。见纷争解决了，红红也要离去，却被众妖围了上来。

月初惊讶地看着这些将红红围住的妖，问道："还有什么事吗？"

这些妖望着红红，突然纷纷跪了下来。

跟在身后的雅雅也吓到了，连忙道："你们有什么事跟姐姐好好说，这是做什么？"

红红也侧过身道："起来说话。"

众妖奴满怀感激地望着红红，其中带头的道："大当家，当日在城外，若不是您力战妖尊，我等当日就算没死，也一定为那恶妖所迫。今日，又是您替我们洗刷冤屈，我等感念大当家恩德，请受我等一拜！"

说罢，众妖朝红红深深一拜。

红红视线落在这些妖奴身上，见他们衣衫褴褛，因与人族冲突而沾上了灰尘与血迹，目光中露出不忍，一边扶着他们起来，一边心中有了想法。

待红红回到皇宫，她叫来众人齐聚于布泰寝宫，将心中想法道出。

"姐姐想成立妖盟？"雅雅惊讶地问道。

"正是。城中人族有一气盟相护，待将来月初练成法宝，还会赠予他们，妖族处境却是艰难。"红红颔首答道。

雅雅想到今日在城中看到的妖奴们，赞同道："是啊，虽然有妖力傍身，可一旦真的伤人，便要沦为恶妖，为人、妖两族所不容。若真能成立一个妖族自己的妖盟，既能保护弱小，也能约束豪强，于妖族来说不失为一件大好事！"

阿来也若有所思道："不仅如此。石姬意在挑起两族矛盾，若有妖盟代表妖族与人族沟通，一来有助于化解纷争，二来必要时可以联手御敌！"

月初也点点头："是这个道理。眼下石姬仍虎视眈眈，若不尽快将众妖联合起来，又会有更多妖为她所逼迫，成为伤害人族的爪牙！"

石宽笼在袖中的手微微攥住，望向红红道："大当家，不能再发生此前那样的悲剧了。石宽愿意率领北山的妖族加入妖盟，听凭大当家号令！"

阿来也迎合道："也算南国一份！"

翠玉灵笑道："还有蛭妖一族。"

红红扫视在场众人道："与石姬之战还只是开始，日后她定会掀起更多血雨腥风，有了妖盟，也能联合更多妖族，对抗她！"

月初道："既然要做，我们就要做得正式一些，让六域的妖族都知晓有一个妖盟，弱者可以得到庇护，强者可以匡扶正义，守望互助，一道守护六域安宁！"

雅雅振奋击掌道："说得好！"

第七章 确认心意

（四十八）妖帝继位

三日后，石宽、红红等均立于御妖国城墙之上，北山妖帝的继任仪式正式开始。城门上"御妖国"三字在石宽的妖力下震碎成粉，纷纷扬扬落下，空出来的地方慢慢浮现出"北山"二字，围观的妖奴们均欢呼雀跃。一时间，整个御妖国均充斥着"北山妖帝"的大名。

石宽伸手压下欢呼，缓缓开口道："日后，城中不再有妖奴，人与妖，俱是北山的子民。"

众妖欢呼更甚，就连人族都加入了狂欢之中，费管家看着这一幕，躬身道："恭喜妖帝。"

石宽回礼："多谢费管家。"

费管家摇了摇头道："惭愧，城中一气盟弟子本由徐逸统管，不想他遇害后，竟被恶妖钻了空子。日后，王权山庄定会约束城中弟子言行，还请妖帝放心。"

石宽颔首，转过头去看向城门处，只见陆续有各处妖族纷纷而至，费管家略显惊讶道："想不到妖帝继任仪式竟如此热闹，南国、蛭妖等各处妖族均来了。"

石宽摇摇头，朝不远处红红的方向看去："城中另有一件大事，从今以后，妖族将有自己的妖盟了。"

费管家顺着石宽目光望去，只见涂山红红着一袭红衣，灿烂夺目、气势十足地站在城墙之上，俯视着城下的妖族和人族："长久以来，妖族有弱小备受欺凌，也不乏肆意妄为，残害同族的败类。今日，涂山红红在此成立妖盟，立誓相护弱小，严惩恶妖！"

费管家神色复杂，喃喃自语道："原来如此。"

红红的话音落下后，石宽率先带领着北山众妖拱手道："北山愿加入妖盟，尊盟主之命。"

城下，阿来也带领南国妖族朝红红行礼道："南国也愿加入妖盟，共创妖族和平。"

翠玉灵微笑着率领蛭妖行礼道："蛭妖一族愿加入妖盟，一同惩奸除恶，造福妖族！"

另有些弱小的妖也凑了上来，犹豫着问道："敢问盟主，我们这样的小妖也能加入吗？"

红红凝视着加入她麾下的妖族，颔首道："只要遵循妖盟守则，不欺凌弱小，不为恶作乱，妖盟不拒任何妖族加入。"

众妖听说后，当即兴奋起来，纷纷叫嚷着要加入其中。城下一个角落中，过过冷冷地看着这一幕，眼中闪过怨毒之色。

仪式结束后，御妖国恢复平静，红红带领涂山众人拜别石宽，回到涂山。再次站在苦情树下，看着苦情树较之往日更加繁茂的枝叶，红红面露欣慰之色。容容走上前来："眼下北山的危机总算是过去了，东方洛灵元无碍，长老也从生岛返回，姐姐身上的担子终于可以缓一缓了。"

红红想到了什么，眼眸一暗："暂时还缓不了。石姬归来，她背后定还有一股更为神秘强大的势力存在。"

容容却好似没那么担忧："我倒是觉得今时不同往日。当年我们姐妹能力尚弱，都能将石姬赶出涂山，如今，涂山实力大增，姐姐又有妖盟，可以联合众妖之力，必能扶正灭邪，还六域太平！"

红红看着容容坚定的目光，心中忧虑好似也消除了大半。

回到小阁的月初则看到桌上堆满了具有涂山特色的各式礼物，不由得疑惑起来，还不等他搞明白，流觞就又抱着一堆礼物走了进来。

"这是？"月初指了指礼物，又指了指自己。

流觞放下礼物，解释道："这不是你受伤了吗？我们可都听说了，你在北山表现不俗，要不是你，天书任务还不一定能完成呢。你为了咱涂山把命都豁出去了，咱们自然也要表示表示。对了，给你看看这个！"

流觞说着，鬼鬼祟祟从怀里掏出个册子递给月初："这在涂山可是禁书，我托他们从人族集市买回来的，看都没看就给你拿来了，够意思吧？"

月初接过来一看，封面上写着"结缘宝典"四个字："你送我这个做什么？"

流觞白他一眼道："你这话说的，上次是谁偷偷拿我的书看来着？要不是你喜欢，我能送给你？"

月初一把将书塞回流觞怀里："我不要，用不上。"

流觞好奇地问道："怎么用不上？你正值青春年少，说不定哪一日便春心萌动了。"

月初自顾自地走到床边躺了上去："我喜欢的人啊，早有心上人了，所以我决定，把她藏在心里，默默喜欢她就好了。"

流觞一听，急忙凑上去，见他神情沮丧，"哟"了一声道："看你这般情态，该不会是看上哪个有夫之妇了吧？"

月初皱眉道："别瞎说，她还未婚嫁呢。"

流觞道："那你垂头丧气个什么劲儿？"

月初想了想，从床上坐起来："好像是不应该沮丧。我长得不差，性格幽默，关键时刻也挺能打，又可以天天陪在她身边，我这么好，凭什么不能让她喜欢我？"

流觞点点头，一想又觉得不对劲："你这天时、地利、人和都占了，怎么还没在一起？"说到这，他似乎想起了什么似的道，"你该不会连心意都没让人知道吧？哎呀，你这个呆子！平时看你挺机灵的，怎么到这事上这么傻啊！追求幸福，追求幸福，你不追，哪里来的幸福啊！"

流觞一段话点醒梦中人，月初深以为然地点点头，转身就往斜光阁跑去。

来到斜光阁，月初推门的手却在门边僵住，他紧张地徘徊起来，给自己鼓足了劲儿才决定敲门。可门还没敲开，雅雅就从房梁上掉了下来："哎哟！"

月初惊讶地看着摔在自己面前的雅雅，连忙将她扶起来："雅雅姐你这是？"

"看什么！酒买多了，休息一下不行啊！"雅雅揉着摔疼的胳膊，打量着月初道，"臭小子，来找姐姐了啊？姐姐往双生峰去了。"

月初惊讶道："你怎么知道我是来找姐姐的？"

雅雅哼了一声，叉着腰道："我当然知道。哎哟，过过呢？说好了来接我，又跑哪儿去了……"

月初满脑子想的都是红红，看雅雅站稳了，转身就往双生峰而去。

过过不知雅雅在找他，正独自坐在学堂里，拿着一只黑色灵蝶思索着。石姬传来的消息是让自己替她猎取修为高强的妖丹。看来北山之行石姬受创严重，需要高级妖丹补养才可。

"过过，不是说好了去市集找我，为何现在还不动身！"雅雅的声音从门外传来。过过连忙捏碎手中灵蝶，转过身来，略带心虚道："我……我一时修炼入迷，竟忘了时间。"

雅雅愤愤地将酒壶往过过手里一扔道："借口！我还不知道你？准是又偷跑出去玩耍了！"

话音刚落，那扔过来的酒壶就往地上滑落下去，情急之下，过过下意识凝起一道妖力接住了酒壶。雅雅惊讶地看着这道妖力，开心地跑过来大力拍着过过道："行啊，看来这段时间，我督促你用功的力气没白费，有潜质！雅雅姐看好你！"

过过一开始还心虚，见雅雅开心，也跟着高兴起来，正想说些什么，便见阿来走了进来："雅雅姐看好谁？"

　　见到阿来，过过的脸色一沉，笑容收了回去。雅雅却十分高兴地拉着阿来到了过过面前："我跟你说，过过最近修为进步神速，我教人的水平不错吧？"

　　阿来微微惊讶地打量着过过，而过过在阿来的视线下微微避开眼神。阿来带着笑意盯着过过道："既如此厉害，我倒也想见识见识。过过，不介意我跟你对上几招吧？"

　　雅雅当即点头："自然可以。过过，快啊，阿来修为颇高，得他点拨，必于你大有助益！"

　　过过看着阿来的目光心里发沉，却也只得点头，他摆好架势，凝力以驱魔一式朝阿来袭去。阿来原地不动，只侧身避过过过，几个回合后，过过露出破绽，阿来一把钳制住他的胳膊，过过立刻露出痛苦的神色。雅雅见状，急忙上前分开两人，一边心疼地替过过看伤，一边埋怨阿来道："你明知道过过修为不及你，下手还是没个轻重。"

　　过过捂着胳膊上的伤，低垂着头，眼中却流露出一抹让人心寒的恨意，阿来看不到过过的表情，心中却闪过一抹怀疑。

（四十九）确认心意

　　月初得了雅雅的消息往双生峰跑去，他来到洞外，却再次踌躇着不愿进去，心想，妖仙姐姐和东方洛在里面，自己还是不要进去当着东方洛面告白为好……

　　月初站在洞口环顾四周，只见花草葱郁，并无人影，他清清嗓子道："趁着妖仙姐姐没来，我先练练该如何同她告白……妖仙姐姐，我不强求你对我有情，但至少在东方洛醒来前，让我陪着你、护着你……不行不行，太卑微了！"

　　月初换了个姿势，换了套说法道："妖仙姐姐，若不是你，我早就被虎鹤双仙抓住落入金人凤之手……不行不行，这样说，好像我对她只有感激似的。"

　　月初拍了拍自己的脑袋，望着眼前的花草，重新深情地道："妖仙姐姐，我对你绝不只有感激，感激不会让我对你朝思暮想，不会让我看见你就开心，不会让我看不见你就担心，更不会让我觉得你美若天仙，即便是你板着脸我也特别开心……"

　　说到这，月初不由自主地笑了："假戏真做也好，日久生情也罢，总之，我想守护你，不是因为感激，只是因为那个人是你！"

　　这边话刚说完，草丛里就传来一阵窃窃私语声，月初凝神一看，只见小枫、小梨两个小花精正探头探脑地看着月初。

"你们怎么在这？刚才你们都听到了！"月初惊讶道。

小梨、小枫点点头，小枫故作老成地清了清嗓子道："我跟你说，这告白得打在对方的心上！"

"不对，得、得将自己的心掏出来！"小梨摇头说。

月初脸色尴尬地打断两个小花精："你们两个小不点懂什么？快闭嘴！"

两个小花精同时闭上嘴巴，看向月初。月初故意冷下脸威胁道："你们两个，不许将今日之事告诉别人，否则，以后再不给你们花蜜了！"

小枫连忙点头："你放心，我们绝不告诉其他人！不过，你这番话是说给谁听的？"

小梨碰了碰小枫的翅膀道："还、还能是谁？这、这山洞，除了大、大当家，就没别的女子来过。"

小枫道："可是大当家没在山洞里啊。"

月初一怔："妖仙姐姐没在山洞里？"

小枫、小梨同时点点头，月初哭笑不得地拍了拍脑袋，转身连忙又往斛光阁跑去。

而斛光阁中，红红刚梳妆完毕，她伸手拿出那张月初戴过的狐狸面具，眼中情意不自觉地流露出来，正回想着月初戴着面具时同她说过的话，便听到门外传来脚步声。

红红转过头来，听清来人是谁，忍不住带着微笑掀开纱幔，只见月初正将一个砂锅放在桌上，然后将一碟碟小菜摆满了桌子。

"妖仙姐姐，快来尝尝，这可是我熬了三个小时的粥，鸡汤加上香米，再用果木煮……"

红红含笑走出来，接过粥坐下："除了膳堂的份例，加餐需要额外付银子，你……"

月初打断红红的话："放心，记的是你的账。我工钱少，地位又低，这么贵的老母鸡，凭我的名号是赊不来的。"

红红被月初逗笑，忙又矜持地清了清嗓子，点点头慢慢喝粥。

月初嘿嘿一笑："味道好吧？为了煮好这锅粥，我试了二十九只鸡都失败了，这是第三十只！"

红红听到这，差点把嘴里的粥喷出来："三十只？！"

月初点头道："不过你放心，前面二十九只，我都送人了，顺便让容容姐把账记到了他们头上。怎么样？我是不是特别会过日子？"

红红哭笑不得地看着月初一副求夸奖的表情，无可奈何地摇了摇头。

待喝完了粥，红红起身来到学堂内开始教导小狐们破解阵法之术。月初拿了把伞偷偷溜进来，挤到流觞旁边坐下，与众小狐一同听课。

红红注意到了月初，眸中带了几分笑意，又看了眼听课的小狐们，莫名觉出几分不自在："好了，就到此处，回去后，把方才讲的内容多温习几遍。散学。"

众小狐纷纷收拾东西离去，月初撇下流觞，拿着伞凑到红红面前："妖仙姐姐！"

红红心中欢喜，嘴上却矜持道："你不好好修炼，来做什么？"

月初凑过来道："下雪了，我担心你。"

流觞看着月初狗腿的样子，连忙跟在两人身后看热闹。三人走出学堂，见外面竟真的飘起了雪花，地上已经积了厚厚一层。

流觞偷偷瞄着月初和红红，红红觉得有些尴尬和羞赧："流觞，你要伞吗？"说罢，她不等流觞反应过来，便一把将月初的伞递了过去，"给你。"

流觞愣了一下，连忙接过伞，又为难地看向月初。月初给流觞使了几个眼色，小声道："还不快走？"

"哎，我先走啦！"流觞终于会意，撑着伞麻溜地跑了。

月初转头朝红红笑起来，红红像是有什么心事被察觉一般，面颊微红，她扭过头准备冒雪走开，却被月初一把拉住。只见月初脱下外袍，撑在红红头上，不由分说地拉着她的手一路小跑而去。

流觞撑着伞，看着这两人撑着外袍一起跑过，惊讶地张大了嘴巴："这、这也太浪漫了……"惊叹完，再一抬头，突然看到九霜和勿离正在房顶上施展灵力造雪。

"这、这雪是你们弄的？"流觞惊讶道。

九霜和勿离跳下房顶点点头，也忍不住道："月初真是太浪漫了，为了追求大当家，也真是一掷千金了，给了我们一人五只烤鸡呢！"

流觞终于反应过来："月初追求大当家？他可是人族！"

"那又怎么了？后山那些花精可都传遍了。"

"什么事传遍了？"三个小狐正八卦着，背后突然响起涂山不醉的声音，他们回过头来，正看到不醉阴沉的脸，顿时惶恐起来。

"长、长老！"

涂山不醉打量着这三个狐妖，审问道："你们方才在讨论什么？"

九霜结巴道："没、没什么……"

"哼，涂山一百零八条守则，第七十三条，'知情不报，等同从犯，有意隐瞒，罪加一等'！"不醉走上前威胁地看着三人。

流觞等人脸色一变，只得硬着头皮将月初追求红红的事说了出来。

涂山不醉听着听着，脸色越来越难看，最后更是扭头就往斛光阁走去。

(五十)人族开店

斛光阁中,红红正与容容、雅雅翻着账本:"结缘盛会后,营收又下降了不少,再加上妖盟成立后又多了许多开支……"

红红也颇为头疼道:"缩减开支终究不治本,长久之计还须拓源才是。"

"姐姐说得对,我一早就想了几个方案,咱们可以去人族开店。"容容将记着几个方案的纸摆在桌上说道。

"去人族开店?"雅雅惊讶地拿起纸。

"对,我调查过了,涂山的药材、食材,尤其是狐族制作的胭脂在人族十分稀缺,那些偷偷倒卖的商人,利润能翻上好几倍。"

雅雅嘴巴张大了:"好几倍?这也太多了……"

三人思索着,涂山不醉便咚咚咚地走了进来:"老狐狸见过大当家、二当家、三当家!"

红红惊讶地看着涂山不醉,见他面带怒容,便对雅雅和容容道:"你们先回去,我与长老有事要议。"

不醉却拦住了雅雅和容容:"老狐狸要说的事,关系涂山未来,二当家、三当家正好一起评判一番。"

红红有些意外,却也点头同意:"也好。"

涂山不醉站直了身子,盯着红红道:"大当家,我问你,你跟人族那臭小子,到底怎么回事?整个涂山都传遍了,你跟月初那小子,你们、你们花前月下,关系暧昧……你们怎么做出这等伤风败俗的事情!"

红红脸色一变,问道:"是何人乱传?"

"乱传?这种事你可不能瞒着老狐狸!你身为涂山之首,一言一行都是族辈典范啊!"

雅雅和容容也被这突如其来的八卦惊到,偷偷瞄着红红。红红面上难看道:"此事纯属空穴来风,长老勿要听信他人传言。"

涂山不醉看着红红,却并不十分相信:"既然如此,那便请大当家肃清流言,以正视听!"

红红张了张嘴,一时难以作答,涂山不醉逼问道:"怎么,大当家莫不是心虚?"

雅雅连忙道:"胡说!姐姐怎么可能心虚?你放心,不出三日,定把这流言粉碎!"

不醉见红红并未否认，点头道："好，老狐狸等着大当家的好消息！"说罢，他也不等红红回答，利落地行了个礼便扭头走了出去。

红红看着涂山不醉离开，眼底莫名有了一抹烦躁之意："行了，明日一起去妖族市集打探下，到底哪儿来的传言。"

第二日一早，三姐妹便来到了妖族市集，容容与雅雅正在街上走着，便听到一个狼妖低声对蘑菇精道："听说月初喜欢大当家，这人、妖怎能相恋呢？"

蘑菇精道："可不是，大当家怎么能做这种事情？"

容容和雅雅对视一眼，再看看街道上，小妖们都三五成群地议论纷纷，大多都是在讨论月初与大当家的。

红红站在街上，看着往来的妖族都用异样的眼光瞅着她，也颇有些不自在。雅雅和容容连忙走到红红身边，容容道："姐姐，新修的涂山守则都贴好了，最后一条'不准信谣、传谣'也特意加粗了，只是不知道管不管用……"

雅雅也道："流言这种东西就像风一样，看不见摸不着，想堵实在不易。"

红红蹙眉安慰两人道："该做的事都做了，其他无须理会，久而久之，流言就散了。"

雅雅看着众妖来来去去，突然灵光一闪："有了！只要证明臭小子跟其他女子关系匪浅，之前的流言便可不攻自破。说来月初也大了，到了议亲的时候，说不定他就是接触的女子太少，才整日缠着姐姐！"

容容也道："有道理！我听说像他这么大的人，不少都做爹了呢！"

红红听到这话，神色有些不自然起来，雅雅思索着："人妖殊途，他在涂山见到的人太少了，何不扩大范围，让他到人族中去寻？"

红红皱眉道："去人族？"

"对呀！"容容也想到了什么，欣喜道，"这个主意好。正巧妖去人族开铺子不方便，就让月初去，既能相亲，又能拓展生意，一举两得！"

红红看着两个妹妹期许的样子，拒绝的话怎么也说不出口，只得带着雅雅、容容，将月初招到斛光阁来。

听到容容让自己去人族开胭脂铺，月初惊得睁大了眼睛："不成不成！我一个男子，哪里懂什么胭脂水粉！"

红红看着月初看向她求助的眼神，顺势道："若是不愿意，那便算……"

容容轻咳一声，掏出算盘，噼里啪啦地打了起来："这段时间，你一共赊了九十八只鸡，三斗香米，且不算此前你在涂山的吃住花销，也欠了一百零五两三钱银子。还了债，就可以不去人族市集看铺子了。"

月初惊道："不是吧？之前明明说好了，把账记在妖仙姐姐和那些吃了鸡的妖头上——"

容容抱歉一笑："我是想把账记在他们名下来着，但是他们不同意，所以只能找你了。"

雅雅也跟着说道："臭小子，你真的忍心眼睁睁看着涂山没有银子，那些小妖吃不饱，穿不暖，每天可怜兮兮地熬日子吗？"

月初为难地看着红红："我……"

红红也十分无奈，用手支着头道："算了，还是我跟着你去吧。"

神火山庄中，金人凤已经被火烛之毒折磨得濒临崩溃，他白着一张脸，打开了一个木盒，只见盒中放着一本秘册，册子首页写着："非到死处，禁止翻阅。"

金人凤捏着盒子的手指紧紧用力，神情矛盾而复杂，他的灵血因为火烛之毒已经败坏，纯质阳炎威力大减，若再被石姬弃用，庄主之位也不保了。想到这，他下定决心翻看册子，只见册子里密密麻麻的字，结尾处写着一行大字："赤炼妖丹，燃命再盛，唯以灵血入体，方能解。"

（五十一）感情加深

金人凤神情决绝地盯着这行字，好似眼中要冒出火来。

门缝间，付澄心惊胆战地看着屋内的情景，努力平复震惊。她悄然朝另一侧走去，此时正好付魁走来，看到付澄怀疑道："你在此作甚？"

付澄懒得搭理付魁，径直走过，不料却被付魁一把抓住胳膊："别以为跟着庄主去了趟北山就可以不知道自己是谁，我才是庄主心腹！"

付澄冷笑一声，挣开他的手转身便走。

付魁阴狠地看着付澄消失，便见院中一个跛足老媪正提着恭桶路过，当即脸色一凛，上前拦住老媪道："玉萍，站住！没眼力见的老东西！东方秦兰背叛山庄，你是她的婢女，庄主没杀你已是开恩，这院子也是你能来的？给我有多远滚多远！"

名为玉萍的老媪露出惶恐的表情，连忙蹒跚着离去。

人族市集中，涂山的胭脂铺已经支了起来，而胭脂铺旁边的茶摊上，红红和雅雅坐着观望。店内月初正拿着个本子，口中念念有词地记着胭脂款式，他背后的展架上则摆满了琳琅满目的胭脂水粉。

雅雅心中焦急道："这小子没救了，来来回回这么多人族女子，他看都不看一眼！"

红红道："那些女子确实没什么特别之处。"

雅雅正要说什么，一个身材高挑的女子走进了铺中："掌柜的，把你们这最好的胭脂拿出来。"

月初连忙上前招呼，从柜台往外拿了十几盒胭脂。

高挑女子惊讶道："这么多，哪个是最好的？"

月初指着胭脂一一介绍道："这些胭脂都是最好的，不过用途不同，这款烟霞色泽轻红，使人庄重文雅，这款春意浓，最适合桃花妆……"

高挑女子认真听着，恍然大悟道："想不到小小一盒胭脂还有这么多窍门，都给我包起来！"

雅雅一边喝茶，一边赞叹道："出手阔绰，长得周正，月初跟了她，不愁没好日子过。"

红红却蹙眉道："我倒觉得此女在花费银钱上过于散漫，只怕持家不善……"

雅雅不以为然道："不过就是多买了几盒胭脂，姐姐你太多虑啦。"

月初送走客人，开心地拿着一锭银子来到红红面前笑道："姐姐，五两银子到手！"

红红看着月初喜悦的表情，颇有些不是滋味。这时，一娇弱女子走进了铺子，月初连忙迎了上去："这位姑娘想买香粉？"

娇弱女子犹豫不决地看着这些香粉，十分纠结不知该选哪款，最后她抬起头来，求助般地望着月初："这些香粉种类繁杂，小女子委实难以抉择，劳掌柜的替我选一款吧。"

雅雅看着红红，还没开口，红红就出言否定了："遇事犹豫不决，缺乏胆量担当，难以当家。"

雅雅嘴巴略略张开："姐姐，你……什么时候学会相面算命了？"

红红沉着脸，看着胭脂铺里来来去去许多女子，没一个相中的。

待月初再次送完客人，他来到红红身边，拿起她的碗大口喝起茶来："累死我了，奇怪，这女子怎么一见了胭脂水粉，就和失了心智一般？白花花的银子往外掏，眼睛都不眨一下。"

雅雅道："你懂什么？若能青春永驻，这点银子算什么？"

月初跟着点头，掏出银子数着："这点银子不算什么，但是积少成多，二两、三两、四两……"

红红一直看着月初，眉间不自觉露出温柔之色："银子数得这么溜，何时练的？"

月初还未说话，就见一名姿容绝色、气质优雅的女子正对着自己微笑，她随手拿起一盒胭脂："掌柜的，请问这如初秋染红般的胭脂，是何物所制成的？"

月初似乎被这女子吸引，径直迎了上去。雅雅激动地抓着红红的胳膊："有戏！容貌秀丽，性情温婉，举止得体。姐姐，此女配月初绰绰有余！"

红红一双眼睛盯着月初和那温婉女子互动，心中隐隐生起一种不快的感觉。她看着月初给那女子包好了胭脂，递给对方时，女子不慎未接好，胭脂掉落，两人连忙躬身去够，双手碰到了一起。雅雅看得十分激动，低叫道："手！手摸上了！"

红红神情复杂地攥紧了拳头，待月初将这名女子送出铺子，雅雅当即满脸八卦上前询问月初："臭小子，方才这名女客，你有没有觉得特别？"

月初一愣，与雅雅对视着，似乎彼此会意，默契地点了点头："有，十分特别！"

红红闻言，紧张地盯着月初，雅雅更是兴奋："哪里特别？"

月初看向红红，咧嘴一笑，掏出一大锭银子："出手特别阔绰，二十两！"

雅雅无语地翻了个白眼，重新坐了回去，红红似乎松了口气，她攥紧的拳头慢慢放松开来。月初朝雅雅道："雅雅姐，你现在忙不忙？"

雅雅不明所以道："不忙啊。"

月初笑道："那铺子就拜托你啦！"然后他一把拉起红红的手，"我带妖仙姐姐去考察人族市集！"

雅雅连忙站起来："喂，你还得看着铺子还债呢！"

月初头也不回地拽着红红一边跑，一边道："二十两，再加上方才赚的那些，债已经还清啦！"

红红被他拽着跑起来，脸上微微泛起笑意。

月初卖了一天胭脂，待两人走在人群中时，已经是华灯初上。长街上灯海连绵，来来往往的人群安闲热闹。

月初与红红走在一起，脚步欢欣快乐，连红红脸上都是少有的放松喜乐，两人时不时看着街边售卖的小玩意儿，拿起来把玩一番。突然，一阵铜铃声响起，月初看到一群人闹哄哄地朝一处摊子挤去，不由分说拽起红红就往那处跑去："妖仙姐姐，那边好生热闹！"

红红猝不及防被他拉着，穿过热闹的人群，两人挤到了摊前，只见戏台的三尺红棉毯上，木偶来来往往，顾盼神飞。

月初惊喜地指着戏台道："傀儡戏！"

红红也感兴趣地望向台上，她慢慢被戏台上的故事所吸引，出神地看着木偶表演。

戏台的红棉毯上，两个木偶来回踱步互望，最终，俊逸潇洒的少年木偶拉住了英气绝伦的女将军木偶，向她殷殷切切地表白着情意："三载作别，鱼传尺素，这一片相思只为姐姐……"

只见那女将军木偶推开俊逸潇洒的少年木偶道："我出边塞，入山关，生死不保，将身许国，你这少年，休要谈儿女情长，快快去也……"

台上木偶少年一时止步，似在犹豫，台下月初看得心急，索性翻身上台，夺了傀儡戏人手中的牵线叫道："你这戏人磨磨蹭蹭，实在气煞人，看我来与你对演！"说罢，他便不甚熟练地操控着少年木偶，唱道："姐姐且听我细细言，你有的卢马，我有悬光骢，关山同渡，塞外同眠，咱两个怎的就不能情意两全、比翼双飞？"

那操控女将军木偶的傀儡戏人一时卡壳，只一边操控着女将军木偶，一边不住后退，说道："你你你……"

月初控制着少年木偶不断向前："姐姐，姐姐！"

台下众人屏住呼吸看着台上的木偶表演，突然，月初手中线缠绕起来，扑倒了前面的女将军木偶，看戏的人群立刻哄然大笑起来。

月初尴尬地看着红红，红红也是忍不住捂嘴笑了起来。这时傀儡戏人气恼地上前一把从月初手中夺回了木偶："你这少年，一看就是个生手，我同你说，这男女之间最妙的就是这来回地试探，你急个什么？"

台下之人听了这话，更是一阵大笑。月初红着脸穿过人群，讪讪来到红红身边，傻乎乎地道："老人家说了，不能急……"月初说完，便觉得自己更傻了，只好本能地朝着红红傻笑。看着这样的月初，红红脸上带着羞赧，与对方脉脉对视着。

待热闹散去，月初又拉着红红来到一处汤圆摊子前坐下："老板，来两碗汤圆！"

两人看着汤圆老人麻利地掀开锅盖下了两碗汤圆，待开锅后，又往碗中洒了桂花蜜端上来。

月初笑看红红有点好奇地打量着圆滚滚的汤圆，道："知道你不喜欢吃人族吃食，这次试试看？"

红红犹豫了片刻，终是舀起了一勺，小心翼翼地吃了一口，月初紧张问道："如何？"

红红仔细品了品，点头道："嗯，很香甜。"

月初放下心来，与红红一勺一勺地边吃边聊，谈起自己小时候的事情："小时候，每次与爹娘逛市集，我总是要吃上一碗汤圆……平日里啊，我爹是妻管严，特别怕我娘……"

红红出神地听着。月初见红红嘴角挂上了一点桂花蜜，下意识伸手就帮她拭去，红红愣了一下，脸颊顿时发烫，月初也察觉到自己唐突，尴尬地把视线转向另一边，正好看到了卖糖炒栗子的小摊："妖仙姐姐！你等一下，我去去就来！"

红红看着月初，手不由自主地抬起，摸向月初方才碰过的嘴角，心中泛起一阵异样的感情。

月初很快抱着一包栗子走了回来，一边剥着壳，一边道："这个也好吃，尝尝。"

红红接过月初递来的栗子，看了看后，迟疑地放入口中，绵软香甜的味道自舌尖传来，红红微微笑着道："好吃。"

灯光下，两人间透出一股柔和温暖的氛围。

（五十二）赤炼妖丹

神火山庄中，金人凤正佝偻着身体，不安地来回徘徊着。他体内血毒加重，神火已废，若石姬再放弃他，他便是真的要变成一个废人了。

就在他逐渐烦躁的时候，一道寒影闪过，他的颈上留下几道深深的血痕。石姬冰凉的手指抚在他的脖子上，指尖是殷红的血液："你这个废物，若不是看在过去合作的分儿上，我早就杀了你图个清静，你竟还敢传信给我？"

金人凤感受着石姬冰凉的手指，余光窥视着她指尖斑驳又深可见骨的破损伤口，强忍着后怕道："我在信中提到的赤炼妖丹，妖尊可有带来？"

石姬冷哼一声，将手缩回去，取出一个木盒，木盒中放着一颗极为耀眼的赤红丹药："这一颗是世上最后的赤炼妖丹，能让你恢复极盛时期的神火。"

金人凤看着那丹药，犹豫道："可一旦服下，若未及时取得灵血，便会心脉俱毁，彻底沦为废人。"

石姬讥讽地笑起来："后悔了？你可想好了，一旦服下，若再不成事，谁也救不了你。"

金人凤在石姬嘲讽的笑容中，目光越加阴狠，他似下定决心，从石姬手中接过丹药："与其像现在这般不人不鬼地活着，不如赌一把。东方月初在涂山待了这么久，是时候该让涂山众人知道他的身份了！"

石姬听着金人凤的打算，冷笑着转身离去。

一夜过去，月初从小阁醒来，身上被蚊子咬满了包。他抓耳挠腮地拦着路过的容容道："容容姐，这窗户早就坏了，昨夜进了好多蚊子，差点把我吃了！"

容容打量着他脸上、脖子上的蚊子包，耸肩道："修窗户当然可以，银子拿来。"

月初一边挠着痒痒，一边耍赖道："能不能先赊着？有点人性啊容容姐！"

容容老神在在："不行，昨晚你撂下摊子不管不顾地回来，害得涂山损失了好大一笔本金，这笔账我还没给你算呢。"

想起昨晚自己舍下摊子，拽上红红玩了一晚上，月初也没了底气，放软了语气继续磨她道："容容姐，求求你发发慈悲，给我修了吧……"

小阁外，红红听着两人的争吵，摇着头轻笑起来。待铁面无私的容容在月初的百般哀求声中离开后，她这才拿着工具走了进来。

月初看着红红在小阁中一顿修整，一个时辰后，他惊叹地望着崭新完好的窗子道："妖仙姐姐，你怎么连修窗户都会？"

红红一手拿着钉子，另一手拿着榔头，回头道："这很难吗？"

月初尴尬地替自己找补道："不难，一点都不难！"

红红笑着敲好最后一颗钉子，对月初示意道："好了，试试看。"

月初走上前，试探地开关窗户，发现窗子真的被修好了，忍不住开心道："真的修好了！妖仙姐姐，你可真厉害！"

红红摇头笑了笑，转身走入屋内四处看了看，只见入目之处有些杂乱，月初不好意思地拦在红红眼前，抓着她的胳膊道："妖仙姐姐，这屋子没什么好看的，咱们去外面吧。"

红红疑惑地看着月初紧张的模样道："为何这么紧张？难不成又背着容容藏私房钱了？"

月初连忙摇头："没有！怎么可能？"

红红打量着月初的脸色，轻轻推开他，走入室内，她一眼就看到了床上的《结缘宝典》，不由得拿起来问道："这是……"

月初脸色大变，急忙抢过书藏在背后："那个……这是……流觞！对，流觞的书落在我这里了！他昨晚来找我看书，就把书落在我这里了，你要是不拿，我还真没看到！"

红红惊讶地看着月初道："他把书落在你的床上？"

月初先是连连点头，随即意识到哪里不对，涨红着一张脸又连忙摇头，着急解释道："不是，那个……妖仙姐姐，不是你想的那样……"

红红见月初尴尬又心虚的样子，忍不住笑起来："一本书而已，我年轻时候也看过。"

月初闻言，当场愣住："啊，真的假的？你也看过这类书？"

红红不在意道："废话少说，今日还有的忙呢，你这小阁啊，早就该彻底修缮一番了。"

月初还没从红红看过这类书的消息中缓过来，便见她又开始修缮小阁别的地方，也顾不上尴尬，连忙上前帮忙。

这一忙便忙到了圆月高悬，修缮清扫过的小阁焕然一新，红红与月初坐在小阁外，看着外面的夜景，红红笑道："没想到你这小阁的景致倒是不错。"

月初望着月亮,神情中流露出少有的孤单:"其实,我不喜欢你安排我去人族市集。"

红红收起笑容坦白道:"我知道。"

月初靠在小阁外墙上:"我不傻,知道雅雅姐她们的用意,可是我不喜欢,我的心不是驿站,不是随便哪个女人都可以住进来的。"

红红有些愧疚道:"对不起,以后不会了。"

月初有些惊讶地看向红红,红红接着道:"你不是喜欢做涂山小跟班吗?继续做下去吧。"

听到这句话,月初心中的郁闷一扫而空,开心起来,他见红红额头上因为帮他修缮小阁出了一层汗水,连忙跳起来往小阁里跑:"你等一下!"

红红看着月初快速进了房间,微笑着望向天际梦幻的圆月,她耳边是夏夜的清风,心中少有地松快起来。不一会儿,月初便拎着一个铁桶走了出来,一边打开盖子,一边颇有些得意道:"冬天时,我花了好大的心思埋了一桶冰棍,就等着天热了给你……"

说着话,月初将盖子掀开,冷气扑鼻,里头却一根冰棍也没有,只有一颗圆滚滚的大西瓜,他愣了片刻,不由得大骂起来:"涂山雅雅,你这个小偷!"

偷了冰棍的涂山雅雅正在学堂内和阿来分赃,阿来一边吃着冰棍,一边赞不绝口道:"不错不错,还加了桂花蜜。"

雅雅也吃了一口,得意道:"我看那臭小子东藏西藏的,就知道是好东西,果然比集市上的还好吃。"

阿来见雅雅可爱的模样,忍不住笑了:"无功不受禄,这么好的冰棍给我吃,是不是有事求我啊?"

雅雅朝着阿来嘿嘿一笑:"上回那个虚空化物,能不能教教我?我可不是为了自己,是想让小狐们多学点东西,只要他们能更强大,我会将自己所会的毫不保留地教给他们。"

阿来略一思忖,点点头,于空中微微扬手,竟然幻化出一本秘籍,交给雅雅:"翻翻看。"

雅雅拿过书,一边翻阅一边惊讶道:"修炼秘籍?这么多秘术,你从哪儿拿来的?"

阿来笑着望着雅雅,雅雅则不停地翻阅着秘籍,两人不知不觉越靠越近,从背影看去,好不亲密。

红红与月初看完月亮,吃完西瓜,嘻着笑回到斛光阁,却见涂山不醉正一脸怒容地挡在门口:"大当家这么晚了不好好睡觉,去哪里了?"

红红一怔，收敛起笑容掩饰道："我去哪里，何时需要向长老报备了？"

不醉冷哼道："大当家，不是老狐狸多事，此前你带月初去人族开铺子，这才几天就又把他带回来了？大当家真要弃涂山于不顾了吗？"

红红听了不醉的话，略带薄怒道："胡说，我何时不管涂山了？"

不醉见红红生气，眼中流露出一丝惧意，却豁出去道："今日大当家必须给老狐狸个说法。如今那女魔头重新归来，势必要与涂山斗个你死我活，这种时候，你怎能为了一个人寒了整个涂山的心？更何况他还是东方家的人。大当家莫不是忘了带他回涂山的初衷了？"

听到带月初回涂山的初衷，红红面色一变，眼神凌厉地看向涂山不醉，冷冷道："该记住的，不劳长老提醒，夜深了，长老早些回去休息，其他不必再言。"

说罢，红红避开涂山不醉走入斛光阁。涂山不醉望着红红的背影，眼底隐含忧虑，终是长叹了一口气。这边劝不动，便只能找那边说清楚了。不醉下定决心，也扭头离开。

第二日清晨，月初在苦情树下修炼，赤金色的神火于他掌间轻盈灵动，仿佛展翅欲飞，又如河中流水般围绕着苦情树流动，涂山不醉站在旁边，故意咳嗽着想引起他的注意，可月初兀自修炼，见对方忍不住上前两步，更是故意打出一道神火掠过涂山不醉的胡子。

涂山不醉吓得连忙护住胡子："臭小子，你当心点！这可是老狐狸保养了多年的美髯！"

月初收起神火笑道："对不起，长老，方才我以为是有野兽出没，这才……没想到差点误伤了长老，实在罪过。"

涂山不醉见月初态度敷衍，板起脸道："东方月初，老夫正式警告你，离大当家远点，你是东方家后人……"

不等涂山不醉说完，便传来了红红带着怒意的声音："住口！涂山不醉，我说过不需你再插手此事！"

话音落下，红红便带着凛冽的妖力出现在两人之间，涂山不醉见红红目光中的寒意，忍不住打了个寒战。

（五十三）迷蝶幻阵

月初不知涂山不醉想说出的是用灵血献祭苦情树的事情，还以为他又在拿神火山庄与涂山的旧怨说事，非但不在意，反而笑嘻嘻地替两人缓和矛盾："妖仙姐姐，不要这么凶嘛，会吓到娇娇的。娇娇，还不快跑！"

涂山不醉神色复杂地看了眼月初，终是转身离去。待对方走后，月初回过头来，笑着道："何必发这么大脾气，长老的性格你又不是不清楚。"

红红看着月初道："此前他要杀你，这次又来警告你，你心里不觉得委屈？"

月初微微一笑："有时候，有人骂总比没人骂好。更何况，长老虽然唠叨了些，却一心为了涂山，我不希望你因为我的事，与他产生嫌隙。"

红红为月初这番心思而感动，却又不愿意流露出这种情绪，她看向别处清了清嗓子，转移话题道："近来你的修为进步很大。"

月初得意道："我想尽快突破纯质阳炎第三重，如此便可炼制出更好的法宝，给石宽送去。"

红红颔首，看着月初继续修炼，只希望这平静安宁的岁月能够停滞下来。

神火山庄里，金人凤的面色依旧灰败，他盯着付魁道："消息都传出去了吗？"

付魁点头道："一听说东方家的后人现世，好些一气盟的小门派都暗中动作起来，说是要去涂山除妖，实际上是想暗中抢夺灵血。"

金人凤冷笑道："不自量力，待借力收拾了涂山，谁能与本庄主抢人？让他们再做几日春秋大梦。对了，此事未惊动王权家吧？"

付魁连忙道："庄主放心，王权弘业与东方家的关系无人不知，这帮家伙既然有心夺血，断不会给自己找麻烦。"金人凤满意颔首，示意付魁下去。

而王权山庄的后院竹林中，王权弘业刚收了剑气，对身后的费管家道："你在北山耽搁的这些时日，可有查到匿名传信给咱们的人是谁？"

费管家摇头道："属下无能，对方似乎有意隐瞒身份，因此属下并无发现。不过日前北山之乱，涂山大当家成立了妖盟，大有跟一气盟较劲之意。"

王权弘业点点头，将剑递给费管家，走到石桌旁坐下，端着杯子思忖片刻："这些年，人、妖两族虽关系紧张，但涂山一直严守戒律，并未伤人，先派人注意着，不要轻举妄动。"

费管家点头称是："属下会亲自盯着此事。"

几日后，得到"灵血在涂山"消息的几个一气盟门主已经踏上了前往灵山的官道，眼看就要进入涂山，众人均带了几分兴奋。

"此处已经距涂山不远了，不知那东方家后人的传言是真是假。"

"听闻神火山庄也出动了，应该不假。"

"等抓到了那小子，给他纳上十个八个媳妇，多生几个东方家的闺女，咱们兄弟一人一个……"一个形容猥琐的门主嘿嘿笑了起来，众人也都不约而同地露出笑容，还没等他们做完梦，便察觉远处隐隐有东西朝他们飞来。

其中一个门主扭头一看，立刻面带惊惶："银蝶！"

说话间，那只银蝶骤然落在那门主脸上，还未反应过来，那门主的皮肤瞬间溃烂，而后身亡。众位门主慌张之间纷纷拔刀劈砍，数只银蝶振翅猛扑，被劈砍成两半的银蝶不光没死，反而迅速生出翅膀化为两只。

门主们见此连忙收起宝剑四处躲避，可仍有不少人被银蝶攻击，倒地挣扎着惨死。危急之间，一道火苗从旁蹿出，瞬间将周遭银蝶焚毁，四周很快恢复平静，但一气盟已经损失了不少门主。

其中一个门主认出这道火苗，失声道："纯质阳炎？"

金人凤表情深沉地从树林中走出，几个门主立刻上前道："多谢金兄相助之恩，我等此次前往涂山只为除妖，若非金兄仗义相助，只怕要折在这怪蝶之下。"

金人凤回礼道："不必客气，此银蝶为涂山妖法，被沾染者轻则皮肤溃烂，灵力尽失，重则气绝身亡。妖族地界诡秘，如此毒阵只怕还有不少，我神火山庄也正欲前往涂山，不如大家一起结伴同行，也好有个照应。"

剩下的门主们面面相觑，面露迟疑，片刻后，其中一个门主站出来道："我等正有此意，还请金庄主照拂。"

金人凤含笑点头道："诸位不必客气，赶路要紧。"说罢他便带头往涂山方向而去。几个门主落在后面有些不满，那主动站出来的门主自作主张："跟他一道，还怎么抢东家的后人？"

那赞同结伴同行的门主则低声道："金人凤修为高强，有他牵制涂山妖族，我等也好腾出手来拿人。届时，人在咱们手上，待要如何岂不是咱们说了算？"

众门主恍然大悟，纷纷点头，跟上金人凤的步伐。

而不远处的湖边，付澄正带着几个弟子控制着灵网收拢灵蝶，付魁走上来道："庄主已依计用迷蝶幻阵博得了门主们的信任，剩下的灵蝶速速销毁。"

付澄闻言，心间一沉，连忙施术销毁灵蝶。付魁冷眼看着付澄的举动，心中生起些许疑窦，故意带着其他弟子离开湖边。过了会儿，他又悄悄返回，在树丛中观察付澄动作，只见付澄趁四下无人，放出一道银光悄悄道："东方月初，但愿你收到消息能提前准备，杀了金人凤。"

待看着那道银光划过天际消失，付澄这才低头，重新来到湖边用水袋取水。待取完水转身时，她面色猛地一变，只见金人凤与付魁站在不远处，正一脸阴鸷地盯着她。

付魁上前一脚，将付澄踹倒在地："贱人，竟敢背叛庄主！"

说罢，付魁掌心化出一道银光，正是方才付澄传给月初的信："早在上次擒拿东方月初时，我便发现你不对劲了。如今，终于叫我抓到现行！"

金人凤沉着脸走上前，冷笑着俯视付澄道："我一直怀疑，当日那小杂种究竟是如何得来火烛的，原来是你。这些年给本庄主做药人，心里定是恨极了吧？"

付澄恨恨地盯着金人凤道："你杀了我吧。"

金人凤阴鸷地盯着她，伸手将一道赤色灵力击打在付澄身上，付澄一声惨叫后瘫倒在地，抽搐起来，鲜血顺着双手流了下来。金人凤道："杀了你岂不是便宜了你？你不是想传信吗？本庄主正有此意。"

说罢，金人凤上前凑到付澄耳边低语起来，付澄听着金人凤的话神色一滞，刚想拒绝，便见金人凤放开了声音威胁道："莫忘了你身上还有千愁泣，本庄主有一千种方法让你求生不能，求死不得！"

付澄死死咬牙盯着地面，半晌后，好似下定了决心，颤抖着凝出一道银光，金人凤看着那道银光飞远，冷冷笑了起来。

让手下弟子带上付澄，金人凤等人集结了一气盟各位门主、弟子，大声道："涂山狐族凶残成性又狡诈奸猾，必须先下手为强。我已布下一饵，引涂山中人上钩！"

付魁在旁附和道："庄主带领神火山庄筹备多时，早有一套制妖法阵。"

金人凤领首道："数百年前，山庄曾以红莲蚀妖阵重创过涂山，此番便以此阵为主，神火山庄弟子于涂山地界外布下阵法，诸位则与我一道在阵心对敌。我们两方联手，里应外合，誓将整个涂山焚于此阵之中！"

众人微微一震，皆听令于金人凤，于涂山四周布满人手，很快，一个巨大的灵阵似无形的大网在涂山上空隐隐成形。

而涂山之中，月初正与红红在比试修炼，两人招式默契，若回风流雪，衣袂翩翩，宛若璧人。几个回合后，红红欣慰道："这些时日，你的纯质阳炎又有精进。"

月初朝红红恭敬行礼，脸上却带着俏皮的笑容："多谢妖仙姐姐不辞辛苦陪我修炼，月初这厢有礼了。"

红红无奈一笑，正要再说什么，却见一道银光飞至，月初略带惊讶地伸手接过银光，银光化作一封书信，月初与红红打开阅览，两人脸上神情复杂起来："付澄约我在涂山外见面，你怎么看？"

红红读道："今日午时，涂山外一见，有要事相商，付澄妹妹。"

月初蹙眉道："付姑娘平时对我可不怎么友好，传来的讯息竟这么肉麻，啧啧啧。"

红红闻言，神色一动道："只怕付澄已经暴露，约你的人是金人凤。付澄应当也在附近。你去救人，我来对付金人凤。"

两人正商量着，容容便快步走来："姐姐，探子来报，一气盟的弟子于界碑之外的林中集结！"

"来得正好，咱们就来个将计就计，看他们玩什么花招。"月初看向红红说道。三人商量片刻，当即分头行动。

午时刚到，月初便来到了涂山界碑处，只见"付澄"浑身伤痕地瘫倒在地，他连忙上前去扶"付澄"，而下一秒，"付澄"突然狞笑着反身偷袭月初，月初后退两步，才看清眼前人竟是金人凤假扮的。

月初也冷笑两声，幻化身形，变成了红红的模样。金人凤见此面色一变，失声道："是你，涂山红红！"

红红微笑道："金人猪，别来无恙啊？"

金人凤恼羞成怒骂道："付澄这个贱人，竟然当着本庄主的面暗度陈仓！"

红红正色道："善恶是非自在人心。金人凤，你失道寡助，一切不过咎由自取！"

金人凤面目狰狞道："涂山红红，你几次三番坏我大事，今日我再给你一次机会，交出东方月初，否则明年今日就是你的忌日！"

红红冷笑着化出妖力直袭金人凤，金人凤倒退着避开袭击，口中发出刺耳的呼哨声，下一秒，付魁带着众位一气盟门主出现，摆出大阵。

金人凤抽出利刃划开胸膛，心头之血滴入阵心，灵阵立刻光芒闪现，紧接着烈火焚天，映红了半边天际，整个涂山被笼罩在一片薄光之中，隐隐震动起来。

（五十四）将计就计

金人凤站在阵心，周身烈焰焚烧，他以灭妖神火燃起火球，瞬间袭向涂山红红。

红红飞身至半空，一挥衣袖，妖力荡开飞驰而来的火球，巨大的爆炸声响起，红红居高临下地看着烈焰缠身的金人凤道："金人凤，你收手吧，不要因一己之私连累更多无辜之人陪葬。"

金人凤冷笑着以手结印，催动阵法，不过片刻光景，红莲烈焰便如火凤展翅般包围了整个涂山，汹汹之势令苦情树都剧烈晃动起来："阵法已成，你和其他的涂山狐妖皆插翅难逃！"

月初和阿来正按照计划在林中寻找付澄，他隐隐看到界碑处传来火光，面露担忧道："是灭妖神火。"

阿来安慰月初道："放心吧，身为狐妖之首，红红的实力毋庸置疑，更何况金人凤如今身中血毒，伤不了她。"

月初蹙眉道："虽说如此，但金人凤诡计多端，难保不会使什么阴招。"

阿来一边拨开草丛，一边耸着鼻子嗅闻道："这倒也是。不过多说无益，先把人救回去再说。"话音刚落，阿来突然神色一凛，瞥见远处灌木丛中有一摊血迹，"有血迹！人就在附近！"

月初与阿来对视一眼，不敢耽搁，朝着前方奔去。

红红看着映红半边天色的赤红火焰，凝起妖力袭杀而来，金人凤喝道："凤起！"阵中火凤当即展翅呼啸着扑向红红，一瞬间便以铺天盖地之势将红红完全吞噬。

看着那一团焚天烈火，金人凤自信道："涂山妖女，今日一定要你命丧于此！"

阵法中好似寂静了一瞬，随后伴着一声肃杀的铃音，火凤的翅膀被一道锋利的冰蓝划破，随后就见红红徒手撕开烈焰，神色从容地缓步而出。那烈焰如遇天敌，纷纷避开红红周身的冰蓝之气，众位门主纷纷面露诧异之色，金人凤更是不敢置信道："这、这怎么可能！"

红红看着金人凤淡淡道："你可知，神血红莲蚀妖，绝缘之爪破莲？"

说话间，红红的双手已经染上一层透蓝色的冰雾，她迅疾扬手，大力撕开了阵心处的红莲。红莲残败，花瓣片片凋零，随后化成了细小尘埃消散不见，伴随着轰轰巨响，阵法瞬间毁去。

众门主惊慌失措四散奔逃，金人凤咬牙喝道："涂山妖女！"

还没等他说完，一道妖力猛地贯穿了金人凤的胸口，金人凤痛呼一声，低头看向胸口，发现自己虽疼痛至极，体表却无半点伤痕。

"噬骨之爪，滋味如何？"红红说着，扬手又送出一道妖力，妖力贯穿金人凤腰腹。铃音再起，红红探手握拳，以疾风之势带出了一道耀眼的白光，将支撑不住跪地的金人凤向后掀翻。金人凤毫无抵抗之力，被远远地抛出阵心，瘫倒在地。

红红冷冷道："肋骨全折，内脏重损，让你的手下抬你回去大修吧。"

金人凤狼狈至极，几度想要挣扎着起身，最终却只能满身冷汗慢慢地一点点匍匐爬行，付魁大着胆子上前查看金人凤伤势，其余门主则远远站着，不知所措。

红红双目含威，神色傲然地扫过众门主，极为鄙夷地瞥了一眼金人凤，大声道："从今往后，不请自来者，休想再踏入涂山一步，若敢越界半步，绝不轻饶！"

一众门主当即不敢再停留，纷纷作鸟兽散，朝四周撤去，金人凤愤怒至极，不甘心地握紧了双拳，看向红红的眼神冰冷恶毒。

王权山庄中，王权弘业惊讶地看向费管家，一时无法消化最新得来的消息："金人凤集结了一气盟多个门派攻上涂山？"

费管家道："正是，盯着涂山的弟子们刚刚传回消息，说是金人凤称二小姐秦兰之子在涂山。"

王权弘业思忖着，过了一会儿道："当年金人凤弑师夺位，逼得秦兰二妹流落在外，下落不明。若她真有后人，必不能再让他流落受苦。你马上带人去涂山，若这孩子真在涂山，务必好生相护，接回山庄。"

费管家肃穆道："是！"

月初与阿来一路追踪到湖边，看到付澄正浑身是伤地躺倒在湖岸，付澄眼皮沉沉，将合未合，勉强挤出一丝笑意。

"付澄，付澄！"月初奔至付澄身边，试图将她扶起。阿来跟着跑过来，略带惊讶道："是她？她在北山曾带领神火山庄的弟子追杀妖族。"

月初一边扶着付澄，一边解释道："误会了，她虽是神火山庄弟子，却与你我一样恨金人凤，当然，你们能在城中截住一气盟的弟子，全是因为她送的信。没时间了，救人要紧！"

阿来惊讶过后，连忙上前施法探测付澄状况："她中了千愁泣，此毒需要每隔七日服上一次解药，以她的情形，已经超过服药时间了，现在定是受到万蚁噬心之痛。十二时辰后，她七窍流血，疼痛至死，金人凤未立刻取她性命，显然是存心折磨她。"

月初面色难看地问道："可有解药？"

阿来摇头道："此毒由数十种毒草合制而成，且因每种配比不同而使毒性发生变化，除非下毒之人，否则无人能解。"说到这，他闭嘴思忖片刻，犹豫着道，"若非要解，唯有以大量灵力倒逼毒素排出体外，或可一试。"

月初心中犹豫着问道："她还能撑几个时辰？"

阿来道："以目前情形看，撑不过三个时辰了，若要救人，必须要快。"

付澄强忍着痛苦，虚弱道："别、别管我了，我有今日，都是咎由自取，与、与你无关。"说罢，她轻咳一声，鲜血顺着唇边溢出。

月初见状，再无法犹豫，一掌拍向付澄身体，催动体内灵力为她驱毒："的确是你咎由自取，早就提醒过你不要继续留在神火山庄，你偏不信。从一开始被我识破，到现在被金人凤看透，你明明不适合做奸细，偏偏要一再铤而走险……但不管怎样，你都帮了我，有恩报恩，做人不能不讲信义，更不能见死不救！"

说罢，月初再用力拍上一掌，专心驱动灵力为付澄驱毒，阿来在一旁替两人把风，以灵力筑起一道结界相护。付澄昏沉之间望着月初，慢慢合上双目，泪珠顺着眼角悄然滑落。

（五十五）心口之血

涂山界碑处，红红居高临下地看着重伤的金人凤，金人凤满心愤恨地怒瞪红红，哑声道："事到如今，看来我只能不留余地了。"

说罢，只见金人凤催动法力，一股霸道灵力卷起周围树叶，赤炼妖丹在他体内化作无数碎片，沿着血管迅速进入四肢百骸，原本被打断的骨骼悉数复原，这些碎片最后汇集于心脏，骤然充盈，给他带来前所未有的强力。

飞沙走石中，金人凤双目赤红，周遭隐隐散发出烈焰之光。

"赤炼妖丹！你竟然服了赤炼妖丹？！"红红惊讶叫道。

金人凤冷笑道："好眼力，只可惜你发现得太晚了！"说罢，只见一道神火自他掌心喷涌而出，直击红红心口，红红凌空点足，险之又险地纵身避开。金人凤双手蓄力，一道神火自掌心呼啸而出，直冲天际，神火于天际翻腾着，顷刻间遮天蔽日。他猖狂大笑着道："趁现在交出东方家那个小杂种，兴许我还能留你们涂山狐妖满门全尸！所有人，跟着我一同杀入涂山！"

湖边，月初脸色苍白地将一滴滴黑血从付澄指尖逼出，待黑血渐渐转红，他这才勉强收功，而付澄早已坚持不住晕倒过去。月初强撑着站起身来，恰好看到界碑处那一片冲天火光，不由得急迫道："妖仙姐姐！我要去救她！"

阿来一把拉住月初："你不要命了！刚消耗了这么多灵力，现在去，岂不是送死？"

月初望着涂山方向，决绝道："别拦我，金人凤的目标是我，只有我才能救她，即便救不了，我也不能让她独死！立刻送付澄回涂山，现在只有你能救治她。"

阿来见月初坚持，只拽着他说不出话来。

月初叹了口气，伸手拍拍他的肩膀道："阿来，我知道你行事靠谱，金人凤此番攻势比预计中大，拜托你立刻带付澄去妖族市集，与其他人一道守好涂山。"

阿来放心不下月初，却知道自己阻拦不了，只得神色复杂地朝月初点点头，放他离去。

金人凤接二连三的神火汹涌而至，红红不敢大意，纵身腾跃着躲闪，可那神火越烧越旺，来势越来越急，红红后退不及，发出妖力抵抗，此时雅雅和容容也出现抵抗住火焰，随即却被金人凤的神火所蚀。金人凤见此，双手操控着火球逐一袭向红红，得意阴狠道："今日本庄主便灭了你们这帮涂山妖孽！"

千钧一发之际，月初的声音突然从他身后传来："金面大师叔，我在这里！"

金人凤身子一震，循声看去，只见月初正站在不远处，故作无辜地对他挥手:"是我,你小师妹东方秦兰的儿子,东方月初!"

红红听月初自报身份,面色骤变,而快速赶过来的雅雅更是震惊非常,难以置信地看向月初,随即质问她身后的容容:"臭小子是东方家的人?!"

金人凤看着月初一步步走向红红,眼中好似喷出火来,只见月初故意装傻似的道:"我就是那个可以把自己灵力遗传给下一代的东方灵族中,唯一存活的血脉后裔,六域中人人都想将我占为己有,师叔为何今日才来寻我?"

金人凤在内心冷笑,见四周站着还没来得及逃跑的一气盟众位弟子和门主,心中拿定主意,面上故作慈爱道:"原来你就是小师妹的儿子,师叔找你好多年,不想今日老天开眼,让你我叔侄相见。"

月初故作害怕地看着金人凤手中的火球道:"是吗?小侄对师叔也是日思夜想、一刻不忘。师叔,你手里这是什么?小侄看着甚是害怕。"

说罢,月初自然顺势躲到了红红身后,双眼却盯着金人凤,时刻提防着,他在红红耳畔低声道:"待我激怒金人凤,你找机会下手。"

红红神情复杂地望着月初,低声道:"谁让你来的?不是说好了我对付金人凤,你负责救人吗?"

月初咧了咧嘴,小声道:"我说过,会守护你。"

听了月初这话,红红心口一滞,半晌说不出话来。那边金人凤却不耐烦了:"贤侄,你且让开,待师叔解决了这妖女,便接你回神火山庄!"

月初嫌恶地看了眼金人凤,环视众位在场的一气盟弟子,高声道:"一气盟的人都听着。金面火神,下流无耻,不忠不孝,不仁不义,当年他不过是一介乞儿,幸被我外祖父所救,拜入神火山庄门下。入门后,他整天纠缠淮竹姨和我娘,想要当入赘女婿,眼见无望后,居然弑师夺位,霸占我家的独门绝技纯质阳炎。他这一身灵血,便是自我外祖身上盗来的!"

众门主闻言大惊,纷纷鄙视地看向金人凤,金人凤面色涨红,气急败坏骂道:"小杂种,休要胡言!"

月初继续骂道:"金人凤,你盗篡神火山庄家主之位,窃取纯质阳炎,迫害淮竹姨和我娘,更联合虎鹤双仙杀害了我双亲,似你这般忘恩负义、阴狠毒辣之人,如何配做神火山庄之主?!"

听到这里,金人凤面色阴沉,却低低笑出声来,他猛地扬手操控起一个火球,袭向鄙视地看向他的一气盟门主们:"要怪就怪这小杂种多嘴,让你们听到了不该听的东西,今日本火神就让你们尝尝这纯质阳炎的滋味!"

众位门主大惊,危在旦夕时,红红立刻扬手布下一道屏障挡在他们面前:"所有人,立刻到我身后去!"

门主们狼狈不已，再顾不得其他，纷纷往红红身后躲避，而雅雅和容容则趁机上前并肩拦住金人凤攻势。

金人凤凌空而起，打下一道金光，带着簇簇神火向下压迫而来，众人望着越烧越烈的神火，只觉危在旦夕。金人凤得意大笑道："今日，本庄主就用灭妖神火送你们一程！"

红红咬牙，以强大妖力袭向那带着金光的神火，渐渐地，她的双手因被灼烧而伤痕累累，鲜血淋漓。月初目眦欲裂，正欲上前相助，却被雅雅猛地撞开："东方家的贼小子，滚开！"

"法相天地！"雅雅催动妖力，一道透明的幻相影子自雅雅体内散出，不断变大变高，直至手撑神火，脚踏地面。容容也连忙凝力相助雅雅。而金人凤发出的那道金光更是加大了向下压迫的力道，雅雅渐显吃力，不由自主地慢慢屈身，几近跪地。

月初则迅速奔至红红身旁，红红抬眸，神色仍是一派清冷，她伸手拦住月初道："我说过，不许你插手。"

月初拉起红红一双鲜血淋漓的手，决绝道："妖仙姐姐，让我告诉你东方血脉的秘密吧。"

红红看向月初，却见月初朝她深情一笑，猛地穿透了自己的心口，鲜血喷涌而出，红红的手直接插入了月初的胸膛。红红大惊，而月初却俯身低头轻轻吻上了她的双唇，红红浑身一震，随即便感到一股雄浑的灵力在周身流动，她沾满了月初心口血的双手则开始飞速愈合，完好如初。

月初松开红红，虚弱笑道："其实妖也可以不怕灭妖神火的……姐姐，你的双手浸过我的心口血，以后便再不怕纯质阳炎和灭妖神火了。"

雅雅与容容见状均惊异不已，齐齐愣在原地。

金人凤心觉不好，当尽全力推动法力，而雅雅再也支撑不住，双膝跪地，幻相破碎。红红见此，抬起手来，用指尖沾了嘴角处月初的灵血，轻轻涂抹过双唇。她起身飞快地袭向那道带着金光的神火，刹那间，金色神火猛然破散。金人凤还不及反应，前胸就已被红红的利爪生生刺破，鲜血刹那间染红了前襟。

金人凤重伤跌落于地面，面容因痛苦而扭曲，一气盟各派门主见状，心生骇意，面面相觑后再不停留，仓皇退去。

付魁胆战心惊地上前扶起金人凤，金人凤在他耳边低语道："快……"

付魁当即带领数名弟子掩护着金人凤趁乱遁去。

消失前，金人凤狠狠道："涂山红红，走着瞧！"

雅雅喝道："站住，别走！"

红红连忙喊住雅雅:"别追了,先看看月初。"

红红心中担忧月初,无暇追击,立刻回头去看月初,只见他已然昏迷,命悬一线。

红红连忙将月初扶起,一边不停地为其灌输妖力护住心脉,一边朝雅雅、容容下令:"雅雅,你与阿来速去追查金人凤下落,切记暗中行事,不可声张。容容,快去请翠玉灵!"

雅雅神色复杂地看了眼月初后,领命转身离开,容容也立即朝涂山而去。红红凝眉看向毫无知觉的月初,知道他身份一旦暴露,只怕从此再无宁日。

半个时辰后,小阁中,翠玉灵一手笼于月初心脉处,施展着妖术凝血封脉,摇头蹙眉道:"他失血过多,我唯有先封住心脉,再施以生血之术。此番他以心头血相助你,灵力大损,想要痊愈,只怕得花上些工夫了。"

红红站在床边,担忧地看着昏迷不醒的月初道:"雅雅已经在追查金人凤的下落了,届时涂山定会让他给你蛭妖一族一个交代。"

翠玉灵闻言颔首,感慨万千道:"这小子是将自己的命交给你了啊,他也只有这么做,才能助你在此番决斗中全身而退,反败为胜。"

红红摇了摇头,低声道:"只是如今他身份暴露,涂山怕是容不下他了……"

与此同时,涂山学堂里也闹翻了天,流觞激动地朝容容走了过去:"容容姐!月初真的是东方家后人?"

流觞身后,九霜和勿离小心翼翼地拽着他的衣服劝他冷静,而容容则神色自若地扫了众狐一眼,淡淡开口道:"没错,他确实是东方家后人,东方月初。"

流觞忍不住大声质问道:"为何他一个东方家后人会入涂山?此事,当家的可是一开始就知情?!"

勿离和九霜见牵扯到大当家的,急忙大力地拽回流觞。九霜一边拦着流觞,一边解释道:"容容姐,流觞只是……"

容容微一摆手,面上并无半点恼怒道:"你爹娘都死于神火山庄之手,我理解你对东方家族的恨意。今晚,翠玉灵会于子时离去制药,月初尚在昏迷之中,你若想对他动手,我绝不拦你。"

流觞听了这话,浑身一震,低声喃喃自语了片刻,便转身快步离去。九霜则担心地跺跺脚,连忙跟上,勿离也是一个头三个大,对容容道:"三当家,万一流觞真的……"

容容淡淡看了眼勿离道:"怎么,你担心月初?"

勿离连忙摇头,嘴硬道:"哪有,我们只是担心流觞会被大当家责罚……"

容容神色了然地看着勿离,缓缓说道:"你们痛恨神火山庄,是因为神火山庄曾于人妖大战时杀了不少妖,可月初杀过妖吗?所以,他是月初还是东方月初,有什么区别吗?"

勿离摇摇头,恍然大悟道:"我明白了,三当家知道大家都对月初有了感情,所以流觞也不会真的——"

容容按住了勿离的嘴巴,俏皮地眨眨眼:"太聪明了有时候不是好事哦。"

第八章　突破三重

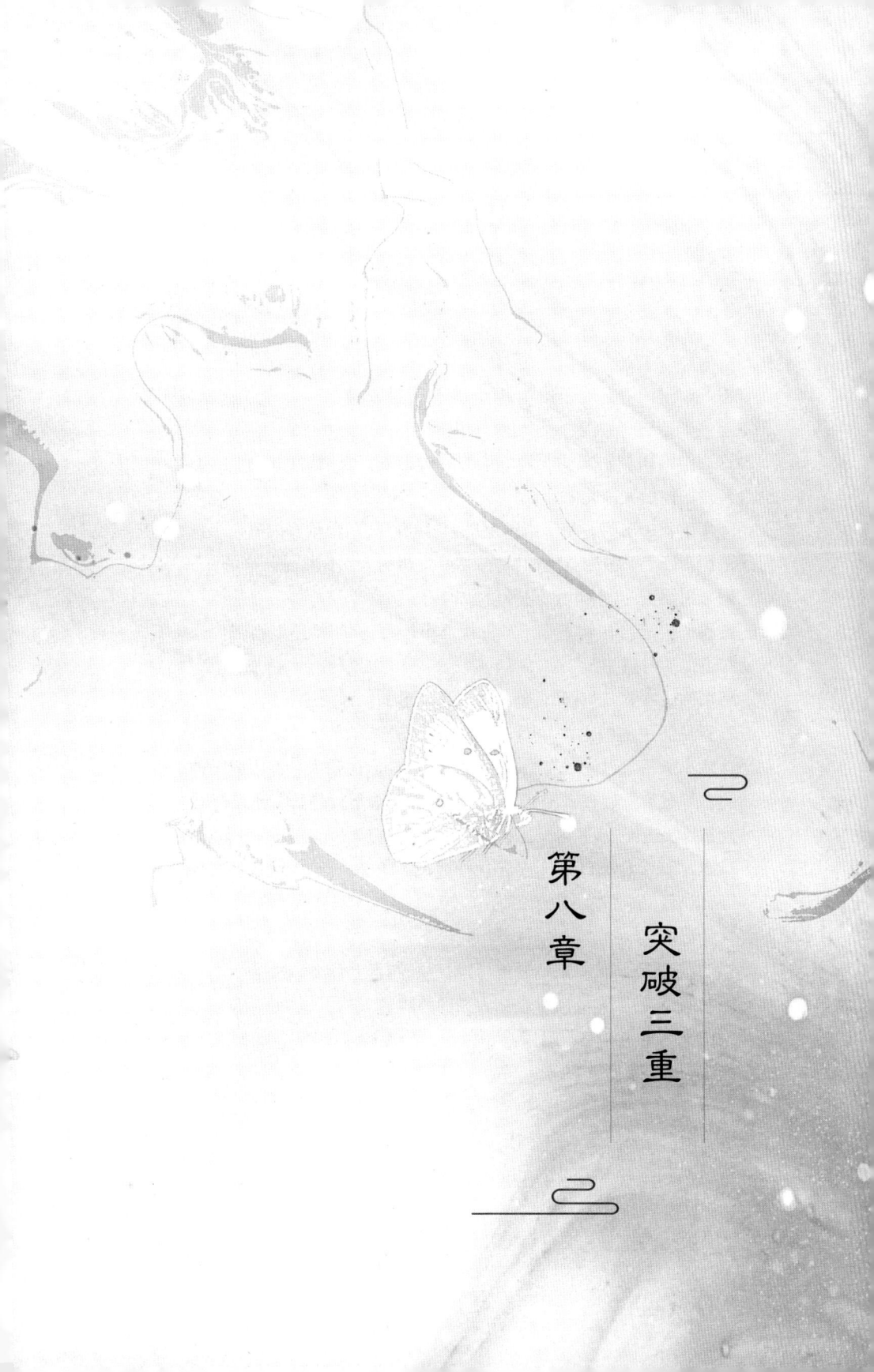

（五十六）突破三重

这边雅雅跟着阿来朝妖族市集的酒楼走去，表情疑惑道："姐姐让咱们去追杀金人猪，你带我来此做什么？"

阿来推开一扇门，指了指床上道："你看那。"雅雅看向阿来手指方向，只见付澄正躺在床上，一副昏迷的模样："一气盟的人？你将她带来的？"

阿来摇摇头："不是我，是月初那小子。"

雅雅一提起月初就来气："'月初那小子'，你叫得还挺亲密！你莫不是……早就知道他的身份了？"

阿来微微一笑："有什么是我阿来不知道的？"

雅雅见此更加恼火："可恶！你、姐姐还有容容都知晓实情，只瞒我一人！都怪这贼小子，自己偷藏在涂山不说，还敢往涂山带人！涂山成了神火山庄的庇护所吗？等贼小子醒来，该算的账还是要算，眼下，赶紧将此人赶出去！"

阿来摇头道："不不不，眼下最要紧的是寻金人凤。我问你，你打算怎么寻？"

雅雅本就没什么计划，支支吾吾地说不上来。阿来手指点了点付澄的方向道："所以啊，别冲动，狡兔三窟，若漫天寻找无异于大海捞针，真想寻人，还是要找她帮忙。"

"她？"雅雅将信将疑地看着付澄，"她能帮上什么忙？"

阿来低声道："她此前可是金人凤的心腹。"

雅雅恍然大悟，又打量了一下付澄，冷冷哼了一声："那便等她醒来，看她能不能帮咱们找到金人凤。"

从界碑处逃跑的金人凤被妖丹反噬，如烈火焚身，痛苦不已，整个人都苍老了许多，他目光涣散着，尽量让自己稳住。

付魁扶着身形虚晃的金人凤，劝慰道："庄主保重，属下这就安排您尽快回神火山庄休养。"

金人凤眉头蹙紧，面色恼恨地摇了摇头，竭力平复气息道："不可，经此一役，王权家恐怕已经怀疑上神火山庄了，回去便是自寻死路。"

付魁听得心惊，也没了主意："那、那可如何是好？"

金人凤稍作思忖，冷笑道："螳螂捕蝉，黄雀在后，你现在就暗中联系山庄的人手，让他们在山庄中布局，来个局中之局，绝地反杀！"

付魁完全想不明白金人凤的计划，却也只能点头应是。

夜间子时，流觞满面愤慨地守在小阁外的隐蔽处，九霜跟在他的身后，紧张不安，不知该如何劝阻："你真下得去手啊？"

流觞粗声道："当然！这家伙不仅与我有血海深仇，还骗我素日与他交好，实在可恨！"

话音刚落，就见翠玉灵从小阁走了出来，两人连忙闭嘴，待翠玉灵彻底离开，九霜才不知所措道："她走了，眼下怎么办？"

流觞似乎没想到会这么顺利，他咬了咬牙，起身走向房门，一阵夜风吹过，流觞刚要碰到房门的手便缩了回来，拖拖拉拉地犹豫起来，好似等着人来阻止他。可半晌过去，除了夜风与九霜，再没人出现，他只得深吸一口气，硬着头皮大力将门推开，气势汹汹地直冲榻前："东方月初，今日我绝不会轻饶了你！"

说罢，流觞一把将鼓鼓囊囊的被褥掀开，被褥下却空空如也，根本没有人影。

九霜愣了下，扭头去看流觞，发觉流觞这小子竟也暗自舒了口气，神色一松。

流觞在窗前站了会儿，故作气愤道："这小子！算他走运！咱们走吧！"

九霜被流觞拉着出了小阁，仍旧纳闷，回头看去："这大半夜的，他能去哪儿？"

流觞拽了拽九霜，故作一脸不屑和鄙夷道："管他去了哪儿，重伤成那样还到处乱跑，自讨苦吃，疼死他算了！"

涂山界碑外，被神火燎过的战场一片焦土，费管家缓步过来，长叹了一声。他的身后，一个弟子匆匆上前："费管家，此番前来涂山的除了金人凤，还有盟中其他一些小门派，这些门主说金人凤曾想灭口，是涂山红红出手从金人凤的手中救了他们。"

费管家有点茫然地回头："灭口？"

弟子低头肃容道："是，据这些门主所言，涂山内藏了一个名唤月初的东方家后人，此人当众指证金人凤弑师夺位，并联合虎鹤双仙杀害了秦兰夫妇。"

费管家略一思忖，已经明白了所有，他点头道："原来如此。"

弟子接着道："听闻东方月初还主动取了自己心头灵血，助涂山当家打败了金人凤。"

费管家看向涂山的界碑，随后望向涂山的方向："这么说，他是自愿待在涂山了，好生传信于涂山红红，我有要事相见。"

弟子应声退下，向涂山发送信息。

刚从昏睡中醒来的月初此刻已在苦情树下盘膝闭目，他面容苍白而憔悴，而着一袭红衣的红红则神色严厉地站于树边道："今日满月，妖力正盛，这也是你修炼纯质阳炎的最好时机！"话落，红红一掌将妖力灌入苦情树中，苦情树好似有所感应，渐渐浮现出冷冽的光影。

月初吃力地睁开双眼，打起精神认真修炼。那冷冽光影缠上月初，与月初体内强劲的火流汇合后迅速地在他周身流窜。

"嗯！"月初忍不住发出一声痛呼，火流在他体内肆意流窜，红红则正将自身妖力灌于月初全身，"妖仙姐姐，你也伤得不轻，不可为我——"

红红蹙眉喝道："闭嘴！"

月初只得闭嘴，依照红红吩咐继续修习纯质阳炎。妖力不断注入月初心口，原本狰狞的伤口逐渐修复，直至完全愈合，仅留下一道羽花状的伤疤。

红红收住灵力，身形一晃，差点踉跄倒地。月初连忙扶住红红，担忧道："妖仙姐姐，方才一战几乎耗尽你全部妖力，你怎还能为我如此勉强自己？会伤你功体的！"

红红看向月初，眼眸中也带了些许激动道："你还知道伤及功体？我问你，心头血是随便能取的吗？你若是出了事，我到哪里再找一个东方月初？"

月初震惊地看着红红，片刻后，红红回过神来，才反应过来自己说了什么，不由得尴尬地避开月初的视线。月初伸手拉住红红的手，刚要说什么，就见容容从远处走来，红红连忙挣开月初的手，强作淡定地问道："出什么事了？"

容容低声耳语道："王权山庄的费管家连夜求见。"

红红目光微动，却无意外之色，只轻轻点了点头，踏足朝界碑处掠去。

铃音轻响中，红红自月光下翩然落于费管家面前，费管家早已屏退弟子们独身恭候，见红红前来，神色恭敬地向红红施礼道："多谢涂山大当家相护我王权家弟子，此番叨扰，实非王权家初衷，还望涂山大当家谅解一二。"

"知道了。"红红面色清冷，点头后便转身欲走。费管家一愣，急忙上前追上道："涂山当家且留步，王权家还有一事相求，是关于东方月初的。"

红红蹙眉，驻足回首，一副不耐烦的模样。费管家小心上前，向她絮絮低语起来，红红沉默听着，表情越发冷冽。

初阳映照大地，金色晨辉洒在苦情树上，月初迎着日光睁开眼睛，脸上的疲惫逐渐退去。这一晚的修炼犹如让他炼狱重生，整个人焕发出一股全新的，更为强劲的力量。他微凝灵力向前一推，纯质阳炎瞬间自掌间汹涌而出，威力之强、火质之纯，远胜往昔。

月初收手，惊喜地看着双掌："纯质阳炎第三重！我练成了！"随后，他抬起头来，看向树下的红红，激动地一把抱住她原地转起了圈，"我练成了！我练成了！当年娘因先天受限，始终无法突破的第三重，我练成了！"

红红尴尬之下，轻咳一声，挣扎着下来凝容肃仪道："许是翠玉灵的药有奇效，又或是此次受伤反倒打通了你的血脉，令你终得突破。"

月初点点头，一把拉住红红道："不管是何原因，总之值得好生庆祝一番！走，妖仙姐姐你想吃什么，我给你做！"

红红却定身站在原处，有些欲言又止。

月初见红红表情，脸上笑容渐渐收敛起来，松开她的手道："妖仙姐姐，你是不是有事瞒着我？王权家的来涂山，是为了找我？"

红红点头："没错，费管家提出要将你带回王权山庄，王权家统领一气盟，实力不俗，你自不必像在涂山这般受苦了。"

月初一听，心中一沉，急道："你该不是答应他了吧？谁说我在涂山受苦了！我白吃、白喝、白住，还能免费撸毛茸茸的狐狸，日子过得比谁都舒服！"

红红闻言瞅了他一眼："哦，看来你也知道自己那是在欺负小狐们！"

月初急得都要结巴了："我、我……总之，我哪里都不去，就在涂山！"

红红见月初急眼了，忍不住暗自偷笑："王权家的自是想接你回去，可是世界上哪有这么便宜的事，他们总该把你这几年在涂山的花销填上不是？可是啊，这王权家看起来家大业大，出手却十分小气，连一点点抚养费都舍不得出。"

月初疑惑地看向红红："妖仙姐姐，你问他们要了多少？"

红红想了想："也不多吧，伙食费、住宿费、教育费、保护费……杂七杂八加起来，总得有十万两……黄金吧？"

月初先是惊讶，随即突然变得十分开心，不住地点头道："我觉得吧，涂山要的少了！你想想，除了那些费用，这些年我砸坏东西的赔偿金啊，撸秃毛的精神安慰费啊……再加上各种利息，就算王权家搬座金山来，只怕也不够呢！"

红红被月初逗得忍不住笑出声来。

待两人说笑完，月初去找翠玉灵拿药，而红红则重新将掌心放在苦情树上，感受着树心萦绕着的纯净银色光芒。

"姐姐，看来自御妖国后，石姬倒是未在苦情树上进一步动手脚了。"容容走上前来，欣慰地看着繁茂的苦情树道。

红红收回手中妖力，思忖道："以她的行事作风，绝不会善罢甘休。"

"可是她躲在暗处，便是想揪出她来，也无从下手。"容容皱眉道。

红红神情笃定道："咱们不知道，可金人凤定知晓她的下落。如今金人凤身中血毒，又遭赤炼妖丹反噬，涂山与金人凤之间的恩怨，也是时候彻底了结了。"

容容苦恼道："可狡兔三窟，咱们又该去哪里找金人凤呢？"

红红看向容容道："那就要看月初愿不愿意配合了。"

容容惊讶道："月初？"

红红颔首："我现在便去找他。"

（五十七）又定妙计

小阁中，月初刚刚送走了为他送药来的翠玉灵，便迎来了红红。两人坐在桌前，红红将计策说与月初听。

待红红说完，月初当即点头道："姐姐的计划很好，月初定全力配合，击杀金人凤。为爹娘报仇是我多年心愿，如今机会难得，我岂会放过。更何况涂山养我多年，我也该为涂山做些贡献了。"

红红看着月初再次确认道："此次行动风险不小，你可想好了。"

月初蹙眉道："干吗一遍遍提醒，难道在妖仙姐姐眼中，我是如此贪生怕死之辈？"

红红一字一句道："我只担心你不怕死！"

月初愣在原地，望着红红，明白了她的意思，暖暖笑道："放心，我答应过你，不会再让关心我的人担忧。好啦，时间紧迫，趁着金人凤重伤之际，赶紧部署计划吧。"

红红颔首，附耳对月初低语着，而月初则边听边点着头："此计甚好，既能钓出金人凤，又能让涂山的狐崽子们好好出口怨气，再怎么说，我这个神火山庄的人也欺骗了他们这么多年。"

红红担忧地看着月初道："金人凤老谋深算，若想骗得他相信，只怕涂山内部知情的人越少越好。只是如此一来，只怕你要腹背受敌了。"

月初故作开心道："放心，我吃了玉灵姐那么多补药，伤得起。再说了，不是还有你罩着我嘛！"

红红看着月初，仍有些迟疑道："只是……"

月初也望向红红道："别'只是'了，咱们跟金人凤斗了这么多年，是到该结束的时候了，这次，我一定要让他身败名裂，为爹娘、外祖父和死去的妖报仇！"

红红看着月初坚定的侧脸，心中虽仍然担忧，却终于不再阻拦。

第二日清晨，妖族市集的酒楼内，走廊中，阿来正端着饭菜往客房处走，一抬头，正看到月初躲在柱子后朝他招手，阿来无奈走上前："伤好了？"

月初摆摆手："死不了。"说罢，他又像想起了什么道，"不对，你一个妖，见到我这个神火山庄的后人，怎么一点反应都没有？"

阿来嗤笑一声："有何好反应的？打从见你第一面，我就知道你是东方家的人了。"

月初愣了愣，随即明白过来，伸手拍了拍阿来道："兄弟，够意思！对了，雅雅姐还好吗？"

阿来道："你说呢？一天恨不得骂你三百遍，还有你救的那个姑娘，也没少挨骂。走，去看看吧！"

雅雅一脸气愤地看着半卧于床的付澄，她突然幻化出一把冰刃抵在付澄脖颈间道："你是金人凤的心腹，岂会不知道他们的藏身之处！你莫不是有意隐瞒？"

付澄望着雅雅，无所畏惧道："我不过是金人凤的弃子，如何知晓他们行踪？你杀了我吧。"

雅雅见付澄软硬不吃，气急败坏道："那我就杀了你这个弃子！"

说着雅雅扬手就要朝付澄颈间划去，危急时刻，月初与阿来双双抢进门来："慢着！"

雅雅回头，看见月初进来，一时忘了要杀付澄，柳眉倒竖，拿着冰刃直逼月初："贼小子，你还有胆来此！"

月初闪身避过，同雅雅拌嘴道："想杀我？先得问问妖仙姐姐同不同意！"

雅雅见他拿出红红来当挡箭牌，气得眼睛要冒出火来："你居然敢拿姐姐压我！"

月初故意不屑一笑道："是啊，我就是拿妖仙姐姐压你，谁让她最在意我呢！"

雅雅气到了顶点，也不与他打了，恨恨道："你等着，我现在就去找姐姐，让她将你赶出涂山！"

月初冷笑道："我劝你还是别去自取其辱了。"

"我自取其辱？！"雅雅气得转身便往涂山跑，"老娘还非去不可了！"

见雅雅被气跑了，月初连忙给阿来使了个眼色，阿来急忙追着雅雅而去。关上房门，房内只剩下了月初和付澄，付澄刚要说话，月初便比了个"嘘"的动作，示意付澄跟他走。

月初和付澄两人鬼鬼祟祟地躲在暗巷中伺机逃跑，付澄不解道："为何招呼都不打一声就跑？"

月初道："逃跑还要打招呼，难道你想被那暴脾气的女狐砍死？"

付澄虽然在和月初逃跑，心中却是从未有过的放松与自在，她开口道："虽说如此，但就这么逃走也太丢人了。"

月初回头看看她，突然问道："你有银子吗？"

付澄感到莫名其妙，摇摇头，月初翻了个白眼道："那还废什么话，没有银子，涂山的人就算不杀你，也要用账本压死你，不逃等着被抓去做奴隶？涂山最讨厌神火山庄的人，你这样的就算做奴隶也是低等奴隶。"

付澄看着月初，嘲笑道："你是在说你自己吧？这几日我听到的可都是你的坏话，什么隐藏身份，赖在涂山，平时还耍小手段催账……"

月初恼羞成怒道："闭嘴。不说话没人把你当哑巴！"

付澄还要再说什么，月初突然比了个"嘘"的姿势，随即趁着没人躬身溜了出去，付澄连忙闭上嘴，跟着往外逃去。

涂山学堂内，红红正背着手看众狐伏案书写涂山历史，门突然被推开，雅雅拽着阿来气急败坏地冲了进来："姐姐不好了，神火山庄的那个女人逃跑了！都怪那个小子……"说到这，雅雅突然自责道，"总之，都怪我，上了那小子的当，让他带着神火山庄的那个女人一道跑了！"

红红惊讶道："月初和付澄一起逃了？"

雅雅和阿来一齐点头，雅雅又道："我来之前把涂山翻了一遍，连那臭小子的影也没见到，这小子准是怕身份暴露后会引来涂山报复，这才逃走的！"

听到这，众狐妖也不写作了，炸起锅来，议论不休，言语中夹杂着对神火山庄和东方月初的愤怒。流觞气愤地一拍桌子站起来："好个东方月初，小爷本想放你一马，谁知你竟助神火山庄的人出逃！"

九霜担忧地拉了拉流觞，示意他坐下。红红蹙眉看着群情激愤的众狐妖道："静一静，大家少安毋躁。雅雅、阿来，你们二人随我去斛光阁一议。对了，流觞你也来。"

流觞一愣，点点头，随着红红、雅雅和阿来离开。

九霜、勿离等人面含担忧地看着几人离去的方向，忧愁叹息着，九霜忍不住道："没想到，月初竟会助神火山庄的人。"

勿离也道："是啊，原以为他在涂山长大，会同我们一心。"

红红等人刚进了斛光阁，就看到涂山不醉一脸激愤地咒骂："老狐狸不止一次提醒过，那小子心性奸猾，信任不得，你们偏偏不信！现在倒好，养出个背信弃义、吃里爬外的畜生！"

雅雅和流觞一脸愧然，红红则出言安抚道："长老息怒，眼下最重要的是先将他擒回。"

不醉不快地瞪了红红一眼，终究是闭上了嘴。而雅雅则发愁道："可人海茫茫，去哪儿找这贼小子呢？"

不醉冷哼道："还能去哪儿？准是见金人凤重伤难治，跑回神火山庄继承大位去了！"

红红蹙眉颔首道："长老此言有理，东方月初卧薪尝胆这么多年，确实为的就是有朝一日从金人凤手中夺回神火山庄。"

流觞气道："继承大位？就他那副吊儿郎当的样子，怎么看都不像是有这么大抱负的人。"

不醉冷笑道："让你看出来了，他还能藏在涂山这么多年？小崽子，看人不能只看表面，人心狡诈，看似无害的人，实则居心叵测，这种事还少吗？"

流觞被说得恍然大悟，点头道："有道理！"

不醉自得道："不是老狐狸自夸，老狐狸这一双眼睛，毒辣得很，打从一开始啊……"

阿来见不醉越说越远，忍不住轻咳一声，打断了不醉的自夸。红红道："既然大家都认同月初逃到了神火山庄，那便即刻动手。雅雅、阿来，你们两个留守涂山，严防有人趁乱生事，至于长老和流觞，随我一同去神火山庄拿人！"

众人心知不是胡闹的时候，皆严肃领命，下去准备。唯有涂山不醉仍意犹未尽地叮嘱流觞："我跟你说，这人族行事……"

另一边，一座小破屋中，金人凤面色青白地承受着一阵又一阵痛苦折磨，他的长相好似比前几日苍老了许多，看起来如风中残烛一般。

付魁担忧地看着金人凤道："庄主，若再没有灵血，只怕……"

金人凤闭目咬牙，忍过又一阵痛苦，额间冷汗淋漓道："想不到这赤炼妖丹的反噬竟如此霸道。"

正说着，一名弟子匆匆前来禀告道："启禀庄主，属下方才在林中听到路过的妖族传言，涂山红红似乎正带着一批狐妖追杀东方月初。"

金人凤一怔，付魁眼珠一转道："莫不是涂山要向神火山庄报仇？细想也是，东方月初自以为把心头血给了涂山便可保全自身，却也不想想，涂山妖族怎可能容得下神火山庄的后人！"

金人凤肃容思忖着道："嗯，不可大意。去，传令山庄众弟子，密切关注东方月初动向，他一出现，即刻来报。"

付魁连忙应是。

与此同时，得到消息的王权弘业也皱眉看着费管家："涂山追杀月初？"

费管家道："据说是月初出逃在先，激怒了涂山，这才引得追杀，只是……日前涂山以抚养费为由不放月初，明显是想留人，可为何留人，属下想不明白。"

若说是想借此要挟一气盟，日前便可如此；若说是打东方血脉的主意，早在十几年前即可动手……可若未打算对月初不利，眼下他又为何出逃？"

王权弘业闻言沉思片刻，似乎想到了什么道："此情只怕未必如表面那般简单。你马上通知我们在神火山庄附近的人手，暂时不要轻举妄动，盯紧一些，一有情况，即刻通报于我！"

费管家抱拳应下，转身离去，王权弘业看向石桌上放着的剑，好似要透过剑光看向什么人一般，嘴里低声道："淮竹，这一回若真找回月初，也算是对你有所交代了。"

月初与付澄一路奔逃至森林中，付澄点燃一团篝火，一边翻烤着打来的兔子，一边道："金人凤手下弟子众多，只怕很快就会发现你我踪迹了。"

月初看着火苗冷笑道："他此刻如惊弓之鸟，绝不敢轻易露面了，只要能顺利抵达神火山庄，我自有办法对付他。"

付澄正要问什么，林中突然惊起几只飞鸟，月初连忙拉着付澄起身。下一秒，红红、涂山不醉和流觞如鬼魅般蹿出林间，涂山不醉一双狐狸眼紧盯着月初，恨恨道："逃命的路上还有闲心吃烤兔子，当老狐狸的鼻子是摆设吗？"

流觞也神情复杂地看着月初，似是不想与他生死相搏："东方月初，你私自放走神火山庄的人罪无可赦，若你还当自己是涂山的人，就乖乖跟着大当家回去，也免受皮肉之苦。"

月初嗤笑一声："回去？回去我还有命吗？"

涂山不醉气得胡子夯了起来，当先打出一道妖力："少废话，先拿下再说！"

（五十八）活捉付魁

月初一手拉着付澄躲开袭击，涂山不醉正要再次下手时却被红红挡下，她语带深意地对不醉道："抓活的。"

涂山不醉眼珠转了转，收起妖力，下一秒，月初却扬手撒出一道白雾，流觞与涂山不醉均被白雾中的刺鼻气味呛得咳嗽不止。待白雾散尽，只见四周一片空寂，月初已经不见踪影。

涂山不醉连忙耸耸鼻子嗅闻，发现自己的鼻子已经失灵了，而流觞更是连打了几个喷嚏："可恶，这小子竟然使诈，我什么气味都闻不到了！"

红红以袖掩面，双目盯着月初消失的方向，一丝担忧泻而出。

付澄扶着月初逃出树林，只见月初心口的伤处再次裂开，不由得着急道："神火山庄名下有一处药铺，我这便带你去！"

太阳慢慢升起,雅雅板着脸坐在涂山界碑处看着远处:"也不知姐姐他们怎么样了。"

阿来走到她身边跟着坐下,脸上闪过一抹戏谑,故意大声道:"糟了!我新练好的毒不见了,不会是被月初偷走了吧!"

雅雅一听当即脸色大变,跳起来就要离开:"什么!那贼小子莫不是要用毒对付姐姐!不行,我得去救姐姐!"

阿来看到雅雅炸毛的样子,忍不住哈哈大笑起来:"骗你的!你竟然信了,哈哈哈!"

雅雅这才知道上了当,按着阿来捶打起来:"好啊,你敢骗我!"

两人正嬉笑间,阿来突觉界碑旁的树林中有一个人影闪过,他神色一凛,连忙道:"等一下,好像有人!"

雅雅一听,立刻心生警惕,两人悄悄靠近界碑,只见前方不远处,过过正在徘徊。雅雅正要叫过过,却被阿来捂住了嘴巴,他示意两人隐蔽起来,雅雅虽奇怪他的用意,却也跟着蹲了下去。只见过过打量四下无人,正要走过界碑,忽然他脚下一顿,眼珠一转,脸色变得有些难看,随即故意装作寻找东西的模样,嘴里大声道:"藏宝袋掉到哪里去了,怎么到处找都找不到?"

过过故意四处找着,目光悄悄瞥着雅雅和阿来藏身处,片刻后,才不动声色地折回涂山。

待过过离开后,阿来思忖着严肃道:"你有没有觉得过过近来有点怪,先是修为大增,又总是行踪不定。话说,当日在北山,布泰公主被暗害时,过过也不在你我身边……"

雅雅听到这,脸色立刻变了:"你什么意思?过过是我亲手救回来的,他脾气虽然古怪了点,可那是因为他此前被人族所伤才留下了阴影,也正因此,他才对我产生了几分依恋。虽是不该,却绝不可能与恶妖为伍!"

阿来见雅雅动了怒,又碍于没有证据,只得闭嘴。

月初被付澄搀扶着来到神火山庄附近的药铺,那药铺老板见过付澄,什么也不敢多问,只恭恭敬敬地将所需药材递给付澄,随后悄悄打量着月初:"这位公子好像伤得极重,不若去在下的药铺里歇息片刻,也好让在下帮着诊治……"

付澄此刻谁也信不过,当即打断了他的话:"要你多事!记住,此事不许告诉任何人!"

药铺老板连忙惶恐地低下头,待两人离开的脚步声消失,才冷着脸唤来学徒低声道:"去,通知庄主,就说他找的人就藏在神火山庄附近。"

药铺学徒立即转身离开,一路跑至神火山庄附近树林中的一个破屋中汇报情况。

金人凤虽然脸色仍然虚弱，可得了那学徒的消息，面露狂喜道："天助我也，天助我也！"

付魁在旁边连忙拱手："恭喜庄主，那我们接下来……"

金人凤看向他吩咐道："你马上回山庄召集人手，务必活捉东方月初！"

付魁领命，立刻点了几个弟子往神火山庄而去。

当天夜里，月初与付澄悄悄潜进神火山庄。两人刚来到前殿，便看到一个跛足老妇提着一桶泔水经过。月初神色复杂地看着这个老妇，认出她正是自己母亲曾经的贴身婢女玉萍，气息不稳起来。

那玉萍也是十分警惕，神色一凛，将泔水桶一扔便往柱子后攻去："谁！"

月初任由玉萍抓住，动容地看着这位老妇道："玉萍姨！"

玉萍先是一愣，随后疑惑地看着月初："你是？"

月初伸出一只手，翻掌凝出一小团神火道："我是月初，是东方秦兰的儿子，东方月初。"

玉萍听到原主人的名字，双手一松，难以置信道："纯质阳炎！你真的是二小姐的儿子！"

月初点头，拉起玉萍的手，看向她手背上的伤疤道："我娘说，当年你与她虽为主仆，却情同姐妹，你为了救她，还硬生生用手替她挡了金人凤的一道神火，被他打断了腿。这道疤，和我娘说的位置一模一样，所以我一眼就认出了你。"

玉萍却并不在意，只急迫道："金人凤说你们母子被涂山妖族给害了，玉萍不信，这些年一直在暗中寻找你们的下落。天可怜见，今日叫我见着你了。二小姐和姑爷呢？"

月初眸间一痛，低声道："十八年前，金人凤带人围攻，将他们都害了。"

玉萍身子一震，眼中溢出泪水："杀千刀的金人凤！"

刚说到这，一队巡逻的弟子正走过来，玉萍连忙将月初推到前殿内，然后跪在地上收拾泔水。

带头的弟子走过来伸手捂着鼻子骂道："怎么回事！"

玉萍连忙道："老妇一时不慎，打翻了泔水桶……"

那弟子一脚将玉萍踹翻骂道："老东西，连个泔水都收拾不好，还要这条老命做什么！臭死了，咱们快走！"

众弟子见玉萍跌到泔水中，嘻嘻哈哈地捂着鼻子离去，月初连忙现身扶起玉萍，愤恨道："玉萍姨，这些年他们就是这样欺负你的吗？"

玉萍拍拍月初的胳膊安慰道："这不算什么，我苟活至今，就是为了有朝一日能再见一眼二小姐，如今……玉萍要看看那金人凤究竟是何下场！"

月初反手扶着玉萍道："玉萍姨，我这次回来，就是为此。金人凤已受赤炼妖丹反噬，重伤不治，他此去带走了不少山庄中的好手，其余留守山庄的人，还请玉萍姨相助！"

玉萍眼神坚定道："公子但请吩咐，只要能给老庄主和二小姐报仇，玉萍纵死不辞！"

第二日一早，付魁便带着众弟子来到神火山庄门口，大声敲门，不一会儿，大门"吱呀"一声打开，门缝中露出玉萍的脸来。

付魁惊讶地将门彻底推开，打量着院内道："其他人呢？"

话音刚落，一道灵力便从背后袭来，将他打入院内，付魁转头，只见月初与付澄正站在门口，他惊得双眼大睁，还没说出话来便晕倒在地。

玉萍对月初道："公子放心，山庄内弟子均已中招，无人察觉。"

月初颔首，叫上付澄一起将付魁往外拖去。

待付魁醒来时，他已经被捆仙索缚得牢牢的丢在湖边，眼前则是月初冷冷的笑脸。他害怕地挪动着身体大声道："你们想做什么！"

月初轻声道："不想做什么，只是想同你亲近亲近，怎么说你也是神火山庄的老人了。"

付魁闻言，连忙讨好地朝月初笑起来："是是是，咱们都是自家人，有话好说，好说！"

月初微笑着蹲在他面前，伸手扶起付魁，在他还没反应过来时，突然用力捏紧了他的手腕厉声道："谁和你是自家人！说，你的主人现在何处！"

付魁被月初的变脸吓了一跳，他手腕被捏得生疼，一边挣扎，一边大声喊着："我不知道！我不知道！"

月初一挑眉，松开手，突然抓着他的头发把他往湖水里按去，一边看着付魁拼命挣扎，一边道："你不知道，那我帮你想想。"

过了片刻，月初把付魁从水中提了起来，只见付魁满脸通红，好不容易缓过一口气来，他拼命望着一边的付澄喊道："好妹妹！付澄，你快救救我！以前是为兄被猪油蒙了心，好妹妹，你原谅为兄一次！以后我们兄妹相亲相爱，为兄绝不会再让他人欺负你！"

付澄冷笑着上前："妹妹？你把我当药人送给金人凤时，或者金人凤毒打我时，你怎么不说我是你妹妹了？"

说罢，付澄一脚将付魁踩入水中，不知过了多久，付澄松开脚，将他踹回岸边。付魁不停地咳嗽着，再也忍不住了："我说！我说！"

待问清楚了金人凤藏身之处,月初先是化出一只灵蝶朝远处飞去,然后蹲下就着湖水洗了洗脸。付澄则坐在一边的石头上,半晌后冷笑道:"喂!你刚才是在给涂山妖女传信吧?别以为我不知道,说什么因为救了我被涂山追杀,都是骗我的,是你和那涂山妖女商量好的计策!"

而此刻红红带着涂山不醉、流觞还在那林子里打着转搜寻,流觞啃着手中的果子道:"大当家,这片林子咱们来来回回都翻三遍了,连个影子都没看见,是不是该换一处继续找了?"

不醉暴躁道:"换?换去哪儿?大当家不是传信给翠玉灵了吗?还是等她来将咱们的鼻子治好——"说到这,他突然耸了耸鼻子,面露欣喜道,"恢复了!老狐狸的嗅觉恢复了!"

涂山不醉兴奋地到处嗅闻着,忽然好像闻到了什么,下意识朝一个方向看去:"有那小子的味道!"

红红与流觞也顺着他的视线看去,只见一只粉色的灵蝶翩然而至,落在了红红指尖,正是月初的来信。

月初听到付澄口口声声说涂山红红是妖女,表情不快地站起来:"什么涂山妖女,妖仙姐姐有名字,涂山红红!再说了,你管我是不是骗你,只要我能按约定安全把你送回山庄,咱俩就两清了。"

付澄闻言一怔,看着月初拍了拍衣衫转身提着付魁便走,不由得委屈、气愤地望着月初的背影,最终还是不舍地追了上去:"你说两清就两清?你骗我之事,还没完呢!"

月初不理会付澄,只拖着付魁往金人凤藏身的破屋而去。付澄委屈地一路跟随着,待三人来到了破屋附近,月初先是将一粒药丸塞入付魁口中,随后将捆仙索松开,拍了拍付魁威胁道:"刚才我给你服下的是南国毒童子亲手炼制的独门至毒七步逍遥散,若无解药,毒发之日七步必死,该怎么做你知道吧?去!"

付魁神色慌张恐惧地一边回头看向月初的方向,一边往破屋方向而去。

破屋中的金人凤面色灰败,在指尖凝出一只黑蝶低声道:"传信给涂山过,让他替我向石姬求情。"说罢,便挥手让黑蝶往外飞去。

待黑蝶飞走,金人凤转头,刚好看到付魁走进屋中,正小心翼翼地朝自己而来。

"人带来了?"金人凤哑声问道。

付魁擦了擦额头上的汗,行至金人凤身边点了点头。

金人凤压下内心狂喜问道:"那小贱种在哪里?"

付魁嘴唇哆嗦道:"在、在……"

金人凤见付魁模样,心中一紧,当即起了疑心,他挣扎着起身,一把推开付魁，却见月初和付澄正踏入屋中。

收到月初来信的红红此刻也赶到了门外，她望着月初的背影，微微一笑，正要转身离去时，刚好看到金人凤放飞的黑色灵蝶飞过枝叶间，她神色一凛，祭出一道妖力将黑色灵蝶拉入手中，随后放心地转身离去。

（五十九）金人凤被擒

月初进入屋中，微微一笑道："金面大师叔，别来无恙啊？"

金人凤面色一变，惶急之下跃出破屋，浑身拼出全部灵力打出一道神火。而月初则同样以神火回击，火光散去，只见金人凤口鼻涌出大量血水，他目光惊疑恐惧，好似受到了极大打击般低喃道："纯质阳炎……第三重……"

红红收好了那黑色灵蝶后，立即前往神火山庄门外，与等在那里的涂山不醉、流觞会合，此时这两人均已知道月初的叛逃是早与红红定好的计策，表情都有点讪讪的。

涂山不醉满脸不悦道："大当家既然知道了金人猪所在，为何不直接杀了他，非要绕这么大一个弯子，假手于那臭小子。"

红红解释道："金人凤与月初有弑亲之仇，这个仇非得他亲手来报不可。"

不醉冷哼一声："那臭小子一向心思奸猾，若是其中有诈怎么办？"

流觞现在对月初满心愧疚，小声为月初辩解道："不会吧，月初平时是活泼了些，但既然他与大当家事先商议谋划过，应该不会食言。"

不醉回头，像看叛徒一样对流觞道："哼，你懂什么！若他想用金人猪为饵，引我等上钩好一网打尽呢？"

流觞不敢多言，红红则瞥了一眼不醉道："依长老的意思，咱们不如就此回去？"

不醉揉了揉鼻子，大义凛然道："那倒不必，老狐狸纵横六域多年，岂会怕他一个初出茅庐的臭小子，既已到了门外，岂有回去的道理！刀山火海，老狐狸今日也要闯上一闯！"

说罢，不醉带头一脚踹开了神火山庄的大门长驱直入，三人刚走到院中，忽然一群弟子手持刀剑自屋内拥出，将三人团团围住。

红红略显惊讶，涂山不醉已然勃然大怒："老狐狸早说了，这就是陷阱，这下总该信了吧！"

红红冷静道："此话言之尚早，一切要等见了月初才可下定论。"

不醉冷笑道："东方月初那贼小子呢，叫他出来！"

一个弟子喝问道："你们究竟是何人？"

不醉一把推开那名弟子，凝出一道妖力朝众位弟子袭去："老狐狸这就让你们看看我是何人！"

千钧一发之际，一道灵力自外而入，荡开了不醉的妖力，月初顽皮的声音从他身后传来："长老，你就不能改改你的臭脾气？隔着三里都能听到您老人家的骂声，实在太不文明了。"

红红忍笑与月初对视，两人交换了一个放心的眼神。

涂山不醉转身，看着月初破口大骂道："贼小子，老狐狸还没找你问罪，你倒先教训起我来了！若非你忘恩负义在先，吃里爬外在后，老狐狸又怎会骂你！"

月初面向不醉道："老狐狸别急，月初这就向你赔罪，再送你一份大礼。"

不醉没想到月初还会赔罪，惊讶地看向他。月初一挥手，付澄压着被缚妖索所缚的金人凤和付魁走了进来，将二人丢入包围圈。

不醉大声道："金人猪？！"

月初点头道："不错，这份赔罪大礼如何？"

一边的流觞兴奋道："月初，好样的！"

神火山庄的弟子们见庄主被抓，纷纷不知所措，窃窃私语起来，金人凤躺在地上面色铁青，他撑着虚弱的身体朝那些弟子喝道："还愣着干什么？速速将这群恶妖拿下！"

众弟子闻言，犹豫着想要上前，却突然感到不对劲，纷纷捂着肚子呻吟着倒在地上，金人凤面色大变："你们、你们怎么了？"

玉萍从众弟子身后走了出来，冷笑道："金人凤，你也有今天。"

金人凤又气又急，冷汗淋漓道："是你！你这个老毒妇，在他们的吃食里下了毒！当年本庄主就不该一时心软留你一命！"

玉萍冷笑一声道："一时心软？你是怕杀了我，会让山庄中的其他弟子寒心罢了！"

月初走上前来，目光冷冷扫过卧倒痛呼的弟子们，收敛了平日的不羁模样，多了几分痛楚道："二十年前，追杀我娘的，就是你们这群人吧？我知道你们当中，有些是迫于权势，受金人凤威逼，不得已才背叛东方家，但劲风摧折，草木犹有气节，我不杀你们，却也不能再留你们了！"

这些弟子看着月初，面色由惶恐转为茫然。月初又转头看向付魁："至于你，当年参与围剿我爹娘，你出力不小吧？"

付魁惶急之下，一把将金人凤推了出去："是他，是金人凤，都是他逼我的！"

金人凤没想到付魁会如此背叛他，气得不顾脸面，上前与他厮打起来："你这个忘恩负义的小人！"

付魁一边躲闪,一边大声道:"金人凤,识时务者为俊杰,当初你杀了老家主后,不也是这般告诫大家的吗?"

金人凤被气得大口喘息着,他突然夺过旁边一名弟子的佩剑,猛地一剑贯穿了付魁的心脏,付魁不可置信地看着金人凤,死不瞑目,重重跌倒在地。

金人凤癫狂地拿着剑,指着付魁的尸首大声狞笑道:"背叛我的人通通去死!!!"

月初冷笑着朝金人凤身边走去:"到你了,我的好师叔。"

到了此刻金人凤反而豁出去了,他盯着月初道:"东方月初,你别得意,今日我落在你手中,是天不帮我,不是你比我强。东方家生来就有神血,随便一练便是高手,权势、名利唾手可得,凭什么我金人凤生来就寂寂无闻。哪怕这几十年来我日日修炼,从不敢懈怠一分一毫,到头来,还不过是个代庄主!老天不帮我!"

月初望着金人凤,面带怜悯。红红上前冷然看着金人凤,字字铿锵道:"金人凤,你说天不帮你,可当你流落在外,被老庄主所救,悉心教导,只这一点,老天便待你不薄。你生性坚韧,修为非常,若你心思清明,足够自己创建一番功业了。可你偏不知足,要去夺别人的。君子自强,你有今日,都是咎由自取!"

金人凤仍不悔改,嘴硬道:"说来说去,都是那老不死的伪善在先,若是他真对我器重,为何不把女儿许配给我?!"

月初恨道:"所以你就去抢,去夺?可惜不是你的终究不是你的,即便你苦苦经营,最终还是要还回来!"

金人凤看向月初,冷笑道:"还给你?小杂种,你被妖族养大,也配当神火山庄的庄主?"

月初嗤笑一声:"什么庄主不庄主的,我根本不稀罕,但是,你不配!"

几人正说着,门口突然传来一阵嘈杂,只见费管家带着数名王权山庄的弟子赶到了。费管家朝红红与月初行了一礼,冷眼看向金人凤道:"金人凤,你狡猾卑鄙,此前数度脱罪,如今人证全在,你还有何话可说?"

金人凤盯着费管家,狠狠地呸了一声:"呸!你们不过是世家相护而已!"

费管家冷冷道:"事到如今,你还执迷不悟!在场诸位听着,金人凤屡犯盟规,自今日起一气盟将逐出金人凤,交由东方月初处置!"

月初点头,转身看向神火山庄众人道:"金人凤弑师篡位,迫害同门,按神火山庄的规矩,该如何处置?"

玉萍持剑上前,将剑递给月初道:"烈火焚心,毁断经脉至死!"

月初接过剑,眼光扫过众人问道:"我用外祖父当年佩剑,替他老人家清理门户,你们谁有意见?"

众位弟子早已心服口服,哪里会有意见,均争先恐后地摇头。金人凤看着这些曾经的手下，又怒又怕道："你们这些白眼狼，本庄主好吃好喝供养了你们这些年，事到如此，竟无一人念本庄主之恩！"

月初一剑斩断金人凤身上的缚妖索，一步步向他走来。金人凤拖着残破的身体被逼得不停后退，冷汗顺着他的鬓角、额头往下淌着，直到避无可避，他猛地回头凝力打向围观弟子，趁弟子四处躲避时想要冲出重围，却不想红红早已看破他的阴谋，挡在他的身前："站住！"

月初剑光一闪，剑锋划破金人凤皮肤，带起一道血痕："这一剑，是让所有人都知道，你有今日皆是神火山庄所赐，你既忘恩负义，便将神火山庄给你的悉数还来！"

紧接着，月初又是一剑，又一道血痕洒在地上："这一剑是让你尝尝当年外祖父被取血之痛！"

紧接着第三剑、第四剑、第五剑不停地往金人凤身上划去，月初一句紧接一句，陈述着金人凤的罪孽："这一剑是为我死去的父母复仇，这一剑是为了玉萍姨的腿……"

金人凤狼狈地支着身子，他身上已经满是剑伤血痕。月初冷笑着将剑扔开，指尖凝出一道小小的火焰直击金人凤心口："还有，你费尽心思偷来的神火，总该亲自尝尝滋味！"

金人凤被神火灼烤，额头上冷汗直落，他张开嘴却发不出任何声音，表情痛苦万分。

红红走上前来道："金人凤，你所犯的罪过可不止这一些。"

话音落下，就见翠玉灵从门外走了进来，她冷冷地看向金人凤道："时间正好。金人凤，当年你以情欺骗小昙，借她之手夺血后，便将她残忍杀害。今日，我便替她亲手剥除你这一身灵血！"

金人凤眼看着翠玉灵化出一个药瓶，脸上露出极度恐惧之色。翠玉灵引出药瓶中的药液，往金人凤伤口灌入："此药为蛭妖之血所炼，可以帮助失血的人迅速造血，不过，是自身的血！以后，你便不过是一个不能运用神火的火神。"

金人凤惶恐地看着药液进入自己身体，一层淡淡的金雾在伤口上腾起，紧接着，新鲜的血液开始在伤口内充盈起来。眼见着神血渐渐从体内消失，金人凤好似疯了一般大喊起来："不要，不要！我的神血——"

红红默默望着眼前的一幕，金人凤跪倒在地，如同一个癫狂崩溃的枯槁老人，翠玉灵看向红红和月初，微微颔首致谢。

月初大仇得报，心情渐渐平复下来，他淡淡对金人凤道："金人凤，我不杀你。当年你不过是个乞儿，不如就再度回到街头，想想，这些年，你到底做错了什么。"说罢，月初朝几个弟子使了个眼色。弟子上前，将金人凤往大门外拖去。金人凤浑浊的眼眸望着众人，直到神火山庄的大门在他面前缓缓关上。

（六十）离开山庄

将神火山庄众位弟子安抚处理好，月初便与玉萍、付澄来到了前殿商议神火山庄日后经营。玉萍将一个木盒递给了月初，目光中带着慈爱道："公子，这些都是二小姐幼时旧物。如今，就交给你保管了。"

月初接过木盒，手指轻轻拂过，目中露出几分惆怅之色。片刻后，他抬头望向玉萍和付澄道："如今神火山庄大乱初平，人心惶惶，里里外外诸多事务，只怕还要劳烦你们两个。"

玉萍惊讶地看着月初，有些慌张道："如今金人凤被逐，公子难道不打算回神火山庄了？"

付澄更是皱眉道："难道是涂山红红不肯放人？"

月初摇摇头道："与她无关。我除金人凤，只为讨个公道，对于神火山庄实无半分念想。更何况，玉萍姨，以你的身份和功力，山庄的执事长老非你莫属，再加上付澄这个大师姐带领底下的弟子们，神火山庄一定会比之前更好！"

话音刚落，费管家便从外面走了进来，月初看到费管家，面色沉了下去，冷声道："费管家，金人凤已经伏诛，你还在这里作甚？"

费管家知道当年王权山庄娶秦兰之姐秦淮竹为妾，让月初很是生气，故而他并不计较，只解释道："这些年盟主一直想除去金人凤，为淮竹夫人和神火山庄报仇，无奈金人凤狡黠奸诈，外加一气盟内各世家关系错综复杂，没有实证之前，实在无法下手。"

月初听了这话，略带激动道："金人凤便罢了！王权盟主又是怎么对我淮竹姨和我表兄王权富贵的？"

费管家犹豫片刻，欲言又止道："盟主的家事，外人不方便评述，总之，如今月初公子重掌神火山庄，盟主也可以安心了。"

玉萍与付澄听到这里，面色都略有不虞，月初更是冷笑了一声，带着讥讽问道："敢问费管家，王权山庄是凑齐银子打算找涂山赎人了吗？"

费管家惊讶道："你不打算回神火山庄？"

月初道："你方才不是说王权盟主很关心神火山庄吗？那就有劳他于此危难之时助神火山庄了！"

见月初执意不愿留在神火山庄，玉萍和付澄皆焦急起来，玉萍更是开口想要求助费管家："费管家……"

费管家看了看月初脸色，抬手制止了玉萍未说完的话："年轻人有自己的想法也正常，大不了劳动你我这些老骨头再多辛苦些时日便是。"

玉萍闻言，终是闭上嘴巴不再坚持了。

此事告一段落，日头已经偏西，月初坐在神火山庄后院的石桌旁，把玩着玉萍给他的秦兰遗物，这木盒中放满了兔儿灯、竹蜻蜓等旧物，他神色惆怅，充满了思念。

"既然不舍得，为何不留在山庄？这里是东方家族几代人辛苦经营所得，也是你娘长大的地方。"红红轻轻走过来问道。

月初抬头看向红红，与她对视片刻后道："可是我长大的地方，是涂山。"

红红的心好似被这句话撩拨到了，骤然一紧。月初低下头，将这些旧物放回木盒中，盖上盒子起身道："妖仙姐姐，我们回涂山吧。"

红红颔首，起身时指着后门道："当年你娘便是从此门离开。"

月初闻言，上前轻轻推开了后门，与红红从后门走出，他转过头来，好似看到了幼年的秦兰扒着门口充满童真地仰望着那棵梅树。

涂山中，苦情树繁茂一如往昔，晨光倾泻而下，羽花漫天飞舞，雅雅手中拿着画报歪坐在凉亭内，舒服地长叹一声："姐姐他们今日便要从神火山庄回来了，我也可以轻松些了。"

阿来手里拎着酒壶靠过来，看到雅雅手拿最新画报，慌张地伸手要夺，雅雅侧身躲开，盯着他道："你做什么？"

阿来还想去夺："你别看了，看了心里不舒服——"

雅雅好奇地打开画报，只见头版头条写道："傲来三少心有所属。"

阿来急道："早就叫你别看了，这下要伤心了！"

雅雅却朝着阿来灿烂一笑道："我可是三少的事业粉，为何要难过？这么多年三少一个人多寂寞啊，若有个知他、懂他的人相伴，挺好的。来，我好好看看，三少喜欢的到底是何人！"

雅雅指着画报啧啧称叹道："这三少的品位……原来是喜欢女神经病啊！"

阿来愣了愣，意味深长地打量着雅雅，片刻后，终是忍不住笑了起来："的确是这样！"

月初狐疑地接过黑色灵蝶看了看："这是谁的灵蝶？"

红红手指在桌面上敲击了几下道："自己听。"

月初蹙眉用指尖读取灵蝶内的信息，脸色微变，低声道："金人凤竟然会向涂山中的狐妖传信,请对方代为向妖尊求情,如此说来,涂山中有石姬的奸细?"

红红颔首道:"不错,在北山时我便起疑,替石姬动手暗害布泰的妖族,迟迟未能查出……"

月初想到布泰公主,收敛表情,肃容道:"有道理。接下来你有何打算?"

红红伸手,将一道妖力缠绕在黑色灵蝶上,黑色灵蝶朝窗外翩翩飞去。

"自然是去揪出内奸!"话音落下,红红跟着黑色灵蝶跃出窗外,月初见此,也立刻动身跟上。

两人一路跟着黑色灵蝶在夜色中潜行,直到那灵蝶缓缓停于妖族市集当中,月初与红红潜伏在酒楼屋顶,月初忍不住打了个哈欠道:"想不到这灵蝶还知道藏匿行踪,若不是咱俩警觉,就跟丢了。"

红红冷冷道:"既然是能联系上那人的内奸,自然也狡黠非常。"

月初颔首,见那黑色灵蝶在空中停了片刻,再次悄声朝另外的方向飞去,两人只能缓缓起身继续跟上。越过几个屋顶后,就见那灵蝶忽地直线坠落,在落地的那一刻陡然消散,幻化成一捧灰色烟雾四散而去。

"这……这是?"月初见这情形惊讶地张大了嘴巴,目瞪口呆地看向红红。

红红警惕地望向四周,解释道:"气味传信,这气味你我无法嗅到,唯有灵蝶要找的人方可闻到,那人快来了!"

月初连忙与红红小心藏匿起来,观察着夜晚街道上偶尔出现的涂山狐族,突然红红神色一凛,低声道:"来了!"

月初连忙凝神望去,只见一道身影悄然来到灵蝶消散之处,翻手施展神术,那已经四散溢开消失的灰色烟雾再度凝聚起来。月光下,那人的脸缓缓出现,半明半暗间,竟然是过过的面孔。

过过尚不知自己已经暴露,他那张平日里满是单纯和讨好的脸庞此时冷酷又阴鸷,他手持灵蝶迅速读取讯息,随即不屑地笑了声,捻碎灵蝶:"一颗弃子,让我去求妖尊?"

待灵蝶痕迹彻底消失,过过警惕地打量四周一番,确认没人关注他便快步离去。而趴在房顶的红红和月初也默契地对了个眼色,悄然离去。

(六十一)叛徒过过

两人回了涂山,第一时间便招来雅雅,将过过的事情告知她。

雅雅震惊得回不过神来,半响过后才狠狠道:"前几日阿来提醒我,我还替过过辩解,没想到……该死的过过,枉我当初苦苦将他救回,为他疗伤,到头来竟是引狼入室！"

阿来思忖着道："或许从一开始，他便是石姬所安排的，受伤不过是苦肉计罢了。"

此时雅雅恨极了过过，却终归是伤心大于恨意，她咬了半天牙，也无法说出要杀了过过的话，反而憋红了眼眶。红红知道雅雅虽表面风风火火，内心却最是柔软，拍了拍她的后背，安抚她的情绪。

月初看着众人道："如此算起来，当日替石姬暗害布泰公主的妖族，或许与他不无关系。"

雅雅也想到了这件事，眼前浮现出布泰公主的笑容，当即气得拍案而起："我这就去问问这只白狐，为何要助纣为虐！"

红红连忙拦住冲动的雅雅："慢着！先不要打草惊蛇。自从北山之战后，石姬便失去消息，过过是引出她的关键。"

雅雅一怔，阿来走到她身边道："说起来，那日过过想出涂山，背后说不定便是石姬支使的。"

红红略一思忖，望向众人分配任务道："容容，你与长老暗中相护小狐们，以免将来过过事情败露，狗急跳墙。雅雅、阿来，你们两个还像往常一样，待过过回来后盯着他。"

容容、雅雅与阿来均点头听令，月初连忙道："那我呢？"

红红看向月初道："他外出时，你暗中跟着，看看他与石姬究竟在谋划什么阴谋！"

众人纷纷颔首，踏出斜光阁各做准备。

深夜时分，浓雾弥漫的山林深处透着幽诡的气息，若隐若现间，一个妖被缚妖索捆着倒卧在地，不住地挣扎着，突然他猛地抬起头来，惊恐地睁大了眼睛，只见一道黑影朝他扑面而来，紧接着便是一声凄惨的尖叫与野兽撕咬的恐怖声响。

片刻后，浓雾渐渐退去，石姬站在妖尸旁边，擦去唇边的血渍，神情满足地看着那被凌乱撕咬的妖尸与慢慢没入地面的鲜血。整个山林恢复如初，好似刚才的一幕根本没有出现过。

石姬举起手来，看着疤痕遍布的手臂正肉眼可见地修补了一些，低声自语道："白狐此次送来的这颗妖丹还不错，只要猎食的妖丹加起来有千年修为，这具身躯与妖力便可快速恢复至巅峰时期……"

妖族市集中，月初进行了一番装扮，看起来好似一个年迈邋遢的老妖。他在热闹非凡的街道上蹒跚前行，眼神悄悄追随着过过，只见过过停留在小酒馆外，与牧童交流了片刻后转身离去。

月初眼珠一转，拨开人群来到了酒馆边，就看到牧童正拿着一沓彩券在偷偷兜售："本店童叟无欺，不少人从我这里买了彩券都一夜暴富啊——"

月初故作苍老地走上前，在牧童身边低声道："你这小酒馆，什么时候得了当家的允许，开始卖起彩券了？"

牧童一听，神色一变连忙环顾四周，见四周无人注意才眼珠一转，低声对月初道："嘘——你这老人家小点声。算了算了，老牛我自认倒霉，送你几张彩券，记住，千万别声张！"

月初看着眼前几张彩券并不接过，只放大了声音道："就只送几张？若是让当家的知道你暗中卖彩券……"

牧童吓得连忙去捂月初的嘴："别说了，那你想怎样？"

月初把牧童的手拽下来，也压低了声音道："方才那只白狐，跟你说了什么？你若从实说来，今日之事便作罢，否则……"

牧童连忙道："我说我说，其实也没什么，就是他啊，前段时日给了我一笔银子，让我帮他留意市集上有无修为高的妖族。"

月初神色一凛，知道打听到了关键，连忙追问道："他找修为高的妖做什么？"

牧童有些犹疑警惕地看向月初道："这我就不知道了。"

（六十二）引蛇出洞

月初见从牧童嘴里打听不到别的了，便敲了下他的脑袋道："闭嘴，今日之事不准外传，不然老妖我准去大当家处告你！"

这一威胁将牧童的疑虑一下吓没了，连忙答应着："欸欸，绝不外传！"

月初转身，正好望见过过鬼鬼祟祟地出了市集，往远处山林走去，他便连忙跟上。

雅雅背靠着苦情树，神色郁郁地借酒消愁，酒葫芦中的酒顺着她的嘴角缓缓流下。阿来自树后走出，凑到雅雅身旁坐下："不用自责，这种事情是谁也不想发生的。"

雅雅微醺着苦笑一声，痛苦道："过过是我亲手救回涂山的，仔细想想，也许结缘盛会时，他便已经与石姬里应外合，暗算涂山，还害了布泰公主……"

阿来开解她道："善良不是你的错，即便你不救过过，石姬也会以另外的方式往涂山内安插奸细。"

雅雅内心明白阿来所说是事实，却仍旧自责道："话虽如此，可我确实有过。"

阿来看着雅雅道："那便将功补过。"

雅雅一怔，转头看向阿来鼓励的眼神，一时不知该说些什么，阿来朝雅雅笑笑，接着道："所以下次如果再有人受伤，你还救不救？"

雅雅迟疑了一会儿，目光逐渐坚定道："救。"

阿来略显惊讶，追问道："为何？"

雅雅好似想起了什么，微笑着道："因为我要做三少那样的大英雄。做英雄最首要的便是善良，若失了这两个字，能力再大，修为再强，最终也不过是野心家或枭雄罢了，而且我不能因为遇到了一个骗子，便认定世上都是骗子，你说是不是？"

晨光洒落在雅雅身上，将雅雅周身镶上了一层闪闪的金边，阿来望着雅雅脸上重新出现的光彩夺目的笑容，也欣慰一笑，眼中不由得带上了他自己都没有察觉的温柔。

红红正坐在斛光阁内等月初消息，便见涂山不醉进屋汇报道："大当家，黄风岭当家黄肴前来拜访。"

黄风岭与涂山向来井水不犯河水，今日夜色已深，怎会突然拜访？红红心中疑惑着："他来做什么？"

不醉小声道："听闻近来他们岭内的妖族弟子频频失踪，是以特来求妖盟出面相助。"

红红心下一凛，直觉此事或与石姬脱不了关系，连忙道："弟子失踪？快请！"

涂山不醉领命而下，不一会儿便和雅雅一同引着一名约莫五十岁的汉子入内，不醉拱手道："大当家，这位便是黄风岭的当家。"

黄风岭当家黄肴朝红红行礼，红红连忙见礼道："不必客气，请入座吧。黄风岭内妖族弟子失踪一事，还请黄老先生详细告知始末。"

黄肴入座后颔首道："不久之前，岭内开始有弟子失踪，到如今，已有五名弟子下落不明，最后一个，更是我族第一高手。"

雅雅惊讶道："连第一高手都失踪了？"

黄肴沉声道："不错，这段时日以来，老夫寝食难安，恳请大当家出手相助，找回我岭内弟子。"

红红肃容思忖片刻，问道："敢问黄老先生，这几位失踪的弟子可有共同的敌人？"

黄肴思索了一会儿，摇摇头道："老夫一向以宽仁之心教化弟子，岭内弟子们也争气，素日照拂乡民，颇有善良口碑，从未与他人结仇。"

雅雅从旁追问道："那他们可有共通之处？"

黄肴一怔，似乎想起了什么般道："我想起来了，这几个弟子均百岁之前结成妖丹。妖丹至纯，修为深厚，一般修炼之人或妖，绝不可能伤了他们！"

红红脸色一沉，不知想到了什么问道："不知黄老先生此行，可有携带这几位失踪弟子的随身之物？"

黄肴从怀中掏出一把扇状法器，递上前来道："此乃最后一名失踪弟子的法器惊风扇，他失踪那日，族内弟子于他房外拾得。"

红红颔首接过法器，黄肴恳求道："请大当家务必助我找回失踪弟子，事成之后，老夫必携黄风岭上下千余众妖一同加入妖盟。"

红红连忙道："老先生不必客气，事关妖族性命，无论黄风岭是否加入妖盟，涂山红红都会尽心尽力。"

黄肴感激非常，立即起身向红红行礼，红红转头示意涂山不醉道："长老，替我送黄老先生前去休息。"

不醉起身应是，引着黄肴在涂山小住，待二人走后，红红对惊风扇凝出妖力，只见一团白色雾状气息浮现在扇面上，却只一瞬间便消失无踪。雅雅皱眉道："可是凶多吉少？"

红红沉吟片刻，还未回答便见一只粉色灵蝶飞入，红红伸出手指读取讯息，待听完后对雅雅道："月初传信说，过过在找修为高强的妖族，并且现下已经出了涂山。"

雅雅脸色一沉，想到了什么似的问道："黄风岭失踪的弟子修为颇高，白眼狼要找修为高的妖族，这二者之间可有联系？"

红红思忖着起身道："我这就去接应月初，待跟上过过，一切便可水落石出。"

雅雅点头，随红红出了小阁，看红红顺着月初留下的线索一路行去。

待夜半时分，红红赶至一片山林深处，这山中浓雾弥漫，月初见红红赶到，欣喜上前道："妖仙姐姐。"

红红颔首问道："那白狐去哪儿了？"

月初皱眉道："我一直跟着他，方才他入了此雾中。"

红红与月初一同看向前方深浓的雾气，只觉里面迷雾重重，危机四伏，红红低声提醒月初道："情况不明，务必小心。"

月初颔首，两人悄悄潜入了浓雾之中。

一夜过去，日光穿透云间，旭日照耀着山林，昨夜的浓雾尽数散去，红红和月初仍在林间四下搜寻着。

月初抬头看着刺眼的晨光，对红红道："妖仙姐姐，我们寻了一夜，连根狐狸毛都没见着，这白眼狼不会又是故意兜圈子吧？"

红红思忖着摇摇头道："应该是障眼法，以雾为障，让外人误以为他藏在雾中，实则另有藏身之处。"

说到此，红红忽然瞥见身边树枝上沾染着的褐色血迹，神色一凛，正要上前查看，就见她身上携带的惊风扇自动浮出，一抹淡淡的白色气息不断牵引着它来到林中空地。红红与月初追着它，只见这惊风扇悬浮于半空中停下，好似失去了方向。

红红蹙眉，化出一片妖力，化作薄雾笼罩在四周，渐渐地，周围地面轻轻震动着，空地中央土丘翻动，一只妖的尸身被黄土翻了出来。

红红收了妖力，那白色气息萦绕的惊风扇瞬间朝尸身飞去，与尸身融为一体。

月初惊道："难道这便是黄风岭失踪的那名弟子？"

红红上前查看一番，发现这个妖尸的腹部被剖开，里面妖丹位置空空如也："他的妖丹被盗走了。"

月初与红红对视一眼，两人眼中均有警觉，收殓妖尸后，两人立刻返回涂山招来雅雅与阿来商议。

雅雅听着得来的消息不可置信道："石姬在暗中猎取妖丹？"

红红颔首道："金人凤已经失去价值，她没有立刻寻找下一个利用对象，反倒猎食妖丹，应是想提升自己，不再假手于人。"

阿来也道："那些失踪的妖均是修炼了百年，已经凝结了纯元妖丹的妖族高手，猎食他们的妖丹，能快速提高妖力，强固肉身。"

月初恍然大悟："如此说来，过过是在给石姬物色猎物？只可惜那白狐警惕心极强，昨夜我与妖仙姐姐一路追着他而去，却终是被他甩脱。"

阿来叹了口气道："我试探过过过的修为，一般妖只怕不是他的对手。"

红红蹙眉对雅雅道："通知妖盟各部，暗中派出人手保护弱小妖族，并通知那些已经结成纯元妖丹的妖，近日若无要事，尽量不要外出，尤其不得单独行动。"

雅雅点头应是，随后红红又似乎想到了什么，斟酌地望着阿来与雅雅道："此外，雅雅、阿来，恐怕还需你们两个配合我，给白狐下个钩子。"

雅雅、阿来略带惊讶地听着红红与他二人诉说计划。

第二日牧童的酒楼内，桌上摆满了红绸包裹的礼物，一派喜庆，礼物旁边站着一对俊逸美丽的狸妖伴侣正向容容行礼。

用障眼法扮作男狸妖黎悦的阿来含情脉脉地看了眼扮作女狸妖成元的雅雅，彬彬有礼道："上回结缘盛会，黎悦求得羽花，与成元结成良缘，这一切都要感谢涂山的恩典。此番前来，除了聊表谢意，还有个不情之请。"

容容故作讶异地挑眉道："哦？"

黎悦望了一眼成元，雅雅扮作的成元颇有些不自在，但仍尽量做出羞怯甜蜜的姿态靠在黎悦身旁，黎悦道："涂山苦情树乃妖族姻缘神树，我与成元希望能于苦情树下永结同心，让这份情能长长久久，得到苦情树的庇护。"

成元也跟着说道："还望涂山能够成全。"

容容看着这一对璧人道："苦情树为妖族牵姻缘已久，倒是少有妖会想着于苦情树下成亲，你二位的想法倒是新奇。"

黎悦笑道："三当家不闻'凡事总有开始'？更何况，助妖族结缘本就是苦情树所愿。"说到这里，他用眼神看了眼桌上这满满的礼物道，"这些是我与成元的一点谢礼，不成敬意，还望涂山笑纳。"

容容看了眼这些礼物，眼神有些动摇，迟疑道："这……此事还得请示大当家，方可决断。苦竹峰与涂山虽相距不远，但来往折返也是麻烦，不如二位先在此住下，顺便游玩几日，待晚间我替二位接风设宴，给二位答复如何？"

黎悦与成元对视一眼，同向容容行礼道："如此多谢三当家！"

容容微微一笑，用妖法将酒楼的大门合上，随即黎悦、成元恢复成阿来与雅雅的模样，雅雅迫不及待地问道："容容，方才我与阿来表现如何？"

容容点头道："天衣无缝，只要如今日这般对白狐，定没问题！"

阿来顽皮地对雅雅道："成元，我希望能与你在苦情树下永结同心，让这份情能长长久久，得到苦情树庇护。"

雅雅看向阿来嗔怪道："你小心点，当心被白眼狼识破！"

阿来笑道："放心，容容的千颜术不仅变化了你我的容貌，连妖息都做了变化，无人能识破。"

雅雅想起过过就气得咬牙道："那也不可大意，我可是领教过白眼狼的狡诈缜密之功。"

阿来笑眯眯朝雅雅拱手道："是，一切听娘子的。"

雅雅一听这个称呼，羞恼捶打着阿来道："黎悦和成元还没成亲呢，谁是你娘子！"

容容笑着看两人打闹，片刻后才打断两人，重新打开酒楼大门道："好了，你二人此时也该出去秀秀恩爱钓鱼了。"

黎悦与成元两人走出酒楼，在妖族市集上闲逛着，黎悦故意拉住了成元的手，成元本想挣脱，但见黎悦以目示意，只得作罢，两人亲密地不时看向路边摊上的商品。

成元将竹编的玩具拿在手中赏玩着道："这涂山市集虽然热闹，却也与苦竹峰的市集相差不大。"

不远处，过过的目光紧盯着黎悦、成元，他凝聚注意力，听到成元与黎悦闲聊内容，抬头看了看天际，只见天空乌云漫上，遮住日头，他便微笑着走到黎悦、成元身边道："二位一看便是来自外地，岂不闻涂山三里坡美若仙境，其内霓虹更是闻名六域，今日雷雨将至，正是观赏佳机。"

黎悦听了过过的热情推荐，感激道："多谢这位公子相告。"

过过客气道："不必客气。在下正要前往三里坡附近，二位若是愿意，倒是可以结伴同行。"

黎悦有些迟疑地看向成元，便见成元轻轻摇了摇头，便重新看向过过道："多谢美意，不敢叨扰公子，我二人自行前去便是。"

过过也不强求，笑道："既然如此，那祝二位一路顺风。"

过过与两人行礼过后，独自走开。

黎悦见过过走远，凑到成元耳畔低声道："他既已上钩，方才为何不跟他走？"

成元也低声答道："姐姐吩咐过，若是太顺利，只会引他起疑，得兜点圈子，吊一吊他的胃口。"

两人说着，头顶渐渐乌云密布，雷声自远处隆隆而来，黎悦故意提高了声音道："打雷了！不如我们现在便赶往三里坡，待雨停后，正可以观虹。"

不远处，听到此话的过过朝两人扫视。

当黎悦和成元赶到三里坡时，正好云开雨散，一道霓虹挂于天际，黎悦与成元依偎着在山顶坐下，欣喜地欣赏着这番美景，而他们的周围，也零星散落着不少来此约会的妖侣。

成元靠在黎悦的肩头感慨着："好美丽的霓虹啊。"

黎悦一边微笑着，一边凝神倾听着身后的动静，只见两人背后，过过正慢慢逼近，指尖利爪显现，就在他扬起手时，黎悦猛地转过头来。

过过瞬间收起戾气，表情变得极为和气："想不到在下与二位颇为有缘，在此处也能遇见。"

黎悦以一副惊讶表情道："还要感谢公子为我二人介绍此地。"

过过温和笑道："不必客气。如不嫌弃，在下倒是可带二位在附近游赏一番，除了霓虹，三里坡的风景亦是极佳。"

黎悦看了眼成元，有点为难道："实在不巧，我们两个晚上与三当家有约，只恐又要辜负阁下这一番美意了。"

过过眼中闪过一丝诧异，没想到两人竟与三当家有关系："原来二人竟与涂山三当家相识。"

黎悦道："实不相瞒，在下此次前来，乃是想请涂山苦情树见证我们两个的亲事。"

过过故作恍然大悟道："原来如此，那先在此恭喜二位了！既然如此，在下便不叨扰了，来日方长，只要一时半刻不会离开涂山，总还有相见的时候，告辞！"

黎悦点点头，与过过告别后，看着过过转身离去。

（六十三）恩断义绝

待过过彻底消失在眼前，两人化作原身，雅雅眼中带着薄怒，一直望着过过离去的方向，悲愤道："想不到，他竟然真的在为石姬猎取妖丹。"

阿来拉住雅雅的手安慰道："稳住。"

雅雅回望阿来的手，下定决心道："他是我带进涂山的，我要亲手抓他个现行！"

过过下了三里坡，踏着夕阳一路往浓雾弥漫的竹林处而去，待走入竹林时，已是伸手不见五指的深夜。

在浓雾中行走片刻，过过便看到了戴着兜帽的石姬，连忙恭顺行礼道："妖尊！"

"还有三日便是月圆之期，这一次的妖丹，你可已准备妥当？"石姬的声音缥缈中透着诡异和狠厉。

过过有些迟疑地说道："妖尊能否宽限几日，待到下月月圆之夜前，属下一定将妖丹送来。"

石姬不悦的视线凌厉地看向过过，周围萦绕的黑雾猝然变浓，过过连忙解释道："妖尊有所不知，这一次，属下本已盯上一凝结了百年修为的纯元妖丹的狸妖，但……"

过过话还未说完，就见石姬猛地一个甩袖，袖中一道狠厉的黑气迅速击中过过胸口，过过当即捂着心口痛苦地跪在地上。

"我最痛恨做不成事又找借口之辈！月圆之夜，拿不来新的妖丹，我便拿你进补！滚！"石姬盯着过过，眼中显出垂涎贪婪之色。

过过见此，神色惶恐地挣扎起身，连忙化作一道白雾在原地消失，好似真的怕石姬会拿他下手一般。

同一轮月亮下，市集酒楼的桌上摆满了丰盛的酒席，容容与黎悦、成元落座，黎悦惊喜地望着容容道："大当家同意了？"

容容点头道："不错，大当家有意于三日之后，亲自为你与成元主婚，恭喜二位，这可是涂山开山以来，第一份由涂山见证的亲事。"

黎悦手持酒杯起身，感激地望着容容道："三日后正是月圆之夜，能得涂山苦情树庇护，大当家祝福，我与成元不胜感激！"

说罢，黎悦笑着看向成元，成元也同样起身举杯，容容起身回敬道："有苦情树庇护,一定能保二位平安顺遂,姻缘美满。"

隔壁房间中,过过的指尖正牵出数道细丝状的银光附着在墙壁处,窃听着三人的话语,他目光冰凉地盯着墙壁,冷冷道:"三日之后……"

三日后,一轮明月高悬在天际,竹林间轻雾弥漫,石姬依旧戴着兜帽,身形飘忽地在竹林间前行,犹如鬼魅一般贪婪地发出叹息之声:"只要再服食一颗百年修为的妖丹,世间便再无人可阻我涂山石姬!"

妖族市集中,在月光的照耀下,热闹的喜乐在酒楼门口奏响,一顶花轿落于门前,载上披着盖头的新娘朝竹林中行去。

喜庆的迎亲乐声回荡在竹林中,那花轿凌空飞行着,新郎黎悦于一旁扶着花轿,细碎的红纸沿途撒落,有着说不出的诡异。

轻雾渐渐弥漫于林中,很快将花轿笼罩起来,那喜乐声好似也被蒙上了一层什么,让人听不真切。突然间,阵法一起,整个竹林间回荡着银光,新郎察觉有异,回头瞬间便被捆仙绳所绑,被击晕躺倒在地。

过过显于雾中,脸上的表情妖异残忍,他俯视着地上晕倒的新郎道:"要怪就怪你太过努力,年纪轻轻就修成了纯元妖丹!"

说罢,他绕过新郎,朝花轿走去,冷风掀起了轿帘,里面透出盖着红盖头端坐着的新娘,过过手掌化作利爪猛地刺入花轿内,抽回时,只见爪上带着细碎的血珠。他举着带血的爪子,扭头拎起新郎冷冷道:"无须伤心,很快你们两个便会见面!"

说罢,过过带着新郎朝浓雾深处走去,他身后的花轿在黑暗中燃烧起来,犹如盛开的诡异之花。

很快,一抹乌云迅速遮住圆月,浓雾弥漫间,石姬看了眼躺在地上的新郎,语调沙哑地满意道:"这颗妖丹来得正是时候。"

过过恭顺地立于一旁,有些犹豫道:"只怕此事过后,再瞒不过涂山耳目。"

石姬低低笑了起来:"只要过了今夜,涂山能奈我何?你还不快滚!"

过过一个哆嗦,连忙应是,转身离去,石姬则迫不及待地弯下腰,握住了新郎的手腕,可就在她的指尖触及新郎的一瞬间,脸色便变了:"不对!这修为——"

话还未说完,只见躺在地上的新郎一个反手,快如闪电般将一枚黑钉钉入了石姬的手腕。石姬连忙急退,那黑钉露出的部分却长出了密密麻麻的树根般的丝线,快速地缠绕上石姬的肌肤,一下就爬满了她的全身。

石姬神情痛楚,发现通过吸食妖丹所得来的邪力正一分分往外泄去:"不好,我的妖力——"

阿来冷笑着再次朝石姬袭来,石姬凝神一看,发现这新郎竟是阿来,脸色一变转身便想逃跑，可一道红色妖力自来路袭来，石姬避开攻击，惊讶地看到红红与月初正挡在前方："涂山红红、南国童子、东方月初……果然是你们坏我好事！"

红红冷冷望着石姬道："这一招引蛇出洞，用得可还行？"

石姬看着这三人，突然厉声尖笑起来："我苦苦等待了几百年，借力量包裹灵元，一点一点自苦情树内汲取灵力，受了数十载折磨，这才一点一点重塑肉身！"

红红了然道："原来你不惜冒着毁掉涂山的风险，只是为了重塑肉身！"

石姬一脸狠厉道："是又如何！别忘了，当年是你与涂山害了我！"

红红气道："当年是你咎由自取。可恨的是你至今都还不知悔改，竟然猎杀妖族，以禁术提升修为！"

石姬低低笑道："是又如何？纯元妖丹滋味鲜美，你若愿意，我喂你一颗未尝不可！"

红红气到冷笑："死到临头，你还不知悔悟！"

石姬哈哈大笑起来："死？只怕这一次，死的是你涂山红红！"话罢，就见石姬突然使出杀招，黑雾般的妖力激荡起飞扬尘土，裹挟着杀气，如巨蛇般张开大嘴扑向红红，红红、月初和阿来连忙施法撑开一道薄幕挡住黑雾。

石姬翻手，那黑雾如灵蛇般在围绕着三人旋转，顷刻间便将红红三人团团围困于阵中。

红红三人使出法力相抗，法力撞击在黑雾上却如泥牛入海，毫无办法。

石姬狞笑着再次翻手，只见黑雾阵法自上而下，如黑云压顶压向三人："我这暗雾蛇阵有进无出，你们三个纳命来吧！"

阿来一边抵挡，一边悄声对红红道："方才我已经按你计划将藏钉打入她体内，若能有人与她正面相抗，或可破阵。"

月初听到，一边输出灵力，一边也望向红红道："我与阿来掩护，你破阵！"

话音落下，月初与阿来全力输出法力，终于在黑雾中撕出一个洞，红红自洞中飞出，直面攻向石姬，石姬连忙化出黑雾阻挡。鲜红色的妖力与黑雾相撞击，爆起蘑菇云般巨大的火光。

这边战斗激烈，另一片竹林中，过过正在弥漫的夜雾中朝着涂山方向疾行。蓦地，他余光好似看到着一袭红衣喜服的背影在他眼前闪现，他神色一凛，情不自禁放慢了脚步。他朝前走了几步，一跃飞上竹林之上，反身朝方才新娘背影出现的地方而去，可那一袭红衣早已无了踪影。过过正觉诧异之际，背后一道冰刃猛地划破了他的肩背，留下一道血淋淋的伤痕。

过过顾不上疼痛，急忙回身反击，利爪一把扯落了红盖头，露出的竟是雅雅的脸庞。

过过一愣，震惊道："雅雅姐，怎么是你！"

雅雅眼神鄙夷，痛恨地看向过过道："我平生最恨的便是背叛涂山之妖，今日我定要亲手为涂山除害！"

过过慌乱后退想要解释："雅雅姐，我也是迫不得已，你听我解释……"

雅雅上前两步，冷冷道："好，我且问你，结缘大典上，是不是你与金人凤里应外合，使姐姐深陷梦魇，九死一生？北山街头，是不是你暗害了布泰公主？黄风岭失踪的那些妖，是不是你猎杀的！"

过过想要解释，却又无从说起，只得结巴道："我……"

雅雅见过过的表情，还有什么不知道的，她的眼中满是失望与悔意："果然是你，真的是你！"

过过见雅雅看他的目光，只觉得心痛得厉害，他忍不住道："雅雅姐，我是有苦衷的，我恨人族，若不是他们给我下了子母符，我也不会毁容，更不会被欺辱……"

雅雅惊讶道："你被下过子母符？你以前在御妖国，徐逸是被你杀的？"

过过点点头，想起昔日的不堪，他的眼中染上了几分恨意与疯狂："当年若不是我运气好夺回了自己的母符，还不知要怎么死无全尸，我恨人族。雅雅姐，人族无耻奸诈，咱们一起联手，对付人族如何？"

雅雅皱眉道："你这般论调与石姬何异？"

过过闭上了嘴巴，有些受伤地看向雅雅。雅雅望着过过。毕竟他是她带回涂山，精心陪伴过的同族，雅雅忍不住心软道："你若愿意，我带你回涂山，向姐姐认罪……"

过过陡然打断雅雅的话："不可能！"

雅雅皱眉道："不回涂山，这么说，你是铁心要同石姬一道与涂山为敌了？"

过过倔强地看着雅雅，不再开口。雅雅望着过过的眼中多了几分失望与冷意，她失望道："既然你执迷不悟，我只能将你按叛徒处置了。"

过过没想到雅雅真的要对他下手，他望着雅雅的神情多了几分痛苦。而雅雅也不再多言，狠下心肠凝出妖力，一道道直击过过，在过过的衣服上划出数道裂痕。过过一个闪避不及，颈间被妖力带出一道血痕，他咬牙道："你当真是一点情面都不念了？"

雅雅一边朝过过打去，一边骂道："我绝不允许有人伤害姐姐，背叛涂山！你听清楚了，今日我涂山雅雅与你恩断义绝！"

过过被打得激起凶性，目光狠厉之意渐起，他带着不甘也伸爪袭向雅雅，一时之间，两人竟是斗得不相上下！